LOCK EVERY DOOR

락 에브리 도어

락 에브리 도어

초판 인쇄일 2022년 9월 7일
초판 발행일 2022년 9월 14일
지은이 라일리 세이거
옮긴이 오세영
발행인 박정모
등록번호 제9-295호
발행처 도서출판 혜지원
주소 (10881) 경기도 파주시 회동길 445-4(문발동 638) 302호
전화 031)955-9221~5 팩스 031)955-9220
홈페이지 www.hyejiwon.co.kr

기획·진행 박혜지
디자인 김보리
영업마케팅 김준범, 서지영
ISBN 979-11-6764-022-2
정가 15,000원

• 본 작품은 픽션입니다. 실재 인물, 단체, 사건과는 전혀 관계없습니다.

LOCK
EVERY

락 에브리 도어

DOOR

라일리 세이거(Riley Sager) 지음 | 오세영 옮김

헤지원

아이라 레빈에게

지니는 빌딩을 올려다보았다. 두 발은 보도에 단단히 매여 있지만, 그 마음은 드넓은 바다처럼 크게 일렁이고 있었다. 이곳에 발을 들이게 될 줄은 꿈에도 몰랐다. 지니에게는 항상 동화 속 궁전처럼 까마득한 곳이었으니까. 외관도 궁전 같기는 마찬가지다. 우뚝 솟아있는 높은 건물에, 외벽에는 가고일이 늘어서 있다. 상류층에게만 허락된 맨해튼의 궁전이다.

바깥의 사람들은 바솔로뮤라고 부르는 이곳이,

이제 지니에게는 집이 되었다.

그레타 만빌,

꿈꾸는 이의 마음

⏰ 현재

한 줄기 빛이 어둠을 가른다. 번쩍 깨어난다.

누군가가 내 오른쪽 눈을 비집어 열어보고 있다. 라텍스 장갑이 뻑뻑한 블라인드를 들추듯 눈꺼풀을 들어 올린다.

펜라이트가 눈동자를 비추자 강렬한 빛이 눈을 찌르는 듯하다.

왼쪽도 역시 붙잡힌 눈꺼풀 아래로 빛이 비춰 온다.

손가락이 눈꺼풀을 내려놓는다. 다시 어둠이 찾아온다.

부드러운 목소리를 가진 남자가 말을 건다. "내 말 들려요?"

입을 열자 턱 주변으로 뜨거운 통증이 맴돌다 목과 볼 근처까지 훅 파고든다.

"네."

쉿소리가 흘러나온다. 목이 바싹 말랐다. 입도 마찬가지지만 입술 한 구석에서는 젖은 온기가 느껴진다. 비릿한 쇠 맛이 난다.

"저 지금 피 나는 건가요?"

"네."

아까 그 목소리다.

"조금요. 근데 정말 큰일 날 뻔했어요."

"그만하길 다행이죠." 이번엔 다른 목소리다.

"여기가 어디예요?"

처음에 들렸던 목소리가 답한다.

"병원이에요. 얼마나 다친 건지 확인이 필요해서 몇 가지 검사를 하러 가는 중이에요."

그제야 내가 움직이고 있다는 걸 깨닫는다. 지금까지 내가 둥둥 떠 있는 줄 알았는데, 들것에 실려 있는 거였다. 타일을 긁는 바퀴 소리가 들린다. 들것이 흔들리고 있다. 몸을 움직여 보려 하지만 소용이 없다. 팔다리는 묶여 있고, 목에는 무언가 칭칭 감겨 머리가 고정되어 있다.

내 곁에 있는 건 목소리가 들리는 두 명과 들것을 밀고 있는 한 명까지 총 세 명인 것 같다. 따뜻한 숨이 귓가를 스친다.

"기억에 이상은 없는지 확인해 봅시다."

역시 처음의 그 목소리다. 이들 중 가장 말이 많은 사람이다.

"몇 가지 물어봐도 될까요?"

"네."

"이름이 뭐죠?"

"줄스예요."

따뜻하게 젖어 있는 입술이 신경쓰여 혀로 피를 핥아낸다.

"줄스 라슨이요."

"반가워요, 줄스."

남자가 인사한다.

"전 버나드예요."

나도 인사를 해 주고 싶지만 턱의 통증이 가라앉지 않는다.

무릎부터 어깨까지, 왼쪽 몸 전체와 머리가 전부 지끈거린다.

순식간에 고통이 날카롭게 끓어오른다. 이제야 내 몸이 이 감각을 받아들일 수 있게 된 걸지도 모른다.

"나이는요?"

버나드가 묻는다.

"스물 다섯이요."

또 한 번 밀려오는 고통에 말을 멈춘다.

"저, 어떻게 된 거예요?"

"교통사고를 당했어요."

버나드가 대답한다.

"아니면 당신이 사고를 낸 주범이었을 수도 있고. 자세한 건 아직 모르겠네요."

나 역시 도움은 안 될 거다. 기억 나는 게 없어 처음 듣는 이야기 투성이다.

"언제요?"

"몇 분 전에요."

"어디서요?"

"바솔로뮤 바로 앞에서요."

이번에는 저절로 눈이 번쩍 뜨인다.

들것이 속도를 낸다. 머리 위로 휙휙 지나가는 형광등의 강렬한 빛에 눈을 깜빡인다. 버나드가 보조를 맞추고 있다. 밝은 색깔의 수술복, 까무잡잡한 피부에 눈동자는 갈색이다. 다정한 그 눈을 보며 간절히 애원한다.

"제발, 제발 절 거기로 돌려보내지 마세요."

SIX DAYS
EARLIER

6일 전

1

새장처럼 생긴 엘리베이터다. 늘어선 창살과 금빛으로 빛나는 외관을 보니 새장이라 치기엔 너무 거대하고 화려하긴 하다. 안으로 들어선다. 머릿속에서는 깃털이 화려한 새가 새장 속에 있는 모습이 오른다.

물론 나는 이 공간과 어울리는 점이 단 하나도 없다.

하지만 내 옆에 있는 여자라면 말이 다르다. 파란 샤넬 정장에 높이 올려 묶은 금발, 깔끔하게 칠한 손톱과 손가락에 가득한 반지까지 전부 이곳과 꼭 들어맞는 사람처럼 보인다. 어림 잡아 50대 쯤 된 것 같지만 더 많을 수도 있을 것 같다. 탄력 있고 환한 피부에는 보톡스의 도움도 있는 것 같으니까. 목소리는 샴페인처럼 밝고 톡톡 뛴다. 레슬리 에블린. 이름조차 우아하다.

이것도 어쨌든 취업 면접이라 나도 정장을 입었다. 검은색이고 샤넬도 아니다. 신발은 값싼 페이리스 제품이다. 갈색 머리가 들쭉날쭉 어깨를 스친다. 평소 같으면 저렴한 슈퍼컷츠(미국의 저렴한 미용실 브랜드 체인점-역주)라도 가서 잘랐겠지만 지금의 재정 상태로는 그마저도 불가능하다.

"당연히 엘리베이터는 처음 지어진 그대로예요." 레슬리 에블린의 말에 흥미로운 척 고개를 끄덕인다.

"중앙 계단도 마찬가지죠. 로비는 1919년 이후로 변한 게 거의 없어요. 오래된 건물들이 가진 장점이죠. 견고하게 지어진 거."

그렇게 좋은 건물인데 어째서 개인 공간은 보장해 주지 않는 걸까. 레슬리와 나는 엘리베이터 칸에 어깨를 맞대고 서 있다. 당황스러울 정도로

좁다. 하지만 근사한 내부 인테리어를 보니 비좁은 것쯤은 참을 수 있다. 바닥에는 붉은 카펫이 깔려 있고 천장은 금빛으로 빛난다. 참나무 판으로 된 세 면의 벽이 허리 높이까지 올라오고 그 위로는 좁은 창문이 벽을 대신하고 있다.

엘리베이터 문은 총 두 개다. 얇은 창살로 이루어진 자동문 하나, 또 하나는 십자 무늬의 옆으로 열고 닫는 미닫이문이다. 레슬리가 문을 밀어 닫은 후 위층으로 올라가는 버튼을 누르자 엘리베이터가 올라가기 시작한다. 맨해튼에서 모르는 사람이 없다는, 바로 그 바솔로뮤로. 이 아파트인 걸 알았다면 광고를 보고 연락하지도 않았을 것이다. 시간 낭비라고 생각했을 테니까. 나는 레슬리 에블린이 아니다. 연갈색 서류 가방을 들고 있는 레슬리 에블린은 이런 곳에서도 편안해 보이지만 나는 아니다. 나는 펜실베니아의 탄광 마을 출신이고 통장 잔고는 채 오백 달러도 안 된다.

난 이곳에 어울리지 않는다.

하지만 광고에는 주소가 쓰여 있지 않았다. 아파트 시터를 구한다고, 관심 있으면 전화하라고 번호만 달랑 남겼을 뿐이다. 관심이 있어 전화를 걸었고, 레슬리 에블린이 전화로 면접 시간과 주소를 알려 주었다. 어퍼 웨스트 사이드 70번가. 건물 밖에 서서 내가 제대로 온 건지 주소를 세 번이나 확인하고 나서야 상황 파악이 됐다.

바솔로뮤였다.

더 다코타(존 레논이 살았던 것으로 알려진 맨해튼의 유명 아파트-역주)와 쌍둥이 첨탑을 자랑하는 산 리모 바로 뒤에 있는, 맨해튼에서 가장 유명한 아파트 중 하나인 그 건물이다. 유명한 이유 중 하나는 건물 폭이 협소하기 때문이다. 뉴욕의 다른 이름난 건물들과 비교하면 거의 가느다란 조각처

럼 보일 정도로 얇은 13층짜리 석조 건물이니까. 바솔로뮤는 작고 복잡
하며 눈에 띈다. 거대한 짐승 같은 건물들과 이웃하고 있지만 그 건물들
과 반대되는 느낌이라 더 눈에 들어온다.

하지만 바솔로뮤가 유명한 가장 큰 이유는 가고일(유럽 기독교 사원에 붙
어 있는 괴물 모양 석상-역주) 때문이다. 박쥐 날개와 악마 뿔을 달고 있는 고
전적인 가고일이 건물 곳곳에 자리 잡고 있다. 아치형 현관 위에 한 쌍이
있고, 옥상의 비스듬한 모퉁이에도 각각 하나씩 웅크리고 앉아 있다. 건물
정면에는 더 많은 가고일이 층마다 빽빽하게 늘어서 있다. 대리석 외벽에
앉아 난간을 향해 팔을 높게 들고 있어 마치 가고일이 바솔로뮤를 지탱하
고 있는 것처럼 보인다. 이로 인해 바솔로뮤는 마치 고딕 양식의 성당 같
은 인상을 주게 되었고, '세인트 바트'라는 종교적인 별명을 얻었다.

그동안 바솔로뮤와 가고일은 수많은 사진의 모델이 되었다. 엽서나 광
고, 패션 화보의 배경에서도 찾아볼 수 있었고 영화와 TV에도 등장했다.
그리고 80년대 출간된 베스트셀러 소설 *꿈꾸는 이의 마음*의 표지에도 있
었다. 나는 그걸로 바솔로뮤를 알게 되었다. 내가 침대 위에 벌렁 드러누
워 있으면 제인이 그 책을 큰 소리로 읽어주고는 했다.

책은 지니라는 스무 살 고아의 비현실적 이야기를 다루고 있다. 운명
의 장난처럼 찾아온, 존재조차 몰랐던 할머니 덕에 지니는 바솔로뮤에
살게 된다. 지니는 그림 같은 드레스를 입고 호화로운 새 보금자리를 만
끽한다. 그녀를 원하는 여러 남자들 사이에서의 아슬아슬한 줄타기도 빠
지지 않는다. 현실성 없는 가벼운 작품이지만 정말 재밌었다. 어린 소녀가
맨해튼 번화가에서의 로맨스를 꿈꾸게 만드는 책이다.

제인이 책을 읽을 때 나는 책의 겉표지를 보곤 했다. 표지에는 바솔로
뮤를 건너편에서 본 모습이 담겨 있었다. 우리가 자란 곳에서는 그런 건

Lock Every Door

물을 눈 씻고도 찾아볼 수 없었다. 집이며 가게며 창문은 온통 거뭇거뭇했고, 그나마 괜찮은 게 학교나 예배당 정도였다. 비록 가본 적은 없었지만, 맨해튼은 제인과 나에게 아주 흥미로운 곳이었다. 바솔로뮤에서의 삶도 마찬가지였다. 우리가 부모님과 살던 작은 연립주택과는 전혀 다른 세상이었다.

"언젠가,"

제인은 장을 넘어갈 때마다 이렇게 말하곤 했다.

"언젠가는 그곳에서 살 거야."

"그리고 내가 놀러 가는 거지."

나는 항상 같은 답을 했다.

그럼 제인은 내 머리를 쓰다듬어주곤 했다.

"놀러 오긴. 너도 나랑 같이 거기서 살 거야."

물론 어린 시절의 상상은 하나도 실현되지 않았다. 그럴 수도 없다. 어쩌면 레슬리 에블린의 세상에서는 가능할지도 모르지만 제인의 세상에서는 불가능하다. 나의 세상에서 또한 불가능한 일이다. 이런 엘리베이터에 타볼 수 있는 것만이 내게 허락된 최대의 행운이다.

건물 중앙의 엘리베이터 통로를 계단이 나선형으로 휘감고 올라가는 구조라, 엘리베이터 창으로도 계단을 볼 수 있다. 10개의 계단과 층계참, 다시 10개의 계단이 층마다 반복되는 구조다.

층계참에서 한 노인이 보라색 수술복을 입은 여자의 도움을 받아 헐떡거리며 계단을 내려가고 있다. 여자는 피곤한 표정이다. 노인이 숨을 고르려 멈추자 여자가 팔을 잡고 끈기 있게 기다린다. 관심 없는 척하고 있지만 시야가 가려지기 직전 그들이 슬쩍 엘리베이터에 눈길을 주는 게 보인다.

"거주 공간은 2층부터 시작해 총 열한 층이에요. 1층에는 직원 사무실과 직원 전용 구역, 관리 부서가 있죠. 창고는 지하에 있고, 층마다 앞뒤 각각 두 개씩, 총 네 개의 호실이 있어요."

서서히 한 층을 더 지난다. 이 층에서는 레슬리 나이 대쯤 되어 보이는 여자가 엘리베이터가 내려오기를 기다리고 있다. 레깅스에 품이 넉넉한 니트, 어그 부츠 차림이다. 옆에는 아주 자그마한 강아지가 장식이 달린 목줄을 하고 있다. 여자는 커다란 선글라스 너머로 나를 쳐다보며 레슬리에게 고상하게 손을 흔든다. 얼굴을 마주한 찰나 그녀가 배우라는 걸 알아본다. 적어도 한때는 그랬다. 그녀를 마지막으로 봤던 건 10년 전 여름방학에 엄마와 같이 봤던 연속극에서였다.

"혹시,"

레슬리가 손을 들어 나를 막는다.

"주민들 이야기는 하지 않아요. 이곳의 암묵적인 규칙 중 하나죠. 이 사려 깊은 모습이 바솔로뮤의 자랑이거든요. 주민들이 이 안에서는 편하게 지내고 싶어 하거든요."

"그럼 연예인들이 여기 사는 건가요?"

"그렇지는 않아요. 다행이죠. 밖에서 파파라치가 기다리고 있기라도 하면 정말 싫을 테니까요. 그럴 리는 없겠지만, 다코타처럼 끔찍한 일도요(다코타에 거주하던 존 레논이 아파트 입구에서 피살당한 사건을 말함-역주). 우리 주민들은 대부분 알려지지 않은 자산가들이고, 다들 사생활을 지키고 싶어 해요. 주민 대다수가 유령회사를 이용해 집을 구매하죠. 기록에 남기지 않기 위해서요."

엘리베이터가 계단 꼭대기에서 덜컹거리며 멈춘다.

"도착했어요. 12층이에요."

레슬리가 문을 확 밀어 열고 밖으로 나간다. 구두가 흑백 세라믹 타일에 부딪혀 또각또각 소리를 낸다.

복도의 벽은 버건디색이다. 일정한 간격으로 조명이 놓여 있다. 아무 표시가 없는 두 개의 문을 지나 넓은 벽 끄트머리에서 두 개의 문을 더 발견한다. 지나온 두 문과 달리 호수가 표시되어 있다.

12A와 12B다.

"층마다 집이 네 개씩 있는 줄 알았는데요."

"여기만 예외예요. 12층이 특별한 거죠."

아무 표시가 없는 문을 힐끗 돌아본다.

"그럼 저건 뭐죠?"

"창고예요. 옥상으로 통하죠. 별거 없어요."

레슬리가 가방에서 열쇠를 꺼내 문을 연다.

"여기부터가 진짜죠."

현관문이 열리고 레슬리가 옆으로 비켜서자 작고 우아한 현관이 모습을 드러낸다. 외투 걸이와 금빛 프레임의 거울이 보이고, 테이블 위에는 램프와 꽃병, 그리고 열쇠 보관용 작은 그릇이 있다. 현관에서 집안으로, 문 바로 맞은편 창문으로 시선을 돌린다. 창밖으로는 숨 막히는 장관이 펼쳐져 있다.

늦가을의 센트럴파크다.

황금빛 태양이 오렌지빛으로 물든 나뭇잎을 비스듬히 비춘다. 이 모든 것들이 약 50m 높이에서 내려다보인다.

풍경이 보이는 창문은 복도 맞은편에 위치한 응접실 한 면을 가득 채우고 있다. 현기증에 비틀거리며 창문으로 향한다. 유리창에 거의 코가 닿을 정도로 들여다본다. 바로 앞에 보이는 건 호수와 운치 있는 보우 브릿지다. 그 너머로 베데스다 분수, 호수 옆에 자리한 레스토랑인 로에브 보트하우스가 일부 보인다. 오른쪽에는 한때 목초지였던 쉽 메도우가 있다. 그 초록색 잔디밭에 가을 햇볕을 쬐러 나온 사람들이 점점이 박혀 있다. 왼쪽에는 메트로폴리탄 미술관의 위엄 있는 회색 석조 건물을 배경으로 벨베데레 성이 자리 잡고 있다.

경치를 바라본다. 숨이 가빠온다.

*꿈꾸는 이의 마음*을 읽을 때, 마음속으로 상상해 본 적이 있다. 책 속의 지니가 집에서 바라보았을 바로 그 풍경이다. 남쪽으로는 잔디밭이 펼쳐져 있고, 북쪽에는 성이 우뚝 솟아 있다. 그리고 그 꿈 같은 이야기 한가운데 보우 브릿지가 자리하고 있는 거다.

지금까지 온갖 뭐 같은 일을 많이 겪었지만, 지금 당장은 이게 내 현실이다. 어쩌면 그 일들 때문일지도 모른다. 하늘이 날 버리진 않았구나 싶지만, 한편으로는 내가 이곳에 어울리지 않는다는 생각이 머리를 가득 채운다.

"죄송하지만,"

창가에서 몸을 떨어트린다.

"뭔가 큰 착오가 있었던 것 같아요."

레슬리 에블린과 내가 혼선을 빚었을 가능성은 충분하다. 구인 사이트 광고에 번호가 잘못되어 있었을 수도 있고, 내가 전화를 잘못 걸었을 수도 있다. 레슬리와의 통화는 아주 짧았다. 오해할 만도 하다. 나는 그녀가 아파트 시터를 찾는다고 생각했고 그녀는 내가 집을 구하고 있다고 생각했던 것이다. 레슬리가 의미를 모르겠다는 듯 고개를 갸웃거린다. 나 같은 사람이 보기엔 미안할 정도로 우아한 동작이다.

"집이 마음에 들지 않나요?"

"아뇨, 정말 마음에 들어요."

다시 한번 창밖을 슬쩍 바라보다 넋을 놓는다. 그럴 수밖에 없다.

"그런데 제가 집을 구하고 있는 게 아니라서요. 아니, 사실 맞긴 하지만, 제가 백 살까지 한 푼도 안 쓰고 모아도 이런 집을 살 수는 없을 거예요."

"이 집을 지금 구매할 수는 없어요." 레슬리가 입을 연다.

"앞으로 세 달간 거주할 사람을 찾고 있을 뿐이죠."

"아무리 세 달이라도 여기서 살라고 돈을 주는 사람이 있을 리가요."

"아뇨, 우리가 원하는 게 바로 그거예요."

레슬리가 방 한가운데 있는 소파를 가리킨다. 짙은 붉은색 벨벳으로 덮인 소파는 내가 처음 샀던 차보다도 비싸 보인다. 실수라도 했다간 끝장이라는 생각에 덜컥 겁이 나 앉는 것조차 조심스럽다. 레슬리는 소파 반대편에 있는 같은 디자인의 안락의자에 앉는다. 우리 사이에는 마호가니 탁자가 있고 그 위로 난초가 화분에 담겨 있다. 꽃잎이 하얗고 깨끗하다.

드디어 창밖의 풍경에서 눈을 돌릴 수 있는 상태가 됐다. 그제야 붉은색과 우드톤의 조합으로 꾸며진 응접실이 눈에 들어온다. 조금 고리타분한 느낌은 있지만 안락한 방이다. 구석에서는 괘종시계가 째깍거리고 창문에는 벨벳 커튼과 나무로 된 덧문이 달려 있다. 나무 삼각대 위의 황동 망원경은 하늘이 아니라 센트럴파크를 바라보고 있다.

벽지는 붉은색 꽃무늬다. 부채처럼 화려하게 펼쳐진 꽃잎들이 정교한 조합으로 겹쳐져 있다. 천장의 몰딩도 잘 어울린다. 모서리에서 고풍스러운 석고 문양이 피어오른다.

"상황은 이래요. 바솔로뮤의 또 다른 규칙은 어떤 집도 한 달 이상 비어서는 안 된다는 거예요. 오래된 규칙이죠. 이상하게 보일 수도 있겠지만 이곳에 사는 사람들은 다들 이 건물이 꽉 채워져 있는 편이 더 좋다고 생각해요. 이 근처 건물들은 어떨 것 같아요? 대부분 반 정도는 비어 있어요. 집을 가지고 있기는 하지만 거기 살지는 않는 거예요. 그리고 그런 건 티가 나기 마련이죠. 그런 건물들에 들어가면 박물관이나 교회라도 온 것 같거든요. 여기서 보안이 문제가 돼요. 바솔로뮤의 어떤 집이 몇 달간 비어 있을 거라는 말이 나오면 누군가 침입하려 할지도 모르니까요."

그래서 일부러 눈에 안 띄는 광고를 낸 다른 구인광고 사이에 묻히도록 했던 것이다. 왜 그렇게 애매한 광고를 낸 건지 궁금할 정도였으니까.

"그럼 경비원을 찾고 계신 건가요?"

"우리는 여기 살 사람을 찾고 있는 거예요. 건물에 활기를 채워 줄 누군가를요. 이 집을 예로 들어 볼게요. 이곳의 집주인은 얼마 전 세상을 떠났어요. 과부였고 자식도 없었죠. 런던에 있는 그녀의 욕심 많은 조카들이 이 집의 소유권을 두고 싸우고 있어요. 그 문제가 해결될 때까지 이 집은 비어 있겠죠. 생각해 봐요. 겨우 두 호실밖에 없는 층인데 얼마나 허전하겠어요."

"그 조카들이 다른 사람에게 집을 세놓으면 되지 않나요?"

"임대는 불가능해요. 앞서 말씀드렸던 것과 같은 이유로요. 집을 세주면 무슨 짓을 할지 모르는데, 막을 방법도 없고요."

그제야 이해가 돼 고개를 끄덕인다.

"이곳에 머무는 사람에게 돈을 주면서, 이 집에 아무 짓도 하지 못하도록 하는 거군요."

"바로 그거예요. 보험이라고 생각하면 이해가 편할 거예요. 보험금이 꽤 되는 보험인 거죠. 여기 이 12A의 경우 전주인의 가족이 한 달에 사천 달러를 내고 있거든요."

무릎 위에 얌전히 놓여 있던 손이 옆으로 툭 떨어진다.

이곳에 사는 것만으로 한 달에 사천 달러를 받는다.

충격적인 보수다. 마치 소파가 사라지고 나만 공중에 붕 떠 있는 것 같다. 아주 기초적인 계산조차 어렵게 느껴지지만, 다시 생각을 정리해 본다. 석 달이면 만 이천 달러다. 그 돈이면 내 인생을 정상 궤도로 돌려놓을 수 있다. 무슨 위기든 극복할 수 있다.

"이제 좀 관심이 생기신 것 같네요."

'가끔 인생이 리셋 버튼을 내놓을 때가 있거든. 그럴 때는 그 버튼을 있는 힘껏 눌러야 해.'

침대에 누워 같이 책을 읽던 그 시절 제인이 내게 그런 말을 한 적이 있다. 그 말을 이해하기엔 그때의 나는 너무 어렸다.

하지만 이제는 안다.

"아주 많죠, 관심."

레슬리가 복숭앗빛 입술 사이로 이를 빛내며 미소를 짓는다.

"그럼, 면접을 계속 진행해 볼까요?"

2

레슬리는 응접실에서 일어나 집을 마저 보여 주며 남은 면접을 진행한다. 방에 들어설 때마다 질문을 하나씩 던지는 게 마치 추리 게임을 하는 것 같다. 게임과의 차이점이라면 이 집에 당구장과 무도회장이 없다는 것이다.

첫 번째로 들어선 곳은 응접실 오른편의 서재다. 짙은 녹색과 밝은색 목재로 채워져 있어 강인한 인상을 준다. 벽지의 무늬는 응접실의 것과 같지만 여기는 밝은 에메랄드색이다.

"직장은 다니는 중인가요?" 레슬리가 묻는다.

'2주 전까지 국내 최대 금융 회사에서 행정 보조로 일했어요'라고 말할 수도 있다. 그래야 하는 것 같기도 하고. 하지만 사실상 그건 무급 인턴과 크게 다를 바가 없었다. 복사와 커피 심부름만 질리도록 하고 감정 기복 심한 매니저에게서 도망친 게 업무의 전부였다. 그래도 어쨌든 급여와 건강 보험을 제공하긴 했다. 사무실 직원 십 분의 일과 함께 쫓겨나기 전까지는 말이다. 구조조정이라니. 사장은 그게 강제 해고보다는 괜찮은 명분이라 생각했던 모양이지만 둘 중 어느 쪽이든 같은 결과다. 난 잘렸고, 사장은 돈을 아꼈다.

"지금은 쉬고 있어요."

레슬리가 살짝 고개를 끄덕인다. 긍정적인 반응인지 아닌지 모르겠다. 복도로 돌아와 집의 반대편으로 향한다. 어쨌든 질문은 계속된다.

"흡연하세요?"

"아뇨."

"술은요?"

"가끔 저녁에 와인 한 잔 곁들이는 정도요."

2주 전, 내 친구 클로이가 날 데리고 나간 날은 제외다. 마르가리타로 내 슬픔을 씻긴다는 명목이었다. 그날 난 숨도 안 쉬고 다섯 잔을 연달아 벌컥벌컥 들이켰다. 결국 골목에서 다 게워냈고. 이 역시 레슬리가 알 필요는 없는 사실이다.

복도가 왼쪽으로 급하게 꺾인다. 레슬리는 그 길을 따라가는 대신 나를 오른쪽으로 이끈다. 완벽한 식당의 등장에 나도 모르게 헛숨을 삼킨다. 잘 닦인 마루 표면에서 빛이 나는 것 같다. 열두 명은 거뜬히 앉을 긴 식탁 위로 샹들리에가 걸려 있다. 이번에는 그 복잡한 꽃무늬 벽지가 밝은 노란색이다. 건물 모서리에 있는 식당에서는 창밖으로 두 가지 풍경을 볼 수 있다. 한쪽으로는 센트럴파크가, 또 다른 한쪽으로는 옆 건물 끄트머리가 걸린다.

식탁을 돌며 손가락으로 나무 표면을 훑어본다. 레슬리가 묻는다.

"지금 만나는 사람이 있어요? 연인이 있거나 결혼을 했다고 못마땅해하는 건 아니지만, 되도록 독신인 분을 선호하기는 해요. 법적으로 덜 복잡해질 테니까요."

"독신이에요."

내 목소리에 쓸쓸함이 배어 나오는 것을 감춰 본다.

여기에도 생략된 이야기가 있다. 직장을 잃은 그 날 나는 남자친구였던 앤드류와 같이 살던 집으로 일찍 귀가했다. 앤드류는 밤에는 내 사무실이 있는 건물에서 관리인으로 일하고, 낮에는 페이스 대학교에서 시간제 학생으로 금융학을 공부했다. 그리고, 내가 일을 나간 낮에 대학 동기와 놀아나고 있었다.

나는 사무실에서 급히 정리해 온 짐을 들고 집에 들어섰다. 그리고 현장을 목격했다. 침실도 아니고 고물 소파 위에서. 앤드류의 청바지는 발목 언저리에 걸쳐져 있었고, 그 여자는 다리를 벌리고 있는 채였다.

만약 화난 상태가 아니었다면 모든 게 다 슬펐을 것이다. 앤드류 같은 사람을 받아들인 나 자신을 비난하면서 아파했겠지. 앤드류가 자신의 직업에 만족하지 못했고, 좀 더 많은 걸 바라고 있다는 건 알았다. 하지만 나만으로 만족하지 못하고 있다는 건 몰랐다.

레슬리 에블린이 주방으로 나를 이끈다. 아주 커다란 주방이다. 식당에서 들어오는 입구와 복도에서 들어오는 입구, 총 두 개의 입구가 있다. 주방을 천천히 돌아본다. 새 것처럼 하얗게 반짝거리는 공간이다. 화강암으로 된 조리대와 창가에 위치한 작은 식사 공간까지 둘러보며 감탄을 이어간다. 요리 프로그램에서 바로 튀어나온 것처럼 생겼다. 잡지에 실릴 법한 이상적 주방이다.

"정말 크네요."

순전히 그 크기만으로도 감탄이 절로 나온다.

"바솔로뮤가 처음 지어졌을 때로 돌아간 것 같죠."

레슬리가 대답한다.

"건물 그 자체는 크게 변화가 없지만 내부의 집들은 수년간 꽤 많은 보수를 거쳤어요. 어떤 건 커지고 어떤 건 작아지고 하면서. 여기는 주방과 고용인들의 숙소로 쓰였죠. 그 주인들은 훨씬 큰 아랫집에 살았고. 이거 보여요?"

레슬리가 오븐과 싱크대 사이 미닫이문이 있는 찬장 앞으로 걸어간다. 레슬리가 문을 들어 올리자 어두운 통로와 위쪽 도르래 장치에 달린 로프 두 줄이 보인다.

"음식용 승강기인가요?"

"맞아요."

"어디로 이어지는 거죠?"

"그건 모르겠어요. 수십 년간 쓰이지 않았거든요."

레슬리가 승강기의 문을 닫고 갑자기 면접관으로 돌아온다.

"가족 관계는 어때요? 친척은요?"

답하기 더 어려운 질문이다. 직장을 잃거나 애인이 바람난 것보다 더 불행한 일이기 때문이다. 무슨 말을 해도 슬픈 질문과 답변만 터져 나올 거다. 무슨 일이 있었는지, 그리고 언제, 왜 그런 일이 일어났는지 털어놓으면 더 그럴 거고.

"고아예요."

이 한마디로 레슬리가 더 이상의 질문은 하지 않길 바라며 짧게 대답한다. 어느 정도는 효과가 있는 것 같다.

"가족이 아무도 없는 건가요?"

"없어요."

진실에 가깝다. 부모님 두 분 모두 형제가 없다. 조부모님도 마찬가지다. 고모, 삼촌, 조카 모두 없다. 제인뿐이었다.

지금은 제인도 아마 세상에 없겠지만.

"가까운 친척이 없다면 위급 상황에는 누구에게 연락해야 하나요?"

2주 전까지는 앤드류였다. 지금은 아마 클로이일 것이다. 서류상으로는 그 어디에서도 클로이의 이름을 찾아볼 수가 없는 데다, 그럴 수 있는지도 모르겠지만 말이다.

"그럴 사람 없어요."

대답하다 보니 너무 불쌍하게 들리는 것 같아 약간 희망적인 말을 덧붙인다.

"아직은요."

관심을 돌리려 문 너머로 주방 바깥을 엿본다. 레슬리가 이를 눈치채고 복도로 안내한다. 중앙 복도에서 작은 복도가 뻗어 나와 있다. 손님용 욕실이 있지만 레슬리는 굳이 소개하지도 않는다. 벽장도 있다. 그리고 예상치도 못한 계단이 등장한다.

"말도 안 돼. 2층이 있는 거예요?"

크리스마스를 맞은 아이 같은 내 호들갑에도 레슬리는 싫은 기색 없이 즐거운 듯 고개를 끄덕인다.

"12층 두 호실에만 있는 특별한 특징이죠. 어서 가 봐요."

나선으로 굽은 계단을 따라 올라간다. 주방보다 훨씬 완벽한 모습의 침실을 보고 발이 멈춘다. 이곳이야말로 꽃무늬 벽지가 방과 꽤 잘 어울린다. 봄 하늘을 닮은 아주 옅은 하늘색이다.

바로 아래층의 식당과 마찬가지로 이 방 역시 건물 모서리 지점에 있다. 꼭대기 층이라 천장이 건너편 벽 끝까지 가파르게 기울어져 있다. 거대한 침대가 놓여 있다. 침대에 있으면 옆의 창문으로 바로 밖을 내다볼 수 있다. 그리고 창문 바로 바깥에 이 건물의 하이라이트인 가고일이 있다.

가고일은 건물 끝 난간에 뒷다리를 굽히고 앉아 있다. 앞발의 발톱으로 돌출부 윗부분을 잡고 있다. 날개를 펼치고 있어 한쪽 날개의 끝은 북쪽 창, 다른 한쪽은 동쪽 창을 통해 볼 수 있다.

"아름답지 않나요?"

레슬리가 내 뒤에서 갑작스레 말을 건다. 레슬리가 계단을 올라온 것도 눈치채지 못하고 있었다. 가고일과 이 방에 홀려 어쩌면 이곳에 살며 돈을 받을 수 있을지도 모른다고 생각하면서.

"아름다워요."

그저 경이로운 광경이다. 멍하니 레슬리의 말을 따라 감탄할 뿐이다.

"꽤 넓죠."

레슬리가 덧붙인다.

"바솔로뮤의 기준으로 봐도요. 말했다시피 원래 용도 때문이에요. 아주 옛날에는 고용인들의 거처로 쓰였으니까. 이곳에서 생활하면서 아래층에서 요리하고, 몇 층 아래에서 일을 했던 거죠."

레슬리가 계단 왼쪽의 휴식 공간을 가리킨다. 있는 줄도 몰랐다. 크림색 의자와 유리로 된 탁자가 놓여 있다. 흰 카펫이 깔린 방을 가로질러 걸어간다. 보들보들해 보이는 카펫이다. 당장에라도 신발을 벗고 맨발로 촉감을 느끼고 싶은 충동이 인다. 오른쪽 벽에는 문 두 개가 있다. 그중 하나는 큰 욕실로 이어진다. 잠깐 들여다보니 세면대 두 개가 있고, 유리로 된 샤워부스와 욕조가 있다. 다른 문은 커다란 옷방으로 통한다. 거울이 달린 화장대가 하나 있고 옷가게 하나를 전부 채울 만큼 많은 선반이 달려 있다. 물론 모두 비어 있지만.

"제가 어릴 때 썼던 방보다 넓은 것 같은데요. 아니, 살면서 썼던 방 통틀어 제일 넓어요."

화장대 거울로 머리를 살펴보고 있던 레슬리가 돌아서며 묻는다.

"말이 나왔으니 묻는 건데 지금은 어디에서 살고 있어요?"

역시 곤란한 주제다.

앤드류의 바람을 목격한 그날, 나는 집을 나왔다. 뭐 사실 자진해서 나온 건 아니다. 월세 계약은 앤드류의 이름으로 되어 있었고 애초에 내 이름은 없었다. 그곳에서 1년 넘게 살았지만 '내' 집이었던 적은 없었던 것이다. 지난 2주 동안은 저지시티에 있는 클로이네 집에서 신세를 졌다.

"지금은 집이 없어요."

너무 불쌍하게 들리지는 않았으면 좋겠다.

레슬리가 놀란 표정을 감추려 빠르게 눈을 깜빡인다.

"집이 없어요?"

"사정상 전에 살던 집에서 급하게 나왔거든요."

물론 거짓말이다.

"다른 집을 구하기 전까지 일단 친구랑 같이 살고 있어요."

"여기 살게 되면 딱 좋겠네요."

레슬리가 센스 있게 대답한다.

그렇게만 된다면 정말 기적이다. 이곳에 머무르며 일을 구하고 새로운 보금자리를 찾을 수도 있다. 물론 가장 중요한 것은 통장에 만 이천 달러가 들어온다는 점이다.

"자, 그럼 면접을 슬슬 마무리하고 우리가 찾던 사람이 맞는지 한번 확인해 봅시다."

레슬리를 따라 침실을 나온다. 계단을 내려와 응접실의 붉은 소파로 돌아온다. 다시 양손을 무릎에 올린다. 창밖에 시선을 뺏기지 않으려 애써보지만 실패한다. 짙은 금빛이 더해진 햇살이 늦은 오후의 공원을 감싸고 있다.

"몇 가지 질문만 더 하고 끝낼게요."

레슬리가 서류가방을 열고 펜과 지원서 같아 보이는 종이를 꺼내며 말한다.

"나이는요?"

"스물다섯이요."

레슬리가 적는다.

"생일은요?"

"5월 1일이에요."

"사전에 알아둬야 할 지병이나 건강상 특이사항이 있나요?"

창밖에서 시선을 홱 돌린다.

"그건 왜 물어보시는 건가요?"

"비상시를 대비해서요. 그럴 일은 없겠지만, 혹시 무슨 일이 생기더라도 당장 연락할 사람이 없으니까 알아 둬야죠. 오해하지 마세요. 일반적인 방침일 뿐이니까."

"병은 없어요."

레슬리의 펜이 종이 위에서 맴돈다.

"그럼 뭐 심장 질환 같은 건 없다고 봐도 되나요?"

"없어요."

"청력과 시력은요?"

"아주 좋아요."

"혹시 알레르기 같은 게 있나요?"

"벌독 알레르기가 있는데 알레르기약을 가지고 다녀요."

"현명하네요. 좋아요. 그럼 마지막 질문이에요. 평소에 좀 캐묻는 걸 좋아하는 편인가요?

이런 말을 면접에서 들을 거라고는 생각지 못했다. 특히 레슬리에게서는.

"글쎄요. 정확히 무슨 뜻인지 잘…."

"그럼 그냥 단도직입적으로 묻죠. 참견을 잘 하는 편인가요? 이것저것 물어보고 다니거나 들은 말을 옮기는 성향인지 묻는 거예요. 이미 알겠지만 바솔로뮤는 비밀 유지가 잘 되기로 유명해요. 보다시피 여기도 평범한 건물일 뿐인데 다들 이 안에서 무슨 일이 일어나는지 궁금해하죠. 불순한 의도를 갖고 온 아파트 시터들도 있었어요. 바솔로뮤와 주민들 과거사에 대한 추문을 캐러요. 신문사 같은 데 던져 줄 생각이었겠죠. 그런 사람들은 한눈에 다 알아봤어요. 그러니까 그런 소문을 찾아온 거라면 여기서 끝내는 게 좋을 거예요."

고개를 젓는다.

"전 여기서 무슨 일이 일어나든 관심 없어요. 솔직히 그냥 몇 달 살 집과 돈이 필요할 뿐이에요."

그 말을 마지막으로 면접이 끝난다. 레슬리가 치마를 매만지고 커다란 반지를 정돈하며 일어난다.

"보통은 합격이면 연락이 갈 거라고 말해 주는데, 딱히 기다리게 할 필요는 없는 것 같네요."

무슨 말이 나올지는 이미 안다. 사실 그 새장 같은 엘리베이터에 들어설 때부터 알고 있었다. 나는 바솔로뮤에 어울리지 않는다. 여기에 나처럼 부모도 직업도 없는 노숙자의 경계에 아슬아슬하게 걸쳐 있는 사람이 있을 자리는 없다. 마지막으로 창밖으로 시선을 던진다. 다시는 볼 수 없는 풍경일 것이다.

레슬리가 말을 마저 마무리한다.

"이곳에 머물러 줬으면 좋겠어요."

잘못 들은 게 아닌가 싶어 레슬리를 멍하니 바라본다. 난 확실히 좋은 소식에 익숙한 사람이 아니다.

"설마요."

"진심이에요. 물론 좀 더 알아봐야겠지만, 이 자리에 딱 맞는 사람인 것 같네요. 젊고, 생기 있고. 여기 사는 게 당신에게도 큰 도움이 될 거고요."

그제야 실감이 난다. 여기서 살게 됐다. 다른 데도 아니고 무려 바솔로뮤에서. 꿈에도 생각지 못한 곳에서.

심지어 여기에 사는 걸로 돈을 받는다. 그것도 만 이천 달러를. 행복에 겨워 눈물이 맺힌다. 혹시나 너무 감정적이라고 레슬리가 마음을 바꿀까 봐 황급히 눈물을 닦아낸다.

"감사합니다. 정말로요. 저한테 일생일대의 기회예요."

레슬리가 활짝 웃는다.

"저야말로 고맙죠. 바솔로뮤에 온 걸 환영해요. 아마 이곳을 좋아하게 될 거예요."

3

"그리고 뭔가 함정이 있었던 거지?"

클로이가 슈퍼에서 사온 싸구려 와인을 한 모금 홀짝인다.

"그럴 수밖에 없어."

"나도 원래 그렇게 생각했거든. 근데 함정을 못 찾겠어."

"제정신이면 그런 고급 아파트에 낯선 사람을 들이고 돈을 주진 않아."

저지시티에 위치한 클로이의 집이다. 물론 고급 아파트는 아니다. 우리 둘은 거실 탁자에 둘러앉아 있다. 첫날부터 저녁은 늘 여기서 먹었다. 오늘 메뉴는 저렴한 중국 요리다. 탁자 위에 포장 박스가 흩어져 있다. 야채 볶음면과 돼지고기 볶음밥이다.

"이게 무슨 휴가 같은 것도 아니잖아. 정당한 노동이라고. 쓸고 닦고, 뭐 문제없나 살펴보고. 집 관리지."

클로이가 먹던 도중 멈칫하며 젓가락에서 면발을 떨어트린다.

"잠깐만. 너 그거 진짜 할 거야? 아니지?"

"당연히 해야지. 나 내일 들어가기로 했어."

"내일? 그것도 수상해. 이렇게 빨리?"

"최대한 빨리 들어와 줬으면 좋겠대."

"나 원래 걱정 같은 거 안 하는 편인거 알지. 근데 이건 아무리 봐도 너무 수상하잖아. 사이비 같은 거면 어떡해?"

"진심이야?"

"난 완전 진심인데. 네가 그런 사람들을 몰라서 그래. 전에 거기 살았던 사람한테 무슨 일이 있었는지는 말해 줬어?

"죽었다던데."

"어떻게 죽었는지는 말 안했어?"

클로이가 묻는다.

"아니면, 어디서 죽었는지는? 그 집에서 죽은 걸 수도 있어. 어쩌면 살해당한 걸지도 모르지."

"너 좀 이상해."

"신중한 거지. 이상한 거랑 신중한 건 달라."

클로이가 답답한 듯 와인을 벌컥벌컥 들이킨다.

"적어도 사인하기 전에 폴한테 서류는 보여줘. 알겠지?"

클로이의 남자친구인 폴은 변호사 시험을 준비하며 대형 로펌에서 사무직으로 일하고 있다. 두 사람은 시험이 끝나면 결혼을 하고 교외로 나가 두 아이와 강아지 한 마리를 키울 계획이다. 클로이는 같이 신분 상승

하는 거라고 농담처럼 말하곤 한다.

나는 그 반대다. 바닥으로 곤두박질쳤다. 지금 밥 먹고 있는 이 자리에서 이따 잠도 잘 예정이다. 지난 2주간 내 세상이 딱 이 소파 크기만큼 줄어들었다.

"이미 사인했는데. 3개월 계약. 연장할 수도 있대."

과장을 좀 보탰다. 그건 계약이라기보다는 동의서에 가까웠고 연장 이야기는 나오지도 않았다. 그냥 있어 보이게 포장하기 위한 말이다. 인사과에서 일하고 있는 클로이가 계약 연장 이야기를 듣곤 솔깃해한다.

"세금 관련 서류는?"

클로이가 묻는다.

"그건 어떻게 됐어? 작성했어?"

대답을 피하기 위해 볶음밥을 젓가락으로 쿡 찍어 작은 고기 조각을 찾아낸다. 클로이가 내 손에서 볶음밥이 든 상자를 잡아채 탁자에 퍽 내려놓는다. 밥알이 탁자에 튄다.

"줄스. 세금도 안 내는 고용주는 안 돼. 그거야말로 진짜 수상한 거야."

"그냥 돈을 더 많이 번다는 의미일 뿐이야."

"불법이라는 의미지."

그 말을 무시하고 다시 상자를 집어 들어 젓가락으로 밥을 들쑤시기 시작한다.

"나한테 중요한 건 만 이천 달러뿐이야. 나 그 돈 필요해, 클로이."

"말했잖아. 돈이라면 빌려줄 수 있다니까."

"갚지도 못할 돈 말이지."

"갚게 될 거야."

클로이가 주장한다.

"언젠가는 말이지. 너 또 무슨 생각 하는지 알겠는데, 너 그런 거 아니 라니까. 그…."

"짐작?"

"난 그렇게 말 안 했어."

"맞잖아."

"아니, 넌 힘든 시기를 겪고 있는 내 절친이지. 필요한 만큼 얼마든지 여기 있어. 곧 괜찮아질 거야."

클로이는 나보다도 더 큰 믿음을 가지고 있다. 지난 2주간 어쩌다 내 인생이 이렇게 화려하게 경로를 이탈해 버린 건지 고민해 봤다. 난 머리 가 좋고, 성실히 일하는 좋은 사람이다. 적어도 그렇게 되려고 노력한다. 하지만 직장을 잃었다. 앤드류가 쓰레기였다는 사실을 알게 됐다. 겨우 두 방에 난 무너졌다.

그게 모두 내 잘못이라 말하는 사람도 있을 거다. 전문가들이 말하는 것처럼 적어도 세 달 봉급만큼의 비상금은 준비했어야 한다고, 그건 내 책임이라고. 그 숫자들을 들이미는 사람들에게 받아치고 싶다. 분명 월세 와 식비, 공과금만을 빠듯하게 낼 수 있는 수준의 실수령액을 받아 본 적 이 없었던 사람들이니까 그런 소리를 하는 거라고.

가난의 가장 큰 문제는 이거다. 가난해 보지 않은 사람은 가난이 뭔지 모른다는 점이다.

그 사람들은 모른다. 살아남으려 애쓰는 게 얼마나 아슬아슬하게 균 형을 잡는 일인지. 그럴 일도 없겠지만 수렁에 빠졌을 때 다시 헤어 나오 는 일이 얼마나 어려운지도 모를 거다.

난 그랬다. 통장잔고가 남아 있기를 바라면서 바들바들 떨리는 손으로 결제를 했다. 지갑은 비어 있고 신용카드는 한도초과인데 당장 주유가 간절해서 12시가 되자마자 월급이 들어오길 기다린 적도 있다.

주유뿐 아니라 음식이나 약도 마찬가지였다. 일주일 동안 처방받은 약을 살 수가 없었다.

식료품점이나 식당, 대형마트에서는 카드결제가 거부됐다. 날 흘끔흘끔 훑어보는 직원들의 곁눈질을 견뎠다.

겪어보지 않으면 이해할 수 없는 또 다른 문제다. 사람들은 걸핏하면 남을 판단하고 어림짐작한다. 생활고에 시달리는 사람을 멍청하고 게으르다고 생각한다. 판단력이 흐린 탓이라며.

스물이 되기도 전에 부모님을 땅에 묻었다. 많은 돈이 들었고, 몇 년간 쌓인 차용증 앞에서 눈물을 흘렸다.

보험은 무효가 됐다. 보조금과 두 개의 알바, 마흔까지도 못 갚을 학자금대출을 짊어지고 학교로 돌아갔다. 졸업 후 문학 학사 학위를 가지고 취업 시장에 뛰어들었다. 지원하는 자리마다 자격이 안 된다거나 도리어 과분하다거나 하는 말을 들었다.

그런 인생을 누가 생각해 보고 싶어 할까. 삶이 그럭저럭 만족스러운 사람들은 그게 안 되는 사람들을 이해하지 못한다. 그렇게 그 모든 수모와 두려움, 그리고 불안을 혼자 떠안게 되는 것이다.

그래, 불안.

불안은 쉽게 사라지지 않는다. 깨어 있는 순간순간 머릿속에서 울려댄다. 점점 암울해지는 상황이 되자 슬슬 궁금해지기 시작했다. 완전히 바닥을 칠 때까지 얼마나 남은 건지, 그다음에는 어떻게 해야 하는 건지. 클로이 말처럼 전부 극복해 낼 수 있을까, 아니면 아빠가 그랬던 것처럼 나도 어두컴컴한 공허 속으로 성큼성큼 걸어 들어가게 될까.

바로 오늘까지만 해도 이 곤경을 빠져나갈 길은 보이지 않았다. 하지만 이제는 이 무겁고 절망적인 불안도 잠시 덜었다.

"나 이거 해야 돼. 물론 이상한 일은 맞지. 네 말도 이해해."

"무턱대고 믿기엔 너무 말도 안 되게 좋지."

클로이가 덧붙인다.

"가끔은 좋은 사람들에게 좋은 일이 일어나잖아. 정말 절실히 필요할 때는."

클로이가 내 곁으로 오더니 나를 격하게 안는다. 우리가 펜실베니아 주립대 룸메이트였던 새내기 때부터 클로이가 자주 하던 행동이다.

"그 집이 바솔로뮤만 아니었어도 좀 나았을 것 같은데."

"바솔로뮤가 왜?"

"그 가고일부터 그래. 좀 소름 돋지 않아?"

그렇지 않았다. 솔직히 침실 창밖으로 보이는 가고일이 멋지다고 생각했다. 고딕풍에, 보초를 서는 호위병 같기도 하고.

"나, 들었거든." 클로이가 적당히 불길한 말을 찾는 듯 잠시 멈춘다.

"그런 거 있잖아."

"그런 거?"

"우리 할아버지 할머니가 어퍼 웨스트 사이드 사셨단 말이야. 할아버지는 바솔로뮤 있는 쪽 길로는 걷지도 않으셨어. 저주받았다면서."

볶음면에 손을 뻗는다.

"그 정도면 그냥 너희 할아버지가 독특한 분 같은데."

"진짜 그렇게 생각하셨다니까." 클로이가 말을 이어간다. "이것도 할아버지가 말해 주신 건데, 그 건물 지은 사람, 자살했대. 옥상에서 뛰어 내려서."

"그 말 하나 때문에 포기하진 않을 거야."

"내 말은 거기 있는 동안 조심해서 나쁠 건 없다는 거야. 뭔가 꺼림칙하다 싶으면 바로 여기로 돌아와. 이 소파는 언제나 네 자리니까."

"고마워. 그럴게. 세 달만 지나면 바로 돌아올지도 몰라. 하지만 저주받았든 아니든, 바솔로뮤에 머무는 게 지금 이 진창을 빠져나갈 가장 좋은 방법이긴 해."

모든 사람에게 다시 일어설 기회가 오는 건 아니다. 우리 부모님만 봐도 알 수 있다.

하지만 난 그 기회를 잡았다.

인생이 내게 건물 하나 크기의 리셋 버튼을 내밀었다.

난 그 버튼을 있는 힘껏 누를 생각이다.

🕐 **현재**

깜짝 놀라 잠을 깬다. 혼란스럽다. 여기가 어딘지 알 수가 없어 두려워진다.

고개를 들자 어두컴컴한 방이 보인다. 열린 문틈으로 네모난 빛이 희미하게 스며든다. 문 너머로 언뜻 수술실 복도가 보인다. 속삭이는 목소리와 함께 타일에 운동화가 달라붙었다 떨어지는 소리가 들린다.

내 몸 왼편과 머리를 강하게 관통하던 아픔은 이제 미미할 정도로 줄어들었다. 진통제 덕분이다. 머리와 몸은 속을 솜으로 채운 것처럼 가볍게 느껴진다.

의식이 없는 동안 내 몸에 무슨 일이 있었던 건지 허둥지둥 살펴본다.

손에는 링거가 꽂혀 있고 왼쪽 손목에는 붕대가 감겨 있다. 목에는 보호대를 했다. 관자놀이에도 붕대가 감겨 있다. 호기심에 손가락으로 눌러 본다. 움찔할 만큼 강렬한 고통이 인다.

팔꿈치를 이용해 바로 앉는다. 움직일 수 있다는 게 놀랍다. 옆구리가 꾹 누르는 것처럼 아프지만, 성과는 있다. 문을 지나던 누군가가 내가 일어난 걸 알아챈다.

"깨어났나 봐요."

불이 켜지고 하얀 벽과 구석에 놓인 의자가 보인다. 값싼 검은 액자에 모네 그림이 걸려 있다.

간호사가 들어온다. 전에도 본 얼굴이다. 눈빛이 다정하다. 버나드다.

"깼네요. 잠자는 숲 속의 공주인 줄 알았잖아요."

"얼마나 오래 잔 거예요?"

"몇 시간 정도요."

방을 살펴보지만 창문은 없다. 별 소득이 없다. 너무 하얘서 눈이 멀 것 같다.

"여기는 어디죠?"

"병실이에요."

안도감이 밀려온다. 이제 살았다는 생각이 들자 눈물이 핑 돈다. 버나드가 휴지를 꺼내 들고 내 볼을 살짝 두드린다.

"울 필요 없어요. 그렇게까지 나쁜 일은 아니에요."

그 말이 맞다. 하나도 나쁘지 않다. 사실 정말 잘 된 일이다.

나는 안전하다.

나는 바솔로뮤를 벗어났다.

FIVE DAYS EARLIER

5일 전

4

아침이 찾아온다. 작별인사로 클로이를 오랫동안 안아준 후 맨해튼으로 향하는 우버를 탄다. 짐이 많은 것도 아니니 그저 사치일 뿐이다. 앤드류와 그의 '친구'를 집에서 발견하고 집을 나오기까지 정확히 하룻밤이 걸렸다. 울고불고 난리 치지도 않았고 떠나가라 소리를 지르지도 않았다. 딱 한 마디 했다.

"나가. 아침까지 들어오지 마. 그때까지는 나갈 테니까."

앤드류는 반박하지 않았다. 그걸로 충분했다. 어차피 받아줄 생각도 없었지만 관계를 지키기 위해 일말의 노력조차 하지 않는 데에는 놀랐다. 앤드류는 그냥 떠났다. 어디로 갔는지는 모른다. 그 여자의 집에 갔을 거라고 추측만 할 뿐이다. 거기서 하던 짓이나 마저 하겠지.

앤드류가 떠나 있는 동안 나는 뭘 남기고 뭘 가져갈지 골라내며 계획적으로 짐을 쌌다. 앤드류와 같이 산 물건들은 싸울 기력도 없어 대부분 남겼다. 결국 앤드류는 토스터 오븐과 이케아 탁자, TV를 가질 수 있었다.

끔찍하고 긴 밤이었다. 그냥 다 갖다 버릴까 생각도 했었다. 나 역시 무언가를 버릴 수 있는 사람이라는 걸 앤드류에게 보여주고 싶었다. 하지만 화를 끌어올리기엔 이미 너무 슬펐고 지쳐 있었다. 대신 연애의 모든 흔적을 난로 위 거대한 냄비에 처박아 놓기로 했다. 사진이나 생일 카드, 서로에게 취해 있었던 연애 초반에 쓴 편지 같은 거. 성냥에 불을 붙여 수북한 쓰레기 더미에 내던지고 불꽃이 타오르는 걸 바라봤다.

그리고 잿더미를 주방 바닥에 쏟아 부은 후 집 밖으로 나섰다.

그렇게 앤드류는 잿더미도 덤으로 챙겼다.

2주가 지나 다시 짐을 싸면서 그날 물건을 더 챙겨오지 않은 게 후회되기 시작했다. 옷과 장신구, 책과 소중한 물건 몇 가지가 다였다. 빈털터리 그 자체다. 내 인생이 여행 가방 하나와 상자 몇 개 안에 다 정리된다는 게 충격이었다.

택시가 바솔로뮤에 도착하자 감탄하듯 운전사가 낮은 휘파람을 분다.

"여기서 일하시나 봐요?"

엄밀히 따지면 맞는 말이지만 내 업무 내용을 덧붙여 대답하는 쪽이 낫겠지.

"주민이에요."

미끄러지듯 택시를 빠져나와 내 임시 거주지를 정면에서 바라본다. 현관 위에 자리한 가고일들이 나를 마주 본다. 가고일이 등을 구부리고 날개를 펴고 있다. 앉은 자리에서 날 맞이하러 깡충 뛰어내릴 것만 같다. 실제로 그 역할을 해내는 건 가고일 바로 아래 서 있는 도어맨이다. 덩치가 크고 혈색이 좋다. 코 밑에 인상 좋아 보이는 수염이 눈에 띈다. 도어맨은 우버 기사가 트렁크를 열자마자 내 옆에 다가선다.

"제가 들어 드릴게요."

도어맨이 상자에 손을 뻗는다.

"라슨 씨, 맞으시죠? 저는 찰리라고 합니다."

조금이라도 힘을 보태기 위해 여행 가방을 집어 든다. 도어맨이 있는 건물에 살아보는 것도 처음이다.

"반가워요, 찰리."

"저도 반가워요. 바솔로뮤에 오신 걸 환영합니다. 이건 제가 챙길 테니 먼저 들어가세요. 에블린이 기다리고 있어요."

누군가 나를 기다리는 게 얼마나 오랜만인지 모르겠다. 환영받는 느낌이다. 필요한 사람이 된 것 같기도 하고.

역시 레슬리가 로비에서 기다리고 있다. 샤넬 정장이지만 이번에는 파란색이 아니라 노란색이다.

"어서 와요."

레슬리가 명랑하게 내 양볼에 볼키스를 하며 환영 인사를 건네더니 여행 가방을 보고 묻는다.

"나머지 짐은 찰리가 가지고 오는 건가요?"

"네."

"찰리는 정말 이상적인 도어맨 그 자체죠. 단연 유능한 인재예요. 물론 다른 도어맨들도 모두 우수하지만요. 도움이 필요할 때면 다들 어디서든 도와줄 거예요."

레슬리가 로비 너머의 작은 방을 가리킨다. 출입구 너머로 의자와 책상이 보인다. 죽 늘어선 보안용 모니터가 푸른빛이 감도는 회색으로 빛나고 있다. 그중 한 모니터가 여자 두 명을 비추고 있다. 두 사람은 로비의 바둑판 무늬 바닥에 멈춰 서 있는데, 몇 초 들여다보고서야 그중 한 명이 나라는 걸 알아차린다. 다른 한 명은 레슬리다. 올려다보자 현관 바로 위에 카메라가 놓여 있는 게 보인다. 다시 시선을 돌려 모니터를 바라보자 레슬리가 화면에서 사라지고 나 혼자 서 있다.

레슬리를 따라 로비를 가로질러 우편함이 늘어서 있는 반대편 벽으로 향한다. 문앞에 붙어 있던 표시처럼 총 42개의 우편함에 2A부터 호수가 붙어 있다. 레슬리가 12A라고 쓰여 있는 고리에 걸린 작은 열쇠를 들어 올린다.

"자, 이게 우편함 열쇠예요."

레슬리가 알사탕을 건네주는 할머니처럼 내 손바닥에 열쇠를 떨어트린다.

"우편함은 매일 확인해 줘야 해요. 별거 없겠지만 전 주인의 가족들이 여기 도착하는 건 다 받아봐야겠다고 했거든요. 당연한 말이지만 아무리 급한 일 같더라도 뭐든 열어봐서는 안 돼요. 사생활 문제라. 개인적인 우편은 사서함을 사용하는 걸 추천할게요. 이 주소로 개인 우편을 받는 건 철저히 금지되어 있으니까."

재빨리 고개를 끄덕인다.

"이해했어요."

"자, 그럼 집으로 올라가 볼까요. 나머지 규칙들은 가는 길에 이야기하도록 합시다."

레슬리가 다시 로비를 가로질러 엘리베이터로 향한다. 여행 가방과 함께 레슬리를 뒤따라가며 묻는다.

"규칙이요?"

"딱히 중요한 건 아니고 따라줘야 할 몇 가지 지침 같은 거예요."

"어떤 지침이죠?"

사용 중인 엘리베이터를 기다린다. 늘어선 금빛 창살 너머로 전선들이 위로 스르륵 올라가고 있다. 밑바닥 어딘가에서 웅웅거리는 기계 소음이 올라온다. 몇 층 위에서 엘리베이터가 내려오면서 위잉 소리를 낸다.

"방문객은 금지예요. 제일 중요한 규칙이죠. 금지라는 건 말 그대로 아무도 들일 수 없다는 의미예요. 친구에게 구경시켜 주는 것도 안 되고, 숙박비 아끼자고 가족을 재워 주는 것도 안 됩니다. 술집이나 소개팅 앱 같은 데서 만난 사람을 데리고 오는 것도 당연히 불가능해요. 명심하세요."

듣자마자 오늘 밤에 집 구경을 시켜주기로 했던 클로이가 떠오른다. 클로이라면 이 규칙을 싫어할 것이다. 역시 의심스러운 곳이라고 하겠지. 사실 이건 내가 생각해도 좀 이상하다.

"그 규칙은⋯. 음,"

레슬리의 기분을 상하지 않게 할 단어를 찾느라 잠시 말을 멈춘다.

"좀 엄격한 거 아닐까요?"

"그럴지도 모르지만 필요한 규칙이긴 해요. 주민 중 유명 인사도 더러 있다 보니, 같은 건물에 낯선 사람을 들이고 싶지 않다는 의견이라서요."

"엄밀히 말하면 저도 낯선 사람 아닌가요?"

레슬리가 내 말을 정정한다.

"고용인이죠. 앞으로 세 달 간은 세입자이기도 하고."

드디어 엘리베이터가 도착하고 20대 초반으로 보이는 남자가 나타난다. 키는 약간 작지만 넓은 상체에, 팔에도 탄탄한 근육이 붙어 있다. 염색한 흑발이 오른쪽 눈을 덮고 있다. 양쪽 귓불에는 흑단같이 까맣고 납작한 귀걸이가 달려 있다.

"잘 됐네요. 줄스, 또 다른 아파트 시터인 딜런을 소개할게요."

눈치채고 있었다. 티셔츠에는 록 밴드 댄지그가 그려져 있고 헐렁한 검은색 청바지는 밑단이 헤져 있다. 그것만 봐도 나와 마찬가지로 이곳에 어울리지 않는 사람이라는 걸 알 수 있다.

"딜런, 여기는 줄스예요."

내 손을 잡고 악수를 하는 대신 딜런이 손을 주머니에 찔러 넣고 웅얼 거리며 인사한다.

"줄스는 오늘 입주하는데 지금 막 임시 거주자들이 지켜야 할 규칙에 대해 걱정하던 참이에요. 조언이라도 한 마디 해 주면 좋을 것 같네요."

"별로 신경 안 쓰는데요."

특유의 억양이 있다. 모음을 강조하고 입을 둥글게 오므려 발음하는 걸로 보아 브루클린 출신인 듯하다. 올드스쿨 그 자체다.

"딱히 걱정할 거 없어요. 별로 엄격하지도 않고."

"들었죠? 걱정할 거 없다니까요."

"전 가볼게요."

딜런이 두 운동화 사이의 대리석 바닥을 내려다보고 있다.

"반가웠어요, 줄스. 또 봐요."

딜런이 여전히 손을 주머니에 꽂은 채 스쳐 지나간다. 계속 고개를 숙인 채 걸어가다 현관에서 찰리가 문을 열어주자 잠시 멈춰 선다. 밖으로 나가는 걸 고민하는 듯한 모습이다. 딜런이 결국 밖으로 나간다. 그리고 번잡한 고속도로를 건너는 사슴처럼 급히 움직인다.

"참 괜찮은 청년이죠."

레슬리가 엘리베이터에 올라선 후 말을 건넨다.

"조용한 사람이라 마음에 들기도 하고."

"아파트 시터는 총 몇 명이죠?"

레슬리가 문을 밀어 닫는다.

"이제 세 명이 됐네요. 다른 두 명은 인그리드와 딜런이에요. 둘 다 11층에 살고 있죠."

레슬리가 12층 버튼을 누르자 엘리베이터가 다시 삐걱거리며 움직인다. 목적지로 향하는 동안 레슬리가 나머지 규칙을 설명한다. 출입은 마음대로 할 수 있지만 밤에는 꼭 아파트에서 지내야 한다. 맞는 말이다. 빈자리를 채우고 살면서 돈을 받는 거니까. 이곳에 활기를 채우는 것이 내 일이다. 레슬리와의 면접에서 들었던 것처럼.

흡연이나 마약은 금지다. 두말할 것도 없다. 다행히 적당량의 음주는 괜찮다고 한다. 사실 이미 찰리가 옮겨주기로 한 상자에 클로이가 선물해 준 와인 두 병이 들어 있다.

"집은 항상 처음 모습 그대로여야 해요. 고장 난 게 있으면 관리팀에 바로 연락하세요. 기본적으로 떠날 때 집의 모습이 당신이 들어왔을 때와 완전히 같아야 합니다."

방문객이 허용되지 않는 것만 제외하면 모두 타당한 규칙들이다. 레슬리가 이유를 설명하고 난 뒤로는 방문객 관련 규칙조차도 이해가 간다. 딜런이 맞았다. 걱정할 건 아무것도 없다.

그 때 레슬리가 갑자기 떠오른 듯 또 다른 규칙을 툭 덧붙인다.

"아, 마지막으로 하나 더. 어제도 말했지만, 이곳 주민은 사생활을 지키고 싶어 해요. 그중에서도 꽤 유명한 주민들이 있으니, 그분들을 귀찮게 하지 않았으면 해요. 먼저 말 걸 때만 답하고 밖에서는 절대 주민에 대해서 이야기하면 안 돼요. 혹시 SNS 하나요?"

"페이스북이랑 인스타그램만 있어요. 둘 다 잘 안 쓰지만."

지난 2주간 사용한 SNS는 비즈니스용 SNS인 링크드인이 전부다. 전 직장동료를 통해 잠재적 채용 담당자들을 찾아다녔다. 지금까지도 아무 소식이 없지만 말이다.

"SNS에 이곳에 대해 언급하면 안 돼요. 마찬가지로 주민 사생활 문제와 연결되어 있기 때문에, 아파트 시터의 SNS 계정을 모니터하고 있어요. 인스타그램에 바솔로뮤의 내부 사진을 올리지 않도록 주의하세요. 곧바로 이곳을 떠나야 할 테니까요."

엘리베이터가 덜컹 흔들리며 꼭대기 층에 멈춘다. 레슬리가 문을 활짝 열고 묻는다.

"질문 있나요?"

아주 중요한 질문이 있지만 무례하게 들릴까 봐 말을 꺼내기가 어렵다. 다시 한번 내 통장잔고를 떠올린다. 아까 우버를 탔으니 이제 오십 달러도 채 안 될 것이다. 장을 보고 나면 더 줄어들겠지. 통신 요금도 밀린 지 오래다. 곧 실업수당을 받기야 하겠지만, 통신 요금을 내고 나면 남는 겨우 이백육십 달러로 이 동네에서 얼마나 버틸 수 있을지 모르겠다.

현실적인 문제들을 생각해 보니 무례하게 들리는 것쯤이야 아무것도 아니다.

"급여는 언제 받을 수 있나요?"

"아주 좋은 질문이에요."

레슬리는 늘 내가 민망하지 않게 요령껏 답해 준다.

"닷새 후에 천 달러를 현금으로 받게 될 거예요. 저녁 즈음에 찰리가 직접 가져다줄 겁니다. 여기 있는 동안 한 주가 끝날 때마다 똑같은 방식으로 급여를 받게 될 거예요."

안심이다. 몸에 힘이 쭉 빠진다. 한 달 후에 받거나, 세 달을 다 채우고 받는 건 아닐까 걱정했다. 그렇게 안도하고 있던 차에 문득 급여를 지급하는 방식이 꽤 이상하다는 데 생각이 미친다.

"원래 급여를 그렇게 받는 건가요?"

"문제라도 있나요?"

레슬리가 고개를 기울인다.

"아뇨, 그냥, 계좌로 입금된다든지, 좀 더 공식적인 방법으로 받을 거라고 생각했어요. 그건 좀 ….."

어젯밤 클로이가 한 말이 문득 떠오른다. '수상한 거야.'

"이렇게 하는 게 더 편하거든요. 이 방식이 불편하거나 고민된다 싶으면 지금 돌아가도 좋아요. 괜찮으니까."

"아니에요. 괜찮아요."

다시 돌아간다는 생각은 해본 적도 없다.

"좋아요. 그럼 이제 들어가 봐요."

레슬리가 열쇠고리를 집어 든다. 커다란 열쇠 하나와 작은 열쇠 하나가 달려 있다.

"큰 건 집 열쇠고 작은 건 지하에 있는 창고 열쇠예요."

우편함 열쇠를 가볍게 툭 떨어뜨렸던 것과 달리, 레슬리가 열쇠를 내 손에 올리고 손가락을 구부려 열쇠를 움켜쥐게 한다. 그리고 눈을 찡긋하며 웃더니 엘리베이터를 타고 아래층으로 사라진다.

이제는 나 혼자다. 돌아서서 12A를 마주하고 심호흡을 한다.

내가 바솔로뮤 꼭대기 층에 있다니. 지금 이게 내 인생이라니.

심지어 여기 살면서 돈을 받는다니, 정말 말도 안 된다. 그것도 일주일에 천 달러씩이다. 그 돈이면 빚을 다 갚고도 남아 밝은 앞날을 위해 저축할 수도 있다. 그 앞날이 바로 저 문 반대편에 있다.

문을 열고 안으로 들어선다.

5

창문 밖의 가고일을 조지라고 불러야겠다. 마지막 상자를 침실에 끌고 들어오다 갑자기 떠오른 생각이다. 나선형 계단 꼭대기에 서서 창밖을 바라본다. 또다시 센트럴파크의 호화로운 경관에 넋을 놓는다. 유리창 너머로 늦은 아침 햇살이 쏟아지며 석조 날개의 윤곽이 드러난다.

"안녕, 조지."

가고일에게 인사를 건넨다. 왜 그 이름인지는 나도 모르겠지만 어울리는 것 같다.

"우리 이제 룸메이트네."

오늘의 목표는 하나다. 고인이 머물렀던 이 낯선 집에 적응하는 것. 변변치 않은 옷가지를 거대한 옷장에 넣어 둔다. 가져온 옷의 열 배는 넣을 수 있을 만큼 넓다. 몇 개 없는 화장품들도 화장실 세면대에 올려 둔다.

침실 협탁에 제인과 부모님의 사진을 올려 꾸민다. 15살의 내가 찍은 펜실베니아 부쉬킬 폭포 앞에 서 있는 가족들이다. 이 사진을 찍고 2년 후 제인이 사라졌고 또 2년 후에는 부모님 두 분 모두 내 곁을 떠났다.

가족들이 항상 그리웠지만, 오늘은 유독 생각이 많이 난다.

사진 옆에 손때 묻은 *꿈꾸는 이의 마음*을 올려 둔다. 제인이 어렸을 때 읽어 주던, 몇 년간 나와 함께 했던 그 책이다.

"나야말로 지니와 다를 바 없지."

제인이 처음 읽어줄 때 주인공을 언급하며 한 말이다.

"희망차고, 격렬하고…."

"격렬하다는 게 무슨 뜻이야?"

"감정이 몰아친다는 이야기야."

지니를 한마디로 정의하자면 정말 그렇다. 지니의 일상에는 온통 즐겁고 황홀한 일이 가득하다. 지니는 메트로폴리탄 미술관에 놀러 가기도 하고, 센트럴파크에서 오후를 보내기도 한다. 진짜 뉴욕 피자를 맛본다. 나쁜 남자인 와이엇에게 차이고, 엠파이어 스테이트 빌딩 꼭대기에서 좋은 남자인 브래들리와 키스한다. 독자들은 지니에게 벌어지는 온갖 사건에 정신없이 빠져들고 만다. 그래서 사춘기 소녀들에게 이 책은 기준이 되었다. 많은 이들이 꿈꾸지만, 이루기는 어려운 삶이기에.

책을 처음 읽어 준 게 제인이었기 때문에 나는 제인과 지니를 떼놓고 생각할 수가 없다. 시시때때로 책을 들여다볼 때마다 바솔로뮤에 도착해 새로운 모험을 하고 진짜 사랑을 찾아가는 인물이 가상 인물이 아니라 내 언니인 것만 같다.

그래서 나는 그 책을 사랑할 수밖에 없다. 제인에게 어울리는 건 그런 행복한 결말이다. 제인이 맞이했을 그 형편없는 결말이 아니라.

그런 내가 바솔로뮤에 들어오게 됐다. *꿈꾸는 이의 마음* 책 표지를 바라본다. 지금 내가 표지에 그려진 건물과 같은 곳에 들어와 있다는 게 믿기지 않는다. 심지어 그림에 내가 있는 바로 이 방 창문이 보인다. 바로 그 옆에서 조지가 건물 모서리에 앉아 발을 모으고 날개를 펼치고 있다.

그림속의 가고일을 쓰다듬다 갑자기 애정이 솟아오른다. 애정보다는 일종의 주인의식에 가깝다. 앞으로 세 달 간 조지는 내 소유다. 조지가 앉아 있는 게 내 창이니 조지 역시 내 거나 다름없다.

정말로 세상이 정의로운 곳이었다면, 아마 조지는 제인의 소유였을 것이다.

책을 제자리에 두고 핸드폰과 노트북을 들고 조지 옆 창가에 앉는다. 클로이에게 오늘 밤 약속을 취소하는 문자를 보낸다. 전화 통화 없이 문자만으로 클로이가 이해해 주면 참 좋을 텐데. 더 물어보거나 바솔로뮤 생활을 또 반대하거나 하지 않고.

물론 인생이 뜻대로 될 리는 없다.

문자를 보낸 후 정확히 3초 뒤 클로이의 답장이 도착한다.

무슨 일인데?

몸이 좋지 않다고 답장하려다 멈칫한다. 클로이라면 닭고기 수프와 감기약을 잔뜩 싸들고 한걸음에 달려올지도 모른다.

일자리 알아보려고.

답장을 보낸다.

하루 종일?

응. 미안.

그럼 언제 갈까? 폴도 구경하고 싶대.

더 이상은 변명거리가 없다. 잘하면 이번 주까지는 어떻게든 얼버무린다 쳐도 앞으로 세 달 간 계속 변명만 늘어놓을 수는 없다. 진실을 말해야 한다.

안 돼.

클로이가 곧바로 답장한다.

왜?

방문객 금지. 건물 규칙이래.

답장을 보내자마자 전화벨이 울린다.

"그게 무슨 개소리야?"

전화를 받자마자 클로이가 내뱉는다.

"뭐? 방문객 금지? 하다못해 교도소에서도 면회가 되는데 무슨."

"그래, 맞아. 좀 이상하게 들리긴 해."

"이상하게 들리는 게 아니라 그냥 이상한 거지. 참나, 주민이 손님을 데려올 수 없게 하는 건물은 난생처음이네."

"난 주민이 아니라 고용인이잖아."

"친구끼리 직장에 가보지도 못해? 너도 내 사무실에 몇 번이나 왔었잖아."

"돈 많고 대단한 사람들이 산다잖아. 무려 돈이 많은 사람들이. 그 사람들한테 사생활이 중요하다는데, 할 말 없지. 내가 영화배우나 백만장자라면 나라도 그러겠다."

"변명하는 거 같은데 너."

"그런 거 아니야."

누가 봐도 살짝 화난 목소리다.

"줄스. 난 네가 걱정되는 것뿐이야."

"그럴 필요 없어. 아무 일도 없을 거니까. 난 우리 언니랑 달라."

"방문객 금지, 우리 할아버지의 이상한 행동, 거기다 폴이 말해 준 것까지. 나 진짜 너무 무섭단 말이야."

"뭐야, 폴이 뭐라고 했는데?"

"그냥 전부 다 비밀스럽다고. 폴 말로는 거기 사는 게 거의 불가능하대. 폴이 다니는 회사 사장이 그 집을 사고 싶어 했는데 건물 안으로 들여보내 주지도 않았다는 거야. 그 사람들 말로는 대기 명단에 올려줄 수는 있다고 했다는데 10년은 족히 기다려야 하는 거라더라. 그리고 내가 읽은 기사도 있어.”

머리가 팽팽 돌기 시작한다. 불쾌한 두통이 밀려온다.

“무슨 기사?”

“인터넷에서 찾았어. 메일로 보내 줄게. 바솔로뮤에서 일어났던 기묘한 일들을 정리한 기사야.”

“기묘한 일?”

“왜, 아메리칸 호러 스토리 같은 드라마에 나올 법한 이야기들 있잖아. 질병이라든지 정체불명의 사건 같은 거. 거기 마녀가 살았대. 진짜 마녀 말이야. 분명해. 거긴 수상하다고.”

“글쎄, 여긴 수상한 거랑은 거리가 멀다니까.”

“그럼 뭔데?”

“직장.”

창밖으로 조지의 날개와 그 아래 펼쳐져 있는 센트럴파크, 그 너머로 보이는 도시를 바라본다.

“꿈에 그리던 직장이지. 꿈에 그리던 집이기도 하고.”

“그래. 나는 출입금지지만.”

클로이가 덧붙인다.

“이상하다고? 맞아. 근데 세상에서 가장 쉬운 일이잖아. 말 그대로 거저 돈 버는 건데 내가 왜 그만둬야 하는데? 여기 사는 사람들이 사생활을 중요하게 생각한다는 그 사실 하나 때문에?”

“아니, 우리가 알아야 할 건 왜 그 사람들이 그렇게 사생활을 중요하게 생각하는지야. 내 경험상 너무 좋아서 의심이 가는 일들은 의심을 해야 하는 일들이더라.”

결국 의견 차이를 인정하고 통화를 끝낸다. 나는 클로이의 걱정을 이해한다고 말하고, 클로이는 어쨌든 좋은 일이니 기뻐해 줄 거라고 한다. 다음 주까지 내 지갑 사정이 괜찮아질지 모르겠지만 곧 저녁을 먹기로 한다.

딴 길로 심하게 샜지만, 다시 일을 구하기 시작한다. 일자리를 알아볼 거라는 말은 반쯤 진실이었다. 이제부터 대부분의 시간을 구직에 쓸 거니까. 노트북을 켜고 여러 구인구직 사이트를 전전하며 새로운 소식은 없는지 확인해 본다. 꽤 많은 일자리가 올라와 있다. 나한테 해당 사항이 없을 뿐이지. 난 그저 특별할 거 없는 부품일 뿐이다. 기업이 원하는 건 빛나는 인재다. 나 같은 사람은 흔해 빠졌다.

일단 조금이나마 자격조건이 맞는 자리들을 적어두고 자기소개서를 쓰기 시작한다. 제발 일자리 좀 주세요. 증명할 기회를 주세요. 제가 쓸모 있는 사람이라는 생각이 들게 해 주세요. 이렇게 자기소개서를 시작하고 싶지만, 꾹 참는다.

대신 고용주들이 원할 만한 상투적인 내용으로 자기소개서를 채운다. 도전해 온 것들과 업무 경험, 달성 목표를 덧붙여 완성한다. 이력서와 함께 총 세 통의 메일을 전송한다. 지난 2주간 보낸 메일 네 통과 합치면 총 일곱 통이다.

답장은 별로 기대하지 않는다. 섣불리 기대하지 않는 게 좋다는 걸 요즘 들어 더 깨닫고 있다. '최고를 기대하되, 최악을 준비해야 하는 법이니까.' 아빠가 입버릇처럼 말하곤 했다.

끝내 아빠는 무언가를 기대할 수도 없게 되었고, 이후에 마주한 최악이 대비할 수 있는 종류의 일도 아니었지만 말이다.

대단치도 않았지만 어쨌든 일자리를 찾는 건 어느 정도 정리됐으니 엑

셀을 켜 다음 몇 주간의 예산을 정리해 본다. 무서울 정도로 빠듯하다. 힘들 땐 신용카드만 믿고 살았는데 이제는 그것도 안 될 말이다. 카드 세 개 모두 한도 초과로 정지되어 있다. 이제 정말 통장에 남은 돈만으로 살아가야 한다. 계좌에 찍히는 숫자를 확인할 때마다 마음이 무겁다.

내 앞으로 남은 돈은 겨우 사백삼십이 달러뿐이다.

6

내 앞으로 남은 돈은 이제 삼백이십이 달러뿐이다.

앞으로 일 년은 더 시달려야 할 그놈의 핸드폰 약정 때문이다.

학자금 대출도 유예했고 재무 곤란으로 카드사에도 일시적 상환 유예를 신청했지만 핸드폰 요금은 미룰 수가 없었다. 이미 일주일 밀리기도 했고, 고용주들에게서 연락이 올 수도 있으니 핸드폰 정지만은 막고 싶었다. 백십 달러가 그렇게 떠나갔다.

그나마 다행인 건 자정이 되자마자 실업수당이 들어올 거라는 사실이다. 하지만 그것도 그리 위안은 못 된다. 내가 정말 받고 싶은 건 실업수당이 아니라 정당한 노동의 대가다.

지금은 썩 정당한 노동을 하고 있다는 생각이 들지 않는다. 거저먹는 기분이다.

'정당한 몫이 아니면 취하지 말아라, 어떻게든 값을 치르게 될 거야.' 아빠는 이렇게 말씀하시곤 했다.

이미 빛이 나는 집이지만 그 말을 떠올리고 나니 청소를 해야겠다는 생각이 든다. 위층 화장실부터 청소를 시작한다. 먼지 하나 없는 세면대를 구석구석 닦아내고 거울에 유리 세정제를 뿌린다. 침실로 향해 카펫의 먼지를 털어내고 복도 벽장에서 찾은 매끈한 진공청소기를 돌린다.

주방의 조리대를 닦고 서재에서는 먼지떨이로 책상을 청소한다. 책상 위에 전 주인의 물건은 남아 있지 않다. 전 주인이 가지고 있던 것들이 아직 이 집에 많다는 생각이 들자 기분이 이상해진다. 가구나 접시, 진공청소기까지 모두 전 주인의 흔적이다. 하지만 누구였는지 유추할 만한 물건은 남아 있지 않다.

옷장에는 아무것도 없고, 가족사진도 없다. 서재와 응접실 벽지에 사각형으로 변색된 부분이 있는 걸로 보아 무언가 걸려 있었던 것 같지만 말이다.

서재를 둘러본다. 확실히 청소보다는 염탐에 가깝다. 이상한 마음을 먹은 건 아니다. 죽은 전 주인의 은밀한 비밀 같은 건 알고 싶지 않다. 내가 찾고 싶은 건 도대체 전 주인이 누구였는지에 대한 힌트다. 여기가 CEO나 영화배우의 집이었다면 정확히 누구의 집이었는지 알고 싶을 뿐이다.

먼저 책장을 뒤져본다. 누구인지는 알 수 없더라도 직업 정도는 알아낼 수 있을지도 모른다. 하지만 큰 소득은 없다. 책장에는 가죽 표지에 금박으로 제목이 양각된 고전들과 십 년쯤 된 베스트셀러들이 꽂혀 있을 뿐이다. 그 사이에 놓인 *꿈꾸는 이의 마음*이 내 눈을 사로잡는다. 이 장소에 꽤 어울리는 책이다.

상태가 아주 좋은 양장본이다. 너무 많이 넘겨본 탓에 종이로 된 책등이 갈라지고 모서리가 너덜너덜해진 내 소중한 종이 표지 책과는 전혀 다르다. 표지를 넘긴다. 저자의 사진이 날 쳐다보고 있다.

그레타 만빌이다.

완벽하게 잘 나온 사진이라고 하기는 어렵다. 전체적으로 각이 살아있는 얼굴이다. 날렵한 광대와 뾰족한 턱, 좁은 코에 입술은 아주 살짝 올라가 있다. 아마 미소를 지으려 했던 것 같다. 나름 즐거워 보이는 표정 같지만 그 사실을 알아차리기는 쉽지 않다. 셔터를 누르기 직전에 사진가와 그들만 알 수 있는 농담을 나눴는지도 모른다.

그레타 만빌의 저서는 한 권뿐이다. 제인이 내게 그 책을 읽어 준 후 그레타 만빌이 쓴 책에 대해 찾아봤지만, 다른 작품은 없었다. 80년대 중반 걸작 단 한 권만을 남겼을 뿐이다.

책을 책장에 다시 꽂아두고 책상으로 향한다. 책상 위에도 놓여 있는 건 딱히 없다. 그나마 있는 물건도 실망스러울 만큼 평범하다. 서랍 첫 번째 칸에는 클립과 BIC 펜이, 그 아래 칸에는 빈 서류철과 오래된 뉴요커 잡지 몇 부가 들어 있다. 이름이 적혀있는 물건이나 서류는 찾아볼 수 없다.

그러다 잡지 표지에 붙은 주소 라벨을 발견한다. 바솔로뮤의 주소와 이 집의 호수, 그리고 어떤 이름이 적혀 있다.

마조리 밀턴이라는 이름이다.

허탈함이 밀려온다. 들어본 적 없는 이름인 걸 보니 아마 평범한 부자였던 모양이다. 부잣집에서 태어나 부자로 살다 부자로 죽은 인생이겠지. 지금은 그 유산으로 가족들이 다투고 있고.

실망감에 잡지를 책상에 놓아 두고 다시 청소를 이어간다. 응접실로 향해 카펫과 창문, 식탁의 먼지를 털어 내고 천장의 몰딩을 닦아 낸다. 벽지가 바로 코앞에 있다.

가까이서 보니 더 숨 막히는 무늬다. 꽃들은 입처럼 활짝 펼쳐져 있고 꽃잎은 겹쳐져 있다. 꽃과 꽃 사이 공간은 검은색에 가까운 붉은색 타원 모양이다. 벽지에 눈이 다닥다닥 박혀 있는 것만 같다.

한 걸음 물러서 실눈을 뜨고 바라본다. 벽지에 눈이 박혀 있다고 생각하기 전으로 돌아가고 싶지만 돌이킬 수 없다. 이제는 꽃도 꽃으로 보이지 않는다. 펼쳐진 꽃잎은 얼굴 모양 같다.

천장의 몰딩도 마찬가지다. 복잡한 석고 장식이 크게 뜬 눈과 일그러진 얼굴로 보인다.

분명 머리로는 착시현상인 걸 알지만 한 번 그렇게 보기 시작한 이상 원래 어떻게 보였는지는 기억나지 않는다. 꽃은 사라지고 남은 건 얼굴뿐이다. 삐뚤어진 코와 뒤집힌 입술, 가늘고 긴 턱으로 무언가 말하고 있는 것처럼 보이는 기괴한 얼굴이다.

그러나 벽은 말이 없다. 나를 가만히 관찰하고 있을 뿐이다.

그때 갑자기 집안 어딘가에서 삐걱거리는 소음이 작게 들려 온다.

순간적으로 쥐가 내는 소리라고 생각했지만 바솔로뮤에 쥐가 있을 리는 없다. 더군다나 쥐 소리와는 좀 다르다. 삐걱 소리와 함께 평소에 작동하지 않던 무언가가 무리해서 움직이는 듯 끼익 거리는 소리도 함께 들려 온다. 녹슨 톱니바퀴나 뻣뻣한 관절에서 날 법한 소리다.

소리가 나는 곳을 찾아 주방에 들어선다. 오븐과 싱크대 사이의 찬장에 놓인 음식용 승강기다.

찬장 문을 활짝 열자 빈 통로가 나타나며 찬바람이 불어온다. 시리도록 차갑지만 상쾌하다. 레슬리가 보여줬을 때는 느슨하게 달려 있던 로프가 지금은 팽팽하게 작동 중이다. 위쪽의 도르래가 돌아간다. 로프가 움직일 때마다 멈췄다가 움직였다 한다. 도르래가 움직이면서 날카로운 끼익 소리가 난다.

통로 안을 들여다 보자 상쾌한 바람이 얼굴을 스친다. 아무것도 안 보

Lock Every Door

인다. 지하까지 이어지는 칠흑 같은 어둠뿐이다. 그때 무언가 어둠 속에서 모습을 드러내며 다가온다. 먼지가 잔뜩 쌓인 나무 승강기다. 위아래로 로프가 미끄러져 지나갈 수 있도록 구멍이 뚫려 있다.

도르래가 돌아가며 끼익 거리는 소리를 낸다. 승강기가 계속 올라오고 있다. 불어오던 바람에 섞인 먼지가 훅 날아 온다. 한 걸음 물러선다. 재를 뿜어내는 굴뚝처럼 먼지가 찬장 밖으로 뿜어 나온다.

백 년 전쯤에 사용되었을지도 모른다. 상상해 본다. 요리사들이 온갖 고생을 해가며 만든 호화로운 음식을 하나하나 내 간다. 승강기 통로가 로스트치킨이나 양갈비, 신선한 허브 냄새로 가득하다. 돌아오는 승강기에는 사용한 접시며 은식기며, 와인이나 립스틱 자국이 남은 투명한 술잔이 담겨 있다.

과거의 포장을 덧입히니 낭만적인 이야기 같지만 실제로는 좀 비참했을지도 모른다. 적어도 고용인들이 일하고 먹고 자던 이 위에서는 말이다.

끼익 소리가 멈추고 비어 있던 공간에 승강기가 들어선다. 딱 맞는 크기다. 어쩌다 손님이 찾아와 찬장을 열어보더라도 로프가 없으면 승강기라는 것조차 모를 것이다. 원래 그 자리에 있던 나무 찬장의 일부분처럼 자연스러운 모양이다.

바닥에 종이 한 장이 놓여 있다. 책에서 찢은 조각인 듯 왼쪽 모서리가 들쭉날쭉하다. 종이에는 한 편의 시가 적혀 있다. 에밀리 디킨슨.

「*죽음을 위해 내가 멈출 수 없기에*」다.

종이를 뒤집어보니 커다란 글자가 적혀 있다. 전부 대문자다. 내용은 간단하다.

안녕하세요, 환영해요!

그 아래에는 좀 더 작은 글씨로 보낸 이의 이름이 쓰여 있다.

인그리드

주방을 뒤져 고무줄이나 케첩, 메뉴판 등 잡동사니가 든 서랍에서 펜과 종이를 찾아낸다.

안녕하세요, 감사합니다.

하고 답장을 쓴 후 종이를 승강기에 넣는다. 승강기를 내리기 위해 오른손으로 로프를 잡고 위로 쭉 당긴다.

승강기가 탈탈거리며 움직이고 그 위의 도르래가 끼익 소리를 낸다.

직접 움직여보니 생각보다 더 크고 무거운 장치다. 크기와 무게 모두 성인 남성 한 명에 준할 정도다. 두 손을 써서 힘껏 당겨야 겨우 내려갈 만큼 무겁다. 내려가는 승강기를 지켜보며 길이를 가늠해본다.

1m, 2m, 3m….

6m쯤 내려가자 쥐고 있던 로프가 느슨해진다. 이쯤에서 목적지에 도착한 걸로 보아 승강기는 바로 아래층과 이어져 있는 듯하다.

11A. 그곳에 인그리드라는 의문의 인물이 살고 있다. 만나본 적도 없지만 벌써 마음에 든다.

7

오후에는 장을 볼 예정이다. 조용한 12층에서 엘리베이터를 타고 내려간다. 아래층으로 향할수록 생기 있는 소리가 들려온다. 10층에서는 복도를 따라 베토벤의 음악 소리가 흘러나오고 9층에서는 코를 찌르는 소독약 냄새를 풍기며 닫히는 문을 흘긋 바라본다.

엘리베이터가 7층에서 멈춘다. 어제 마주친 그 연속극 배우다. 이번에는 강아지와 털 장식 재킷을 맞춰 입고 있다.

갑자기 등장한 유명인사에 잠시 말문이 막힌다. 극 중 이름을 떠올리기 위해 머릿속을 뒤져본다. 캐시디. 분명 그런 이름이었다. 엄마가 그렇게 신나게 캐시디 욕을 했었는데.

"들어가도 될까요?"

배우가 닫힌 문을 쳐다보며 묻는다.

"아, 죄송해요. 들어오세요."

문을 열고 강아지와 함께 들어올 수 있도록 옆으로 물러난다. 그녀가 강아지의 재킷을 정리해 주고 있는 동안 내가 그 캐시디와 같은 엘리베이터에 탄 걸 아셨다면 엄마가 얼마나 좋아하셨을까 상상해 본다.

짙은 화장 때문인지 가까이서 직접 마주한 모습은 내 생각과 다른 느낌이다. 파운데이션을 바른 피부가 복숭앗빛으로 빛나고 있다. 얼굴을 삼분의 일 가량 가리고 있는 커다란 선글라스 때문에 낯설게 느껴지는 것 같기도 하다.

"여기 처음 왔죠?"

"네. 이제 막 들어왔어요."

세 달만 돈 받고 사는 거라고 덧붙여야 할까. 굳이 말할 필요는 없을 것 같다. 캐시디 역을 맡았던 사람이 나를 바솔로뮤의 진짜 거주민이라고 생각하겠다는데 막을 이유는 없다.

"저는 여기 온 지 6개월 됐어요. 이사 오려고 말리부에 있던 집을 팔아야 했지만 그럴 만 하다고 봐요. 아, 저는 마리안이에요."

당연히 이미 알고 있었다. 브라운관 속 유명한 악동, 마리안 던컨은 *꿈꾸는 이의 마음*을 읽는 것만큼이나 내 청소년기에 많은 영향을 끼쳤다. 마리안이 강아지를 안고 있지 않은 반대쪽 손을 꺼내 내 손을 마주 잡는다.

"저는 줄스에요."

강아지를 바라보며 한 마디 더 덧붙인다.

"이 귀여운 친구는 이름이 어떻게 되죠?"

"루푸스라고 해요."

자그마한 귀 사이를 쓰다듬어 주자 루푸스가 보답하듯 내 손을 핥는다.

"어머, 줄스가 마음에 들었나 봐요."

아래층으로 향하면서 어제 마주쳤던 사람들을 두 명 더 발견한다. 힘들게 계단을 내려가는 노인과 그 옆에서 노인을 돕고 있는 지친 기색의 여자다. 노인이 어제처럼 관심 없는 척하는 대신 우리를 보고 웃으며 손을 흔든다.

"힘내요, 레너드 씨. 잘하고 있어요."

마리안이 노인을 응원한 뒤 내게 속삭인다.

"심장병이래요. 또 심장발작 와서 쓰러지면 안 된다고 매일 계단을 오르내리더라고요."

"몇 번 쓰러지셨는데요?"

"제가 아는 것만 세 번이요. 한때는 국회의원이었다는데, 그것만으로도 심장마비 한두 번은 왔을 거예요."

로비에 도착한 뒤 마리안과 루푸스에게 인사를 건네고 우편함으로 향한다. 12A의 우편함은 당연히 비어 있다. 그리 놀랍지도 않다. 우편함에서 돌아서니 누군가 로비로 들어오는 게 보인다. 70대 초반쯤 되어 보이는 여자다. 나이를 감추려는 시도조차 없다. 레슬리 에블린처럼 이마에 보톡스를 맞지도, 마리안 던컨처럼 파운데이션을 바르지도 않았다. 창백한 얼굴이 살짝 부어 있다. 하얗게 센 생머리는 어깨에 살짝 닿는 정도다.

하지만 진짜 나를 사로잡은 건 그 눈동자다. 로비의 어둑한 조명에서도 밝고 푸른 눈이 총명하게 반짝인다. 눈이 마주치자 여자는 뚫어져라 쳐다보는 나를 점잖게 못 본 척한다. 하지만 나도 어쩔 수 없다. 몇백 번은 더 봤던 얼굴이다. 심지어 오늘 아침에도 책 표지 뒤편에서 나를 쳐다보던 바로 그 얼굴.

"죄송한데,"

바들바들 떨리는 내 목소리에 놀라 목을 가다듬고 다시 말을 꺼낸다.

"죄송합니다만, 혹시 그레타 만빌 작가님 맞으세요?"

머리를 귀 뒤로 넘기고 온화하게 미소 짓는 걸 보니 내가 알아본 게 불쾌한 건 아닌 듯하지만 그렇다고 막 기뻐 보이지도 않는다.

"네, 맞아요."

허스키한 목소리다. 정중하지만 경계심이 담겨 있다.

심장이 요동치기 시작한다. 무려 그레타 만빌이 바로 여기 내 앞에 있다니.

"저는 줄스라고 해요."

그레타 만빌은 악수도 없이 나를 지나쳐 우편함으로 향한다. 호수를 외워둔다. 나보다 두 층 아래인 10A다.

"만나서 반갑군요."

그레타 만빌이 전혀 반갑지 않은 목소리로 대답한다.

"저 그 책 정말 좋아하거든요. *꿈꾸는 이의 마음*은 제 인생을 바꿨어요. 거짓말 안 하고 스무 번은 읽었어요."

너무 혼자 신나서 쏟아낸 것 같아 꾹 참는다. 숨을 들이쉬고 등을 곧게 편 후 태연하게 말을 꺼낸다.

"혹시 책에 사인해 주실 수 있을까요?"

그레타는 돌아보지 않는다.

"제 책을 가지고 계신 건 아닌 것 같은데요."

"아, 다음에 우연히 마주치면요."

"다음이 있을지는 어떻게 알죠?"

"만약에 마주치면 말이에요. 아무튼, 그 책을 써 주셔서 정말 감사해요. 뉴욕으로 온 이유도 그 책 때문이었어요. 그리고 여기 주민이 되기도 했고요. 임시직이긴 하지만."

그레타가 우편함에서 천천히 돌아선 후 나를 살펴본다. 날카롭게 빛나는 눈에 미약한 호기심이 어리고 무언가 할 말을 생각하는 듯 입술을 오므린다.

"임시 주민이라고요?"

"네. 이제 막 들어왔어요."

이번에는 그레타가 바로 고개를 끄덕인다.

"레슬리가 규칙을 알려 줬겠네요."

"네."

"그럼 주민을 귀찮게 하지 말라는 말도 들었을 텐데."

침을 꿀꺽 삼키고 고개를 끄덕인다. 마음속으로 실망감이 스민다.

"여기 주민들이 사생활을 중요하게 생각한다고 들었어요."

"맞아요. 다음에 마주칠 땐 그걸 명심하는 게 좋을 거예요."

그레타가 우편함을 닫고 나를 스쳐 지나간다. 어깨가 부딪히자 움찔한 내가 웅얼거리듯 내뱉는다.

"귀찮게 해서 죄송합니다. 그냥 그 책이 제가 가장 좋아하는 작품이라는 걸 말씀드리고 싶었어요."

우편물을 한 아름 안아 든 채 로비 중앙에서 그레타가 차갑게 시린 눈으로 나를 돌아본다.

"가장 좋아하는 작품이라고요?"

분위기상 좋아하는 작품 중 하나일 뿐이라고 정정해야 할 것 같지만 관둔다. 그레타의 태도를 보니 다시 만날 일은 없을 것 같아 역시 진실을 알려 주고 싶다.

"맞아요."

"그렇다면 책을 좀 더 읽을 필요가 있겠군요."

그 말이 내 마음을 따갑게 후벼 판다. 위축되어 얼굴이 빨개지고 한 대 얻어맞은 듯 휘청거리기까지 한다. 반면 그레타는 내 반응 같은 건 관심도 없는 듯 허리를 꼿꼿이 세우고 엘리베이터를 향해 성큼성큼 걸어간다.

내가 그레타에게 망신을 당해 상처를 받든 말든 그레타는 전혀 신경 쓰지 않는다. 또다시 우울해진다.

세상에서 가장 쓸모없는 사람이 된 것 같다.

출입구를 향해 돌아서자 로비 안쪽에 서 있는 찰리가 보인다. 나와 그레타의 대화를 모두 듣지는 않았더라도 아마 내가 왜 이렇게 당황해 하는지는 알 것이다.

찰리가 모자를 벗고 말을 건넨다.

"주민에 대해 나쁘게 말하면 안 되겠지만 주민의 무례를 못 본 체할 수도 없죠. 그레타 씨가 너무 심했어요. 바솔로뮤의 다른 사람들을 대신해 사과드리겠습니다."

"전 괜찮아요. 더한 일도 겪은 적 있는데요 뭐."

"너무 우울해하지 마세요."

찰리는 미소를 지으며 문을 열어 준다.

"자, 나가서 화창한 날을 즐기세요."

바깥으로 나가자마자 현관의 가고일과 사진을 찍고 있는 여자 세 명과 마주친다. 그중 한 명이 핸드폰을 들고 외친다.

"자, 바솔로뮤!"

"바솔로뮤!"

다른 두 명이 합창하듯 외친다.

사진 촬영이 끝날 때까지 나는 출입구에 못 박힌 듯 서 있다. 여자들은 내가 사진에 같이 찍힌 줄도 모르고 꺄르륵 웃으며 발길을 재촉한다. 애초에 내 존재를 눈치채지 못한 것 같다. 분주한 맨해튼의 거리에서 나는 이렇게나 존재감이 없다. 바솔로뮤를 구경하러 온 관광객들 외에도 개를 산책시키는 사람들, 아기와 바깥바람을 쐬러 나온 보모들과 그 사이를 정신 없이 지나가는 뉴요커들이 보인다.

바솔로뮤에서 두 블록 지나 길모퉁이의 건널목에서 사람들 사이로 섞여 들어간다. 신호를 기다리는 동안 가로등에 테이프로 붙어 있는 전단지가 눈에 띈다. 한 귀퉁이가 떨어진 채 바람에 나부끼는 깃발처럼 펄럭이고 있다. 전단지 속 사진에서 창백한 피부와 날렵한 눈매, 풍성한 갈색 머리의 여자가 언뜻 눈에 들어온다. 사진 위에는 짙은 빨간색으로 강조된 문구가 보인다. 지독하게도 익숙한 말이다.

사람을 찾습니다

과거의 기억이 불쑥 밀려와 온몸을 덮친다. 제인이 사라진 후, 걱정으로 지샜던 며칠간의 기억이 내 머릿속을 가득 채운다.

나도 제인을 찾는 전단지를 붙였었다. 사람을 찾습니다. 눈앞의 전단지와 마찬가지로 다급한 빨간 문구 아래 제인의 졸업 사진이 있었다. 몇 주간 손바닥만 한 우리 마을 곳곳에 제인의 사진이 붙었다. 똑같이 생긴 제인이 수백 명이었지만 그중에 진짜 제인은 없었다.

고개를 돌린다. 전단지를 다시 들여다보면 그 얼굴이 제인으로 보일 것만 같다.

다행히 이내 신호가 바뀐다. 개를 산책시키는 사람들과 보모들, 지친 뉴요커들이 길을 건너고 나 역시 그 뒤를 따른다. 전단지와 거리를 두기 위해 부지런히 발길을 재촉한다.

8

내 앞으로 남은 돈은 이제 이백오 달러뿐이다.

맨해튼의 높은 물가는 식료품에도 예외가 아니다. 특히 이 동네는 그중에서도 가장 심한 편이다. 최대한 저렴한 제품들만 담았는데도 비싸기는 마찬가지다. 파스타 면과 브랜드가 없는 토마토소스, 싸구려 시리얼과 가성비 좋은 냉동 피자를 샀다. 영양실조를 막기 위해 신선한 과일과 채소에는 돈을 좀 썼다. 오렌지 몇 개가 포장된 스파게티 2kg과 맞먹는 가격이라는 게 충격이다.

종이봉투 두 개 가득 일주일치가 넘는 식료품을 가지고 나온다. 걸을 때마다 양쪽으로 움직여서 균형 잡기가 어렵다. 냉동피자 때문인지 무겁기까지 하다. 힘이 분산되도록 봉투를 높이 올려 어깨로 받쳐 든다. 그래도 바삐 날 스쳐 지나는 인파를 뚫기엔 역부족이다. 바솔로뮤에 도착하자 찰리가 나를 보고 문을 활짝 열어 준다. 내가 여왕이라도 되는 것처럼 커다랗게 팔을 뻗어 나를 안내한다.

"고마워요, 찰리."

봉투 사이 좁은 틈으로 감사인사를 건넨다.

"제가 들어 드릴게요."

무거운 짐을 덜 생각으로 허락하려던 찰나, 커다란 봉투 안에 뭐가 들었는지 떠올린다. 온갖 싸구려 제품이 가득한 걸 보면 찰리가 날 뭐라고 생각할까. 동정할지도 모른다. 그럴 바엔 그냥 거절하는 게 낫다. 물론 찰리처럼 예의 바른 사람이라면 그러지 않겠지만 그래도 창피하고 겁이 나는 건 사실이다.

생활고 때문에 최근에 갑자기 생긴 버릇이라면 차라리 낫겠지만 사실 이 두려움의 원인을 따지려면 제법 옛날로 돌아가야 한다. 초등학생 때 나는 새 친구 케이티를 우리 집에 초대해 같이 밤새 놀기로 했다. 케이티네 집은 우리 집보다 잘 살았고 집 한 채를 통으로 썼다. 반면 나는 한 채가 둘로 나뉜 집의 반쪽에 살았다. 이웃이 크리스마스 장식을 1년 내내 걸어두었기 때문에, 누가 봐도 두 가족이 사는 집인 게 티가 났다.

집의 반쪽이 은빛 화환과 반짝이는 조명으로 꾸며져 있어도 케이티는 그다지 신경 쓰는 기색이 아니었다. 비좁은 내 방도 저녁으로 먹은 초라한 맥앤치즈도 불편해하지 않았다. 하지만 아침이 되어 엄마가 후르트링이 아니라 싸구려 후르츠오를 내놓자 케이티가 말했다.

"저 그거 못 먹어요."

"이거 후르트링인데."

엄마가 대답했다.

상자를 바라보는 케이티의 눈에는 감출 수 없는 비웃음이 서려 있었다.

"짝퉁이잖아요. 저는 진짜만 먹는데."

케이티는 결국 아침을 먹지 않았다. 나 역시 마찬가지였다. 엄마는 화가 났고 나는 케이티가 떠나간 그 다음 날에도 아침을 걸렀다.

"나도 진짜 후르트링 먹을래."

내가 선언했다.

그 말을 듣고 엄마가 한숨을 내쉬었다.

"이름만 다르지 똑같은 거야."

"나도 진짜만 먹을 거야. 가난한 사람들이 먹는 거 말고."

엄마가 주방 식탁에서 울음을 터트렸다. 고작 눈물 몇 방울 흘리는 정도가 아니라 빨개진 얼굴로 어깨를 들썩이며 엉엉 울었다. 너무 당황하고 겁이 나서 방으로 도망쳤다. 다음 날 아침 빈 그릇 옆에 후르트링이 놓여 있었다. 그때부터 엄마는 절대 싸구려 제품 같은 건 사지 않았다.

몇 년 후 부모님의 장례식에서 나는 케이티와 후르트링을 떠올렸다. 브랜드에 집착하는 나 때문에 돈을 얼마나 썼을까. 엄마의 관이 땅속으로 들어가는 걸 바라보며 그깟 시리얼 하나에 바보같이 굴었던 걸 깊이 후회했다.

어쨌든 그것도 다 지난 이야기다. 지금은 찰리를 지나 급하게 로비를 달리느라 정신이 없다.

"괜찮아요. 대신 엘리베이터 좀 눌러 주실래요?"

로비 끝에서 엘리베이터가 내려오고 있다. 위층에서 누군가 누르기 전에 엘리베이터를 잡기 위해 빠르게 달려간다. 봉투가 마구 흔들린다. 찰리가 뒤에서 따라오고 있다. 엘리베이터에 거의 도착했을 무렵, 바로 옆에서 계단을 급히 뛰어 내려오는 여자를 발견한다. 발이 바삐 움직인다. 고개를 숙여 핸드폰을 보고 있다.

"조심해요!"

찰리가 소리친다.

이미 늦었다. 여자와 로비 중앙에서 거세게 부딪힌 후 튕겨 나온다. 여자는 휘청이며 뒷걸음질 치고 나는 쾅 소리를 내며 로비 바닥에 완전히 나가 떨어진다. 식료품이 담긴 봉투가 내 품에서 튕겨져 나간다. 팔에서 날카로운 고통이 느껴진다. 하지만 로비에 흩뿌려진 내 식재료들이 더 걱정이다. 얇은 스파게티 면이 건초처럼 바닥을 뒤덮고 산산조각이 난 병에서는 소스가 새어 나오고 있다. 그 사이로 오렌지가 굴러가며 빨간 소스 자국을 남긴다.

순식간에 여자가 내 옆으로 다가온다.

"죄송해요! 제가 조심했어야 하는데….”

여자가 나를 일으켜 세우려 애쓰지만 난 여전히 바닥에 앉아 다른 사람들이 보지 못하도록 식재료들을 재빨리 봉투에 밀어 넣는다. 하지만 벌써 사람들이 모여들기 시작했다. 찰리는 떨어진 식재료를 주워 담고 있고 루푸스와 산책을 다녀온 마리안 던컨은 출입구에 서 있다. 루푸스가 요란하게 짖어 댄다. 이 소란에 레슬리 에블린이 사무실에서 급히 나온다.

창피함에 계속 식재료들을 주워 담으며 다른 사람들을 무시하려 애쓴다. 제멋대로 돌아다니는 오렌지를 주워들기 위해 손을 뻗자 번개 같은 고통이 팔을 강타한다.

여자가 헉 하고 놀란다.

"세상에, 지금 피 나요."

"토마토 소스일 뿐이에요."

물론 아니다. 슬쩍 팔을 내려다 보니 팔꿈치 바로 아래가 깊게 베였다. 상처에서 시작된 굵은 핏줄기가 손가락까지 흐르고 있다. 아찔한 광경에 잠시 아픔을 잊을 정도다. 찰리가 재킷에서 손수건을 휙 빼내어 내 상처에 대고 누르자 팔이 다시 쓰리다.

주위를 둘러보자 바닥에 흩어져 있는 깨진 유리조각들이 보인다. 아마 식재료를 담느라 허둥지둥하던 중 조각이 팔에 박혀 들어간 것 같다.

"아무래도 병원에 가야겠어요. 응급실로 데려다 줄게요."

레슬리가 말을 건다.

맞는 말이지만 그럴 돈이 없는 게 문제다. 퇴직금 일부로 두 달 치 건강보험이 포함되어 있지만 응급실에 가면 보험이 있어도 본인 부담금으로 백 달러는 내야 할 거다.

"저는 괜찮아요."

사실은 괜찮지 않은 것 같다. 찰리가 건네준 손수건은 이미 완전히 피로 붉게 물들어 있다.

"아니면 의사인 닉에게라도 가 봐요. 상처를 꿰매야 하는지 알려줄 거예요."

레슬리가 말을 건넨다.

"그럴 시간은 없을 것 같아서요."

"닉은 여기 살아요. 당신과 같은 12층이죠." 레슬리가 덧붙인다.

찰리가 엉망이 된 봉투에 나머지 식재료들을 주워 넣는다.

"이건 제가 처리할 테니까, 빨리 올라가서 치료받는 게 좋겠어요."

나와 부딪힌 여자와 레슬리가 내 멀쩡한 오른팔을 잡고 나를 일으켜 세운다. 저항할 새도 없이 나를 엘리베이터에 밀어 넣는다. 두 명밖에 탈 수 없는 좁은 엘리베이터라, 여자는 자연스레 로비에 남는다.

"고마워요, 인그리드. 여기서부터는 제가 할게요."

레슬리가 문을 밀어 닫는다.

조금 놀라서 문 너머로 여자를 바라본다. 저 사람이 인그리드라니. 얼굴만 보면 또래일 듯 한데 옷차림 때문에 어쩐지 더 어려보인다. 품이 넉넉한 체크무늬 셔츠와 무릎이 드러나는 찢어진 청바지를 입고 있고, 왼쪽 신발끈이 풀린 컨버스화를 신고 있다. 짙은 갈색 머리지만 그전에는 파란색으로 염색했던 모양인지 어깨를 따라 내려온 머리카락 끝부분에는 아직 푸른 끼가 돈다. 한 5cm 정도 파란 머리카락이 등과 어깨에 사방 팔방 퍼져 있다.

눈이 마주치자 인그리드가 아랫입술을 물고 멋쩍은 듯 손가락을 꼼지락거리며 손을 흔들어 보인다.

레슬리가 꼭대기 층으로 향하는 버튼을 누르자 엘리베이터가 출발한다.

"어떡하죠. 미안해요. 인그리드는 괜찮은 친구지만 주변에 신경을 안 쓸 때가 있거든요. 아마 인그리드도 미안해 하고 있을 거예요. 닉이 금방 치료해 줄 테니 너무 걱정하지 마요."

12B의 문 앞에 도착한다. 찰리의 손수건으로 팔을 압박해 지혈하고 있는 동안 레슬리가 다급히 문을 두드린다. 문이 열리고 집주인인 닉이 나온다.

나이가 지긋한 흰머리의 박사님이 나올 줄 알았는데, 실제로 나타난 건 내 상상 속의 의사보다 40살쯤은 어리고 훨씬 더 잘생긴 남자다. 적갈색 머리에 눈동자는 엷은 갈색이고 고급스러운 안경을 끼고 있다. 카키색 바지에 빳빳한 흰 셔츠셔츠를 입고 있다. 훤칠하고 늘씬한 몸이다. 의사라기보다는 마리안 던컨이 출연했던 연속극에 나올 법한 배우처럼 생겼다.

"무슨 일이죠?"

닉이 레슬리에서 내게로 시선을 옮긴다.

"로비에서 사고가 있었어요. 혹시 여기 줄스의 상태를 봐줄 수 있나요? 응급실에 갈 정도인지 봐야 할 것 같아요."

"그 정도는 아니예요."

내가 덧붙인다.

닉이 미소를 건넨다.

"제가 살펴보면 더 확실해질 것 같은데. 어때요?"

레슬리가 나를 문 안으로 살짝 밀어 넣는다.

"어서요. 제가 내일 확인하러 올게요."

"잠깐만요, 가시는 거예요?"

"저는 가 봐야죠. 일하던 중에 소동 때문에 잠깐 나온 거라서요."

레슬리가 급한 듯 엘리베이터를 타고 이내 시야 밖으로 사라진다.

닉에게로 다시 돌아선다.

"너무 긴장하지 않아도 돼요."

어쨌든 부담스러운 상황이다. 바솔로뮤에 살만큼 돈이 많고 잘생긴 의사. 돈을 벌기 위해 그 옆집에 들어온 여자. 영화라면 둘이 시답잖은 농담을 주고받다 불꽃이 튀고 행복한 결말을 맞이할 것이다.

하지만 이건 영화도 아니고 *꿈꾸는 이의 마음*도 아니다. 냉혹한 현실일 뿐이다.

25살이면 이제 현실을 마주할 때도 됐다. 난 존재감 없는 평범한 사무직일 뿐이다. 점심시간에는 혼자 조용히 책을 읽고, 거리에 나가도 누구 하나 시선 주는 사람조차 없다. 겨우 세 명의 남자와 잤지만, 그조차도 양심의 가책을 느끼고 있다. 나의 부모님은 고등학생 때부터 오직 서로만을 바라보며 사셨으니까.

그리고 나는 수없이 많이 버려진 사람이다.

이런 사람이 옆집에 사는 잘생긴 의사의 관심을 끄는 건 그 앞에서 상처 때문에 피를 뚝뚝 흘리는 경우뿐이다. 결국 이 피 덕분에 이 집에 들어올 수 있었던 거다. 겸연쩍은 미소를 띤다.

"선생님, 정말 죄송해요."

"괜찮아요. 여기로 오길 잘했어요. 편하게 닉이라고 불러줘요. 어디, 팔을 한 번 볼까요."

내부는 12A를 거울로 비춘 것처럼 생겼다. 인테리어는 물론 다르지만 구조가 데칼코마니처럼 똑같다. 응접실이 바로 앞에 있는 건 마찬가지지만 왼쪽에 서재가 있고 복도가 오른쪽으로 이어져 있다. 식당을 지나 닉을 따라간다. 12A와 마찬가지로 식당은 건물 끝에 위치해 있다. 좀 더 강한 느낌이다. 벽은 남색이고 현대 미술 작품 같은 뾰족한 샹들리에가 달려 있다. 둥근 식탁에 붉은 의자들이 놓여 있다.

"방이 많지만 진찰실은 없어서 좀 그렇네요. 이 정도로 괜찮을까 모르겠어요."

닉이 어깨너머로 말을 건네더니 나를 주방으로 이끌어 조리대 앞 의자에 앉으라고 손짓한다.

"금방 돌아올게요."

닉이 잠시 복도를 따라 사라진다.

닉이 사라진 후 주위를 둘러본다. 주방도 역시나 같은 크기에 비슷한 구조다. 닉의 주방은 좀 더 자연 친화적인 느낌이다. 타일은 옅은 갈색이고 조리대는 회빛이 도는 노란색이다. 싱크대 위에 걸린 그림만이 주방에서 유일하게 선명한 빛을 내고 있다. 그림에는 제 꼬리를 물고 있는 뱀이 그려져 있다. 뱀의 긴 몸이 꼬여 정확히 8자를 만들어 낸다.

호기심에 그림에 가까이 다가간다. 오래된 작품인지 표면에 여기저기 작은 흠이 나 있지만 그림이 주는 강렬한 느낌은 지워지지 않는다. 선명한 색채가 시선을 끈다. 뱀의 등에는 새빨간 비늘이 그려져 있다. 배는 청록색이고 한쪽만 보이는 눈은 어두운 노란색을 띠고 있다. 동공은 없다. 성냥불이 떠오르는, 속이 빈 물방울 모양이 그려져 있을 뿐이다.

닉이 구급상자와 의료 기구가 든 가방을 가지고 돌아온다.

"아, 제 우로보로스를 발견하셨네요. 해외여행 중 구한 작품인데, 괜찮나요?"

확실히 내 취향은 전혀 아니다. 색도 요란하고 그림 자체가 어딘가 음산한 데가 있다. 앤드류가 데려갔던 멕시코 식당이 생각난다. 멕시코 명절인 죽은 자들의 날을 테마로 꾸민 식당이었는데, 직원들은 얼굴에 칠을 하고 잔뜩 꾸며진 해골들이 천장에서 나를 쳐다보고 있었다. 불편한 식사였다.

다시 의자로 돌아와 앉는다. 역시 불편하다. 그림 속 뱀이 눈을 빛내며 나를 지켜보고 있다. 눈을 깜빡이지도 않는다. 어서 눈을 돌리라고 하는 것 같지만 여전히 내 두 눈은 뱀에게 고정된 상태다.

"저게 무슨 의미죠?"

"우주의 순환적 본질을 나타내는 그림이죠. 태어나고, 살아가고, 죽고.

또다시 태어나는 과정을요."

"생명의 순환이군요."

닉이 고개를 끄덕인다.

"정확해요."

닉이 손을 씻고 말린 후 라텍스 장갑을 끼고 조심스럽게 상처에서 손수건을 벗겨 낸다. 그동안 다시 한번 뱀과 눈을 마주친다.

"무슨 일이 있었던 거예요?"

닉이 덧붙인다.

"잠깐, 내가 맞춰 볼게요. 센트럴파크에서 기사들끼리 결투한 건가요?"

"요란하게 부딪혀서 토마토 소스 병이 좀 깨진 것뿐이에요. 흔한 충돌 사고죠."

닉이 소독약으로 상처를 닦아 낸다. 밀려오는 따가움에 움찔거리지 않으려 부단히 노력한다. 그걸 눈치챈 닉이 내게 말을 걸어 주의를 환기시킨다.

"줄스, 바솔로뮤에서의 생활은 좀 어때요?"

"제가 여기 사는 건 어떻게 아셨어요?"

"레슬리가 여기까지 데려온 걸 보아 주민이겠거니 했어요. 맞죠?"

"틀린 말은 아닌데."

레슬리가 썼던 단어를 떠올린다.

"정확히는 임시 거주자예요. 바로 옆집에 살고 있어요."

"운 좋게 12A를 들어온 아파트 시터가 당신이었군요. 온 지는 얼마나 됐어요?"

"오늘 막 들어왔어요."

"그럼 제대로 인사를 해야겠네요. 저는 부족하지만 그나마 가진 의학 지식으로 의사 일을 하고 있어요."

"의사라면 어떤…."

"외과의사예요."

내 상처를 살피는 닉의 손이 눈에 들어온다. 외과의사의 손은 다 이런 건지 길게 뻗은 손가락이 우아하게 움직인다. 닉이 손을 거둔다. 피를 닦아내니 상처가 아까보다는 훨씬 괜찮아 보인다. 반 뼘 정도 되는 상처에 붕대를 감는다.

"지금은 일단 이 정도로 하고."

닉이 손에서 라텍스 장갑을 벗으며 말을 꺼낸다.

"출혈은 멈췄지만 내일 아침까지는 떼지 않는 게 좋겠어요. 마지막으로 파상풍 주사를 맞은 게 언제죠?"

기억이 나지 않아 어깨를 으쓱인다.

"혹시 모르니까 하나 맞는 게 좋겠네요. 건강검진은 언제 했어요?"

"음, 작년이요."

사실은 그것도 잘 모르겠지만 일단 얼버무린다. 정말 위급할 때만 병원에 가자는 주의다. 직장에 다닐 때도 마찬가지였다. 정기적으로 건강검진을 받거나 예방 차원에서 병원에 가는 건 돈 낭비 같았다.

"2년 전 같기도 하고…."

"괜찮으시다면 제가 맥박이나 혈압도 좀 봐 드리는 건 어때요?"

"상처가 심각한 건가요?"

"아뇨, 그냥 예방차원일 뿐이에요. 출혈이 있거나 쓰러지고 난 후에 가끔 심장박동이 불규칙적으로 나타날 때도 있거든요. 괜찮은지 확실히 확인해 두는 게 좋을 것 같아서요."

닉이 가방에서 청진기를 꺼낸 후 쇄골 바로 아래를 지그시 누른다.

"숨 크게 들이쉬세요."

숨을 깊이 들이쉬자 향수 냄새가 훅 끼쳐 온다. 샌달우드와 시트러스 계열에 다른 향도 섞여 있다. 톡 쏘는 향이다. 향신료 냄새 같기도 하다.

"괜찮네요."

닉이 청진기를 살짝 움직이며 말을 꺼낸다. 다시 한번 숨을 크게 들이쉰다.

"그러고 보니 줄스, 이름이 좀 특이한데 원래 이름이에요? 아니면 별명?"

"별명이 아니고 이름 맞아요. 다들 원래 이름이 줄리안이나 줄리아고 줄스는 별명일 거라 생각하는데, 진짜 본명이 줄스거든요. 아빠 말로는 제가 태어날 때 엄마가 제 눈을 보고 보석처럼 빛난다고 하셨대요."

닉이 내 눈을 들여다본다. 눈을 마주친 단 몇 초만으로 맥박이 빨라지기 시작한다. 닉이 이 박동을 모두 눈치챘을까 걱정된다. 이어지는 말에 더욱 심장이 뛴다.

"어머님 말씀이 맞았네요."

얼굴을 붉히지 않으려 하지만 이미 늦었다. 두 뺨이 달아오르는 게 느껴진다.

"그럼 닉은 니콜라스의 애칭인가요?"

"짐작하시는 그대로죠."

닉이 혈압 측정기로 내 오른팔을 감싸며 대답한다.

"바솔로뮤에는 얼마나 사셨어요?"

"그보다는 제 나이에 어떻게 이런 집에 살 수 있는지가 궁금하신 것 같은데요."

맞는 말이다. 내가 알고 싶은 부분이 바로 그거다. 속마음을 쉽게 들켰다는 생각에 다시 얼굴이 붉어진다.

"미안해요. 제가 상관할 일이 아닌데."

"괜찮아요. 나라도 궁금했을 걸요. 저는 태어났을 때부터 여기 살았어요. 원래 몇십 년간 우리 가족이 살던 집이었거든요. 5년 전에 부모님께서 돌아가시고 제가 물려받았죠. 두 분 다 유럽에서 자동차 사고로 돌아가셨어요."

"고인의 명복을 빌어요."

그냥 조용히 있었어야 했다.

"고마워요. 두 분을 한꺼번에 잃어 힘들긴 했죠. 두 분이 돌아가시지 않았다면 지금쯤 지구에서 가장 유명한 아파트가 아니라 브루클린 같은 데 나가 살고 있었을 텐데. 가끔 마음이 불편해지기도 해요. 어떻게 보면 저도 아파트 시터인 거나 마찬가지예요. 부모님이 돌아오시기를 기다리면서 이곳을 지키고 있는 느낌이니까."

혈압 측정이 끝난다.

"120에 80. 딱 좋네요. 아주 건강해요."

"고마워요. 선생님, 아니,"

잠시 머뭇거리다 말을 이어간다.

"닉. 정말 고마워요."

"뭘요. 이웃 간에 이 정도는 당연하죠."

닉이 나를 다시 복도로 안내한다. 꺾어지는 방향이 12A와 정확히 반대다. 습관적으로 왼편으로 향하다 복도 끝에 있는 문을 향해 발을 잘못 디딘다. 다른 문보다 좀 더 폭이 넓고 자물쇠로 잠겨 있다. 재빨리 돌아서 닉을 따라간다.

"이것저것 여쭤봐서 죄송해요."

현관에서 말을 꺼낸다.

"안 좋은 기억을 건드릴 생각은 아니었는데…."

"사과할 필요 없어요. 나쁜 기억만큼 좋은 기억도 많은 걸요. 대단히 특이한 사연도 아니고. 집마다 큰 비극이 하나씩은 있기 마련이잖아요."

이건 닉이 틀렸다.

우리 집은 두 개의 비극이 있었으니까.

9

닉의 집을 나서자마자 핸드폰이 울린다. 클로이가 보낸 이메일이다. 12A의 문을 열며 대충 들여다본다. 제목부터 벌써 머리 아픈 한숨이 나온다.

무서운 거.

본문에는 다른 말도 없이 웹 사이트 링크 하나만 쓰여 있다. 링크를 누르자 글이 등장한다. 으스스한 글씨로 쓰인 제목이 눈에 띈다.

〈바솔로뮤의 저주〉

기사를 읽지도 않고 핸드폰을 주머니에 쑤셔 넣는다. 현관문을 박차고 들어와 현관 테이블 위 그릇에 열쇠를 휙 던진다. 조준 실패다. 열쇠가 테이블 모서리를 맞고 달그락거리며 현관 바닥의 환풍구 쪽으로 떨어진다. 무쇠로 된 고풍스러운 무늬의 덮개가 환풍구를 덮고 있다. 무늬 사이사이 공간이 넓어 열쇠가 사이로 빠질 수도 있겠다는 생각이 들 때쯤, 열쇠가 바로 그 구멍에 쏙 빠진다.

무릎을 꿇고 엎드려 덮개를 들여다보지만 그 안은 온통 어두울 뿐이다.

큰일이다. 혹여 열쇠 분실도 규칙 위반일 것만 같아 불안해진다.

환풍구 덮개에 얼굴을 박고 있는 와중에 누군가 문을 두드리는 소리가 들린다. 찰리의 목소리다.

"라슨 씨, 혹시 집에 있나요?"

"네, 여기요."

튕기듯 일어나 문가로 나간다. 덮개 무늬가 얼굴에 새겨졌을까 봐 손으로 얼굴을 쓸어본다.

현관문을 휙 잡아 당긴다. 문 앞에서 찰리가 양팔 가득 커다란 봉투두 개를 안고 있다. 로비에서 찢어지고 엉망이 된 그 봉투가 아니라 깨끗한 새 봉투다.

"필요할 것 같아서요."

봉투 하나를 받아 들고 주방으로 향한다. 찰리가 나머지 하나를 들고 뒤따른다. 파스타, 소스, 오렌지와 냉동 피자까지 망가진 모든 제품이 새 제품으로 채워져 있다. 심지어 고급 초콜릿도 들어 있다.

"어떻게든 원래 사온 것들을 살려 보려고 했는데 멀쩡한 게 별로 없어서요. 급하게 장을 봐 왔어요."

식재료들을 바라본다. 깊은 감동이 밀려온다.

"이렇게까지 해 주실 필요는 없는데…."

"별거 아니에요. 사실 제 딸이 동갑인데 딸이 며칠간 제대로 먹지도 못할 거라 생각하면 마음이 안 좋거든요. 라슨 씨에게 그런 일이 일어나게 둔다면 제가 형편없는 아빠인 거죠."

내게 장을 다시 봐 올 만한 돈이 없다는 걸 찰리도 눈치챈 듯하다. 봉투 안에 값싼 제품만 가득한 걸로 짐작했겠지.

"제가 얼마 드리면 되죠?"

다행히도 찰리가 손사래를 치며 제안을 거절한다.

"그런 걱정은 마요. 로비에서 일어난 불미스러운 일에 대한 보상이니까
요."

"충돌 사고요, 아니면 그레타 만빌과의 일이요?"

"둘 다요."

"사고야 항상 있기 마련인데요, 뭐. 그레타 만빌과의 일은 진작 잊어버
렸어요."

초콜릿 포장을 뜯은 후 반을 똑 부러트려 찰리에게 건넨다.

"어쩐지 지금까지 여기 사람들이 다들 아주 친절했거든요. 모두가 그
럴 리는 없다고 생각하긴 했어요."

"친절한 사람을 경계하는 편이에요?"

초콜릿을 입에 쏙 집어넣으며 찰리가 묻는다.

마찬가지로 초콜릿을 입에 집어넣고 우물거리며 대답한다.

"돈 많고 친절한 사람을 경계하는 거죠."

"여기 사람들은 대부분 둘 다인 걸요. 너무 그러지 마요."

찰리가 두 손가락으로 뻣뻣한 수염을 쓸어내린다.

"뭐, 둘 중 제가 해당되는 건 하나밖에 없지만요."

"그럼요. 바솔로뮤에서 가장 친절한 분이신데요. 이 은혜는 어떻게든
갚을게요."

"다른 누군가에게 친절을 한 번 베풀어 줘요. 그것만으로도 충분해요."

"두 번 베풀어 볼게요."

아랫입술을 깨문다.

"사실 제가 부탁을 하나 더 드려야 할 것 같아서요. 음, 제 열쇠가 환풍구에 빠진 것 같다고나 할까…."

찰리가 웃음을 참으며 고개를 설레설레 흔든다.

"어디예요?"

"현관문 바로 앞이요."

곧바로 현관으로 간다. 찰리가 거대한 배를 딱 붙이고 바닥에 엎드려 자석이 붙어 있는 막대기를 덮개 안 깊숙이 찔러 넣는다.

"정말 죄송해요."

찰리가 막대를 이리저리 움직인다.

"늘 있는 일인 걸요. 저 덮개가 아주 문제가 많아요. 떨어진 물건을 괴물같이 다 먹어치운다니까요."

적절한 비유가 아닐 수 없다. 보면 볼수록 환풍구가 먹이를 기다리는 짐승의 목구멍처럼 보인다.

"열쇠 같은 물건들 말이죠."

내가 말을 받는다.

"뭐 반지에 약통에, 운 나쁘면 심지어 핸드폰도 빠져요."

"장난감 찾아달라는 전화도 꽤 많았겠네요."

"아뇨. 바솔로뮤에 아이들은 없으니까요."

"한 명도요?"

"단 한 명도요. 아무래도 아이들보다는 조용한 어른 거주자를 반기는 편이니까요."

조심스럽게 막대를 빼내자 그 끝에 붙어 달랑거리는 내 열쇠가 보인다. 찰리가 열쇠를 자석에서 떼어내 현관 테이블에 놓인 그릇에 살며시 내려 놓는다. 자석은 다시 찰리의 재킷 안주머니로 들어간다.

"이런 일이 또 생기면 드라이버를 써요. 저 덮개 들어내는 건 생각보다 어렵지 않거든요. 덮개만 치우면 충분히 손이 닿을 거예요."

"고마워요. 전부 다."

안도의 한숨을 내쉰다.

"도움이 됐다니 다행이에요."

찰리가 모자를 벗으며 답한다.

찰리가 떠나간 후, 주방으로 돌아와 식재료들을 정리한다. 재료들을 하나하나 살펴보다 찰리의 섬세함에 다시 한번 놀란다. 초콜릿만 빼고 전부 정확히 내가 샀던 그 제품들이다.

정리를 끝내자마자 찬장에서 익숙한 끼익 소리가 들려온다. 음식용 승강기가 움직이고 있다.

문을 열자 안에 또 다른 시가 놓여 있다. 크리스티나 로제티. 「*기억해 주세요*」다.

시를 발견하자마자 심장이 쿵 내려앉는다. 익숙한 시다. 부모님의 장례식에서 읽었으니까.

제가 떠나거든 기억해 주세요.

내가 그 기억을 얼마나 잊고 싶어 했는지 생각해 보면 모순적인 시가 아닐 수 없다. 나는 교회 맨 앞자리에 앉아 있었고 내 옆에는 클로이가 있었다. 그 뒤로 문상객들 몇이 말 한마디 없이 앉아 있었다. 낭송은 내 고등학교 영어 선생님이셨던 제임스 선생님께서 해 주셨다. 참 친절하고 좋은 분이셨다. 시를 낭송하는 선생님의 목소리가 조용한 교회에 낭랑하게 울려 퍼졌다.

종이 뒷면에는 인그리드의 메모가 한 줄 쓰여 있다.

죄송해요. 저 때문에 팔도 다치고.

저번에 썼던 펜과 종이를 이용해 괜찮아요. 걱정하지 마요. 라고 답변을 써 내려간다.

승강기에 넣고 11A로 내려 보낸다. 무게나 거리를 이미 알고 있어서 그런지 처음보다 손쉽게 성공한다.

답변을 받은 건 그로부터 5분이 지난 후다. 승강기가 느릿느릿 올라와 시간이 좀 걸렸다. 이번에는 또 다른 시가 들어 있다. 로버트 프로스트. 「*불과 얼음*」이다.

어떤 사람은 이 세상이 불로 끝날 거라고 말하지.

이번에 인그리드가 뒷면에 적은 건 사과가 아니라 지령이다.

센트럴파크. 이매진 석비 앞. 15분 후.

10

지시대로 15분 후 이매진 모자이크 석비 앞에 도착한다. 여느 때와 다름없이 관광객들이 모여 있다. 초라한 행색의 길거리 음악가들이 비틀즈 음악을 연주한다. 그 사이에서 인그리드를 찾아 두리번거린다. 날이 참 좋다. 20도 안팎의 맑고 청명한 날씨다. 어릴 적 기억이 떠오른다. 호박과 낙엽들, 그리고 할로윈의 장난까지.

엄마도 생각난다. 이 계절을 참 좋아하셨는데. 엄마의 이름을 따 이런 날을 헤더 같은 날씨라고 부르곤 하셨다.

인그리드를 발견한다. 핫도그 두 개를 들고 걸어오더니 하나를 나에게 쑥 내민다.

"사과의 선물이에요. 저 진짜 바보 같았죠. 앞 똑바로 안 보고 핸드폰만 보면서 걷는 사람들 딱 질색인데, 제가 그런 사람이었다니. 제 자신이 너무 최악이라 용서가 안 돼요."

"사고였을 뿐인 걸요."

"제가 정신만 똑바로 차렸으면 사고도 없었겠죠."

인그리드가 핫도그를 크게 베어 문다.

"많이 아팠죠? 피도 엄청 나던데."

갑자기 헉 소리를 낸 인그리드가 다급히 말을 잇는다.

"혹시 꿰매야 한대요? 제발, 아니죠?"

"그냥 붕대만 감았어요."

인그리드가 가슴을 쓸어내리며 안도의 한숨을 깊이 내쉰다.

"세상에, 정말 다행이에요. 꿰매는 건 생각만 해도 싫어요. 남의 상처라도요. 저는 보기만 해도 고통스럽거든요. 얇은 실이 피부를 가닥가닥 잡아당기고 있는 거라고 생각하면, 윽."

인그리드가 점점 공원 안쪽으로 들어간다. 겨우 몇 분 같이 있었을 뿐인데 벌써 기운이 빠지는 것 같지만, 그래도 일단은 인그리드를 따라간다. 걷는 인그리드를 보면 토네이도가 생각난다. 한계가 있긴 한 건지 궁금할 정도다.

인그리드는 몇 발자국 앞에서 걷다가도 할 말이 있을 때마다 빙글 돌아 말을 꺼낸다. 5초에 한 번씩은 그러는 것 같다.

"저는 공원이 너무 좋아요. 공원 좋아하세요?"

빙그르르.

"도시 한복판에 야생이 들어선 거나 다름없잖아요."

또 빙그르르.

"물론 다 인간이 만든 거죠. 모든 게 계획된 거라 뭔가 더 완벽한 느낌?"

그러더니 이번에는 아예 한 바퀴를 돈다. 너무 빨리 돌아 어지러웠는지 얼굴이 살짝 붉어진다. 신나서 옆돌기하다 지친 어린아이 같다.

볼수록 어린아이가 생각나는 사람이다. 쉽게 들뜨는 성격도 외모도 모두. 센트럴파크 호수 끝자락에 다다를 때쯤 인그리드를 힐끗 바라보며 나와의 키 차이를 가늠해 본다. 나보다 15cm 정도 작은 걸 보니 150cm를 간신히 넘는 정도일 것이다. 키도 키지만 너무 말라 살가죽밖에 없는 듯하다. 어딜 봐도 배가 고플 것 같은 모습이라 내 핫도그를 먹으라고 내민다.

"안 돼요. 엄연히 사과의 선물이잖아요. 그나저나 사과한답시고 겨우 이런 걸 사 와서 죄송해요. 뭐가 든 건지도 모르는 길거리 음식인데."

"점심을 막 먹고 나와서 괜찮아요. 그리고 사과는 이미 받아들였는 걸요."

인그리드가 점잖게 무릎을 굽혀 인사를 하고 핫도그를 받아든다.

"아, 참고로 제 이름은 줄스예요."

인그리드가 핫도그를 베어 물고 몇 번 오물거리다 대답한다.

"알아요."

"당신은 11A에 사는 인그리드, 맞죠?"

"맞아요. 11A에 사는 인그리드 갤러거라고 해요. 음식용 승강기를 꽤 잘 다뤄요. 그런 기술을 얻게 될 거라곤 상상도 못 했는데. 덕분에 이렇게 우리가 만나게 됐죠.”

말을 마친 인그리드가 핫도그를 마저 먹으려는 듯 가까운 벤치에 털썩 앉는다. 그 옆에 우뚝 서서 호수에 떠있는 배 몇 척과 보우 브릿지를 건너가는 사람들을 바라본다. 12A에서 보이는 풍경을 지상에서 바라보면 이런 모습이다.

“바솔로뮤 생활은 좀 어때요?”

인그리드가 남은 핫도그를 입안에 밀어 넣고 묻는다.

“꿈같지 않아요?”

“너무 꿈만 같죠.”

인그리드가 입가에 묻은 머스타드 소스를 손등으로 슥 닦아낸다.

“세 달 사는 거죠?”

말없이 고개를 끄덕인다.

“저도 마찬가지예요. 여기 산 지 2주 정도 됐어요.”

“그 전에는 어디서 살았어요?”

“버지니아요. 그 전에는 시애틀이었죠. 사실 고향은 보스턴이에요.”

인그리드가 벤치에 스르륵 눕자 끝이 파랗게 물든 머리카락이 아무렇게나 흩어진다.

“지금도 별다를 거 없어요. 정 붙일 곳 없는 떠돌이 인생이죠.”

불행에서 도망치는 삶이 자의인지 타의인지는 모르겠지만, 적어도 나와 같은 상황이라는 건 알겠다. 하지만 눈 씻고 찾아봐도 그녀에게서 내가 보이진 않는다.

순간 불현듯 떠오르는 생각이 있다. 인그리드는 제인을 닮았다.

어디로 튈 지 모르는, 좀 과할 정도로 엉뚱한 성격도 똑같다. 제인은 내 언니이자 가장 친한 친구였지만 안정감을 느낀 적은 없었다. 하지만 나는 그런 불안정함까지도 좋았다. 제인의 곁에서 내 조용하고 질서정연한 성격으로 그 균형을 맞춰 갔고, 제인 역시 그 사실을 알고 있었다. 제인은 마을 반대편의 숲으로 나를 데리고 갔다. 우리는 그루터기에 올라서서 목이 아플 때까지 타잔처럼 소리를 질렀다. 폐쇄된 탄광 본부에 방치된, 퀴퀴한 사무실에 들어가 보기도 했다. 또 영화관 뒷문으로 들어가 불이 꺼진 뒤 스르륵 자리로 들어간 적도 있다.

제인과 함께하면 자주 다쳤지만 그래도 좋았다. 무릎이 긁히거나 모기에 물릴 때도, 마음이 아픈 날에도.

줄스와 제인은 언제나 함께였다.

모든 게 바뀌기 전까지는.

"2년 전에 보스턴을 떠나 뉴욕으로 왔어요. 뉴욕 이야기는 까먹은 것 같아서요. 말도 꺼내기 싫은 기억이긴 하지만요. 그러다 시애틀로 향했고, 종업원으로 일했죠. 너무 끔찍했어요. 카페인에 절여진 진상들이 이상한 주문을 엄청 해대더라고요. 올여름에는 버지니아의 바닷가 바에서 바텐더로 일했어요. 바보같이 왜 거긴 다를 거라 생각했는지. 똑같이 끔찍한 경험이었죠. 이제는 어디로 가야 하나 아무 계획도 없을 때쯤 바솔로뮤의 광고를 본 거예요. 그다음은 뭐 아시다시피."

짧은 시간 동안 너무 많은 곳을 오가는 바람에 듣기만 해도 피로감이 몰려온다.

"당신은 어떻게 바솔로뮤로 오게 된 거예요?"

인그리드가 일어나 앉더니 나도 앉으라는 듯 제 옆자리를 툭툭 두드린다.

"말해 봐요."

벤치에 앉아 말을 꺼낸다.

"별 이야기 아니에요. 그냥 직장과 남자친구를 동시에 잃었을 뿐이죠."

인그리드가 상처를 꿰맸냐고 물었을 때처럼 한 대 맞은 표정을 하고 있다.

"남자친구가 죽었어요?"

"남자친구의 애정이 죽은 거죠. 애초에 그런 게 없었을 수도 있지만."

"왜 남자들은 하나같이 그런 식일까요? 그냥 날 때부터 그런가 봐요. 얘들아, 쓰레기가 되어도 괜찮단다. 대부분 여자들이 넘어가 줄 테니까. 뭐 이런 식으로 교육받는 거 아니냐 말이에요. 제가 처음에 뉴욕을 떠난 이유도 그거였어요. 멍청한 남자 하나 때문에."

"상처받아서요?"

"마음이 찢어지는 것 같았죠. 그래도 지금은 괜찮아요."

"가족은요?"

"가족은 없어요."

인그리드가 손톱을 살펴본다. 머리카락 끝의 푸른빛과 같은 색으로 칠해져 있다.

"물론 예전에는 있었지만. 지금은 다 사라졌죠."

가족이 사라졌다는 말을 듣는 순간 심장이 훅 내려앉더니 빠르게 뛰기 시작한다.

"저도 마찬가지예요. 제인이라는 언니가 있었는데 이제는 저 혼자예요. 하나뿐인 언니는 이제 세상에 존재하고 있는 건지도 알 수가 없고."

말할 생각은 없었다. 그냥 무심코 툭 튀어나왔을 뿐이다. 하지만 입 밖에 내고 나니 마음이 좀 편하다. 인그리드와 내가 같은 처지라는 게 확실해진 셈이다.

"실종된 건가요?"

인그리드가 묻는다.

"네."

"얼마나 됐어요?"

"8년 됐어요."

벌써 그만큼 시간이 흘렀다는 게 믿기지 않는다. 그날의 기억이 너무 생생해서 바로 어제라 해도 믿을 수 있을 것 같다.

"제가 열일곱 살 때 일이거든요."

"무슨 일이 있었던 거예요?"

"경찰은 제인이 도망쳤다고 했어요. 아빠는 유괴된 거라고 했고, 엄마는 아마 살해됐을 거라 했죠."

"당신은 어떻게 생각했는데요?"

"모르겠어요."

제인에게 무슨 일이 있었던 건지는 중요하지 않다. 제인은 작별인사 하나 없이 사라졌다. 너무 화가 나지만 너무 그립기도 하다. 제인이 사라지고 내 마음에는 채워질 수 없는 구멍이 생겼다. 내게 중요한 건 이 사실뿐이다.

제인은 2월에 사라졌다. 우중충하고 쌀쌀한 날씨였지만 눈은 많이 내리지 않았다. 제인이 매킨도에서 막 일을 마친 참이었다. 매킨도는 마을의 음침한 번화가 끝자락에 있는 작은 약국이었다. 제인은 고등학교를 일 년 반 정도 일찍 졸업하고 거기서 일하기 시작했다. 우리한테는 대학교에 가려고 돈을 모으는 거라 했지만 제인이 대학에 갈 위인이 아닌 건 모두가 알았다.

제인을 마지막으로 목격한 사람은 매킨도 씨였다. 갓길에 세워진 검은 폭스바겐 비틀을 가게 창문으로 보고 있었는데, 약국의 줄무늬 차양 아래에서 기다리고 있던 제인이 그 안으로 뛰어 들어갔다고 했다.

매킨도 씨는 누구에게든 똑같이 말했다. 제인과 운전자 사이에는 다툼이 없었고 둘이 서로 모르는 사이처럼 보이지는 않았다고. 차에 올라타기 전 제인이 운전자에게 손을 흔들며 인사를 건넸다고 했다.

매킨도 씨는 운전자를 자세히 보지 못했다. 그가 기억하는 건 푸른색 유니폼을 입고 차에 올라타는 제인의 뒷모습이 전부였다.

비틀도 제인도 모두 떠나가 버렸다.

제인이 사라지고 며칠이 지난 후 제인의 친구 중 검은 비틀을 모는 사람이 없다는 사실이 밝혀졌다. 친구의 친구까지 조사해도 결과는 같았다. 운전자가 누구인지 아는 건 제인 뿐이었다.

검은 비틀은 제법 흔하다. 차량 조회로 알아낸 건 펜실베니아만 해도 셀 수 없이 많은 검은 비틀이 등록되어 있다는 사실 뿐이었다. 매킨도씨는 당연히 번호판을 적어 둘 생각조차 하지 못했고, 경찰의 질문에도 번호판을 단 한 글자도 기억해 내지 못했다. 사람들은 불쌍한 매킨도 씨를 욕해 댔다. 매킨도 씨의 기억력 때문에 제인을 찾아내지 못한 것도 아니었는데 말이다.

부모님은 그래도 너그러운 편이었다. 제인이 사라지고 몇 주가 지나 돌아올 수 있을 거라는 희망이 점점 사라져 갈 때쯤 아빠는 매킨도 씨에게 찾아가 괜찮다고 말해 주었다.

그때 당시에는 아무것도 몰랐다. 몇 년 후 부모님의 장례식에서 매킨도 씨에게 직접 전해 듣고서야 알았다.

장례식 날 나는 깨달았다. 제인은 영원히 돌아오지 않는다. 사실 그 전까지만 해도 마음 한편에 어떤 기대가 남아 있었다. 제인이 단지 도망친 것뿐이라면 언젠가 다시 집으로 돌아올지도 모른다고. 하지만 부모님의 죽음은 꽤 유명한 사건이었고, 제인이 그 소식을 들었다면 아마 장례식에는 꼭 왔을 거다.

하지만 제인은 장례식에 오지 않았다. 나는 제인이 살아서 돌아올 거라는 기대를 완전히 접기로 했다. 그렇게 나는 우리 가족 세 명을 모두 마음에 묻었다.

"살아있대도 제인이 돌아올 일은 없을 거예요."

"유감이에요."

덧붙이는 말도 없이 인그리드가 슬픈 듯 침묵을 지킨다.

우리는 몇 분 동안 가만히 앉아 호수를 바라보며 살랑거리는 바람을 느낀다. 불어오는 바람이 나뭇가지를 건드리고 낙엽이 꽃가루처럼 파르르 떨어진다.

"바솔로뮤에서 사는 게 진짜 좋은 거예요, 아니면 내가 좋다고 하니까 그냥 그렇게 대답한 거예요?"

인그리드가 침묵을 깨고 나에게 묻는다.

"전 좋은데요. 안 그래요?"

"전 잘 모르겠어요."

인그리드가 조용한 목소리로 느릿느릿 말을 꺼낸다. 지금까지 큰 목소리로 쏟아내던 말과 느낌이 다르다.

"좋은 곳이죠. 멋지고. 근데 어쩐지 좀⋯. 이상하다고 해야 하나. 이제 막 들어왔으니 아직 모르겠지만, 아마 조금만 있으면 알게 될 거예요."

이상한 점이라면 이미 느꼈다. 그 벽지 말이다. 애초에 진짜 얼굴 무늬도 아니고 단순한 꽃무늬 벽지일 뿐이지만 보고 있으면 뭔가 불안해진다. 인정하긴 싫지만, 꽤 많이.

"오래된 건물들이 다 그렇잖아요. 뭔가 불편하고."

"그 정도가 아니에요."

인그리드가 겁먹은 어린아이처럼 무릎을 끌어안는다.

"무서운… 곳이에요."

"무서워 보이지는 않는 것 같던데요."

그 순간 클로이가 보내 준 이상한 기사가 머릿속을 스쳐 지나간다.

〈바솔로뮤의 저주〉

"바솔로뮤에서 일어난 일들, 들은 적 있어요?"

인그리드가 묻는다.

"집주인이 옥상에서 뛰어내렸다면서요."

"그건 시작일 뿐이에요. 훨씬 더한 일들이 있었죠."

말하다 말고 인그리드가 뒤를 돌아 나무 꼭대기 너머로 보이는 바솔로뮤를 바라본다. 건물 북쪽 끝에서 조지가 센트럴파크 웨스트를 내려다보고 있다. 바라보는 것만으로도 애정이 솟아오른다.

"귀신이 나오는 것도 아닌데 귀신 들린 집 같다니, 말도 안 되죠. 근데 나한테는 바솔로뮤가 딱 그래요. 꼭 귀신 들린 것 같아요. 저곳에서 일어난 온갖 일들이 마치 먼지처럼 쌓여서 공기 중에 떠돌고 있는 것처럼요. 그리고 우리가 그걸 들이마시고 있는 거죠."

"그렇게까지 불편하다면 굳이 여기 있을 필요가 있어요?"

인그리드가 어깨를 으쓱한다.

"달리 갈 곳도 없는데요 뭐. 그 돈이 필요하기도 하고."

충분한 설명이다. 생각보다 인그리드와 나는 비슷한 점이 많은 것 같다.

"저도 돈이 필요해요."

그냥 필요하다는 말로는 턱없이 부족하다.

"정말 말도 안 되는 월급이죠. 처음에 듣고 기절할 뻔했어요."

"저도 마찬가지예요. 괜히 소름 끼치는 말을 해서 미안해요. 전 괜찮아요. 바솔로뮤도 그렇고. 그냥 외로웠나 봐요. 다른 건 다 괜찮지만 아무도 초대할 수 없다는 그 규칙 말이에요. 그거 때문에 가끔은 무슨 독방에 갇혀 있는 거 같다니까요. 특히 에리카가 나가고 나서는 더요."

"에리카는 누구예요?"

"아, 에리카 미첼이요. 전에 12A에 살았던."

인그리드를 바라본다.

"주인 말이에요? 죽었다던?"

"에리카는 아파트 시터였어요, 우리처럼. 좋은 사람이었죠. 같이 놀러 간 적도 있어요. 그런데 제가 들어온 지 며칠도 안 돼서 바로 나갔어요. 이상하죠. 분명 두 달은 더 남았다고 했는데."

레슬리는 전에도 12A에 아파트 시터가 있었다는 말을 하지 않았다. 좀 놀랍다. 누가 살았건 나와는 상관없으니 굳이 숨길 이유도 없는데. 레슬리는 마치 전 주인이 죽은 지 얼마 안 됐고, 그 집이 갑자기 비어 버린 것처럼 말했었다.

"그 사람 12A에 살았던 거 확실해요?"

"그럼요. 그 음식 승강기로 저한테 환영 인사를 보내 줬었거든요. 이번 엔 내가 해 보면 재밌겠다 싶어서 줄스한테도 똑같이 했던 거예요."

"에리카가 왜 일찍 나가는지는 말 안 했어요?"

"아무 말도 안 했어요. 나간 다음 날 에블린 씨한테 전해 들었을 뿐이에요. 뭐 집을 새로 구했거나 했겠죠. 윗집에 같이 놀 이웃이 있는 게 좋았는데. 좀 슬펐어요."

갑자기 인그리드의 얼굴이 밝아진다.

"아, 좋은 생각이 있어요. 오늘처럼 매일 만나요. 바솔로뮤에 사는 동안 계속 공원에서 같이 점심 먹어요 우리."

대답을 망설인다. 인그리드가 싫어서는 아니다. 인그리드는 정말 마음에 들지만, 내가 매일 인그리드를 감당할 수 있을지 확신이 안 설 뿐이다. 오늘 하루만으로도 이렇게 기운이 빠지는데.

"제발요. 네? 바솔로뮤에 있는 건 너무 지루하단 말이에요. 공원 구경하는 것도 좋잖아요. 생각해 봐요, 주주. 아, 주주는 제가 생각해 낸 애칭이에요."

"주주? 그래요."

웃음이 새어 나온다.

"딱 이거다 싶은 애칭은 아닐 수도 있어요. 줄스 이름이 이미 애칭 같아서 선택지가 별로 없었는걸요. 주주는 좋은 의미도 나쁜 의미도 될 수 있는 단어지만, 줄스라면 분명 좋은 쪽일 거예요."

과연 그럴까. 지난 몇 년간의 나를 돌이켜 보면 온통 불행한 기운뿐이었던 것 같다.

"어쨌든 주주, 한 번 생각해 봐요. 얼마나 재밌겠어요."

인그리드가 손가락을 하나씩 꼽기 시작한다.

"새들 구경하기, 피크닉하기, 호수에서 배 타기, 종류 바꿔가며 핫도그 왕창 먹기. 어때요!"

인그리드의 눈이 간절한 기대로 초롱초롱 빛난다. 그 안에서 외로움을 읽어 낸다. 나도 지난 2주간 외로움에 파묻혀 살았다. 지금 나에게 남은 친구는 클로이 하나뿐이다. 이게 내 잘못인지는 잘 모르겠다. 나도 모르게 친구들을 다 밀어냈던 걸 수도 있고, 그냥 힘들 때라 자연스럽게 그렇게 된 걸 수도 있다. 상실은 상실을 낳는 법이니까. 제인, 부모님, 직장 그리고 앤드류까지. 내가 가진 걸 하나씩 잃어갈 때마다 친구들도 하나둘 내 곁을 떠나갔다. 인그리드가 그 흐름을 거스르는 걸지도 모른다.

"좋아요. 그렇게 해요."

인그리드가 내 대답에 기쁜 듯 손뼉을 친다.

"약속한 거예요. 로비에서 12시에 만나는 걸로 해요. 핸드폰 좀 잠깐 줄래요?"

주머니에서 핸드폰을 꺼내 건넨다. 인그리드가 번호를 저장한다. 이름을 전부 대문자로 쓴다. 나도 그녀의 핸드폰에 번호를 저장한다. 자그마한 소문자다.

"나 버리면 바로 문자할 거예요."

인그리드가 경고한다.

"자, 그럼 셀카로 증거를 남기죠."

인그리드가 내 핸드폰을 들고 옆에 바짝 붙는다. 화면 가득 우리 둘의 얼굴이 담긴다. 화면 속 인그리드가 활짝 웃고 있다. 나도 약간 멍해 보이긴 하지만 미소 띤 얼굴이다. 사는 게 괜찮게 느껴지는 건 정말 오랜만이다. 임시 거주지도 있고 돈도 곧 들어오는데다 새 친구도 생겼다.

"아주 좋아요."

인그리드가 핸드폰을 누르자 찰칵 소리가 난다. 계약 성사다.

11

바솔로뮤에서의 첫날 밤이다. 아직도 내가 어떻게 여기 있는 건지 어안이 벙벙하다. 저녁 루틴은 발 가는 대로 진행된다. 행복에 겨워 즉흥적으로 춤을 춘다.

계단을 올라 침실로 향한다. 신발을 벗어 던지고 부드러운 카펫을 만끽한다. 발을 부드럽게 매만져 주는 느낌이다.

욕실로 들어가 욕조에 물을 받고 세면대 아래서 찾아낸 비싸 보이는 라벤더향 입욕제를 풀어 넣는다. 피부가 붉어지고 손끝이 쭈글쭈글해질 때까지 몸을 푹 담근다.

목욕을 끝낸 후, 냉동 피자를 전자레인지에 돌린다. 모락모락 김이 나는 피자를 도자기 접시에 착 떨어트린다. 너무나 아름다운 접시지만 혹시 깨질까 봐 만지기만 해도 손이 떨린다. 잡동사니를 넣어둔 주방 서랍에서 성냥을 찾아 식당에 놓인 양초에 불을 붙인다. 흔들리는 불빛이 창에 비친다. 나 혼자 거대한 식탁에 덩그러니 앉아 식사를 한다.

식사를 끝내고 클로이에게 받은 와인 한 병을 딴다. 응접실 창가에 자리를 잡고 맨해튼의 깊어가는 밤을 바라보며 와인을 마시기 시작한다. 센트럴파크 가로등의 밝은 빛이 눈에 띈다. 가로등이 조깅 하는 사람들과 관광객들, 종종거리며 지나가는 연인들 위로 희미한 할로겐 불빛을 드리운다. 창가의 망원경으로 손을 잡고 걸어가는 연인을 몰래 바라본다. 작별 인사를 나누면서도 못내 미련이 남아 마지막까지 손을 뻗어보는 모습이다.

와인 한 잔을 비우고 다시 채운다. 별로 외롭지 않다고 되뇌인다.

몇 시간이 훌쩍 지나간다. 와인을 세 잔째 비워낸 후 주방으로 들어간다. 와인잔을 씻고 아까 청소한 조리대를 다시 닦아 낸다. 한 잔 더 마실까 고민해 보지만 역시 그건 좀 아닌 것 같다. 상황은 전혀 다르지만 2주 만에 또다시 고주망태가 될 수는 없다. 클로이의 손에 이끌려 마르가리타를 무모하게 들이켰던 날엔 한 잔 마실 때마다 눈물을 한 바가지씩 쏟았지만, 지금은 모든 게 행복하고 만족스럽다. 희망이라는 걸 느낀 게 얼마만인지 모르겠다.

무의식적으로 성냥 하나를 집어 죽 긋는다. 타오르는 불꽃 가까이에 왼손을 갖다 대고 손바닥에 올라오는 열기를 느낀다. 자주 하던 건데 몇 년간은 굳이 필요를 못 느꼈다.

오래 전에 느꼈던 충동이 돌아왔다. 점점 더 가까이. 불꽃을 향해 손을 조금씩 뻗어 간다. 부모님, 제인, 앤드류, 그리고 가장자리부터 점차 불꽃에 타들어 가는 사진을 떠올린다.

손바닥을 채우던 온기는 어느새 뜨거운 열기가 되고, 곧 통증으로 바뀐다.

하지만 손을 움직이지 않는다. 아직이다. 더 아파야 한다.

계속 손을 내리다 통증에 손이 움찔거릴 정도가 돼서야 멈춘다. 본능적인 자기 보호다. 성냥을 후 불자 불꽃이 순식간에 사라지고 일렁이는 연기만 남는다.

다시 한 번 더 불꽃을 보기 위해 다른 성냥을 켜는데 음식 승강기 통로에서 이상한 소음이 들려온다. 찬장 문에 막혀 희미하긴 하지만 분명 승강기 장치 자체에서 나는 소리는 아니다. 느리게 돌아가는 소리도 아니고, 들릴 듯 말 듯 희미한 삐걱 소리도 아니다.

다른 소리다. 더 크고 날카롭다. 분명 사람이 내는 소리다.

비명소리가 승강기 통로를 타고 올라오는 것 같다.

인그리드의 집이다.

주방에 우뚝 서서 얼어붙은 채, 고개를 기울이고 두 번째 비명을 듣는데 열중한다. 타오르는 성냥불이 구부린 엄지와 검지에 닿는 순간 번쩍이는 고통이 인다. 꺅 소리를 지르며 성냥을 내팽개치자 불꽃은 주방 바닥에서 금세 빛을 잃는다.

불에 덴 고통에 정신을 차리고 움직이기 시작한다. 고통을 덜기 위해 손끝을 입에 가져다 대며 한달음에 현관에 다다르고 집을 나와 계단을 내려간다.

정말 비명이었는지 내 착각인지는 모르겠지만, 11층으로 내려가는 동안 내 머릿속에서 자꾸 비명이 맴돈다. 역시 인그리드의 안위를 확인해 보는 게 맞는 것 같다. 다친 걸 수도 있고 어쩌면 위험한 상황에 빠졌을 수도 있다. 물론 아무 일도 아닌데 단순히 내가 과민반응하는 걸지도 모르지만 이미 한 번 겪어본 일이다. 열일곱에 겪었던 일들로 인해 나는 차라리 걱정하는 편이 낫다는 교훈을 얻었다.

하지만 그 소리를 떠올려 보면 이게 내 착각 같지는 않다. 인그리드는 비명을 질렀다. 다른 소리일 수가 없다. 이렇게 조용한 바솔로뮤를 뛰어다니니 더 그런 생각이 든다. 모두가 숨을 죽인 밤이다. 엘리베이터는 아래층 어딘가에 멈춰 서 있고 계단에서 들리는 건 조심스러운 내 발소리뿐이다.

11층에 도착해 시간을 확인한다. 새벽 1시다. 시간을 보니 걱정만 늘어간다. 이 새벽에 비명을 지를 만한 일이 뭐가 있을까 싶어 온통 불안한 생각만 든다.

11A 문 앞에서 문을 두드리기 전에 잠시 멈춰 선다. 문 너머에서 평범한 소음이 들려온다면 안심할 수 있을 것 같다. 인그리드가 시끄럽게 통화하거나 웃거나 하면서.

하지만 아무 소리도 들리지 않는다. 결국, 나는 같은 층 주민들에게 피해를 끼치지 않기 위해 똑똑 문을 두드린다.

"인그리드, 줄스예요. 괜찮아요?"

아무 말 없이 시간이 흐른다. 20초쯤 지나 다시 한 번 문을 두드리려 하던 찰나, 인그리드가 문을 살짝 열고 나타난다. 나 때문에 놀란 건지 눈을 크게 뜬 채 날 바라보고 있다.

"줄스, 여긴 무슨 일이에요?"

"그냥, 괜찮은지 확인하려고요."

멈칫하다 말을 잇는다.

"어디서 비명소리를 들은 것 같았거든요."

인그리드도 잠시 멈칫한다. 몇 초가 지났을까, 인그리드가 애써 웃음을 짓는다.

"TV에서 나는 소리였겠죠."

"아뇨, TV는 아니었어요. 그건….."

내가 지금 당황해야 하는 건지 안심해야 하는 건지 모르겠다. 오히려 인그리드를 보니 걱정이 더 커지기만 한다. 어쩐지 부자연스러운 모습이다. 마지 못해 뱉는 말처럼 목소리에 높낮이도 없어 무언가 숨기는 것 같다. 센트럴파크에서 끊임없이 수다를 떨던 모습과는 천지 차이다. 문틈으로 인그리드의 몸이 반쪽 정도만 보인다. 전에 본 것과 같은 옷을 입고 있다. 무언가 찾고 있는 듯 청바지 앞주머니에 오른손을 깊숙이 찔러 넣고 있다.

"인그리드가 내는 비명소리처럼 들렸거든요."

결국 말을 꺼낸다.

"그래서 걱정이 되더라고요."

"나 아니에요."

"하지만 분명 들었는데요."

"착각한 거겠죠. 아무튼, 난 괜찮아요."

하지만 인그리드의 얼굴은 말과 다르다. 일그러진 웃음도 그렇고 크게 뜬 눈동자에는 무언의 괴로움이 담겨 있다. 그걸 보고 깨닫는다. 인그리드는 지금 두려워하고 있다.

문에 바짝 붙어 인그리드의 두 눈을 곧게 바라보고 속삭인다.

"확실해요?"

인그리드가 눈을 깜빡인다.

"그럼요. 아무 일도 없어요."

"그렇군요. 귀찮게 해서 미안해요."

문에서 한발 물러나며 애써 웃음을 짓는다.

"걱정해 줘서 정말 고마워요. 정말 친절하시네요."

"그럼 우리 내일 만나는 거 맞죠?"

"열두 시 정각이에요. 안 나오면 절대 안 돼요."

인그리드가 말한다.

나는 인그리드에게 손을 흔들어 주고 복도로 향한다. 인그리드는 내게 손을 흔들어 주지 않고 나를 바라보기만 한다. 문을 닫기 직전, 인그리드가 짓고 있던 웃음이 어두운 무표정으로 변한다.

이제 더 이상 내가 손쓸 수 있는 일은 없다. 인그리드가 괜찮다고, 비명을 지른 적이 없다고 한다면 어쨌든 그 말을 믿는 것밖에는 방법이 없다.

하지만 12층으로 올라와 침실로 향하는 이 순간까지도, 나는 인그리드가 거짓말을 하고 있다는 생각을 떨쳐낼 수가 없다.

⏰ 현재

버나드가 나간 후 의사가 들어온다.

나이가 지긋한 의사다. 하얗게 센 머리에 날카로운 턱선을 가졌다. 걸쳐둔 자그마한 안경 너머로 연갈색의 눈동자가 보인다.

"반가워요. 바그너라고 합니다."

독일식 발음으로 인사를 건넨다. 투박하면서도 멋진 억양이다.

"좀 어때요?"

뭐라고 답해야 할지 나조차도 모르겠다. 어렴풋이 차에 치였다고 들었던 것 같은데 아마 죽지 않은 것만으로도 감사해야 하는 상황인 듯하다.

"머리가 아파요."

"아마 그럴 거예요. 꽤 많이 다쳤거든요. 뇌진탕이 아닌 게 다행이에요."

붕대가 감긴 머리에 다시 손을 댄다. 뼈가 살짝 만져질 정도다.

"바이탈은 괜찮네요. 그게 제일 중요한 건데. 지금 보면 허벅지부터 갈비뼈까지 타박상이 있는데 골절이나 내상은 없어요. 이래저래 불행 중 다행이죠."

고개를 끄덕여 보려 하지만 목 보호대에 막혀서 실패한다. 보호대는 무겁고 뜨겁다. 쇄골 주변에 땀범벅인 헝겊 조각을 다닥다닥 붙여놓은 것 같다. 땀을 닦아내려 보호대 사이를 손가락으로 쓸어낸다.

"그건 그냥 예방 차원에서 쓴 거니까 잠깐 정도는 벗어도 돼요. 일단 지금은 몇 가지 질문을 해볼게요.”

대답은 하지 않는다. 내가 답할 수 있는 게 있을지, 혹은 말한다고 의사가 믿어 줄 수 있을 지도 모르겠다. 그래도 어쨌든 고개를 끄덕이려고 해 본다.

“사고에 대해서 어디까지 기억하고 있죠?”

“조금요.”

“그래도 어쨌든 기억은 하는 거죠?”

“네.”

적어도 내 생각에는 그렇다. 사실 단편적인 조각들일 뿐 구체적으로 떠오르는 건 없다. 숨을 깊게 들이마신 후 생각을 정리해 보지만 뒤죽박죽이라 영 도움이 안 된다. 지금 내 머릿속은 마치 방금 흔든 스노우볼 같아서, 휘몰아치는 생각들 중 정작 중요한 정보들은 아직 바닥에 가만히 내려앉지 않은 상태다. 아무리 애써도 그중 하나를 잡을 수가 없다.

타이어가 끼익 미끄러졌고 자동차 경적 소리가 빵빵거렸다. 내 뒤로는 누군가가 겁에 질려 소리를 질렀다. 고통이 밀려들었다. 그 이후로는 기억이 없다.

병원에 도착한 후 역시 마찬가지다. 절반 정도만 기억난다. 버나드, 밝은 수술복, 차 사고에 대한 유감스러운 소식을 들었던 것 정도. 하지만 어떻게 여기까지 왔는지, 도착했을 때 정확히 내가 뭐라고 말했는지는 기억이 나지 않는다.

진통제 때문에 머리가 어질어질해서 이러는 게 분명하다.

“다른 걸 물어볼게요. 제보가 있었어요. 그 남자가 말하기를, 당신이 바솔로뮤에서 뛰쳐나가 그대로 달려오는 자동차에 뛰어들었다고 하더군요.”

기억난다. 이거야 말로 지우고 싶은 기억이지만, 도저히 그럴 수가 없다.

"맞아요."

작은 안경 너머로 의사가 호기심 어린 눈빛을 보인다.

"그게 평범한 행동은 아니죠."

"평범한 상황도 아니었으니까요."

"도망쳤다는 이야기로 들리는데요."

"아뇨, 전 탈출한 거예요."

FOUR DAYS EARLIER

4일 전

12

가족들이 꿈에 찾아온다.

엄마, 아빠, 그리고 마지막으로 봤을 때와 똑같은 모습의 제인. 영원히 열아홉인 제인.

세 사람이 황량하게 텅 빈 센트럴파크를 걸어간다. 가로등 불빛도 모두 꺼진 공원에 새까만 밤이 내려앉고, 우리 가족은 은은한 초록빛을 내며 공원을 가로질러 걸어간다.

나는 바솔로뮤 꼭대기에서 그걸 내려다보고 있다. 조지의 한쪽 날개에 반쯤 안겨있는 채다.

부모님이 나를 보고 손을 흔든다. 제인이 희미하게 빛나는 손을 입가에 갖다 대고 나를 향해 외친다.

"넌 거기와 전혀 안 어울려!"

그 말이 내게 닿자마자 조지가 날개를 움직여 나를 밀어낸다.

내 등을 밀쳐 옥상에서 떨어트리는 날개가 차갑기만 하다. 떨어진다. 공중에서 비틀리며 땅바닥으로 추락해 간다.

턱 끝까지 차오른 비명과 함께 잠에서 깨어난다. 비명은 아슬아슬하게 입 밖으로 나오지는 않았다. 비명을 꿀꺽 삼키려다 몇 번 쿨럭이며 기침을 뱉고 일어나 앉아 창밖의 조지를 바라본다.

"아, 이건 아니지."

동굴 같은 침실에 내 목소리가 울리는 와중에 무언가 다른 소리가 들려온다.

아래층에서 들리는 소음이다.

그걸 소음이라고 불러도 될지는 모르겠다. 굳이 따지자면 어떤 느낌에 가깝다. 이 집에 나 말고 누가 있는 것 같다는, 말로 표현할 수 없는 기분. 구체적으로 설명하기 어렵지만 발소리도 아니고 툭툭 건드리는 소리도 아니다. 굳이 말하자면 바스락거리는 소리에 가깝지만 정확히는 그것도 아니다.

말하자면, 무언가가 움직이는 소리다.

무언가가 움직이며 그 자취마다 작은 소리를 남기고 있다.

침대에서 미끄러져 나가 살금살금 계단으로 다가간다. 소리를 더 듣기 위해 계단으로 몸을 기울인다. 아무 소리도 들리지 않지만 머리카락이 쭈뼛 곤두서는 이상한 기분은 계속된다. 이 집에 나 말고도 누군가 있다.

그러고 보니 규칙을 잘 지키고 있는지 아침 일찍 검사하러 온 레슬리 에블린일 수도 있다는 생각이 든다. 여분의 열쇠가 있겠지. 조금 짜증이 나서 가운을 휙 걸치고 계단을 재빨리 내려간다. 검사까지 할 거라고는 들은 적이 없다. 설령 들었대도 동의하지는 않았을 것이다.

아니, 정신 차리자. 만 이천 달러가 걸렸는데 동의 못 할 건 또 뭔가.

아래층으로 내려왔지만 집은 텅 비어 있다. 문은 굳게 닫혀 있고 체인도 그대로다. 소음이었든 누가 있었든 뭐든 간에 다 내 착각이었을 뿐이다. 흐릿한 악몽의 잔해다.

지쳤지만 다시 돌아가 잠을 자기에는 마음이 심란해서 커피를 마시기 위해 주방으로 향한다. 흔히 쓰는 간편한 커피 머신 대신 이 집에는 엄청나게 복잡한 최신식 커피 머신이 있다. 전원 하나 키는 것도 쉽지가 않다. 시간도 너무 오래 걸려서 커피가 똑똑 떨어지기 시작할 때쯤에는 이미 온몸이 카페인을 찾느라 바쁘다.

커피가 우러나는 동안, 위층으로 다시 올라와 샤워를 하며 악몽을 떨쳐내려 애쓴다. 뭐 이런 말도 안 되는 꿈이 다 있나 싶다.

물론 예전에도 악몽은 종종 꿨다. 부모님이 돌아가신 후, 내 꿈에서는 침대가 모조리 불타고 자욱한 연기 속에서 장기가 까맣게 타들어 갔다. 정말 끔찍한 꿈을 꿨을 때는 내 비명에 기숙사 사람들이 다 깨어날까 봐 클로이가 나를 흔들어 깨워야 할 정도였다. 하지만 그때 꾼 꿈들도 이렇게까지 생생하지는 않았다. 지금도 창밖으로 센트럴파크를 내다보면 가족들이 아직 거기서 빛을 내며 보우 브릿지를 건너가고 있을 것 같다.

아침 내내 계속 시계를 보면서 시간을 보낸다.

옷을 입는 동안에는 침실의 디지털 알람시계를 보고, 드디어 우러난 커피를 따르며 전자레인지의 시계를 본다.

이번에는 괘종시계다. 벽지의 눈 개수를 세며 커피를 마신다. 64까지 세었을 무렵 시계가 뎅뎅 울려대며 시간을 알린다. 심장이 철렁한다. 이제 겨우 9시다.

회사에서 잘렸을 때 몇 가지 자료를 받았다. 취업 노하우나 경력 상담에 대한 정보뿐 아니라, 내가 다시 학교로 돌아갈 경우를 대비해 학자금 대출에 관한 정보도 같이 받았다. 그야말로 해고당한 사람에게 필요한 모든 게 들어 있었다.

하지만 그 자료에도 갑자기 주어진 자유시간을 어떻게 사용해야 되는지에 대한 조언은 없었다. 잘려 본 사람만 안다. 백수 생활은 지루하다. 지루해 죽겠다.

일을 하러 가는 것만으로도 하루는 꽉 찬다. 나갈 준비를 하고 회사로 출근해서 8시간쯤 일을 하고 다시 퇴근해 집으로 오면 자연스럽게 하루가 지나가 있다. 그러나 일을 하지 않으면 그 시간이 모두 텅 비어 내 앞에 늘어진다.

'지루함에 잡아먹히기 전에 시간을 보내는 법을 알아둬야 해.' 아빠가 직장을 잃고 엄마가 아프기 시작했을 때쯤 아빠는 그렇게 말했다.

아빠는 뚜렷한 목적도 없이 차고에서 새집을 만들며 시간을 보냈다. 내가 아빠에게 그건 왜 하는 거냐 묻자 아빠는 페인트칠하고 있던 나무 판자에서 고개를 들고 말했다.

"내 인생에 적어도 하나 정도는 내 마음대로 할 수 있는 게 있어야 할 것 같아서."

열아홉에 그 말을 들었을 때는 당황했지만, 직장을 잃은 어른이 되어 보니 이제야 그 감정이 이해된다. 모든 걸 송두리째 잃고 나서 내 마음대로 할 수 있는 걸 찾기란 어려운 일이다.

다시 일자리를 찾아보며 시간을 보내기로 하지만 새로 올라온 공고는 하나도 없다. 굳이 할 필요도 없는 정리정돈을 해 본다. 든 게 거의 없는 쓰레기통을 비우고 봉투를 들고 나온다. 계단 근처 벽에 설치된 장치에 봉투를 넣는다. 봉투가 쭉 미끄러져 내려가다 지하에 폭 착지하는 소리 가 들린다. 이렇게 또 5초를 쓴다.

괘종시계가 정오를 알린다. 집을 나와 로비로 내려가는 동안 새로운 사람은 눈에 띄지 않는다. 익숙한 얼굴들만 왔다 갔다 할 뿐이다. 레너드 씨와 그의 전담 간호사가 끙끙대며 계단을 올라가고, 마리안 던컨과 루 푸스가 산책에서 돌아온 듯 로비에 서 있다. 오늘 마리안은 어두운 민트 색 케이프를 두르고 케이프와 어울리는 터번을 쓰고 있다. 루푸스는 빨 간 손수건을 당당히 매고 있다.

"자기 안녕, 오늘은 밖이 좀 쌀쌀해요. 그치 루푸스?"

마리안이 엘리베이터를 향해 유유히 걸어가며 선글라스를 매만진다.

루푸스가 마리안에게 동의한다는 듯 컹 짖는다.

인그리드가 아직 도착하지 않아서 혹시 뭔가 있을까 싶어 우편함을 살펴보지만 역시 비어 있다.

우편함을 닫고 시간을 확인하니 12시 5분이다.

인그리드가 늦는 모양이다.

주머니 속에서 핸드폰이 울린다. 인그리드의 전화겠거니 싶어 얼른 전화를 집어 들지만 발신자를 확인하자마자 심장이 꽉 조여 온다.

앤드류다.

전화를 거절하자마자 곧바로 문자가 도착한다.

제발 전화 좀 해줘.

그리고 한 통 더.

그냥 대화만이라도 하면 안 될까?

또 한 통이 도착한다.

제발….

답하지 않는다. 앤드류에게는 답장도 과분하다. 앤드류에게 내가 과분했던 것처럼.

이제야 깨닫는다. 우리는 처음부터 만나지 말았어야 했다. 우리는 공통점이 없었다. 클로이가 폴과 만나기 시작할 무렵 외로워진 내 곁에 마침 앤드류가 있었던 것뿐이다. 퇴근할 때마다 사무실의 쓰레기통을 비우면서 건물 관리인인 앤드류와 마주쳤다. 괜찮다고 생각했고, 집에 가는 길에 인사를 건네기 시작했다. 엘리베이터에서 나누던 가벼운 대화는 하루하루 길어졌다.

앤드류는 친절하고 똑똑하지만 살짝 내성적인 사람 같았다. 웃을 때는 보조개가 깊게 패였고 날 볼 때마다 늘 웃고 있었다.

결국 앤드류가 내게 고백을 했고 나는 고백을 받아들였다. 그 뒤로는 평범한 연애였다. 데이트하고, 자고, 동거를 시작했다. 이제부터 어떻게 흘러갈 건지 말하지 않아도 서로 알고 있었다.

내가 어리석었다.

집을 나온 후 며칠간 내 감정은 휙휙 널을 뛰었다. 상처를 받았다가도 미친 듯이 화가 났고, 버림받았다는 생각도 들었다. 나를 갖고 놀았던 앤드류가 죽도록 미웠고, 앤드류를 믿은 나 자신이 또 미웠다. 상태는 점점 나빠졌다. 왜 나로는 안 됐던 걸까. 도대체 왜, 내가 사랑하는 모든 사람들은 언제나 나를 떠나는 걸까. 그런 생각을 했다.

다시 핸드폰을 들여다본다. 인그리드는 10분째 지각이다.

이쯤 되니 내가 장소를 착각했을 수도 있다는 생각이 든다. 로비가 아니라 센트럴파크에서 만나기로 했는지도 모른다. 이매진 모자이크 앞에서 길거리 음악가와 대화하고 있는 인그리드가 상상이 간다. 내가 인그리드를 버렸다고 생각하고 있을 수도 있다. 문자를 보낸다.

우리 원래 공원에서 만나기로 했나요?

아무 연락 없이 2분이 지난다. 아무래도 공원으로 가봐야겠다. 다시 문자를 보내는 것보다는 그게 나을 것 같다. 바솔로뮤를 나가며 인그리드를 봤냐고 묻기 위해 찰리를 찾지만 문 앞에 있는 건 다른 도어맨이다. 나이가 지긋한 이름 모를 도어맨이 미소를 짓고 있다. 찰리가 야간 근무 후 오늘 전화로 병가를 냈다는 소식을 말해 준다.

"집안에 급한 일이 생겼나 봐요. 아마 딸과 관련된 일일 거예요."

도어맨에게 고맙다고 인사를 건넨 후 공원으로 향한다. 어제보다 날이 흐리다. 겨울이 성큼 다가왔다는 걸 알리듯 좀 쌀쌀한 날씨다. 헤더 같은 날씨는 분명 아니다.

스트로베리 필드 입구를 지나간다. 두 명의 연주자가 이매진 모자이크를 사이에 두고 양쪽에서 비틀즈의 스트로베리 필드를 주고받듯 연주하고 있다. 만만한 구경꾼 몇 명이 노래를 듣고 있지만, 그들 중에 인그리드는 없다.

다시 한번 핸드폰을 확인한다. 아직도 감감무소식이다.

호숫가로 향해 어제 앉았던 벤치에 자리를 잡고 다시 한번 문자를 보낸다.

지금 공원이에요. 어제랑 같은 벤치요.

5분이 지나도 인그리드에게서 답장은 오지 않는다. 세 번째로 문자를 보낸다.

괜찮은 거죠?

조금 유난스러운 문자같지만 뭔가 상황이 이해가 안 간다. 간밤에 있었던 일을 떠올린다. 인그리드의 집에서 비명이 들렸고, 내가 문을 두드린 후 인그리드가 문을 열기까지 묘하게 시간이 오래 걸렸다. 인그리드의 눈동자가 어둡게 빛났던 것도 뭔가 문제가 생겼다는 암시처럼 느껴졌다.

걱정하지 말자고 다짐해 보지만 걱정이 된다.

제인의 실종을 생각하면 더 그렇다. 제인이 사라진 직후의 우리 가족은 너무 안일했다. 열아홉의 제인은 항상 이리저리 통통 튀었고 혼자 여기저기 돌아다니는 걸 좋아했다. 어느 날은 말없이 저녁도 거르고 나갔다가 자정이 넘어서야 돌아오곤 했다. 친구들과 놀고 온 건지, 집에 돌아온 제인에게선 술과 담배 냄새가 났다.

제인이 사라진 그 날도 우리는 제인이 그렇게 평소처럼 놀러 갔겠거니 생각했다. 제인 없이 저녁을 먹은 후 TV로 삼류 외계인 영화 같은 걸 봤다. 엄마 아빠가 잠든 후에도 나는 *꿈꾸는 이의 마음*에서 제일 좋아하는 부분을 다시 읽으려고 깨어 있었다. 라슨 가족의 평범한 밤이었다.

다음 날이 되어서야 우리는 무언가 잘못됐다는 걸 깨달았다. 아빠가 화장실에 가려고 일어났을 때, 제인의 방은 아직도 약간 열려 있었다. 침대도 그대로였고 방은 여전히 텅 비어 있었다. 아빠는 엄마와 나를 깨워 간밤에 제인이 들어오는 소리를 들었냐고 물었고, 우리는 아니라고 답했다. 제인의 친구들에게 아침 일찍부터 곤란한 전화를 몇 통 돌리고 나서야 우리는 끔찍한 결론을 내릴 수 있었다.

제인이 실종됐다.

사실 그 전날 오후부터 사라졌지만 우리 중 아무도 확인해 볼 생각을 못 했던 거였다. 부주의했던 우리 가족을 떠올릴 때마다 난 어쩔 수 없이 이렇게 생각하게 된다. 우리가 좀 더 빨리 움직였거나, 하다못해 바로 걱정이라도 했다면 제인이 지금 내 곁에 있을까.

그래서 나는 걱정이 많은 사람이 됐다. 대학생 때는 클로이에게 온종일 같이 다니자고 해서 클로이를 미치게 했다. 아주 가끔 클로이와 붙어 있을 수 없을 때마다 긴장감에 배가 아팠다. 지금도 인그리드를 생각하니 작은 통증이 밀려온다. 핸드폰으로 이제 12시 45분이 다 됐다는 걸 확인하고 나니 통증이 좀 더 커지는 것 같다.

공원을 나와 걱정되는 마음에 이끌리듯 바솔로뮤로 향한다. 돌아가는 길에 인그리드에게 답장을 부탁한다는 문자 하나를 더 보낸다. 나도 내가 과민반응 하고 있는 걸 알지만 그래도 상관없다.

바솔로뮤 로비에서 딜런을 마주친다. 운동복에 운동화까지, 차림새를 보아하니 딱 공원에서 조깅을 할 모양이다. 귀에 꽂은 이어폰에서 날카로운 일렉 기타 소리가 새어 나온다. 딜런이 내린 엘리베이터에 올라탄다. 꼭대기 층을 누르려다 대신 11층을 누른다. 확인해 보는 것 정도는 괜찮다며 나 자신을 다독인다. 게다가 나는 인그리드에게 바람맞았다는 명분도 있다. 아마 아파서 핸드폰을 확인하지 못하는 걸 수도 있고, 배터리가 나가서 안절부절하면서 충전 중인지도 모른다.

어쩌면, 정말 어쩌면, 어젯밤 내 감이 맞았고 인그리드에게 무언가 문제가 생겼는데도 이야기하기에는 너무 겁이 났던 걸 수도 있다. 눈을 감는다. 높낮이 없던 목소리와 억지로 지어낸 웃음, 그리고 문을 닫기 직전에 웃음이 사라진 얼굴을 떠올린다.

11A 앞에 서서 마지막으로 인그리드에게 답장이 오지 않았는지 확인하지만 역시나 연락은 없다. 문을 두 번 두드린다.

문이 열린다.

문 너머로 나타난 건 또 다른 샤넬 정장을 입은 레슬리 에블린이다. 12A의 벽지가 생각나는 빨간 정장이다. 레슬리는 적잖이 지친 얼굴을 하고 있다. 올려 묶은 머리에서 머리카락 몇 가닥이 삐져나와 이마로 흘러 내린다.

"줄스."

레슬리가 놀란 표정을 감추지 못한 채 묻는다. 내가 왜 여기 있는지 모르겠다는 눈치다.

"팔은 좀 어때요?"

무심코 옷 아래 가려진 붕대에 손을 댄다. 상처가 있다는 것도 까맣게 잊고 있었다.

"괜찮아요."

대답을 건네며 어깨너머로 집을 들여다본다.

"인그리드는 안에 있나요?"

"아뇨."

레슬리가 대놓고 한숨을 푹 쉰다.

"혹시 어디 있는지 아세요?"

"잘 모르겠네요. 미안해요."

"인그리드가 여기 살지 않나요?"

"그랬었죠."

레슬리가 묘한 뉘앙스의 대답을 하며 미간을 찌푸린다.

"지금은 아니라는 의미인가요?"

"맞아요."

레슬리가 단언하듯 말한다.

"인그리드는 사라졌어요."

13

제인은 사라졌다.

아빠는 그렇게 결론을 내렸다. 제인이 집으로 돌아오지 못한 지 일주일이 지났을 때였다. 자정 무렵 엄마는 먼저 잠자리에 들고 아빠와 난 주방에 앉아 있었다. 그때쯤 검은 비틀에 대해 모두가 알고 있었고 경찰은 제인의 친구들과 대화를 끝냈다. 제인의 사진이 전봇대며 가게며, 펜실베니아 곳곳에 다 붙어 있었다. 아빠는 몸에 피 대신 카페인이 흐를 정도로 며칠째 커피만 들이붓는 중이었다. 아빠가 블랙 커피를 한 모금 홀짝이고선 말했다.

"제인은 사라졌어."

슬프도록 간단한 결론이었다.

그때의 나는 슬픔보다 혼란이 더 컸다. 난 제인이 돌아올 수 있다는 희망을 버리지 않고 있었고, 그저 제인이 바로 돌아오지 않는다는 사실이 의아했을 뿐이다. 내가 지금 느끼는 것도 그와 같은 혼란이다. 레슬리는 삐져나온 머리를 정리하고 있다.

"사라졌다니, 이제 여기 안 산다는 건가요?"

"네, 뭐."

레슬리가 불쾌한 듯 코웃음을 친다.

불현듯 머릿속에 바솔로뮤의 규칙이 떠오른다. 인그리드가 규칙을 어긴 게 분명하다. 그것도 아주 중요한 규칙을. 이렇게 말도 안 되게 갑자기 떠나는 건 그 정도 이유가 아니면 설명이 되지 않는다.

"인그리드가 뭔가 잘못한 건가요?"

"글쎄요. 쫓겨난 거냐고 묻는 거라면, 그런 건 아니에요."

"근데 분명히 여기 10주는 더 있을 거라고 했거든요."

"원래는 그러기로 했죠."

또 다시 혼란이 머리를 강타한다. 하나같이 말이 안 된다.

"인그리드가 그냥 나가버렸다는 건가요?"

"맞아요. 말도 없이 빨리도 사라졌죠."

"간다는 말도 없이요?"

"네. 미리 알려 주기라도 했다면 참 좋았을 텐데. 밤중에 몰래 빠져나
갔나 봐요."

"인그리드가 나가는 걸 본 사람은 없나요? 어제 당직 도어맨이 누구였
죠?"

"찰리였는데, 찰리는 인그리드가 나가는 걸 못 봤어요."

"왜요?"

"찰리는 그때 고장 난 보안 카메라를 고치러 지하에 내려가 있었어요.
로비로 돌아왔을 때는 인그리드가 떨어뜨렸을 11A의 열쇠만 덩그러니
놓여 있었죠."

"그게 몇 시였죠?"

"정확하게는 모르겠어요. 그건 찰리한테 물어보는 게 좋을 거예요."

"인그리드가 사라진 건 확실해요?"

생각나는 대로 막 내뱉기 시작한다.

"실수로 열쇠를 로비에 떨어뜨렸을 수도 있죠. 친구한테 급한 일이 생
겼다거나 해서 서둘러 나가야 했을 수도 있고요. 지금 다시 돌아오고 있
을 수도 있잖아요."

이론적으론 가능하지만 현실성은 전혀 없는 말이다. 그리고 설령 이 가설이 진실이라 해도 인그리드에게서 아직 문자 한 통 없는 이 상황은 설명이 안 된다.

레슬리도 당연히 같은 생각을 하는 듯 문가에 기대 안쓰럽다는 듯한 눈빛으로 나를 바라보고 있다. 상관없다. 제인이 사라진 후 내가 얼토당토않은 가설을 들며 제인이 반드시 돌아올 거라고 주장할 때마다 우리 부모님도 딱 저런 눈으로 날 바라봤다. 열일곱의 나는 상상력이 풍부하다 못해 넘쳐 흘렀다.

"아무래도 그건 아닌 것 같죠?"

"그러네요. 하지만 인그리드가 오밤중에 한 마디 말도 없이 바솔로뮤를 나갔다는 것도 말이 안 되는 이야기죠."

레슬리가 고개를 기울이자 헝클어진 머리카락이 삐져나오려 한다.

"줄스는 인그리드한테 왜 이렇게 관심이 많은 거에요?"

적당히 몇 가지 이유를 댈 수도 있다. 인그리드가 친절하고 재밌는 사람이라 같이 어울리는 게 좋았고 인그리드를 보면 제인이 떠올랐다고. 클로이 말고도 내 옆에 있고 싶어 하는 사람이 있다는 사실에 기분전환이 됐다고.

그 대신 내 걱정의 가장 큰 원인을 말해 주기로 한다.

"어젯밤에 제가 비명 소리를 들은 것 같거든요."

레슬리가 지나치게 놀라며 눈을 깜빡거린다.

"11A에서요?"

"네."

"언제요?"

"새벽 1시쯤이요. 인그리드가 어떤지 확인하러 내려왔었는데, 그냥 환청일 거라고 하더라고요.”

“다른 거주민들한테서는 들은 적 없는데, 확실히 비명이었어요?”

“어, 글쎄요?”

들었거나 못 들었거나 둘 중 하나여야 하는데, 대답은 의문형으로 나온다. 당황한 듯 끝이 올라간 내 말에서부터 티가 난다. 내가 들은 건 그냥 내 머릿속에서만 일어난 일일 수도 있다.

하지만 정말 내 상상일 뿐이라면 인그리드는 어제 왜 그렇게 이상하게 행동한 걸까.

“혹시 뭔가 들은 사람이 있는지 한 번 물어볼게요. 이렇게 조용한 건물에서 그런 소리가 안 들릴 수가 없죠.”

“저는 그냥 인그리드가 걱정돼서,”

“인그리드는 떠났어요.”

내 걱정을 확실하게 표현하려 하지만 레슬리가 무시하듯 말한다.

“한밤중의 도둑처럼요. 사실 처음에는 정말 인그리드가 도둑일 거라고 생각해서 여기 온 거예요. 이 집에 아무것도 남아 있지 않을 줄 알았거든요. 근데 막상 다른 건 다 그대로 두고 자기 물건만 챙겨간 모양이네요.”

“따로 남겨놓고 간 건 없나요? 돌아올 수도 있다고 생각할 만한 거나, 어디 갔는지 알 법한 물건 같은 것도요?”

“적어도 제가 아는 바로는 없어요.”

레슬리가 문에서 한 걸음 물러선다.

“들어와서 봐도 돼요.”

활짝 열린 문 너머로 복도와 응접실이 보인다. 창밖으로 12A와 거의 똑같은 풍경이 펼쳐져 있다. 깔끔하고 모던한 방이다. 감시하는 눈이 달린 빨간 벽지도 없다. 현대 미술 작품과 매장 디스플레이에서 튀어나온 듯한 감각적인 가구들로 크림색 벽이 더욱 격조 있게 연출되어 있다. 그냥 방 전체가 가구 매장을 그대로 옮겨놓은 것 같다. 가구는 분명 있지만 사람의 흔적은 없다.

"방은 인그리드가 들어왔을 때 그대로예요. 그러니까 뭔가를 남겨놨다면 아마 지하실에 있는 창고겠죠. 그런데 어차피 인그리드가 열쇠를 잃어버린 듯해서 거기까지는 확인해 보지 않았어요. 찰리가 로비에서 발견한 열쇠에는 창고 열쇠가 없었거든요."

그건 결국 인그리드가 지하 창고를 쓴 일이 없었을 거라는 의미다. 확실히 나도 12A의 지하 창고를 내려가 볼 일이 없었다. 침실의 옷방만 해도 내가 가진 게 다 들어가고도 남는다.

레슬리가 내 어깨에 손을 얹고 말을 건넨다.

"너무 걱정하지 마요. 좋은 일로 나간 걸 수도 있죠. 솔직히 나도 그랬으면 좋겠고."

걱정을 안 하고 싶어도 당장은 도무지 이 상황이 이해가 안 된다. 12층으로 올라오는 계단에서 걱정이 끈질기게 따라붙는다. 12A로 돌아와 응접실 소파에 쓰러지듯 기댄다. 머릿속이 혼란으로 뿌옇게 흐려진다. 인그리드는 왜 바솔로뮤를 떠나고 싶었을까. 굳이 왜.

창밖으로 시선을 돌린다. 안개가 도시 전체를 뒤덮고 있다. 센트럴파크 전체에 옅은 안개가 낮게 깔려 나무 꼭대기만 구름처럼 둥둥 떠 있는 듯 보인다. 쓸쓸한 아름다움이다. 이 풍경을 볼 수 있는 사람은 몇 없다. 수백만 달러를 지불해야만 감상할 수 있으니.

인그리드도 이 풍경을 볼 수 있었을 거다. 게다가 돈을 받기까지 했고. 그래서 더 이해가 안 간다. 이 집에 공짜로 사는데다가 만 이천 달러까지 받는데 왜 이런 기회를 제 발로 찬 걸까. 물론 인그리드가 바솔로뮤에 대해 약간의 의심을 가지고 있긴 했지만, 인그리드는 분명 나처럼 돈도 없고 갈 곳도 없는 처지였다. 바솔로뮤를 떠난다는 건 만 달러를 더 얻을 기회도 같이 버리고 갔다는 의미인데, 위급 상황 같은 게 아닌 이상 도저히 그만한 돈을 어떻게 버려두고 떠날 수 있는지 이해가 되질 않는다.

하룻밤 사이에 인그리드에게 무슨 일이 있었던 걸까.

재킷 주머니에서 핸드폰을 꺼낸다. 역시 인그리드에게선 아무 연락이 없다. 내가 보냈던 문자를 다시 확인해 보지만 인그리드는 단 한 통도 읽지 않았다.

다시 문자를 보내는 대신 이번에는 전화를 걸어보기로 한다. 대문자로 저장된 인그리드의 이름을 누른다. 전화 버튼을 누르자 통화는 바로 음성사서함으로 연결된다.

"안녕하세요! 미안하지만 지금은 전화를 받을 수 없어요. 삐 소리가 나면 메시지를 남겨 주세요. 빨리 돌아와서 다시 전화할게요."

잠시 말이 멈춘다.

"아, 맞다. 혹시 모르는 사람이 있을까 봐 말씀드리자면, 저는 인그리드예요."

마지막으로 삐 소리가 울린다.

"저기, 인그리드."

아무렇지 않은 말투 속에 걱정을 숨긴 채 말을 꺼낸다.

"바솔로뮤에서 만났던 줄스예요. 레슬리한테 간밤에 바솔로뮤에서 나갔다고 들었는데, 음, 괜찮은 거죠? 전화나 문자 한 통만 줘요."

전화를 끊고 핸드폰을 멍하니 바라보지만, 이제 나도 뭘 어떻게 해야 할지 모르겠다.

할 수 있는 게 없다.

클로이도 아마 그렇게 말할 것이다. 어차피 잘 모르는 사람이고 그 사람 일은 그 사람이 알아서 할 테니까 넌 일 구하고 돈 모아서 다시 잘 살 생각이나 하라고.

다 맞는 말이다.

일자리를 구하고 돈을 벌면서 내 인생을 조금씩 바로 세우기 시작해야 한다.

하지만 이미 조그맣던 걱정이 눈덩이처럼 몸집을 불려 내 머릿속을 가득 채우고 있다. 걱정을 키운 가장 큰 원인은 어젯밤 일이다. 분명 비명처럼 들렸던 소음과 인그리드의 부자연스러운 평온함. 내 걱정을 별거 아닌 거라 말하던 모습까지.

'아무튼, 난 괜찮아요.'

어제도 딱히 믿지 않았지만 이제 와 생각해 보니 전혀 설득력이 없는 말이다. 인그리드 본인에게서 확답을 받아야만 이 불안이 사라질 것 같은데 그러기 위해서는 도대체 인그리드가 어디로 갔는지를 알아내야 한다.

제인이 실종되었을 때 경찰은 우리에게 제인의 위치를 확인하는 데 필요한 조치를 몇 가지 알려 줬다. 그때는 소용없는 일이었지만 이번에는 좀 더 행운이 따라주기를 바랄 뿐이다.

첫 번째. 상황 파악.

간단하다. 인그리드가 누구에게도 알리지 않고 한밤중에 이곳을 떠났다.

두 번째. 떠날 이유가 있는지 생각해 보기.

좋은 일로 나갔다고 믿고 싶다. 갑자기 일을 구했다든가, 로또에 당첨

됐다든가, 그것도 아니면 센트럴파크 음악가와 갑자기 사랑에 빠졌다든가. 하지만 나는 더는 그렇게 긍정적으로 생각할 수 있는 사람이 아니다.

세 번째. 갈 만한 장소를 생각해 보기.

이건 가망이 없다. 특정되는 장소가 하나도 없다.

네 번째. 사라진 후 연락했을 만한 사람이 누굴지 생각해 보기.

이건 그나마 좀 할 만하다. SNS 덕분이다. 인그리드가 온라인에서도 자기 이야기를 하는 걸 좋아하는 편일까. 보스턴에 돌아갔다든지 알래스카에서 바텐더로 취직했다든지 하는 글이 하나만 있어도 마음이 편해질 것 같다. 그냥 뭐라도 올라와 있기만 하면 된다.

노트북을 켜 인그리드의 SNS 계정을 찾기 시작한다. 페이스북부터 시작해 보지만 너무 오랜만에 쓰는 거라 그런지 비밀번호를 두 번이나 틀린다. 로그인에 성공하고 처음으로 눈에 띈 건 오래전에 설정해 놓은 내 프로필 사진이다. 앤드류와 디즈니 월드에 놀러 가서 찍었던 사진이다. 메인 스트릿에 서 있는 우리 뒤로 신데렐라 성이 우뚝 솟아 있고 내가 앤드류의 허리에, 앤드류가 내 어깨에 팔을 감싸고 있다.

사진을 보자마자 흠칫 놀란다. 저 사진의 원본이 그 집에서 나오기 전 불태웠던 사진 중 하나였기 때문이다. 어쩐지 귀신이라도 본 기분이다. 저 때가 함께 보냈던 유일한 휴가였다. 사실 그때도 상황이 여의치는 않았지만 그때만 해도 나는 그럴 만한 가치가 있을 거라 생각했었다. 사진 속의 두 사람은 제법 행복해 보인다. 적어도 그땐 행복했다. 사실 행복한 건 나 하나였고 앤드류는 이미 다른 여자랑 놀아날 생각이나 하고 있었는지도 모른다. 어쩌면 저 때도 이미 만나고 있었는데 그것도 모르고 나 혼자 행복해 하고 있었을 수도 있고.

사진을 지우고 프로필 사진을 기본 이미지로 남겨둔다. 지금 내 상황과

Lock Every Door

가장 잘 어울리는 사진이다.

이제 프로필 사진은 치워두고 인그리드 갤러거를 검색한다. 지난 2년 간 어디 살았었다고 했는지 떠올린다. 뉴욕과 시애틀, 보스턴으로 범위를 좁혀 두 명의 인그리드 갤러거를 찾아내지만 둘 다 내가 찾는 인그리드는 아니다.

트위터에서도 비슷한 결과가 나온다. 동명이인 인그리드 갤러거는 많지만 그중에 내가 찾는 인그리드는 없다.

그 다음으로는 핸드폰으로 인스타그램을 들어간다.

마침내 성공이다.

인그리드 갤러거. 인그리드의 계정을 찾았다.

프로필 사진 속의 인그리드는 솜사탕이 생각나는 밝은 파란 머리를 하고 있다.

그러나 인그리드가 올린 사진을 살펴보려다 다시 심장이 철렁한다. 별로 도움이 될 것 같지 않은 흐릿한 조명의 음식 사진과 이상한 각도의 셀카들 뿐이다. 그나마 가장 최근에 올라온 사진은 센트럴파크에서 찍은 인그리드의 셀카다. 왼쪽 어깨너머로 바솔로뮤가 살짝 보인다.

이틀 전 사진인 걸로 보아 내가 12A를 둘러보고 있을 때쯤인 것 같다. 어쩌면 내가 응접실 창밖으로 바라보고 감탄했던 공원 풍경 속에 인그리드가 있었는지도 모른다. 아마 내가 인그리드의 셀카에 나왔을 수도 있다. 12층에서 바깥을 바라보고 있는 흐릿한 사람 한 명으로.

인그리드는 사진 아래 두근거리는 듯한 모양의 분홍색 하트 이모티콘만을 남겼다.

사진에 달린 좋아요 15개, 댓글은 하나다. 지크라는 사람이 쓴 댓글이다. 뉴욕 돌아와서 연락 하나 안 하고 뭐 하는 거야.

인그리드가 거기 반응하진 않았지만 적어도 이 도시에 인그리드를 아는 사람이 한 명은 더 있다는 사실에 힘이 난다. 어쩌면 이 지크라는 사람과 같이 있는지도 모른다. 지크의 프로필 사진을 자세히 들여다본다. 스냅백에 듬성듬성한 수염, 떡하니 대문짝만하게 보이는 흠집난 스케이트보드. 이 사진만으로도 이미 어떤 사람인지 알 것만 같다.

다른 사진을 살펴본다. 첫인상을 벗어나지 않는다. 대부분의 사진이 셀카다. 화장실에서, 존스 비치에서, 길거리에서. 온통 상의를 벗은 사진에 청바지는 한껏 아래로 내려 속옷까지 보이는 패션이다. 심지어 오늘 아침에도 상의를 탈의한 사진이 하나 올라왔다. 그 옆에는 여자 한 명이 자고 있는데, 보이는 건 겨우 맨어깨와 늘어트린 긴 머리뿐이다.

푸른 빛이 전혀 없는 금발이다. 인그리드일 리가 없다.

그래도 지크에게 메시지를 보내 본다. 인그리드가 그에게 연락을 했을 수도 있으니까.

안녕하세요. 인그리드의 이웃이에요. 인그리드와 연락을 하고 싶은데 혹시 최근에 연락받은 적 있나요? 아니면 어디로 갔는지 예상가는 곳은 없을까요? 걱정돼서요.

내 이름과 번호를 남기고 전화해 달라는 부탁을 전한다.

그리고 다시 인그리드의 계정으로 돌아온다. 어쩌면 옛날 사진에 인그리드가 어디로 갔는지 유추할 만한 단서가 있을지도 모른다. 공원에서 찍은 셀카 전에는 선명한 초록색으로 칠한 인그리드의 손톱 사진이 올라와 있다. 5일 전에 올라온 사진이다. 그 밑에 적혀 있는 건 카바레에 나온 샐리 보울스의 대사다.

"마침 내가 손톱을 초록색으로 칠했거든. 초록색 손톱을 보고 누가 왜 칠했냐고 물어보면 이렇게 대답할 거야. '왜, 예쁘잖아.'"

7개의 좋아요. 댓글은 없다.

그 아래 올라온 사진이 내 시선을 끈다. 8일 전에 올라온 사진으로 역시 인그리드의 손을 확대한 모습이다. 이번에는 손톱이 연분홍색으로 칠해져 있다. 잘 익은 복숭아 색깔이다. 손을 책 위에 얹고 있고 책 위로 책갈피에 달린 빨간 술이 바깥으로 삐져나와 있다. 손 틈새로 보이는 건 제법 익숙한 그림이다. 바솔로뮤 끄트머리에 앉아 있는 조지가 눈에 띈다. 거기다. 익숙한 서체로 익숙한 제목이 적혀 있다.

*꿈꾸는 이의 마음*이다.

그 아래 적힌 글은 더 놀랍다.

작가를 만났다!

나도 그 작가를 만나봤지만 전혀 반가운 만남은 아니었다. 하지만 이 사진으로 미루어 보았을 때 그레타와 인그리드가 적어도 일면식은 있는 사이인 것 같다. 그레타가 인그리드의 행방을 알 수 있는 가능성이 조금이라도 있다는 소리다.

한숨을 내쉬며 클로이가 준 와인 중 마지막 병을 꺼내 들고 집을 나와 계단으로 내려간다.

바솔로뮤의 규칙을 깨더라도 그레타 만빌을 만나러 갈 생각이다. 그레타가 나를 얼마나 성가셔할지 나도 잘 모르겠지만 말이다.

14

10A의 문을 조심스럽게 두드려 본다. 쿵쾅거리는 심장 소리가 더 크게 들린다. 다시 한번 힘을 주어 문을 쿵쿵 두드린다. 문 너머로 마룻바닥이 삐걱거리는 발소리가 들린다. 누군가가 소리를 지른다.

"한 번만 두드려도 다 들린다고."

마침내 문이 열리지만 아주 조그만 틈이 생긴 정도다. 그레타 만빌이 그 사이로 눈을 가늘게 뜨고 나를 내다본다.

"또 당신이군요."

나는 와인병을 들어 올리며 말을 꺼낸다.

"드릴 게 있어요."

문이 좀 더 열리자 그레타의 옷차림이 보인다. 검은 슬랙스에 회색 스웨터를 입고 분홍색 슬리퍼를 신고 있다. 짜증스럽게 왼발을 탁탁 두드리며 병을 바라본다.

"사과의 선물이에요. 어제 로비에서 제가 너무 귀찮게 해드린 것 같아서요. 지금도 그렇고, 혹시 앞으로도 그럴지도 모르니까요."

그레타가 병을 가져가 라벨을 살핀다. 얼굴을 찌푸리지 않는 걸 보니 꽤 괜찮은 빈티지 와인인 모양이다. 클로이는 작별의 선물로 평소처럼 마트에서 파는 싸구려 와인을 주지 않았다. 고맙다는 인사를 전해야겠다. 그레타가 문을 열어둔 채 안으로 들어간다. 입구에 멈춰 서 있다가 열린 문 사이로 흘러나오는 그레타의 목소리를 듣고서야 겨우 발을 뗀다.

"들어오든지 말든지 맘대로 해요. 어느 쪽이든 상관없으니까."

안으로 들어가려 살짝 움직이자, 그레타가 고개를 끄덕이고 돌아서서 말없이 복도를 가로질러 걸어간다. 그 뒤를 따라가며 슬쩍 집의 배치를 훔쳐본다. 우리 집과는 딴 판이다. 이 집은 방이 좀 더 작고 더 많다. 복도를 돌아보니 작업실, 침실, 아마도 서재일 듯한 방들의 문이 보인다.

사실 이 집 전체가 서재라고 해도 과언이 아니다. 어디를 가도 책이 있다. 문 반대편 선반이 책으로 채워져 있고, 작은 탁자 위에 책이 놓여 있고, 바닥에도 책이 차곡차곡 쌓여 있다. 심지어 주방에도 책이 있다. 마가렛 에트우드의 책을 조리대에 엎어 놨다.

"그래서, 이름이 뭐라고 했죠?"

그레타가 대리석 식탁의 서랍에서 와인오프너를 꺼내면서 묻는다.

"다 기억하기엔 들어오고 나가는 아파트 시터가 워낙 많아서."

"줄스예요."

"아, 줄스. 그래서 제 책을 계속 가장 좋아하는 작품으로 뽑으신다고."

그레타가 코르크 마개를 힘껏 당겨 뺀다. 그리고는 와인잔을 들고 와 반쯤 따르고는 내게 건넨다.

"건배."

"안 드세요?"

"안타깝게도 금주예요. 건강상의 문제로."

"죄송해요, 몰랐어요."

"뭐 굳이. 사과는 그만하고 이제 마셔요."

의무감에 한 모금을 홀짝인다. 절대 빨리, 많이 마시면 안 된다. 긴장한 상태라 더 조심해야 한다. 이제부터 끝없는 이야기와 질문으로 그레타를 더 귀찮게 할 예정이라. 또 다시 한 모금을 마신다. 긴장을 누그러뜨리기 위해서다.

"그래서, 진짜로 왜 온 건지 말해 봐요."

그레타의 말을 듣고 잔에서 시선을 돌린다.

"뭔가 다른 이유가 있어야 하는 건가요?"

"그럴 필요는 없지만, 왠지 그럴 것 같아서. 경험상 사람들은 뭔가 바라는 게 있을 때 선물을 가져오거든요. 예를 들면 가장 좋아하는 책에 사인을 받고 싶을 때라든지."

"책은 안 가지고 왔어요."

"그럼 그건 아니겠네요. 안 그래요?"

"맞아요. 제가 여기 온 이유는 따로 있어요."

말을 멈추고 좀 더 마음을 단단히 먹기 위해 와인의 힘을 잠시 빌린다.

"사실, 인그리드 갤러거에 대해서 물어보러 왔어요."

"누구요?"

"아파트 시터예요. 이 집 한 층 위에 사는. 간밤에, 그것도 한밤중에 떠났어요. 인그리드가 어디로 갔는지는 아무도 모르는 상태예요. 인스타그램에 작가님을 만났다고 써놨길래, 혹시나 친분이 있어 행방을 알 수도 있을 거라고 생각했거든요."

그레타가 고개를 기울여 나를 빤히 바라본다. 푸른 눈이 호기심으로 빛나고 있다.

"도통 무슨 소리인지 못 알아듣겠군요."

"인그리드를 모르세요?"

"머리색이 괴상한 그 아가씨 말하는 건가요?"

"맞아요."

"아는 사이라고 하긴 좀 그렇네요. 겨우 두 번 봤으니까. 로비에서 마주쳤을 때 레슬리가 소개해 준 적이 있었어요. 소개시켜 줬다기보다 그쪽에서 일방적으로 말을 건 거죠. 우리 레슬리가 그 아가씨한테 이곳에 대한 인상을 깊게 남기고 싶었나 봐요."

"그게 언제였죠?"

"아마 2주 전쯤일 거예요."

인그리드가 대략 그 정도 여기 머물렀다고 했으니 아마 인그리드가 처음 이곳을 둘러보며 면접을 본 날일 거다.

"두 번째는 언제였어요?"

"이틀 전이요. 절 보러 잠깐 들렀거든요."

그레타가 와인을 가리킨다.

"와인 없이. 그 점에서는 당신이 적어도 그 아가씨보다 좀 낫네요."

"그래서, 인그리드의 속셈은 뭐였나요?"

"눈치가 빠르군요."

그레타가 만족스러운 듯 고개를 끄덕인다.

"내가 바솔로뮤에 대해 어떻게 책을 썼는지보다는, 바솔로뮤 자체에 대해 묻고 싶어 했어요. 여기서 일어난 일에 대해 궁금해 하는 것 같던데요."

팔꿈치를 식탁에 대고 몸을 앞으로 기울인다.

"어떤 일이요?"

"바솔로뮤에서 어떤 끔찍한 일들이 있었던 거냐, 뭐 그런 거죠. 다 옛날 이야기라고, 뜬소문 같은 걸 찾는 거라면 인터넷에 물어보라고 말해 줬어요. 나도 딱히 찾아본 적은 없지만 그런 이야기가 여기저기 퍼져 있다고 들어서."

"그게 다였나요?"

"기껏해야 2분이 될까 말까 한 대화였거든요."

"그럼 그 이후로는 대화한 적이 없으신 거고요."

"없죠."

"확실해요?"

순간 그레타의 표정이 어두워진다. 호기심 어린 눈빛은 먹구름 틈의 한 줄기 햇살처럼 언제 그랬냐는 듯 순식간에 사라져버린다.

"나이가 들었다고 다 노망이 난 건 아니라서요."

내 잘못을 깨닫고 다시 와인을 집어 들며 웅얼거린다.

"그런 뜻은 아니었어요. 그냥 인그리드를 찾고 싶어서요."

"실종된 건가요?"

"아마도요."

아마도라니, 이런 식으로 모호하게밖에 말할 수 없는 나에게 너무 화가 난다. 몇 마디를 덧붙인다.

"하루종일 연락해 봤는데 답이 없어요. 그리고 그렇게 떠난 것도 걱정되고요."

"왜요? 아파트 시터가 죄수도 아닌데 그냥 원하는 대로 자유롭게 오고 갈 수 있는 거잖아요. 당신도 마찬가지고."

"그게…, 혹시 어제 이상한 소리 못 들으셨어요? 위층에서 이상한 소음이 들렸다든지."

"소음? 무슨 소음이요?"

비명이라고 말하고 싶지만 입을 꾹 다문다. 그레타가 직접 비명을 언급한다면 나 혼자만 그 비명을 들은 게 아니라는 걸 확인할 수 있다.

"뭐든, 뭔가 평소랑 달랐던 거요."

"딱히 들은 건 없어요. 그보다 당신이야말로 뭔가 들은 것 같군요."

"그런 줄 알았죠."

"지금은요?"

"그냥 제 착각이었던 것 같네요."

정말 그럴 수가 있는 걸까. 물론 낯선 곳에서 첫날을 보내면 환청을 들을 수는 있겠지. 계단의 발소리나 창문을 두드리는 소리 같은 것들 말이다. 나 역시 아침에 일어날 때 집 안에서 무언가 스르륵 움직이는 걸 느끼기도 했으니까. 하지만 보통 그렇게 뜬금없는 비명소리 하나를 착각하진 않을 것 같다.

"불면증 때문에 간밤에는 거의 깨어 있었어요. 나이가 들수록 잠이 줄어요. 축복이면서도 저주 같죠. 아무튼, 위층에서 뭔가 이상한 소리가 들렸다면 아마 내 귀에도 들렸을 거예요. 당신의 그 친구에 대해 말하자면…."

그레타가 손으로 조리대를 탁 내려친다. 너무 갑작스러운 행동이라 당황스럽다.

잔을 내려놓는다.

"작가님?"

그레타가 눈을 감는다. 안 그래도 창백한 얼굴이 더 파리하게 변한다. 그레타의 몸이 갸우뚱거리다 금방이라도 쓰러질 것 같은 각도로 급격히 기운다. 다급히 달려가 그레타의 몸을 세우고 의자를 찾는다. 식당으로 향하는 문 쪽에서 의자를 발견하고 그레타를 그쪽으로 조심스럽게 이끈다.

그러는 와중에 그레타가 의식을 되찾는다. 머리가 휙 제자리로 돌아오고 눈에도 생기가 돌기 시작한다. 내 허리를 꽉 쥐고 있는 손은 노화로 울퉁불퉁하다. 얇은 피부 아래로 보랏빛 정맥이 보인다.

"이런, 못 볼 꼴을 보였군요."

그레타는 조금 멍해 보인다.

어찌할 줄 모르고 그레타의 주변을 맴돈다. 온몸이 떨린다.

"의사 불러 드릴까요? 제가 가서 닉을 데려올게요."

"아니, 그 정도로 심각한 건 아니에요. 그냥 가끔 있는 일이니까."

"기절하는 게 심각한 게 아니라고요?"

"그냥 갑자기 스르륵 잠드는 느낌이에요. 그리고 다시 아무렇지도 않게 살아나고. 줄스, 늙는 건 끔찍한 거예요. 겪어 봐야 알아요."

그 말을 듣고서야 움직임을 멈춘다. 다시 원래의 완고한 그레타로 돌아온 것 같다. 아직 후들후들 떨리는 몸을 이끌고 다시 조리대로 향해 내 와인을 꿀꺽꿀꺽 들이킨다.

"원한다면 저 책에 대해 뭐 하나 물어봐도 돼요. 날 도와줬으니까."

겨우 하나라니, 물어볼 게 수백 가지는 된다. 하지만 '내 책'도 아니고 '그 책'도 아니다. '저 책'이라고 했다. 드디어 *꿈꾸는 이의 마음*에 대한 이야기만 하는 게 좋을 것 같다는 생각이 든다.

"왜 작가를 그만두신 건가요?"

"결론만 말하자면 내가 게으르기 때문이죠. 집필에 대한 동기도 없고, 금전적으로도 굳이 글을 쓸 이유는 없으니까요. 원래부터 부유한 집안이었고 그 책으로 더 부유해졌을 뿐이에요. 심지어 지금까지도 그 책으로 들어오는 수입 덕에 굉장히 편하게 살고 있죠."

"역시 바솔로뮤네요. 여기 사신 지는 얼마나 되셨어요?"

"*꿈꾸는 이의 마음*을 썼을 때 여기 살았냐는 질문인가요?"

정확히 내가 물어보고 싶었던 부분이다. 너무 쉽게 속마음을 들켰다는 생각에 다시 한번 와인을 들이킨다.

"그 '진짜' 질문에 답하자면, 맞아요. 그 책을 집필했을 때 바솔로뮤에 살고 있었죠."

"이 집에요?"

그레타가 빠르게 고개를 젓는다.

"다른 집이었어요."

"그 책은 자전적인 작품인가요?"

"그랬다면 얼마나 좋았겠어요. 지니와 다르게 전 부모님의 집에 살았고, 거기서 자라 결혼해서 나간 후 이혼하고 다시 돌아왔죠. 인생의 쓴맛을 보고 목표도 없는 상태에서 갑자기 너무 많은 시간이 생겼고, 그 시간 동안 내가 바라는 인생에 대해 쓰기로 했어요. 그리고 그 책이 완성됐을 때는 다시 한번 이 집을 나갔죠."

"왜요?"

바솔로뮤를 떠날 생각을 할 수 있다는 게 이해가 되지 않는다.

"사람은 왜 거처를 옮기는 걸까요."

그레타가 혼잣말을 한다.

"관점의 변화가 필요했어요. 부모님과 함께 사는 것도 지쳤고요. 다들 그런 이유로 제 둥지를 떠나는 거 아니겠어요?"

대부분의 사람들은 그렇겠지만 나에게 해당되는 이야기는 아니다. 내겐 선택의 여지가 없었다.

"그럼 그런 집필 배경 때문에 그 책을 그렇게 싫어하시는 건가요?"

모욕적인 말을 들었다는 듯 그레타가 고개를 든다.

"내가 그 책을 싫어한다고 누가 그래요?"

"그냥, 싫어하시는 것 같아서요."

"넘겨짚은 거겠죠. 사실 그 책을 그렇게 싫어하지는 않아요. 실망했을 뿐이지."

"그 책으로 그렇게 성공하신 데다 수많은 사람에게 감동을 줬는데도요?"

"지금의 나는 그 책을 썼을 때의 나와 거의 다른 사람이에요. 어렸을 때를 생각해 봐요. 그때의 취향이나 행동, 습관 같은 걸 떠올려 보면 아마 많이 변했을 거예요. 더 성숙해졌겠죠. 다들 그래요. 그래서 지금의 내가 정말 싫어하는 면이 어릴 적의 나에게 있을 수 있는 거고요."

엄마와 시리얼을 떠올리며 고개를 끄덕인다.

"그 책을 썼을 때 나는 판타지가 필요했어요. 그래서 좋은 작가라면 응당 갖춰야 할 진실성을 놓쳤죠. 난 거짓말쟁이였어요. 그 책은 내 가장 큰 거짓말이고."

남은 와인을 쭉 들이켜며 마음을 다잡는다. 작가에게 그가 쓴 저서를 변호해야 하는 흔치 않은 상황이다.

"하지만 독자에게도 판타지는 필요해요. 저는 언니와 함께 침대에 누워 책을 읽으면서 우리가 지니라면 어떨까 상상해 보곤 했어요. 그 책을 통해 작고 볼품없는 마을 바깥의 삶을 배웠고, 희망을 얻었죠. 그 희망이 모조리 사라져 버린 지금까지도 저는 그 책을 너무 좋아하고 그 책을 써 주신 데 감사하고 있어요. 당연히 책에 나오는 맨해튼은 현실에 없죠. 더군다나 지니처럼 완벽한 해피엔딩을 경험하는 사람도 거의 없을 거고요. 하지만 소설이란 건 도피처잖아요. 복잡하고 비정한 이 도시의 균형을 맞추기 위해서라도 우리에게는 이상적인 뉴욕이 필요한 거니까요."

"그럼 현실은 어땠는데요?"

"앞에서 말했던 저희 언니 있죠? 언니는 제가 열일곱 살일 때 실종됐어요."

이제 그만 말해야 하는 걸 알지만, 와인으로 이미 풀려버린 혀는 말을 듣지 않는다.

"제가 열아홉일 때는 부모님이 돌아가셨죠. 그러니까 솔직히 현실세계는 지긋지긋하다고요."

그레타가 손바닥을 볼에 갖다 대고 물끄러미 나를 가늠하듯 쳐다본다. 그 시선을 보니 너무 많은 말을 했다는 생각에 몸이 굳는다.

"당신은 선한 사람이네요."

나 자신이 선하다고는 생각해 본 적이 없다. 상처받기 쉬운 사람이라면 몰라도.

"잘 모르겠어요. 그런가 보죠."

"그럼 조심해요. 여긴 선한 사람들에게 호락호락한 곳이 아니거든요. 통째로 씹고 뱉어 내는 곳이죠."

"뉴욕이요, 아님 바솔로뮤요?"

그레타는 계속 나를 쳐다본다.

"둘 다요."

15

10층에서 12층까지 계단을 오르는 동안 그레타의 말이 머릿속을 맴돈다. 씹고 뱉어 낸다는 표현뿐만 아니라 인그리드가 그레타를 만나러 온 이유도 마찬가지다. 인그리드는 왜 바솔로뮤의 과거를 물어봤을까. 그것도 그레타의 말에 따르면 소위 어두운 과거를.

'무서운… 곳이에요.'

인그리드는 바솔로뮤에 대해 그렇게 말했었다. 인그리드는 나를 믿었다. 살짝 더듬거리며 꺼낸 말은 어떤 고해성사처럼 들렸다. 마치 말해도 되는지 주저하고 있는 말을 내게 해 주려던 것처럼. 그런데도 나는 단순히 인그리드의 외로움을 탓했다. 자유로운 영혼이 바솔로뮤의 수많은 제약에 부딪힌 것뿐이라고 생각했다.

아마 인그리드는 그녀가 털어놓은 것보다 더 두려워하고 있었을 것이다.

예고도 없이 한밤중에 사라지는 건 보통 위험에 처해 두려움을 느끼는 사람이나 하는 행동이다.

상황을 다시 파악해 본다.

인그리드가 왜 바솔로뮤를 떠났는지는 사실 그리 중요하지 않다. 지금 당장은 인그리드가 어디에 있는지, 지금 무사한지를 확인하는 게 더 중요하다. 무슨 일이 생긴 것만 같아 걱정된다. 제인이 떠난 이후 생긴 직감이다.

11층 계단에 멈춰서서 핸드폰을 확인한다. 아직도 인그리드는 내 메시지를 읽지 않았다. 내가 남긴 음성메시지도 듣지 못했을 확률이 높다. 그만 좀 귀찮게 굴라는 말이라도 좋으니 답해 줬으면 했다. 차라리 그런 답장이라도 있는 게 나을 것 같다.

다시 핸드폰을 주머니에 쑤셔 넣고 계단을 오르다 11B에서 집을 나서는 아파트 시터 딜런을 마주친다. 어제와 비슷한 옷이다. 똑같이 헐렁한 청바지에 똑같은 귀걸이다. 그나마 바뀐 게 하나 있다면 티셔츠다. 오늘은 너바나가 그려져 있다.

11층에 있는 날 보고 놀란 듯 덥수룩한 검은 머리로 덮인 눈이 커진다.

"저기요, 길 잃은 거예요?"

"아뇨, 누굴 좀 찾으려고요. 혹시 인그리드 알아요?"

"잘 몰라요."

인그리드가 얼마나 외향적인 사람인지 떠올려 보면 놀라운 일이다. 아마 딜런은 그렇게 공들여 친해질 만한 사람이 아니라고 생각했는지도 모른다. 확실히 딜런은 대화를 즐기는 사람은 아니다. 딜런은 오른쪽 무릎을 굽히고 몸을 살짝 앞으로 기울인 채 엘리베이터를 기다린다. 단거리 달리기 준비 자세 같다.

"전혀요? 이웃인데 한 번도 어울린 적이 없어요?"

"엘리베이터에서 인사하는 것도 어울리는 거라고 친다면 있지만, 그게 아니면 없어요. 그게 왜 궁금한데요?"

"인그리드가 바솔로뮤를 나갔거든요. 연락이 닿지를 않아요."

딜런의 눈이 더욱 커진다.

"인그리드가 사라졌다고요? 언제부터요?"

"어젯밤에요. 당신한테 혹시 나갈 거라고 말하지 않았을까 기대했는데."

"말했다시피 대화를 많이 나누던 편은 아니라서요. 사실상 모르는 사람이죠."

"근데 왜 그렇게 놀라요?"

"온 지 얼마 안 됐으니까요. 더 오래 있을 줄 알았는데."

"여기 얼마나 있었어요?"

"두 달 됐어요. 이제 질문은 끝난 거죠? 가봐야 할 거 같은데."

몇 층 아래에 멈춰 있는 엘리베이터 대신 딜런은 계단을 선택한다. 시간에 쫓기고 있거나 나한테서 벗어나고 싶거나 둘 중 하나다.

뒤에서 딜런을 부른다.

"한 가지만 더요."

딜런이 11층과 10층 사이의 계단에서 고개를 모로 들어 나를 올려다본다.

"혹시 어젯밤에 인그리드 집에서 이상한 소리 못 들었어요?"

"어젯밤…. 아뇨, 도움이 못 돼서 미안해요."

그러더니 딜런은 내가 다른 질문을 꺼내기도 전에 빠르게 계단을 내려간다. 나는 천천히 계단을 오른다.

몇 층 아래에서 엘리베이터 문이 쨍 소리를 내며 닫힌다. 금속이 부딪히는 소리가 계단을 타고 단숨에 올라와 깜짝 놀란다. 내 오른편으로 계단 중앙의 전선이 팽팽해지며 엘리베이터가 올라오기 시작한다. 시야에 들어온 엘리베이터에서 닉을 발견한다. 청진기를 목 주변에 늘어뜨린 채다. 엘리베이터 창으로 나를 발견한 닉이 친근하게 손을 흔든다. 나도 마주 손을 흔들어 준 후 발걸음을 재촉해 닉과 동시에 12층에 도착한다.

"안녕하세요, 옆집 아가씨."

닉이 엘리베이터를 나서며 말을 건다.

"팔은 좀 어때요?"

"치료해 주신 덕분에, 어…. 많이 좋아졌어요."

어색할 대로 어색한 내 목소리에 당황한다. 이게 다 닉이 잘생긴 탓이다. 거기다 그레타의 집에서 마신 와인도 한 몫 하는 것 같다. 술기운이 올라와 조금 어지럽다.

"환자 보고 오시나 봐요?"

청진기를 가리키며 말을 꺼낸다.

"네. 안타깝게도. 레너드 씨가 심장에 문제가 있는 것 같다고 하셔서요. 이번엔 진짜 큰일인 것 같다면서."

"지금은 좀 괜찮으세요?"

"그럼 좋겠지만, 사실 제 전문 분야는 아니라서요. 아스피린 처방해 드리고 혹시 더 안 좋아지시면 구급차 부르라고 말씀드린 게 전부예요. 아마 레너드 씨 성격상 안 그러실 것 같지만요. 제법 완고하시거든요. 줄스는 어디 다녀오는 길이에요?"

"10층에 갔다 왔어요."

"이웃들이랑 친해지는 거예요?"

얼마만큼 말해야 하는지 몰라 잠시 머뭇거린다.

"규칙 위반인가요?"

"원칙적으로는 그렇죠. 초대받은 게 아니라면."

"그럼, 말을 아낄게요."

닉이 기분 좋게 웃는다. 내가 그를 웃게 했다는 사실이 행복해질 정도로 명랑한 웃음이다. 앤드류랑 만날 때도 매번 내가 앤드류를 웃겨주곤 했다. 조금씩 터져 나오는 앤드류의 허스키한 웃음소리를 난 가장 좋아했다. 만나고 한 달 동안은 그 웃음소리를 참 많이 들었고, 같이 살기 시작한 이후에는 점점 줄어들었다. 어느 순간부터 그 소리는 아예 사라졌지만 우리 둘 다 눈치채지 못했다. 그때 알아차렸다면 우리 사이도 달라졌을 수 있었을까.

"걱정하지 마요. 레슬리에게는 말 안 할게요. 레슬리나 그 웃긴 규칙들을 신경 쓰지, 다른 사람들은 사실 아파트 시터들이 뭐 하는지 관심도 없어요."

"그럼 자수할게요. 사실 그레타 만빌의 집에 갔었어요."

"그건 의외네요. 말하자면, 음…. 사교적인 분은 아니잖아요. 도대체 어떻게 친해진 거예요?"

"친해졌다기보단, 뇌물을 드렸죠."

대화가 즐거운 듯 닉이 다시 한번 웃는다. 나도 마찬가지다. 잘은 모르겠지만 어쩐지 간질간질해진다. 원래 이웃집과의 미묘한 기류를 즐기는 편은 아닌데, 그냥 술기운 때문인지도 모르겠다.

"뇌물이 정말 중요했겠네요."

"인그리드 이야기를 물어보려 했거든요."

닉이 얼굴을 찌푸린다.

"아, 도망갔다던 그 사람이요."

"들으셨나 봐요."

"소문이 빠른 곳이거든요, 여기는."

순간, 인그리드가 그레타에게 접근해 바솔로뮤의 과거를 물었던 게 실수라는 생각이 든다. 다른 사람한테 물어봤어야지. 더 친절하고 잘생긴 데다 평생 여기 살았던 사람이 있는데.

"확실히 바솔로뮤를 잘 아시겠어요."

닉이 어깨를 으쓱한다.

"몇 년간 들은 게 좀 있죠."

아랫입술을 깨문다. 내가 하려는 말이 나조차 믿기지 않는 상태다.

"커피 드실래요? 아니면 식사는 어때요?"

닉이 놀란 듯 바라본다.

"원래는 어디 가려고 했는데요?"

"먼저 고르세요. 어쨌든 이 주변은 제일 잘 아실 테니까."

닉이 바솔로뮤에 대해서도 잘 알고 있었으면 한다.

16

식사하러 나가는 대신 닉이 자신의 집으로 나를 초대한다.

"남은 피자랑 맥주가 좀 있거든요. 너무 간단해서 미안하긴 하지만."

"간단한 게 좋죠."

더군다나 돈을 낼 필요도 없다. 내 수중에 식사를 대접할 만한 돈도 없기 때문이다.

집안으로 들어가자 닉이 피자를 데우러 가기 전에 맥주를 한 잔 따라 건네준다. 닉이 자리를 비운 사이 맥주를 한 모금 마신 후 응접실을 돌아다니며 벽에 걸린 사진을 살펴본다. 그 사이에는 닉이 여러 명소에서 말끔한 모습으로 찍힌 사진도 있다. 베르사유에 베네치아, 아프리카 사바나의 일출까지 다양하다. 그 사진을 보다 보니 과연 카메라 너머에는 누가 있었을 지가 궁금해진다. 여자였을까, 같이 세계여행을 간 걸까, 그 사람이 닉을 찬 걸까.

탁자에는 우리 부모님이 가지고 계시던 것과 비슷한 가죽 제본의 사진첩이 놓여 있다. 물론 우리 부모님의 사진첩은 다른 물건들과 마찬가지로 사라져 버린 지 오래다. 침실 조명에 놓아둔 사진이 생각난다. 사진에 내가 나와 있지는 않지만 그게 내가 가지고 있는 유일한 가족사진이다. 가족사진이 멀쩡하게 남아 있는 닉이 부럽다.

사진첩 맨 첫 장에 꽂혀 있는 사진은 아무래도 가장 오래된 사진인 것 같다. 바솔로뮤 앞에 서 있는 젊은 연인의 빛바랜 모습이다. 여자는 쨍한 햇빛과 옅은 화장 때문에 얼굴이 잘 보이지 않는다. 옆에 서 있는 남자는 감탄이 나오는 얼굴이면서 어딘가 익숙하기도 하다.

사진첩을 주방으로 가져간다. 닉은 오븐에서 갓 데워진 피자 조각을 꺼내고 있다. 닉 바로 뒤에서는 우로보로스 그림이 불꽃 같은 한쪽 눈으로 나를 뚫어져라 쳐다보고 있다.

"이거, 가족들 사진인가요?"

닉이 몸을 기울여 사진을 유심히 살핀다.

"제 증조부모님들이세요."

다시 사진을 살펴본다. 닉은 웃는 모습이나 단단한 턱 같은 곳은 증조부를 많이 닮았지만 눈은 닮지 않았다. 닉은 좀 더 부드러운 눈이지만 증조부는 더 호전적인 느낌이다.

"그분들도 바솔로뮤에 사셨나요?"

"여기 이 집에 사셨어요. 말했듯이 우리 집안은 오랫동안 여기 살았거든요."

계속해서 사진첩을 넘긴다. 특별히 정리되지 않은 사진들이 계속 지나간다. 사진마다 모양이나 크기, 색감이 다 제각각이다. 닉의 어릴 적 사진인 듯한 비눗방울을 부는 어린 소년의 컬러 사진 옆에, 눈 덮인 센트럴파크에서 꼭 붙어 있는 두 사람의 흑백사진이 있다.

"니콜라스와 틸리예요. 저희 조부모님들이시죠."

그 다음 페이지에는 눈에 띄는 사진이 있다. 사진 자체보다도 사진 속의 여인이 더 눈길을 끈다. 새틴 가운을 입고 있고 팔꿈치까지 올라오는 실크 장갑을 끼고 있다. 머릿결은 한밤중처럼 새까맣고 피부는 석고처럼 희다. 깎아낸 듯 날카로운 선으로 이루어진, 시선을 사로잡는 아름다운 얼굴이다.

여인은 낯설지만 어딘가 익숙한 눈으로 카메라를 응시하고 있다. 그 눈이 렌즈를 꿰뚫고 그 너머의 나를 정확히 바라보는 것만 같다. 어디선가 본 듯하다. 다른 사진에서가 아니라 직접 마주친 적 있는 눈빛이다.

"이 분은 그레타와 비슷하게 생겼네요."

"그레타의 할머니시거든요. 집안끼리 몇십 년간 친하게 지냈어요. 그레타도 바솔로뮤에 꽤 오래 살았죠. 가족들도 그렇고. 대대손손 살고 있어요."

"닉도 마찬가지고요."

"그런 것 같아요. 제 위로 몇 대가 다 바솔로뮤 주민이었으니까요."

"형제자매는 없어요?"

"외동이에요. 당신은요?"

그레타의 할머니를 다시 한번 바라본다. 어쩐지 제인이 떠오른다. 외모가 아니라 어떤 분위기가 그렇다. 금방이라도 어딘가로 떠나고 싶어하는 마음이 느껴진다.

"저도요."

"부모님은요?"

"6년 전에 돌아가셨어요."

조용히 답한다.

"유감이에요. 힘들었겠어요. 저도 그랬거든요. 부모님이 영원히 살 거라고 생각하면서 자라왔는데 어느 날 갑자기 곁을 떠나 버렸으니까요."

닉이 피자를 두 접시에 올려놓고 식당의 둥근 식탁으로 가져간다. 우리는 나란히 앉아 창 너머 센트럴파크 위로 땅거미가 지는 모습을 바라본다. 그렇게 앉고 보니 어쩐지 데이트 같아 긴장된다. 데이트 같은 걸 안 한 지 너무 오래됐다. 평범한 싱글이란 게 도대체 어떤 거였는지 기억도 안 난다.

애초에 전혀 평범한 상황이 아니다. 센트럴파크를 내려다보며 식사를 하고, 이 도시에서 가장 유명한 건물에 사는 잘생긴 의사와 저녁 식사를 하는 걸 평범하다고 할 수는 없다.

"줄스는 어떤 일 해요?"

"생계를 위해서요?"

"맞아요."

"아파트 시터예요."

"그거 말고요."

피자를 한 입 베어 물고 시간을 끈다. 닉이 인내심을 잃고 다른 주제로 넘어가 줬으면 싶지만, 결국 그런 요행은 일어나지 않아 피자를 삼키고 슬픈 진실을 토로해 낸다.

"요즘 취직 준비 중이에요. 최근에 실직해서 아직 일자리를 못 찾았거든요."

"나쁠 거 없네요. 전화위복으로 볼 수도 있잖아요. 그럼 하고 싶은 일은 뭐예요?"

"잘…, 모르겠어요. 딱히 생각해 본 적이 없어서."

"한 번도요?" 닉이 놀라서 피자를 접시에 떨어트리기까지 한다.

왜 없겠는가. 어렸을 때, 좀 더 희망이 있었을 땐 그런 걸 열심히 생각했었다. 열 살에는 발레리나나 수의사가 되고 싶었다. 두 직업 다 이루기 힘든 꿈이라는 걸 그땐 잘 몰랐다. 대학에서는 편집자나 선생님이 되고 싶어서 영문학을 전공으로 선택했다. 졸업하고 나서는 날 짓누르는 빚더미를 끌어안고 클로이를 따라 펜실베니아에서 뉴욕으로 왔다. 마냥 기다리면서 내가 원하는 일을 고를 수만은 없었다. 먹고 살기 위해서 어떻게든 돈을 벌어야 했다.

"닉 이야기 좀 해 주세요. 처음부터 외과 의사가 되고 싶었던 거예요?"

어떻게든 주제를 바꿔 보려 닉에게 묻는다.

"딱히 선택의 여지가 없었어요. 집안의 기대가 있어서."

"그럼 진짜로 하고 싶은 일은 뭐예요?"

"정곡을 찌르네요."

닉이 씩 웃는다.

"뿌린 대로 거두는 법이죠."

"그럼 정정할게요. 외과 의사가 되고 싶었던 이유는 어렸을 때부터 그 직업을 많이 접해서예요. 저희 집안은 제 증조부 때부터 대대로 의사셨거든요. 평생 그분들이 얼마나 직업에 자부심을 가지고 있는지 봐 왔어요. 사람을 돕고, 목숨이 위태로운 사람들을 살렸죠. 마치 죽은 사람을 되살리는 마법사 같았어요. 그렇게 생각하니 가업을 잇게 되어 기뻤죠."

"바솔로뮤에 살 수 있는 정도면 가업이 제법 호황이었나 봐요."

"운이 좋았죠. 하지만 솔직히 여기가 딱히 특별하게 느껴지지는 않았어요. 지금이야 알지만 어릴 땐 저한테 그냥 집이었을 뿐인 걸요. 그렇잖아요. 원래 어릴 때는 내가 다른 사람들과 다른 상황에 놓여 있다는 걸 잘 모르죠. 대학에 들어가고 나서야 바솔로뮤에서 자랐다는 게 얼마나 흔치 않은 일인지 알게 됐어요. 그제야 보통 사람들에겐 바솔로뮤에서 살 기회가 주어지지 않는다는 걸 깨달은 거죠."

피자에서 페페로니 조각을 떼어 입에 집어넣는다.

"그러니까 인그리드 같은 사람이 왜 여길 떠났는지 이해가 안 되는 거예요."

"그레타한테 다녀왔다는 말 듣고 좀 놀랐어요. 그 둘이 아는 사이였다는 것도 몰랐거든요. 그러고 보니 줄스가 인그리드랑 아는 사이였던 것도 몰랐네요."

"잘 아는 사이는 아니지만요. 닉은 인그리드를 아예 몰랐던 거죠?"

"마주친 적은 있어요. 인그리드가 이사 들어오던 날 잠깐 인사했고, 바솔로뮤 근처에서 한두 번 본 정도예요."

"전 인그리드랑 약속을 잡았었거든요. 근데…."

"갑자기 떠나서 걱정됐군요."

"조금요. 아무래도 그렇게 떠난 게 좀 이상해서."

"꼭 이상하게 생각할 건 아니라고 생각해요."

닉이 맥주를 한 모금 마신다.

"전에도 떠나간 아파트 시터들은 있었으니까요."

"한밤중에 아무 말도 없이요?"

"그 정도는 아니었지만, 이래저래 떳떳한 일이 아니라고 생각하기도 하나 봐요. 줄스 전에 12A에 살았던 사람도 그랬어요."

"에리카 미첼이요?"

닉이 놀란 듯 나를 바라본다.

"어떻게 알았어요?"

"인그리드한테 들었어요. 두 달 전에 떠났다고."

"아마 맞을 거예요. 여기 한 달 정도 있다가 규칙이 마음에 안 든다고 나갔거든요. 나갈 때 레슬리가 행운을 빌어줬고. 아마 인그리드도 마찬가지였을 거예요. 분명 여기 있는 게 싫어서 떠나고 싶었던 거겠죠. 이해해요. 바솔로뮤가 아무나 살 만한 곳은 아니죠. 좀…."

"소름 돋는다고요?"

닉이 한쪽 눈썹을 들어 올린다.

"재밌는 단어 선택이네요. 특이한 곳이라고 말하려고 했는데. 여기가 소름 돋는 곳이라고 생각해요?"

속으로 벽지를 떠올린다.

"조금요. 들은 게 있어서."

"맞춰 볼게요. 저주받았다는 이야기 말하는 거죠?"

클로이가 보내줬지만 아직도 읽지 않은 기사가 떠오른다.

"바솔로뮤의 저주 말이에요."

인그리드는 조금 다른 단어를 썼다.

'귀신 들린 집.'

인그리드는 바솔로뮤가 그 과거 때문에 귀신 들린 집이 된 것 같다고 했다. 저주받았다는 말이나 귀신 들렸다는 말이나 같은 것이라고 보는 사람도 있겠지만. 둘 다 한곳에 진득하게 달라붙어 평화를 깨는 음침한 기운이라는 점에서는 같다.

"그것도 있지만…. 인그리드가 그 이야기를 할 때 무서워하는 것처럼 보이더라고요."

"바솔로뮤를요?"

닉이 믿기 어려운 듯 낮은 목소리로 묻는다.

"바솔로뮤 자체인지 그 안에 있는 뭔가를 이야기한 건지는 모르겠지만, 확실히 두려워하고 있었어요. 그리고 아마 그 이유로 인그리드가 떠난 것 같고요. 지금은 인그리드가 어디로 간 건지 알아보는 중이에요."

"인그리드가 그 문제를 저와 상의했으면 좋았을 텐데요."

닉이 한 손으로 머리를 쓸어 올린다. 화가 난 것 같지만, 미약한 짜증도 서려 있다. 닉이 평생 살아온 집인데 두려움의 대상이 된다는 게 불쾌한 모양이다.

"안심시켜 줄 수 있었을 텐데."

"저주 같은 건 없다는 뜻으로 봐도 되나요?"

"당연하죠."

닉이 입꼬리를 아주 살짝 올린다.

"물론 안좋은 일도 있기야 했지만, 이 근처 건물 중 사건사고 하나 없는 곳은 없을 거예요. 차이가 있다면 무슨 일이 생겼을 때마다 미디어와 인터넷이 꼭 바솔로뮤와 그 일을 연관시킨다는 거죠. 여긴 사생활을 철저하게 지키는 건물이고, 주민들도 그런 점을 좋아해요. 근데 종종 사람들은 사생활을 대단한 비밀로 착각하죠. 말도 안 되는 상상을 하면서."

"그럼 인그리드가 착각했던 거라고 생각해요?"

"무슨 말을 들었는지에 따라 다르겠죠. 저주라는 소리는 몇십 년 전에 일어났던 일들 때문에 생긴 말이에요. 내가 태어나기도 전이죠. 그 이후로는 거의 별일 없었어요."

'거의.' 신경 쓰이는 말이다.

"그렇게 위로가 되는 말은 아닌 것 같은데요."

"날 믿어요. 하나도 무서워할 거 없어요. 원래 바솔로뮤는 꽤 행복한 곳이에요. 줄스도 이 곳이 좋지 않아요?"

"당연하죠."

시선을 휙 돌려 창밖으로 펼쳐진 드넓은 센트럴파크를 바라본다.

"좋아할 게 많은 곳이죠"

"좋아요. 그럼 이제 약속해요. 혹시 이곳이 소름 끼쳐서 나가고 싶어지면, 적어도 나한테는 와서 말해줘요."

"절 설득해 주려고요?"

닉의 어깨가 수줍은 듯 오르내린다.

"아니면 가기 전에 번호라도 물어볼 수 있게요."

그 말로 닉과 나 사이의 묘한 기류가 내 착각이 아니었음이 확실해진다. 어쩌면 나는 내가 생각했던 것보다 더 괜찮은 사람이었는지도 모른다.

"제 번호는"

수줍은 듯 말을 잇는다.

"12A예요."

17

15분 후 다시 내 집으로 돌아온다. 닉이 내게 눈치를 준 것도 아니지만 빨리 떠나는 게 낫겠다는 생각이 들었다. 닉이 바솔로뮤의 어두운 비밀을 알려 줄 생각이 없었기 때문에 더욱 그랬다. 사실 알려 줄 게 있었는지도 모르겠다. 닉은 바솔로뮤가 어퍼 웨스트 사이드의 다른 건물들과 다를 바 없다고 믿는 듯했다. 평범하지만 때에 따라 이상해질 수 있는 정도인.

지금 나는 침실 창가에 앉아 있다. 밤하늘을 배경으로 조지의 윤곽이 희미하게 보인다. 찰리가 사다 준 초콜릿 나머지를 머그잔에 녹여 담아 두고 클로이가 어제 보낸 메일을 확인한다.

'〈바솔로뮤의 저주〉라고.'

만약 인그리드가 정말 두려워서 도망친 게 맞다면, 난 그녀가 도대체 왜 무서워했는지를 알아야겠다. 내게도 두려운 일일 수 있으니까.

링크를 누르자 앤드류가 좋아했을 법한 도시 괴담 사이트가 펼쳐진다. 하수구에 사는 악어나 버려진 지하철 터널의 스파이들 이야기 같은 낚시 기사로 점철된 사이트다. 그나마 이 사이트는 다른 것들에 비해 전문적인 느낌이다. 배치가 깔끔하고 가독성이 높다.

맨 처음 등장한 건 센트럴파크에서 찍힌 듯한 바솔로뮤의 사진이다. 더할 나위 없이 완벽한 날씨를 자랑한다. 청명한 하늘에 햇볕이 쨍쨍 내리쬐고 단풍잎이 붉게 타오르고 있다. 심지어 빛을 받아 날개가 반짝거리는 조지도 보인다.

사진과 대조적으로 기사에서는 위협적인 뉘앙스가 뚝뚝 떨어진다.

뉴욕의 바솔로뮤는 거주민들에게 문을 열었던 그 순간부터 늘 비극에 휩싸여 왔다. 백년 동안 센트럴파크를 내려다본 이 고딕 양식의 건물은 살인, 자살, 그리고 유명한 전염병으로 인한 수많은 죽음을 목격했다.

전 지구를 강타했던 스페인 독감은 바솔로뮤가 성황리에 문을 연 이듬해 1월에 이미 최악의 국면을 지난 상태였다. 그래서 아무도 그로부터 다섯 달 후에 스페인 독감이 바솔로뮤를 휩쓸 거라고 예측하지 못했다. 전염병은 일주일 사이 거주자 24명을 죽음으로 몰고 갔다. 조선업 거물 루돌프 헤이그의 젊은 부인인 에디스 헤이그를 포함해 몇몇 유명인들도 그 명단에 이름을 올렸지만, 희생자 대부분은 좁은 공간에서 빠르게 퍼지는 전염병의 확산을 막기 어려웠던 고용인들이었다.

화면에서 고개를 든다. 12A가 원래 고용인들의 거처로 사용되었다는 사실이 떠올라 갑자기 불안해진다. 아마 그 희생자 중 몇 명이 바로 이 방에서 잠들었을 수도 있다.

어쩌면 몇 명이 아니라 모두일 수도 있고, 심지어 이 방에서 숨을 거두었을 수도 있다.

그 소름 끼치는 생각이 문단 바로 밑 사진을 보자 더 짙어진다. 적어도 일곱 개는 되어 보이는 들것에 시체가 놓여 바솔로뮤 바깥 보도에 늘어져 있다. 시체 얼굴과 몸에는 담요가 덮여 있지만 발은 보인다. 거뭇해진 맨발바닥이 7쌍이다.

지금 내가 앉아 있는 곳을 그 발이 밟고 지나갔을지도 모른다고 생각하니 온몸에 소름이 쫙 돋는다. 이상한 기분을 털어내기 위해 어깨를 살짝 흔들어 보지만 그 아래 있는 사진을 보니 다시 한번 소름이 끼친다.

역시나 바솔로뮤의 정면 사진이다. 이번에는 흐릿한 흑백 사진이다. 도로에 사람들이 모여 있다. 양산과 중절모를 쓴 무리 위로 검은 정장을 입은 남자가 옥상 끄트머리에 우뚝 서 있다. 하늘을 배경으로 야윈 실루엣이 보인다.

건물의 주인이 공개적으로 목숨을 끊기 직전의 사진인 걸로 보인다. 사진 아래에 적힌 글이 그 생각을 확인시켜 준다.

건물을 자세히 조사해 본 결과, 의사들은 고용인들의 거처에서 적절한 환기가 이루어지지 못했기 때문에 고용인들이 죽음에 이르게 된 것이라고 밝혔다. 의사였던 건물 주인인 토마스 바솔로뮤는 이로 인해 큰 충격을 받았다. 건물을 설계하고 자본을 제공했던 그는, 그 사건으로 인해 괴로움에 휩싸여 그의 이름을 딴 건물 옥상에서 뛰어내렸다. 7월의 어느 청명한 날, 백여 명이 넘는 시민들이 그 처참한 광경을 목격했다.

기사의 링크를 클릭하니 사건에 대한 뉴욕 타임즈의 원문 기사가 뜬다. 의미심장한 느낌의 불길한 제목이다.

〈바솔로뮤를 강타한 비극〉

눈을 가늘게 뜨고 빛바랜 신문에서 핵심을 찾아낸다. 7월 중순 어느 일요일 오후, 센트럴파크는 여름의 무더위에서 벗어나려는 뉴요커들로 바글거리고 있었다. 그중 몇 사람이 가고일처럼 바솔로뮤 옥상에 우뚝 선

남자를 발견했다.

그리고 남자가 뛰어내렸다.

목격자들의 주장은 같았다. 그건 사고가 아니었다.

바솔로뮤 박사는 어린 아내 로엘라와 7살 난 아들을 두고 스스로 목숨을 끊었다.

그렇게 몇 시간 동안 클로이가 보내 준 기사를 바탕으로 바솔로뮤의 역사를 조사해 나간다. 위키피디아와 뉴스 사이트, 온라인 포럼 같은 곳에서도 정보를 얻으며 온갖 루머의 소굴로 빠져들어 간다.

바솔로뮤가 떠들썩하게 문을 연 이후, 2~30년대는 상대적으로 큰 사건사고 없이 흘러갔다. 1928년 계단에서 굴러떨어져 목이 부러진 남성과 1932년 약물에 중독된 신인 배우 정도만이 기록에 남아 있다.

굴러떨어진 남자나 독감으로 죽은 고용인 때문에 계단에 저주가 걸렸다는 말도 있다.

이전 기사에서도 나왔던 그 에디스 헤이그로 추정되는 유령으로 인해 귀신 들린 집이라는 루머가 생겼다는 이야기도 있다.

그리고 1944년 11월 1일, 피로 물든 제2차 세계대전이 막바지를 향해 달려가고 있을 때쯤 바솔로뮤에서 일하던 열아홉살 소녀가 센트럴파크에서 잔인하게 살해된 채 발견되었다는 이야기다.

루비 스미스라는 이름의 소녀는 사교계 명사로 유명했던 코넬리아 스완슨의 집에서 가정부로 일했다. 스완슨에 의하면 루비는 매일 아침 7시 스완슨을 깨우기 전에 공원에서 산책하는 걸 좋아했고, 루비가 깨우러 오지 않자 루비를 찾으러 공원으로 향했던 스완슨은 바솔로뮤 바로 반대쪽 울창한 곳에 누워있는 루비를 발견했다.

루비는 신체가 절개되고 심장을 포함한 주요 장기들이 사라진 채 발견되었다.

흉기도 루비의 장기도 어느 것 하나 발견되지 않았다.

언론은 이를 루비 레드 살인사건이라 이름 붙였다.

루비의 시체에 방어 흔적도 몸싸움의 흔적도 없었기 때문에, 경찰은 사건이 면식범의 소행일 것이라고 결론지었다. 현장에 혈흔이 거의 지 않아, 루비가 처음 시체가 발견된 곳에서 살해당한 게 아니라고 유추할 수 있었다. 그러나 경찰은 코넬리아 스완슨의 집에 있는 루비의 작은 침실에서 혈흔을 발견해 냈다. 문 뒤에서 발견된 붉은 얼룩 한 방울이었다.

그 즉시 코넬리아 스완슨은 사건의 유일한 용의자가 되었다.

경찰은 스완슨의 과거에서 수상한 행적을 발견했다. 1920년 파리에 살았던 스완슨은 자신에게 신비한 힘이 있다고 주장하는 마리 다미아노프에게 마음을 빼앗겼다. 다미아노프는 르 칼리스 도르, 즉 황금의 성배라는 종교 집단의 지도자였다.

결국 경찰은 코넬리아 스완슨을 루비 스미스의 살인 가해자로 기소했다. 체포 기록에서 경찰은 살인이 일어난 날짜를 할로윈데이 밤으로 적었다.

코넬리아 스완슨은 마리 다미아노프와 친구 사이였을 뿐이라 주장했지만, 두 여자의 가까운 지인이 나서서 그들은 친구 이상의 관계였다고 주장했다.

사건은 끝내 재판에 부쳐지지 않았다. 코넬리아 스완슨은 당시에 아직 십 대였던 딸을 남겨두고 모종의 질병으로 1945년 3월 세상을 떠났다.

스완슨 사건 이후 바솔로뮤에는 다시 한번 평화로운 시간이 찾아왔다. 지난 20년간은 두 건의 살인사건이 있었다. 하나는 2004년 한 여성이 불륜을 저지른 남편을 총으로 쏜 치정 살인이었다. 나는 생각지도 못했던 방법이다. 앤드류는 운 좋은 줄 알아야 한다.

다른 한 사건은 2008년 발생했다. 본래 강도 사건으로 끝나야 했지만 일이 틀어진 것이다. 경호원들과 밀접한 관계를 맺고 있던 브로드웨이 감독이 그 피해자였다. 가해자로 추정되는 이는 당연히 경호원 중 한 명이었다. 그는 자신의 범행을 부정했지만 결국 교도소에서 목을 매달아 목숨을 끊었다.

심장마비나 뇌졸중, 암 등 불가피한 죽음을 제외해도 바솔로뮤에서는 적어도 30건의 사고사가 발생했다. 제법 많게 느껴지지만, 사실상 나쁜 일은 어디서든 일어난다. 바솔로뮤만 다를 거라고 생각하는 게 더 이상한 일이다.

저주받았다거나 귀신 들린 것 같다든가 하는 위협적인 호칭은 딱히 어울리지 않는다. 편안하고, 넓고, 벽지만 빼면 제법 멋있게 꾸며진 건물이다. 닉과 그레타가 왜 이곳을 선택했는지 알겠다. 할 수만 있다면 세 달이 지난 후에도 계속 머무르고 싶다. 그래서인지 인그리드가 여길 떠나기로 한 게 더 이상하게 느껴진다.

노트북을 덮고 핸드폰을 확인하지만 여전히 인그리드에게서는 연락이 없다. 인그리드의 침묵에 가장 신경이 쓰이는 점은 내가 약속 장소에 나오지 않으면 귀찮을 정도로 문자하겠다고 협박했던 사람이 원래 인그리드였다는 점이다. 심지어 처음 만났을 때 일어난 사고조차 인그리드가 핸드폰만 바라보고 있었기 때문에 일어났다.

잠시 머리속을 정리해 보니 우리는 그때 처음 만난 게 아니었다. 엄밀히 따져보면 그보다 한 시간 전에, 꽤 특이한 첫 만남이 있었다.

곧장 침실에서부터 계단을 뛰어 내려가 주방으로 향한다. 음식용 승강기가 보인다. 음식용 승강기로 인그리드가 자기소개를 했으니, 어쩌면 작별인사도 같은 방법으로 남겨 뒀을지도 모른다. 아니나 다를까, 승강기의 문을 확 열어젖히자 또 다른 시가 놓여 있다.

에드거 앨런 포. 「종」이다.

그 위에는 열쇠 하나가 놓여 있다.

열쇠를 집어 들고 주방 조명 빛으로 열쇠를 찬찬히 살펴본다. 집 열쇠와 비교하면 크기만 작다. 무슨 열쇠인지 감이 잡힌다. 지금 현관 앞 그릇에 넣어둔 고리에도 비슷한 열쇠가 달려 있다.

창고 열쇠다.

레슬리의 말에 따르면 인그리드가 잃어버린 것 같다던 바로 그 열쇠다.

인그리드가 왜 이 열쇠를 승강기에 넣어 놨는지 모르겠다. 아마 11A 창고에 인그리드가 무언가를 두고 가서, 다음에 내가 가져다주었으면 했던 게 아닐까 싶다.

열쇠를 주머니에 찔러 넣는다. 갑자기 안도감이 밀려온다. 인그리드는 바솔로뮤에서 쫓기듯 탈출한 게 아니다. 이미 계획해 둔 일이었다. 지금까지 걱정했던 게 다 아무것도 아닌 것처럼 느껴진다. 시가 적힌 종이를 집어 든다. 아마 뒷장엔 어떤 설명이나 지시가 쓰여 있을 것이다. 다시 만날 약속을 적어두었을지도 모른다.

하지만 시의 뒷장에 적혀있는 건 그런 게 아니다.

뒷장에 적힌 메모가 나를 더 깊은 불안의 구덩이로 밀어 넣는다.

인그리드가 떨리는 손으로 휘갈겨 쓴 글씨를 뚫어져라 바라본다.

조심해요.

18

지하로 가기 위해 엘리베이터를 타고 로비를 지나 바솔로뮤 깊은 곳으로 내려간다. 건물의 다른 공간에 비해 지하는 날것 그대로의 모습을 하고 있다. 콘크리트 지지대와 가공되지 않은 거친 석조 벽이 눈에 띈다. 엘리베이터에서 한 걸음을 내딛자마자 불어오는 찬 공기가 어떤 경고처럼 느껴진다. 인그리드가 남긴 메시지가 까끌까끌한 사포처럼 내 신경을 긁어댄다.

조심해요.

납골당처럼 생긴 지하도 불안감을 증폭시킨다. 축축하고 어두컴컴하다. 백 년 전 이 위에 바솔로뮤가 세워졌을 때부터 쭉 방치되었던 공간 같다. 하지만 난 인그리드가 남기고 간 열쇠를 손에 꼭 쥐고 여기 서 있다. 창고에 뭐가 있든 그게 인그리드의 행방을 알려 주는 단서가 되었으면 좋겠다.

엘리베이터 반대편 기둥에는 감시 카메라가 달려 있다. 인그리드가 떠나간 어젯밤에 고장 나 있었다던 그 카메라다. 고개를 들어 들여다보다 혹시 나도 누가 지켜보고 있는 건 아닌지 궁금해진다. 로비 반대편에 모니터가 가득한 건 봤지만 누군가 화면을 지켜보고 있는 건 본 적이 없다.

지하 깊숙이 들어간다. 철망으로 된 케이지가 곳곳에 늘어서 있다. 엘리베이터 뒤쪽의 케이지에는 오래된 장비들이 있다. 기름이 묻어 있는 바퀴와 전선, 그리고 톱니바퀴다. 다른 칸에서는 화로와 온수기, 냉방 장치가 웅웅거리고 있다. 으스스한 소리 때문에 괜히 위협을 느낀다.

또 다른 소리가 들려온다. 거슬리는 휙 소리가 점점 가까워진다. 소리가 나는 쪽으로 돌아서자 가득 찬 쓰레기봉투가 커다란 쓰레기통으로 곤두박질치는 게 보인다. 그 옆에는 내용물을 꺼내 쓰레기통을 비울 수 있는 문이 달려 있다. 쓰레기통 주변은 전체가 철조망으로 둘러싸여 있다.

놀랄 것도 없다. 여긴 전구까지도 가둬놓은 곳이니 당연하다.

쓰레기통을 돌자 반대쪽에 레너드 씨의 도우미가 있다. 서로를 보고 깜짝 놀라 둘 다 숨을 삼킨다. 돌벽에 소리가 부딪혀 웅웅 울린다.

"간 떨어지는 줄 알았네. 에블린 씨인 줄 알았잖아요."

"죄송해요. 전 줄스예요."

여자가 냉랭하게 고개를 끄덕인다.

"지넷이에요."

"만나서 반가워요."

지넷은 지하실의 쌀쌀한 공기 때문인지 보라색 수술복 위에 주머니가 늘어진 회색 가디건을 걸치고 있다. 한 손으로 가슴을 쓸어내리고 있어 얼마나 놀랐는지가 느껴진다. 다른 한 손은 불붙은 담배를 감추려는 듯 등 뒤로 숨기고 있다.

내가 이미 봤다는 걸 눈치채고 지넷은 담배를 다시 입으로 들어 올린 후 말한다.

"아파트 시터 맞죠? 제일 최근에 온?"

레슬리가 말해 준 건지 그냥 내가 그렇게 보이는 건지는 모르겠다. 둘 다 가능성 있다.

"맞아요."

"여긴 얼마나 있어요?"

흡사 감옥살이를 얼마나 하냐고 물어보는 것처럼 들린다.

"세 달요."

"좋아요?"

"네. 좋은 곳이죠. 지켜야 할 규칙은 많지만."

지넷이 잠시 나를 바라본다. 질끈 묶은 머리 때문에 무표정해 보이는 인상이다.

"금연 건물에서 흡연했다고 신고할 건 아니죠?"

"건물 전체가 금연인가요?"

"네."

다시 말을 멈춘다.

"에블린 씨 지시죠."

"말 안 할게요."

"고마워요."

지넷이 마지막으로 담배를 한 모금 빨아들인 후 바닥에 담배를 비벼 끈다. 담배를 줍기 위해 허리를 굽히자 주머니에서 라이터가 떨어진다. 지넷이 꽁초를 발치의 커피 캔에 넣고 구석으로 슥 밀어 넣는 동안 라이터를 주워든다.

"이거 떨어트리셨어요."

라이터를 건넨다.

지넷이 라이터를 다시 가디건에 집어넣는다.

"고마워요. 이놈의 스웨터는 물건이 주머니에 있지를 않아."

"가시기 전에 뭐 하나만 여쭤볼게요. 아파트 시터 중 한 명이 어젯밤

떠나가서 연락해 보려는 중이거든요. 인그리드 갤러거라는 사람인데, 11A
에 살았어요."

"들어본 적 없는데요."

지넷이 발을 찍찍 끌며 엘리베이터로 걸어간다. 핸드폰을 꺼내 센트럴
파크에서 인그리드와 함께 찍은 사진을 찾아 지넷에게 보여준다.

"이 사람이에요."

지넷이 엘리베이터 버튼을 누르고 사진을 흘깃 쳐다본다.

"아. 한두 번 본 적 있는 것 같아요."

"대화해 본 적은요?"

"제가 최근에 대화한 사람은 레너드 씨밖에 없어요. 이 사람은 왜 찾
아야 하는데요?"

"나가고 난 후로 연락이 전혀 없어서요. 걱정되게."

"도움이 안 돼서 미안해요. 내 인생만 해도 충분히 벅차서. 집에 있는
남편은 아프고, 레너드 씨는 허구한 날 쓰러질 것 같다고 난리네요."

"알겠어요. 그래도 뭔가 생각났다든가, 누가 인그리드에 대해서 말하
는 걸 들었다든가 하면 저한테 말씀해 주셨으면 좋겠어요. 전 12A에 살
아요."

엘리베이터가 도착하고 지넷이 그 안으로 걸음을 옮긴다.

"줄리, 들어 봐요."

"줄스예요."

"그래요, 줄스. 내 집도 아니고 당신한테 이래라저래라 하고 싶진 않거
든요. 근데 에블린 씨 같은 사람한테 듣는 것보다는 나한테 듣는 게 나
을 것 같아서."

지넷이 엘리베이터의 문을 밀어 닫고 가디건에 손을 찔러 넣는다.

"바솔로뮤에서는 자기 자신 하나만 신경 쓰는 게 좋아요. 이것저것 물어보고 다니지 않는 편이 좋을 거예요."

지넷이 버튼을 누르자 엘리베이터가 올라가기 시작한다. 이내 지넷의 모습이 지하실에서 시야 바깥으로 사라진다.

붉은 와이어로 창고에 묶인 줄전구를 따라간다. 창고는 미로 같은 복도 양쪽에 늘어서 있다. 각각의 철조망 문에는 2A부터 호수가 적혀져 있다. 흡사 짐승 우리 같은 모습이다. 숨소리 하나 들리지 않아 으스스하다.

갑자기 울린 핸드폰 소리가 적막을 깬다. 인그리드일까 봐 번호를 확인해 본다. 일단 모르는 번호지만 떨리는 목소리로 전화를 받는다.

"여보세요?"

"거기 줄스 맞나요?"

수화기 너머로 들리는 건 가볍고 느긋한 남자의 목소리다. 약간 취한 듯 축축 늘어지는 어조다.

"맞아요."

"줄스, 전 지크라고 해요?"

지크는 자기도 잘 모르겠다는 듯 자기소개를 의문문으로 맺는다. 인스타그램에서 발견한 인그리드의 친구에게서 드디어 전화가 왔다.

"반가워요, 지크. 혹시 인그리드랑 같이 있어요?"

복도를 가로질러가며 창고들을 슬쩍 들여다본다. 창고 대부분이 깔끔하게 정리되어 있다. 줄 맞춰 쌓인 상자에 그릇, 옷, 책 등 마커로 대충 내용물을 써 놨다.

"나랑요? 아, 우리 그렇게까지 안 친한데. 브루클린 파티에서 몇 년 전에 만나서 몇 번 어울려 놀았던 게 다거든요."

"그럼 오늘 연락 온 건 없어요?"

"없어요. 인그리드가 뭐 사라지기라도 한 거예요?"

"그냥 꼭 할말이 있어서요."

지크의 느긋한 목소리 사이로 의심이 피어오른다.

"인그리드랑 어떻게 아는 사이라고 했죠?"

"이웃이에요. 아니, 한때 이웃이었다고 하는 게 맞겠죠."

창고 중 하나에는 양쪽에 난간이 있는 트윈베드가 놓여 있다. 매트리스가 약간 기울어진 채 구부러져 있고, 그 위에 접혀 올려진 시트 몇 장 위로 먼지가 쌓여 있다.

"그 고급스러운 집에서 벌써 나왔다고요?"

"인그리드가 바솔로뮤에 사는 건 어떻게 알았어요?"

"말해 줬거든요."

"언제요?"

"이틀 전에요."

인그리드가 공원에서 사진을 찍은 그 날일 것이다. 지크가 댓글을 달았던.

복도가 갑자기 왼쪽으로 꺾인다. 숫자에 집중해서 길을 따라간다. 8A, 8B, 8C에는 바퀴가 달린 투석 기계가 놓여 있다. 엄마가 돌아가시기 전쯤에 비슷한 기계를 쓰셔서 알고 있다. 그 모든 게 싫었지만 엄마를 보러 몇 번 갔었다. 병원의 소독약 냄새도, 너무 깨끗하게 흰 벽도, 엄마가 피가 뚝뚝 떨어지는 튜브 몇 개에 의존하고 있는 모습도, 다 싫었다.

기계를 지나 좀 더 빨리 걸어간다. 또 다른 쓰레기통이 있는 걸 보니 건물 반대편에 도착한 것 같다. 그 아래 놓여 있는 통은 앞서 본 쓰레기통보다 좀 더 작고 비어 있는 상태다. 쓰레기통 옆에는 아무것도 쓰여 있지 않은 검은 문이 있다.

"인그리드가 뭐라고 했는데요?"

"모르는 사람한테 그런 걸 말해 줘도 되는지 모르겠어요."

"이봐요. 인그리드가 지금 위험한 상황일 수도 있어요. 아니면 좋겠지만, 인그리드를 만나서 직접 확인해 보기 전까지는 알 수가 없어요. 그러니까 무슨 일이 있었는지 제발 말해 줘요."

복도가 또다시 꺾인다. 복도를 돌아 10A의 창고를 유심히 바라본다.

그레타 만빌의 창고다.

창고에는 상자가 꽉꽉 들어차 있다. 상자에 쓰인 건 내용물의 종류가 아니라 그 가치다.

쓸모 있는 것

쓸모 없는 것

보잘것없는 감정

"인그리드가 날 찾아왔었어요. 흔한 일이죠. 많은 사람이 날 찾거든요. 내가, 음, 물건을 좀 조달하는 사람이라. 왜, 약초 같은 거 있잖아요, 제 말을 이해하는진 모르겠지만."

당연히 이해한다. 딱히 놀랍지도 않다.

"그럼 인그리드가 마약을 사러 갔던 거예요?"

그레타의 창고 반대편에는 11A의 창고가 있다. 다른 창고들과 달리 작은 신발 상자 하나가 전부다. 인그리드가 급하게 놓고 간 듯 뚜껑이 비스듬히 놓여 있다.

"아뇨, 그걸 찾는 건 아니었어요. 내가 취급하지 않는 걸 찾더라고요. 그래서 다른 사람을 소개해 주고 중개인 역할을 했죠. 인그리드한테 돈을 받아서 공급책한테 갖다 주고, 물건을 인그리드에게 전달해 줬어요. 그게 다예요."

핸드폰과 열쇠를 만지작거리며 창고를 연다.

"공급책은 누구였어요?"

지크가 비웃는다.

"웃기는 소리. 이름은 말 못하죠."

창고로 발을 들이고 상자를 향해 다가간다.

"그럼 인그리드가 뭘 샀는지 만이라도 말해 줘요."

정답을 동시에 두 번 얻는다. 수화기 너머로 지크가 툭 내뱉은 답, 그리고 상자의 뚜껑을 열었을 때 내 눈으로 확인한 답.

상자 안, 휴지에 곱게 싸여 있는 건, 바로 총이다.

19

총이 내 침대 위에 놓여 있다. 이불의 푸른빛과는 대비되는 새까만 색이다. 그 옆에는 인그리드가 남기고 간 상자 안에서 찾은 탄창이 놓여 있다. 여섯 개의 총알이 준비되어 있다.

지하에서 엘리베이터로 상자를 옮기는 데만 해도 내가 낼 수 있는 최대치의 용기가 필요했다. 겁에 질린 채 12층까지 올라오는 시간이 너무 길었다. 그리고 총과 탄창을 꺼낼 때는, 팔을 최대한 길게 뻗어서 엄지와 검지만을 이용해 조심스레 꺼냈다.

살면서 총은 처음 만져봤다.

자라면서 우리 집에 있었던 총기라고는 아빠가 찬장에 넣고 잠가두던 사냥용 총이 전부였고 그것도 어린 시절에 지나가다 한두 번 본 게 다였다.

그렇지만 지금은 이 침실을 가득 채우고 있는 무서운 존재감의 이 무기를 뚫어져라 쳐다보고 있다. 구글에도 검색해 보고 기운이 다 빠질 만큼 수많은 권총 마니아들의 사이트를 전전해 봤다. 결국, 나는 내가 가지고 있는 총이 글록의 G43 9mm 권총이라는 걸 알아냈다.

지크는 인그리드가 급히 총을 필요로 했다고 말했다. 인그리드가 지크에게 이천 달러를 현금으로 건넸고, 지크가 그걸 익명의 동료에게 전해준 후 글록을 들고 돌아왔다.

"빠르면 한 시간 정도 걸리거든요. 인그리드는 총을 가지고 떠났고, 연락이 온 건 그게 마지막이었어요."

이해가 안가는 건 도대체 왜, 총 같은 건 생전 만져본 적 없을 것 같은 인그리드가 총을 필요로 했느냐이다.

떠나면서 그걸 왜 나에게 남겨주고 갔는지, 왜 연락에는 답이 전혀 없는지도 알 수가 없다. 총을 발견하고 문자를 6개쯤 더 보냈다. 모두 '도대체 무슨 일이에요? 어디 있는데요? 총은 도대체 왜 남겨준 건데요?' 조금씩 내용을 변형한 문자였다.

내가 아는 건 이 총을 집 밖으로 내보내야 한다는 것뿐이다. 레슬리가 한 번도 언급한 적은 없지만, 바솔로뮤에는 아파트 시터들이 총기를 소지하면 안 된다는 규칙도 분명 있을 거다. 가장 큰 문제는 도대체 이걸 어떻게 처리하느냐인데, 이걸 쓰레기 버리듯 지하로 내려보낼 수도 없고, 몰래 센트럴파크로 나가서 호수에 던져버리는 것도 좀 그렇다. 공급책에게 다시 돌려준다는 선택지는 지크가 이미 차단했다.

"절대 안 돼요. 그런 식으로 일하는 사람이 아니에요."

내가 총을 가지고 있다는 사실이 나를 불안하게 만들기도 하지만, 인그리드에게서 소식을 듣기 전에 그걸 버리는 것도 마음에 걸린다. 무언가 이유가 있었을 거라는 생각이 든다.

인그리드가 총을 가지고 있었다는 사실만으로도 무서운 생각이 든다. 인그리드는 단순히 바솔로뮤의 과거 때문에 두려워 떠난 게 아니다. 총은 호신용 무기다. 건물에게서 자신을 지키기 위해 총을 필요로 하는 사람은 없다. 저주받은 건물이라고 생각할지언정 귀신이나 저주 같은 걸 총으로 쏠 수는 없으니까.

하지만 나를 해치려 하는 사람은 쏠 수 있다.

갑자기 인그리드가 거쳐왔던 곳들이 떠오른다. 보스턴, 뉴욕, 시애틀, 버지니아까지. 한곳에 오래 머물지 못하는 게 성격 탓이 아닐 수도 있다. 누군가로부터 도망치던 중 좁혀오는 포위망 때문에 다시 달아나야 했던 건지도 모른다.

어젯밤 인그리드의 문 앞에서 있었던 일을 떠올린다. 그 어색한 웃음과 주머니에 푹 찔러 넣은 손, 시선을 마주치려 하자 눈을 한 번 깜빡였던 것. 내가 이상하다고 생각했던 모든 게, 직접적으로 털어놓을 수 없는 것들을 표현하는 방식이었을 수도 있다.

전혀 괜찮지 않다고, 바솔로뮤를 떠나야 한다고, 아무 말도 하지 않는 게 최선이라고 말이다.

이제 인그리드는 떠났다. 거기에 나 역시 어느 정도 책임이 있다는 생각을 떨쳐 낼 수가 없다. 내가 좀 더 끈질기게 굴었다면 털어놓을 마음이 들었을지도 모른다.

그럼 내가 인그리드를 도와줄 수 있었을 텐데.

어쩌면 아직 그 기회가 끝나지 않았을 수도 있다.

꺼냈을 때와 마찬가지로 총과 탄약을 조심스럽게 넣어 둔다. 뚜껑을 덮은 후 상자를 들고 계단을 내려와 주방 싱크대 아래 찬장에 깊이 넣어 둔다. 침실에 두면 신경이 쓰여서 밤새 잠을 못 잘 것 같다. 여기 두는 게 낮다.

벌써 11시가 다 됐다. 인그리드가 사라진 걸 알고 나서 약 10시간이 지났다. 우리 가족이 제인의 실종을 신고하기까지 딱 이만큼의 시간이 걸렸다. 이미 너무 늦은 때였다. 경찰 중 한 명은 왜 이렇게 늦게 찾아왔느냐고 다그치기도 했다.

그 경찰이 말했다. 걱정이 두려움이 되는 순간이 있죠. 그때가 전화를 걸어야 하는 순간이에요.

내가 지금 그 상태다. 총을 발견한 순간 이미 걱정은 두려움으로 변했다. 핸드폰을 쥐고 숨을 한 번 들이마신 후 경찰에게 전화를 건다. 담당자와 통화가 바로 연결된다.

"실종 신고를 하고 싶은데요."

"실종자 이름이 어떻게 되죠?"

담당자가 무심한 목소리로 묻는다. 진정되는 것 같으면서도 또 한 편으로는 화가 날 정도의 차분함이다. 좀 더 다급한 목소리여도 좋을 텐데.

"인그리드 갤러거요."

"사라진 지는 얼마나 됐죠?"

"열 시간이요."

잠시 멈칫하며 말을 정정한다.

"아, 어젯밤부터요."

담당자의 목소리에 불신이 섞인다.

"확실해요?"

"네. 한밤중에 사라졌어요. 사라진 건 10시간 전에 알았고요."

"나이는요?"

아는 게 없으니 대답할 수가 없다.

"미성년자인가요?"

담당자가 재촉하듯 묻는다.

"아니에요."

"노인분이신가요?"

"아뇨."

또다시 멈칫했다.

"20대 초반이에요."

담당자의 목소리에 아까보다 더 깊은 불신이 스며들어 있다.

"정확한 나이를 모르시는 거예요?"

"네."

다급하게 덧붙였다.

"죄송해요."

"그리 가까운 관계는 아닌가 봐요?"

"네. 저희는…."

적절한 단어를 찾아본다. 친구나 지인이라고 칭하기는 좀 그렇다.

"이웃이에요. 이웃인데, 전화도 문자도 답이 없어요."

"그럼 그분이 마지막으로는 어디 있었죠?"

드디어 대답하기 쉬운 질문이 나왔다.

"바솔로뮤요."

"거기 거주하시는 분인가요?"

"네."

"거기 몸싸움의 흔적 같은 건 없었나요?"

"잘 모르겠어요."

쓸모없는 답변을 힘없이 내뱉었다. 어떻게든 보충하려고 말을 덧붙여

본다.

"없는 것 같아요."

이제 담당자가 말이 없어진다. 다시 입을 연 담당자의 목소리에는 이제 의심이나 불신을 넘어 당혹감과 연민이 담겨 있다. 그리고 시간을 낭비하고 있다는 데 대한 짜증도 담겨 있다.

"그냥 며칠 동안 자리를 비운 건 아닐까요?"

"아예 나갔다고 들었어요."

"그럼 왜 거기 없는 건지 답이 나온 거 같은데요."

담당자의 목소리에 움찔한다. 연민이나 혼란스러움은 사라지고 짜증만이 남아 있다.

"그저 제 이야기만 들으면 그냥 말없이 이사 가고 말 안 해 준 것처럼 느껴질 수도 있는데요, 조심하라는 메모를 남겼거든요. 그리고 총도요. 그런 걸 보면 뭔가 문제가 생긴 것 같아서요."

"위협을 받고 있다고 말한 적이 있나요?"

"무섭다고 했어요."

"그건 언제였죠?"

"어제요. 그리고 한밤중에 떠난 거예요."

"그 외에 다른 말은 안 했나요? 그 전에라도?"

"저한테는 안 했어요. 근데 어제 만난 게 다라서…."

이걸로 끝이다. 그럴 만하다. 내가 생각해도 참 한심한 말이다.

"자, 이웃분을 걱정하는 마음은 알겠어요."

담당자의 목소리가 꼭 어린아이에게 말하는 것처럼 나긋나긋해진다.

"하지만 이 상황에서 어떻게 도와드려야 할지 모르겠네요. 조사하기엔 너무 정보가 없어요. 가족도 아니고, 죄송하지만 제보자님께서 그분을 잘 아시는 것 같지도 않고요. 제가 말해 드릴 수 있는 건 정말 위급한 상황에 처한 분들을 위해 전화를 끊어주시길 부탁드릴게요."

그 말에 따라 전화를 끊는다. 맞는 말이다. 나는 인그리드를 잘 모른다. 하지만 내 두려움은 피해망상 같은 게 아니다.

무언가 아주, 아주 잘못되었다. 인그리드가 어디 있는지 알기 전까지는 더 진전이 없을 것이다. 좀 전의 통화로 가장 확실해진 건, 인그리드를 찾고 싶다면 순전히 내 힘으로만 찾아야 한다는 사실이다.

20

밤과 함께 또다시 악몽이 찾아온다.

역시나 우리 가족들이다. 아직도 가족들은 센트럴파크에 있다. 보우 브릿지에서 다 같이 손을 잡은 채 웃으며 날 올려다보고 있다.

이번에는 가족들이 불타고 있다.

나는 다시 조지의 날개 안에 자리를 잡고 옥상에 걸터앉아 있다. 불이 가족들을 한 명씩 휘감는 게 보인다. 아빠, 엄마, 그리고 제인의 순서로 불길이 머리끝까지 치솟아 오른다. 물에 비친 가족들의 모습까지 총 6개의 불꽃이 타오르고 있다. 제인이 불타는 손을 들어 내게 흔들자, 제인의 물그림자도 손을 흔든다.

"조심해."

소리치는 제인의 입에서 연기가 뿜어져 나온다.

자욱한 연기가 새까맣게 휘몰아친다. 옥상에서도 냄새를 맡을 수 있을 정도다. 내 밑으로는 불안한 화재 경보가 날카롭게 울려 퍼진다.

조지를 바라본다. 조지는 냉정한 표정으로 불타는 부모님을 바라보고 있다.

"제발 나 밀지 마."

내 애원에 조지가 부리를 움직이지 않고 답한다.

"안 밀어."

그러더니 조지가 날개를 움직여 나를 옥상에서 떼어 낸다.

응접실의 붉은 소파에서 화들짝 잠을 깬다. 악몽이 아직도 들러붙어 있다. 연기 냄새와 화재 경보가 생생하다. 아직도 꿈 속인 것처럼 연기 때문에 코와 목이 간질간질해 기침을 한다.

그제야 상황이 이해가 간다.

꿈이 아니다. 진짜로 일어나고 있는 일이다.

바솔로뮤에서 불이 나고 있다.

연기 냄새가 집으로 들어온다. 복도에서는 화재 경보가 요란하게 울리고 있다. 쉴 새 없이 울려대는 사이렌 소리 사이에 다른 소리가 들려온다.

누군가 쿵쿵 문을 두드리고 있다.

쿵쿵거리는 노크 사이에 닉의 목소리가 들려온다.

"줄스? 안에 있어요? 지금 나가야 해요!"

문을 벌컥 열고 문 앞에 서 있는 닉을 마주친다. 티셔츠, 츄리닝 바지에 쪼리를 신고 있다. 머리가 잔뜩 헝클어지고 눈동자에는 두려움이 가득하다.

"무슨 일이에요?"

"불이에요. 어디서 난 건지는 모르겠어요."

닉이 집 밖으로 날 잡아끄는 동안 옷걸이에서 겉옷을 낚아채 팔을 집어 넣는다. 집 밖으로 나와 현관문을 닫는다. 아파트에서 불이 나면 문을 달아야 한다고 읽은 적이 있다. 무슨 기류 때문이라고 했던 것 같다.

닉이 계속해서 복도로 나를 잡아끈다. 벽에서 나오는 비상조명등 때문에 희뿌옇게 깔린 안개가 더 확연하게 보인다. 기침을 두어 번 내뱉는다. 거친 기침 소리가 경보에 묻힌다.

"대피로는 있어요?"

닉에게 소리를 지른다.

"아뇨."

닉이 소리쳐 대답한다.

"건물 뒤에 있는 비상계단뿐이에요."

닉이 나를 끌고 엘리베이터와 계단을 지나 복도 끝 아무 표식도 없는 문으로 데려간다. 문을 밀어보지만 열리지 않는다.

"제기랄, 문이 잠긴 것 같아요."

다시 한번 문을 밀더니 어깨로 문을 들이박는다. 문은 꼼짝도 않는다.

"중앙 계단을 이용해야겠어요."

그러고는 닉이 다시 나를 잡아끈다.

다시 엘리베이터와 계단 앞에 도착한다. 마치 굴뚝처럼 연기가 피어오르고 있다. 충격적인 광경에 겁을 먹고 우뚝 멈춰 선다. 닉이 계속해서 내 팔을 잡아당긴다.

"줄스, 빨리 내려가야 해요."

닉이 다시 팔을 꽉 잡아당긴다. 어깨가 빠질 것 같다. 닉의 손에 이끌려 계단을 내려간다. 닉은 빠르고 흔들림 없는 속도로 계단을 내려간다. 나는 속도가 붙었다 느려지기를 반복한다. 발이 느려질 때마다 다시 닉이 나를 이끈다.

11층은 마치 짙은 안개가 낀 것처럼 연기가 더 자욱하다. 겉옷을 들어

올려 코와 입을 막는다. 닉도 티셔츠로 얼굴을 가린다.

"어서 가요. 난 아무도 없는지 확인해야겠어요."

남은 계단을 혼자 내려가고 싶지 않다. 내 몸이 말을 들을지 모르겠다. 닉의 말을 들어도 또다시 몸이 굳어진다. 두려움이 연기를 타고 나를 휘감다 내 피부에 스며드는 것 같다.

"나도 같이 갈게요."

닉이 고개를 젓는다.

"너무 위험해요. 마저 내려가요."

하는 수 없이 비틀거리며 10층으로 향한다. 층계참에서 복도를 내려다보며 그레타의 집을 찾아 연기 속에서 눈을 가늘게 뜬다. 연기로 시야가 흐려 문은 거의 보이지 않는다. 아마 이미 건물 밖으로 나갔을 테지만, 혹시나 하는 마음이 든다. 불이 나는 줄도 모른 채 혹 잠들어버린 그레타의 모습이 머릿속에 떠오른다.

닉이 나를 끌어당긴 것처럼, 그레타의 그 모습이 나를 복도로 잡아끈다. 10A에 도착해 문을 쿵쿵 두드리자 문이 곧바로 열린다. 그레타가 천막 같은 가운을 입고 저번에 신었던 슬리퍼를 신은 채 문앞에 서 있다. 머리에 동여맨 반다나를 코와 입까지 늘어뜨리고 있다.

"구해 주지 않아도 되는데."

구해 주지 않았으면 큰일 날 뻔했다. 그레타가 달팽이처럼 느릿한 속도로 복도를 걷는다. 충격 때문에 몸을 제대로 움직이지 못하던 나만큼이나 느리다. 그레타는 두려움보다 허약한 게 더 문제다. 계단에 도착하기도 전에 그레타의 숨이 거칠어진다. 첫 번째 계단에서 속도를 줄이려 하자, 그레타의 다리가 사시나무처럼 흔들린다.

"자 하나."

이렇게 한 이백 개의 계단을 더 내려가야 한다.

계단을 내려다보고 두려움에 사로잡힌다. 연기가 휘몰아쳐 올라오고 있다.

기침을 한다. 그레타도 역시 기침을 뱉는다. 반다나 끝이 펄럭거린다.

그레타의 손을 잡는다. 계단으로는 안 된다. 그레타는 너무 약하고 난 너무 겁에 질려 있다.

"엘리베이터로 가요."

겨우 한 걸음 내려갔던 계단에서 다시 그레타를 끌어올린다.

"화재 시에는 엘리베이터를 타면 안 될 텐데요."

그 역시도 이미 알고 있다.

"다른 방법이 없어요."

딱 잘라 답한다.

닉이 나를 끌고 갔던 것처럼 그레타를 끌고 엘리베이터로 향한다. 그레타가 저항하듯 내 손을 뿌리치려 팔을 비틀지만 속도를 늦추지 않는다. 지금 나를 움직이는 건 두려움이다.

엘리베이터는 10층에 있지 않다. 엘리베이터가 같은 층에 멈춰 있을 거라 생각한 건 아니었지만, 만에 하나 기다리고 있을 가능성도 있지 않을까 희망을 품고 있긴 했다. 운이라고는 없는 인생에서 뜻밖의 행운을 만나게 될지도 모른다고. 하지만 행운은 찾아오지 않았다. 아래층으로 내려가는 버튼을 누르고 기다리는 수밖에 없다.

기다리는 것도 쉬운 일이 아니다.

사이렌이 미친 듯이 울려댄다. 비상등이 번쩍번쩍 빛나고 연기는 여전히 계단을 타고 올라온다. 닉이 어디로 갔는지는 아무도 모른다. 계속 기침이 나온다. 눈물이 끊이질 않는다. 연기 때문이 아니라 정말 울음이 터진 걸 수도 있다. 머릿속에서 공포심이 사이렌보다 크게 울려 퍼진다.

엘리베이터가 마침내 도착한다. 그레타를 밀어 넣고 문을 닫은 후 로비로 향하는 버튼을 누른다. 덜컹거리는 소리와 함께 엘리베이터가 흔들리며 내려가기 시작한다.

9층에서는 연기가 더욱 짙어진다.

8층은 더 심각하다.

아래로 향할수록 점점 더 연기가 심해진다. 숨 막히는 연기 기둥이 엘리베이터를 관통해 들어온다. 7층에 도착하자마자 화재의 근원지가 여기라는 걸 알아차린다. 날카로운 연기가 목구멍을 따갑게 찔러 댄다.

연기 너머로 소방관들이 복도에서 호스를 들고 왔다 갔다 움직이는 게 보인다. 계단을 통해 올라온 호스가 커다란 뱀처럼 엘리베이터를 빙 둘러싸고 있다.

7층을 지나쳐 가려 할 때쯤 어떤 소리가 귀를 스친다. 웅웅거리는 엘리베이터 소리도, 시끄러운 화재 경보도 아니고 소방관들이 쿵쿵 뛰는 발소리도 아니다. 무언가 날카롭게 짖는 소리와 함께 타일을 두드리는 발톱 소리가 들린다. 흐릿한 털 뭉치가 쏜살같이 엘리베이터를 지나간다.

비상 정지 버튼을 쾅 누르자마자 엘리베이터가 진동과 함께 멈춰 선다. 그레타가 두려운 듯 나를 쳐다본다.

"지금 뭐 하는 거예요?"

"저기, 개가 있어요."

다시 기침을 내뱉고 말을 이어간다.

"루푸스인 것 같아요."

겁먹은 머릿속에서 그냥 무시해 버리라는 목소리가 들려온다. 루푸스는 괜찮을 테니 안전하게 나갈 생각이나 하라고. 하지만 루푸스가 짖는 소리가 심장을 찌른다. 나만큼 겁먹은 소리다. 엘리베이터 문을 당겨 열고, 얇은 창살로 된 자동문을 두 손으로 있는 힘껏 당겨 문을 비집어 연다.

엘리베이터는 층계참보다 약 일 미터 가량 아래 멈춰 있다. 7층으로 올라가 연기를 피하려고 바닥을 기어간다. 이 역시 어디선가 들은 화재 대피법에 따른 방법이다. 이걸 쓰는 날이 올 줄은 몰랐지만.

바닥에 딱 붙어 움직이며 루푸스의 이름을 기침과 함께 토해내지만 소음에 파묻힌다. 또다시 나타나지 않을까 연기 사이를 들여다보려 노력해 보지만 소용이 없다. 루푸스는 너무 조그맣고 연기가 너무 자욱한데다 눈에서는 눈물이 쉴 새 없이 흐르고 있다. 눈물로 가득한 연기 속에서 소방관들이 7C를 향해 쿵쿵거리며 들어가는 게 보인다. 머리에 쓴 장비 속에서 말소리가 웅얼거린다. 열린 문으로 뜨거운 불빛이 터져 나온다.

불꽃이다.

밝게 일렁이는 불꽃이 복도를 온통 밝은 오렌지빛으로 물들인다. 최면을 거는 것 같다.

그 불에 이끌리듯 일어선다. 더는 두렵지 않다. 지금 내가 느끼는 건 강렬한 호기심뿐이다.

복도를 따라 한 걸음씩 걸어가며 다시 기침한다.

"줄스."

그레타가 엘리베이터에서 나를 부른다.

"개는 놔두고 여기서 빨리 나갑시다."

그 말을 무시하고 다시 한번 걸음을 옮긴다. 애초에 그레타 말대로 하는 수밖에 없지만, 나도 어쩔 수가 없다.

계속 걷다보니 얼굴 위로 열기가 느껴진다. 불꽃이 내뿜는 열이 내 피부를 감싼다.

연기에 눈을 감는다.

숨을 힘껏 들이쉬자 기침이 나온다. 온몸이 떨릴 정도로 격한 기침이다.

연기로 인해 머리가 어지럽다. 두려움 때문에 여기가 어딘지, 내가 왜 여기 있는지, 내가 도대체 뭔 짓을 하고 있었는지조차 순간 기억조차 나지 않는다. 그러나 그때 무언가 짖는 소리가 들린다. 그 소리에 돌아서자 익숙한 모양의 무언가가 연기를 뚫고 달려온다.

두려움에 휩싸인, 길을 잃은 루푸스다.

그건 나도 마찬가지다.

앞이 안 보이는 채로 복도를 비틀거리며 앞으로 나아간다. 휙 지나치려는 루푸스를 끌어당겨 안으니 루푸스가 힘껏 짖으며 발버둥 치다 불안한 듯 내 품을 긁어 댄다. 엘리베이터로 다시 기어가는 대신 뒤쪽으로 천천히 걸어가다 꼴사납게 달려 엘리베이터에 도착한다. 조심스레 엘리베이터로 뛰어든 후 루푸스를 한 손에 움켜잡고 다른 한 손으로 문을 쾅 닫는다. 내 옆에서 그레타가 놀란 듯 걱정스러운 눈으로 날 바라보다 하강 버튼을 누른다.

아래로 내려갈수록 연기는 점점 멀어진다. 로비에는 희미한 안개가 조금 깔려 있는 정도다. 그런데도 기침은 여전하고, 기침이 나오지 않을 때도 쌕쌕거리며 힘겹게 숨을 쉰다.

그레타는 여전히 말이 없다. 나를 쳐다보기도 싫은 것 같다. 세상에, 얼마나 미친 사람처럼 보였을까. 내 무모한 행동의 이유를 몰랐다면 나 역시 똑같이 생각했을 거다.

엘리베이터에서 나와 로비를 가로질러 나가는 길에 건물로 들어오는 구조대원 세 명과 마주친다. 다리 부분이 접힌 들것을 들고 있다. 그중 한 명이 괜찮냐는 듯 눈짓을 한다.

괜찮다는 뜻으로 간신히 고개를 끄덕인다.

구조대원들이 계단을 향해 계속해서 움직인다. 현관부터 늘어져 있는 호스를 따라 반대 방향으로 향한다. 나와 그레타, 루푸스 모두 서로를 감싸 안은 채 바깥으로 발을 내딛는다. 도로변에 줄지어 서 있는 두 대의 소방차와 구급차의 사이렌 빛으로 거리가 온통 붉게 물들어 있다. 주변 구역이 통제되어 언론사를 포함한 대부분의 사람들이 센트럴파크 웨스트에 모여 있다.

우리가 보도로 나아가자마자 기자들이 밀치고 들어온다.

카메라 조명이 눈이 부실 정도로 밝다.

전구가 폭죽처럼 펑 터진다.

기자가 소리쳐 묻지만 화재 경보 때문에 귀가 울려서 아무것도 알아들을 수가 없다.

나만큼이나 짜증이 난 루푸스가 짖기 시작한다. 그 소리를 들은 마리안 던컨이 인파를 뚫고 나온다. 마리안의 옷차림은 영화 '선셋대로'의 노마 데스몬드를 떠오르게 한다. 터키식 드레스를 휘날리며 머리에는 터번과 캣츠아이 선글라스를 쓰고 있다. 얼굴에는 콜드크림이 잔뜩 묻어 있다.

"루푸스?"

마리안이 나를 향해 달려와 루푸스를 내 팔에서 들어 올린다.

"아가! 얼마나 걱정했는데."

마리안이 말을 건다.

"경보는 울려대지, 연기는 퍼지지. 루푸스가 겁먹어서 내 팔에서 뛰쳐나갔거든요. 찾고 싶었는데 소방관이 나가야 한다고 해서."

마리안이 울기 시작한다. 눈물이 흘러내리며 크림 위로 기다란 눈물

자국이 난다.

"고마워요. 정말 고마워요, 고마워요."

겨우 고개를 끄덕일 뿐이다. 사이렌 소리와 연기, 카메라 플래시 때문에 정신이 멍하다.

그레타와 마리안을 두고 인파를 조심스레 밀고 나아간다. 바솔로뮤 주민과 구경꾼을 구별하는 건 쉽다. 드문드문 잠옷을 입은 사람들이 보인다. 딜런은 춥지도 않은지 잠옷에 스니커즈를 입고 서 있다. 레슬리 에블린은 검은 기모노를 우아하게 휘날리며 닉과 함께 주민들의 수를 세고 있다.

구조대원들이 산소마스크를 단 채 들 것에 실린 레너드 씨와 나타난다. 사람들에게서 박수가 터져 나온다. 그 소리를 듣고 레너드 씨가 힘없이 엄지손가락을 들어 올린다.

군중 사이에서 빠져나와 센트럴파크 웨스트를 따라 반대로 걸어간다. 바솔로뮤와 거리를 두고 북쪽으로 한 블록 걸어간다. 벤치에 털썩 앉아 센트럴파크의 돌담 벽에 등을 기댄다.

마지막으로 한 번 기침을 뱉는다.

그리고 눈물을 터트린다.

🕐 현재

바그너 박사는 놀란 눈치다. 그럴 만하다. 목소리에서 감정이 드러난다. 냉정함 속에 놀라움이 감춰져 있다.

"탈출했다고요?"

"그렇다니까요."

이렇게까지 쌀쌀맞게 굴려던 건 아니었는데. 바그너 박사에게는 잘못이 없다. 하지만 난 아직 누굴 믿을 준비가 안 되어 있다. 바솔로뮤에 머물었던 불과 며칠이 날 이렇게 만들었다.

"경찰과 이야기하고 싶어요. 클로이한테도요."

"클로이요?"

"가장 친한 친구예요."

"전화해 줄게요. 전화번호 있어요?"

"제 핸드폰에요."

"버나드한테 얘기해 놓을게요. 소지품 찾아보고 번호 알아오라고."

안도의 한숨을 내쉰다.

"고마워요."

"그나저나 궁금하네요. 바솔로뮤에는 얼마나 살았던 거예요?"

과거형으로 묻는 게 마음에 든다.

"5일이요."

"거기 있는 동안 위험하다고 생각했던 거고요?"

"처음엔 아니었는데 결국은 그렇게 됐죠."

바그너 박사 너머로 벽에 삐뚜름하게 걸린 모네 그림을 바라본다. 전에도 본 것 같은데 정확한 제목을 모르겠다. 아마 '수련 위의 푸른 다리' 같은 이름인 것 같다. 그게 그려져 있으니까. 예쁜 그림이다. 침대에 누워 바라보니 물 위에 떠 있는 수련 잎과 꽃 위로 다리가 호를 그리고 있다. 하지만 다른 시각으로 보면 전혀 다르게 보일 것이다. 다리의 선은 깔끔하지 않고, 수련은 그냥 흐릿한 얼룩 같다. 아마도 가까이 가서 살펴보면 그저 그냥 조잡한 그림처럼 보일지도 모른다.

이와 마찬가지로 가까이 갈수록 추해지는 장소가 있다.

바솔로뮤가 그렇다.

"위험에 처해 있다고 생각해서 도망쳐 나왔다고요?"

"탈출했죠."

다시 한번 일깨워 준다.

"왜 그래야 했던 거예요?"

베개로 풀썩 쓰러진다. 별로 좋은 생각은 아닐지도 모르지만 모든 걸 말해야 한다. 이건 믿고 안 믿고의 문제가 아니다. 갈수록 바그너 박사가 그저 나를 돕고 싶어 할 뿐이라는 느낌이 든다.

그러니 어디까지 말해야 하는지는 문제가 아니다.

내 말을 얼마나 믿어 줄지가 문제다.

"거긴 저주 받은 곳이에요. 과거에 시달리고 있는 거죠. 안 좋은 일이 너무 많이 일어났어요. 어두운 역사가 바솔로뮤를 채우고 있는 거예요."

박사가 눈썹을 올린다.

"채우고 있다고요?"

"연기처럼요. 그리고 제가 그걸 들이마신 거죠."

THREE DAYS EARLIER

3일 전

21

7시가 조금 지났을 때 첫날 들었던 것과 같은 소리에 잠을 깬다.

인기척이다.

이제 누군가 집에 들어와 있는 것 같다고 생각하진 않지만 무슨 소리인지는 궁금하다. 모든 물체에는 고유한 소리가 있다. 삐걱거리는 계단과 웅웅거리는 냉장고, 바람이 불 때마다 덜컹거리는 창문처럼. 소리의 정체를 찾아내는 게 관건이다. 뭔지 확인하고 나면 그리 신경 쓰이지 않는다.

침대에서 일어난다. 화재 때문에 밤새 창을 활짝 열어두었더니 침실이 마치 냉장고 같아 으슬으슬 몸이 떨린다. 불이 난 후로 마치 방에서 담배 한 갑을 다 피운 사람이 썼던 호텔 방을 쓰게 된 듯한 냄새가 났다.

맨발에 잠옷 차림으로 조용히 계단을 내려간다. 계속 멈춰 서며 온 집 안의 소리를 들어 본다. 여러 소음이 들리지만 내가 찾던 소리는 없다. 그 소리만 갑자기 사라졌다.

주방 조리대 위 핸드폰을 발견한다. 클로이에게만 적용해 뒀던 벨소리가 시끄럽게 울려대고 있다. 걱정이 앞선다. 우리가 룸메이트였던 대학생 때 모닝 커피 전엔 전화하지 말자는 규칙을 만들었기 때문이다.

"나 아직 커피 안 마셨어."

전화를 받자마자 말을 꺼낸다.

"지금은 예외지. 불 났다며. 너 괜찮아?"

"괜찮지 그럼. 그 정도로 심각하진 않았거든."

불의 진원지는 7C, 레너드 씨의 집이었다. 전에 닉에게 들었던 심장 질환 때문이었다. 레너드 씨는 닉의 강력한 권유를 따르지 않았다. 몸이 보내는 경고를 무시하고 구급차를 부르지도 않았다. 저녁 늦게 요리하던 중 심장마비가 왔다. 네 번째였다.

불은 레너드 씨가 발작 때문에 주방장갑을 떨어트렸을 때 시작됐다. 장갑이 화로에 떨어지면서 바로 불이 붙었다. 거기서부터 퍼져나간 불로 주방이 휩싸였다. 레너드 씨가 도움을 구하기 위해 현관으로 기어가 겨우 문을 열자 주방의 불꽃이 거세지며 건물 위층으로 연기가 거세게 몰아치기 시작했다. 레너드 씨는 그 순간 정신을 잃었다.

결국, 화재를 신고한 건 같은 7층에 살고 있던 레슬리 에블린이었다. 연기 냄새를 맡은 레슬리가 확인차 복도에 나왔다가 레너드 씨의 열린 문으로 연기가 소용돌이치며 나오고 있는 것을 발견했다. 레슬리의 빠른 판단 덕에 바솔로뮤는 멀쩡할 수 있었다. 7층 복도가 화재 진압시 뿌린 물로 손상을 입고 7층부터 9층까지가 연기로 약간 그을린 게 전부다.

모두 화재 두 시간 후 거주민들을 집으로 들여보내 줬을 때 들은 이야기다. 엘리베이터가 좁은 탓에 한꺼번에 모두 엘리베이터를 탈 수 없었고, 다들 계단으로 집에 돌아갈 상태가 아니여서 로비가 시끌벅적한 인파로 가득 찼다. 아는 사람 몇 명 없이 대부분 모르는 사람들이었다. 닉, 딜런 그리고 나를 제외하면 모두 60대를 훌쩍 넘긴 나잇대였다.

"그거 말고. 네 마음이 괜찮냐고."

조금 다른 문제다. 어젯밤부터 마음을 가라앉히긴 했지만, 아직 희미한 긴장이 집안에 남은 연기의 흔적만큼이나 곳곳에 남아 있다.

"심각한 상황이었으니까, 무서웠지. 잘 잤다고는 못하겠지만, 아무튼 괜찮아. 우리 집에서 일어난 일이랑 비교하면 아무것도 아니지. 근데 불 난 건 어떻게 알았어?"

"신문에서 봤어. 네 사진이 첫 장에 떡하니 걸려 있길래."

끙하는 소리를 낸다.

"나 많이 엉망이야?"

"어. 메리 포핀스에 나오는 굴뚝 청소부 같던데."

키보드 소리와 함께 마우스가 달칵거리는 소리가 들린다.

"지금 뭐 하나 보냈어."

핸드폰이 메일 알림과 함께 윙 소리를 낸다. 알림을 누르자 일간 신문의 표지가 보인다. 2/3를 채우고 있는 건 바솔로뮤의 정문이다. 내가 그레타, 루푸스와 함께 나타나는 순간 찍힌 사진이다. 정말 희한한 광경이다. 나는 온종일 입고 있던 구깃한 청바지와 블라우스 차림이고, 그레타는 잠옷을 걸치고 있다. 연기 때문에 둘 다 얼굴이 거뭇하게 그을린 채다. 그때쯤 그레타는 반다나를 내린 상태였다. 코부터 턱까지의 흰 피부가 드러나 있다. 당당하게 목걸이를 차고 있는 루푸스가 보인다. 아마 진짜 다이아몬드일 것이다. 각자 서로 다른 영화의 단역으로 출연하는 배우들 같다.

"반다나 쓴 여자는 누구야?"

"그레타 만빌 말하는 거야?"

"그 *꿈꾸는 이의 마음* 쓴 사람? 너 그 책 엄청나게 좋아하잖아."

"그렇지."

"강아지는 그 사람 강아지고?"

"루푸스라고, 마리안 던컨이 키우는 강아지야."

"그 연속극 나온 배우?"

"어. 바로 그 사람."

"너 뭔가 이상한 세계에 휘말린 것 같은데."

핸드폰에 떠 있는 사진을 보다가 눈을 돌려 기사 제목을 확인한다. 이걸 제목이라고 썼나 싶다.

〈가고일 바비큐 그릴 : 불길에 휩싸인 바솔로뮤〉

"첫 장에 내걸 게 그렇게 없었나? 진짜 중요한 뉴스 같은 거 있잖아."

"이런 게 뉴스지. 잘 알아둬. 대부분의 뉴요커들은 바솔로뮤를 지상낙원쯤으로 생각한다고."

주방에서 응접실로 자리를 옮긴다. 벽지의 얼굴들이 새까만 눈과 벌어진 입으로 나를 반겨 준다. 바로 등을 돌린다.

"여긴 완벽한 곳이 아니야. 내가 보장할게."

"내가 보내 준 기사 읽었구나. 그거 진짜 무섭지 않아?"

"내가 신경 쓰이는 건 그 기사보다 더한 거야."

클로이의 목소리에 걱정이 스며든다.

"무슨 일 있었어?"

"응. 아마도."

클로이에게 인그리드 이야기를 쏟아낸다. 매일 만나기로 했던 약속, 11A에서 들린 비명. 아무 일도 아니라던 인그리드가 어떻게 떠났는지, 연락은 또 얼마나 안 되는지까지 덧붙인다. 누군가에게 쫓겨 도망친 것 같다는 의심을 털어놓으며 이야기를 마친다.

인그리드가 남긴 메모나 총처럼 걱정될 만한 부분은 빼놓는다. 그런 이야기를 들으면 클로이가 당장에라도 바솔로뮤로 찾아와 나를 끌고 나갈 것이다. 그럴 수는 없다. 최근 받은 실업 급여로 이제 겨우 전 재산이 오백 달러를 넘겼다. 자립하기에는 턱없이 부족하다.

"그 사람 찾아다니는 건 그만해야 할 거 같은데."

클로이라면 그렇게 말할 것 같았다.

"떠난 이유가 뭐든, 너랑은 상관없는 거잖아."

"인그리드한테 뭔가 문제가 생긴 것 같단 말이야."

"줄스, 잘 들어. 인그리드라는 사람이 네 도움을 원했다면 지금쯤 연락을 했겠지. 그 사람은 분명 혼자 있고 싶은 거야."

"인그리드를 찾아줄 사람이 없어. 내가 사라지면 네가 날 찾아주겠지만, 인그리드한테는 너 같은 존재가 없는 것 같아. 아무도 없는 거야."

침묵이 흐른다. 클로이가 지금 생각하고 있다는 의미다. 날 속상하게 하지 않기 위해 조심스럽게 말을 고르고 있다. 그렇다 해도, 이미 클로이가 무슨 말을 할지 알 것 같다.

"내 생각엔, 이건 인그리드보다는 너희 언니에 관한 문제인 것 같아."

"당연히 우리 언니도 관련이 있지. 내가 제인을 찾는 걸 관뒀었잖아. 그냥, 내가 너무 일찍 포기하지 않았다면 제인이 지금도 내 옆에 있을까, 자꾸 그런 생각이 들어서."

"인그리드를 찾는다고 제인이 돌아오진 않아."

당연히 그런 일은 없지만, 적어도 이 세상에서 한 명은 지킬 수 있다. 흔적없이 사라져 다시는 볼 수 없는 사람이 한 명은 줄어든다.

"너 바솔로뮤에서 나와야 할 것 같은데."

클로이가 말을 꺼낸다.

"며칠만이라도. 이번 주말에 우리 집에서 자."

"안 돼."

"폐 끼친다고 생각하지 말고. 폴이랑 주말에 버몬트 가기로 했거든. 폴이 저번 주에 예약한 건데, 폴이 네가…."

클로이가 말을 하다말고 멈춘다. 무슨 말을 하려던 건지 알겠다. 폴이 내가 아직도 클로이네 집에 신세지고 있는 줄 알고 예약했던 거겠지. 기분 상할 것도 아니다. 두 사람도 주말 정도는 오붓하게 보내야 한다.

"그런 게 아니야. 집 밖에서 밤을 보내는 게 금지라서 그래."

클로이가 한숨 쉬는 소리가 날카롭게 귀에 박힌다.

"그 망할 놈의 규칙."

"제발 잔소리는 그만해. 나 그 돈 필요한 거 알잖아."

"그럼 내가 너 감옥살이 하는 걸 보느니 내 돈 빌려주고 싶어 한다는 것도 알겠네."

"일이지. 감옥살이 같은 게 아니라. 내 걱정은 하지 말고 버몬트 가서 재밌게 놀아. 사슴 구경도 하고, 그냥 다른 사람들 하는 건 다 하고 와."

"필요하면 언제든 연락해. 핸드폰 계속 가지고 다닐 거니까. 사실 숙소가 허허벌판에 있긴 한데… 진짜 산꼭대기 숲에 있어. 거기 핸드폰 안 터질 거라고 폴이 그러더라."

"괜찮을 거야."

"확실해?"

"확실하지."

통화가 끝나고 응접실에 그대로 앉아 벽지의 얼굴을 바라본다. 눈 하나 깜빡이지 않고 날 뚫어져라 쳐다본다. 마치 하고 싶은 말이 있지만 그러지 못하는 것처럼, 입은 열려 있지만 침묵을 지키고 있다.

어쩌면 내가 방문객을 못 들이고, 이 집 밖에서 밤을 보내면 안 되는 것처럼 그게 그들의 규칙일지도 모른다.

아니면 두려움에 말이 나오지 않는 걸 수도 있다.

가장 가능성이 큰 건 이거다. 꽃은 그저 벽지에 그려진 꽃일 뿐이고,

인그리드가 떠나간 것과 마찬가지로 바솔로뮤가 이제 나를 괴롭히기 시작한 것이다.

22

12시 30분이 되자 누군가 문을 두드린다.

그레타 만빌이다.

싫은 건 아니지만 좀 놀라긴 했다. 있지도 않은 일자리를 찾아다니고, 인그리드한테 답장이 왔는지 5분마다 핸드폰을 들여다보는 게 하던 일의 전부라 잠깐 쉬어도 좋을 것 같다. 더 놀라운 건 그레타가 외출복을 입고 있다는 것이다. 검은 7부 바지에 커다란 셔츠를 입고 프레피룩처럼 스웨터를 두르고 있다. 어깨에는 낡은 스트랜드 서점 에코백이 걸쳐져 있다.

"어젯밤에 도와준 데 대한 감사를 표하려고요. 점심 식사에서 날 에스코트할 기회를 줄게요."

그레타가 짐짓 자비를 베풀듯 말한다. 이보다 더한 영광은 없다는 듯한 태도다. 하지만 그 속에는 외로움이 숨겨져 있다. 그레타가 원했든 아니든, 내가 그레타를 책과 함께 수면에 잠긴 동굴에서 갑작스럽게 끌고 나온 것이다. 그레타도 내심 마음속으로는 나와 어울리는 걸 좋아했으리라.

그레타의 팔짱을 낀다.

"에스코트하게 되어 영광입니다."

바솔로뮤에서 한 블록 떨어진 작은 식당으로 향한다. 문에는 붉은 차양이 드리워져 있고, 꼬마전구가 창문에 걸려 반짝이고 있다. 식당 안은 인근 주민들로 북적거린다. 자리를 잡을 수 있을지 걱정된다. 하지만 그레타를 보는 순간 직원이 우리를 눈에 띄게 비어 있는 구석진 자리로 안내한다.

"미리 전화해 뒀어요."

그레타가 식탁 위의 메뉴판을 집어 들며 설명한다.

"그리고 주인분이 단골을 중요하게 생각하시는 분이에요. 바솔로뮤에 처음 살기 시작했을 때부터 계속 찾아왔던 가게거든요."

"바솔로뮤에 다시 돌아오신 지는 얼마나 되셨어요?"

그레타가 단호한 시선을 보낸다.

"우리 스무고개 하자고 온 거 아니에요. 점심 먹으러 온 거지."

"두 고개는 어때요? 딱 두 개만 물어볼게요."

"그 정도는 뭐."

그레타가 메뉴판을 탁 닫고 근처의 종업원을 손짓해 부른다. "일단 주문 먼저 해요. 심문받는 건 괜찮지만 좀 먹어가면서 해야죠."

그레타는 찐 채소가 곁들여진 구운 연어를 주문한다. 그레타가 대접해 주는 식사인 것 같긴 하지만 특선 샐러드와 물만 주문한다. 돈 아끼는 습관은 쉽게 사라지질 않는다.

"첫 번째 질문에 대답해 보자면,"

종업원이 사라지자마자 그레타가 입을 연다.

"일 년 정도 됐어요. 작년 11월에 돌아왔으니까."

"왜 돌아오신 거예요?"

그레타가 당연한 걸 물어본다는 듯 코웃음을 친다.

"왜냐고요? 원하는 게 다 손만 뻗으면 닿을 거리에 있으니 편리하잖아요. 자리가 나서 기회를 잡았을 뿐이죠."

"자리가 잘 안 난다고 들었는데, 대기자 명단이 길지 않나요?"

"그걸로 세 번째 질문이네요."

"대답해 주실 거잖아요."

"재미없네요."

말은 그렇게 하지만 누가 봐도 즐거워 보이는 얼굴이다. 그레타가 목을 축이며 올라가는 입꼬리를 숨긴다.

"맞아요. 명단이 있죠. 예상 질문에 미리 답해 주자면, 적절한 인맥만 있어도 다 방법이 생겨요. 나도 그랬고."

음식이 나온다. 극과 극이다. 그레타의 음식은 보기만 해도 군침이 돈다. 따끈따끈한 연어에서 레몬과 마늘 향이 솔솔 나고 있다. 내 샐러드는 실망 그 자체다. 흐물거리는 로메인 상추 조금에 토마토와 빵조각이 전부다.

그레타가 연어를 한 입 베어 문다.

"그 아파트 시터 친구는 아직 소식 없어요? 이름이 뭐였죠?"

"인그리드요."

"맞다. 인그리드. 그 끔찍한 머리. 아직도 어디 갔는지 못 들은 거예요?"

어깨를 으쓱인다. 그저 이런 한심한 몸짓밖에 할 수가 없다. 이 자리에서 어깨를 올렸다 내리는 그 작은 동작보다도 더 인그리드에 대해 아는 게 없다는 걸 깨달았다.

"처음엔 인그리드가 바솔로뮤에 계속 사는 게 두려워 떠났다고 생각했어요."

그레타가 경악한다. 닉과 똑같은 반응이다.

"도대체 왜 그렇게 생각한 거예요?"

"솔직히 여기가 좀 그렇긴 하잖아요. 여기서 일어난 일만 써 놓아도 볼

Lock Every Door

게 많은 사이트도 있을 정도고."

"그래서 내가 인터넷을 안 해요. 말도 안 되는 헛소문만 가득하니까."

"그래도 대부분은 진짜잖아요. 스페인 독감으로 죽은 고용인들이나 옥상에서 떨어진 바솔로뮤 박사 같은 거. 그런 일이 평범한 아파트에서 일어나진 않죠."

"바솔로뮤가 평범한 아파트는 아니죠. 그리고 악명 때문에 바솔로뮤에서 일어나는 일들이 다 부풀려지는 것뿐이에요."

"코넬리아 스완슨 이야기도요?"

그레타가 연어를 입에 넣다 그대로 멈추더니 포크를 내려놓고 테이블에 손을 포갠다.

"조언 하나 하죠. 바솔로뮤에서는 그 이름을 꺼내지 않는 게 좋아요. 금기나 다름없거든요."

"그럼 그 사람 이야기가 진짜라는 거예요?"

"그런 뜻은 아니고."

그레타가 딱 잘라 말한다.

"코넬리아 스완슨은 바솔로뮤가 아니라 정신 병동에 들어갔어야 하는 미친 사람이었어요. 무슨 프랑스 여자랑 교제했다, 하녀를 기괴한 주술적 의식에 희생시켰다 하는 말도 안 되는 헛소리는 다 순 어림짐작일 뿐이고. 이건 당신 친구한테도 똑같이 말해 줬던 이야기예요."

"인그리드가 코넬리아 스완슨에 대해서 따로 물어봤었나요?"

"그랬죠. 내 대답에 실망한 것 같았어요, 아마 잔인한 이야기를 좀 더 자세히 듣고 싶었나 봐요. 하지만 말했다시피 그런 건 없었어요. 사실 최근 바솔로뮤에서 본 것 중에 가장 이상했던 건 어젯밤에 날 건물에서 데리고 나왔던 어떤 여자의 행동이었죠."

말없이 애꿎은 샐러드만 찔러댄다.

"엘리베이터가 7층에 멈췄을 때 좀… 평소같지 않던데. 무슨 일이었는지 설명해 줄 수 있어요?"

루푸스와 엘리베이터로 돌아갔을 때 그레타가 날 바라보던 눈을 기억한다. 이 점심의 의미를 알았어야 했는데. 그레타는 자기가 목격한 게 뭐였는지 알고 싶었던 거다. 굳이 이야기할 필요는 없지만, 난 털어놓고 싶다. *꿈꾸는 이의 마음*을 써준 그레타에게 어떻게든 보답하고 싶다. 이야기를 이야기로 갚는 거다. 내 이야기는 해피엔딩이 아니지만.

"제가 대학교 1학년일 때 아빠가 25년간 일했던 직장에서 해고당하셨어요. 새 직장을 몇 달간 찾아다니셨지만 결국 멀리 떨어진 철물점에서 재고를 채우면서 야간 근무를 하는 게 다였죠. 엄마는 부동산에서 시간제로 일하셨고요. 입에 풀칠이라도 하기 위해 엄마는 주말마다 동네 식당에서 서빙 일을 하기 시작하셨어요. 저는 부모님의 짐을 덜어 드리려고 아르바이트를 두 개씩 하면서 학자금 대출도 받았어요. 신용카드도 만들었지만 말은 안 했죠. 그렇게 거의 한 해를 어찌어찌 파산은 면한 채 살았어요."

하지만 내가 2학년이 될 때쯤, 엄마는 임파선암을 진단받았다. 종양은 엄마의 신장과 심장, 폐까지 불길처럼 퍼져 나갔다. 엄마는 일을 전부 그만둬야 했고 아빠는 밤에 일을 나가면서도 낮에는 종일 엄마를 간호해야 했다. 나는 아빠를 돕기 위해 학교를 한 학기 쉬겠다고 했다. 아빠는 좋은 직장에 가려면 공부를 해야 한다며 반대했다. 한 학기를 쉬면 다시 학교로 돌아가지도 못하고 부모님처럼 험난한 시골 마을에서 험난하게 살게 될 거라고.

엄마의 병원비는 하늘 높은 줄 모르고 치솟았다. 영 차도가 없었는데도 그랬다. 모든 의료행위는 결국 마지막 순간까지 엄마를 조금이라도 편하게 해 주기 위한 것뿐이었다. 병원비는 아빠의 의료 보험만으로는 턱없이 부족했다. 나머지는 결국 부모님의 몫이었다. 그래서 아빠는 두 번째로 담보 대출을 받았다. 첫 번째 대출금을 다 갚고 몇 년이 채 지나지 않았던 시점이었다.

난 주말마다 집에 들렀다. 엄마는 갈 때마다 점점 작아져 갔다. 바로 내 눈앞에서 엄마가 줄어들고 있는 것만 같았다. 아빠도 마찬가지였다. 스트레스로 점점 식욕을 잃은 아빠는 매일 야위어갔다. 저녁이 되면 아빠는 일하러 갈 준비를 했다. 아빠가 혼자 화장실에서 우는 소리가 들렸다. 흐르는 물에 파묻히지 않을 깊은 흐느낌이었다.

그렇게 6개월을 보냈다. 그리고 아빠가 일하던 철물점이 문을 닫았다. 결정타였다. 직장도, 의료 보험도 사라졌다. 그때 나는 2학년이었고 학교에 있었다. 낙제가 코앞이었다. 걱정과 피로로 너무 지쳐 공부에 집중할 수가 없었다.

"그리고 얼마 지나지 않아, 부모님이 돌아가셨어요."

그레타가 숨을 들이쉰다. 충격과 슬픔이 묻어나는 소리다.

이야기를 계속 이어간다. 이제 멈추기엔 너무 멀리 와버렸다.

"화재였어요. 1학기 중반 쯤이었죠. 새벽 5시에 핸드폰이 울려서 받아 보니 경찰이더라고요. 사고로 부모님 두 분이 다 돌아가셨다고."

그 날 클로이가 나를 집으로 데리고 갔다. 남은 건 없었다. 새까맣게 탄 잔해뿐이었다.

"잔해에서 연기가 피어올랐어요. 지독한 연기 냄새가 목구멍을 가득 채웠죠. 다시는 맡고 싶지 않았어요. 근데 그걸 또 맡게 된 거예요. 어젯밤에."

남은 건 부모님이 몰던 도요타 캠리 한 대 뿐이었다. 차는 우리 집 진입로에 최대한 멀리 주차되어 있었다. 운전석에는 열쇠가 세 개 달린 고리가 있었다. 열쇠를 보는 순간, 나는 그 화재가 사고가 아니었다는 걸 알 수 있었다.

하나는 자동차 열쇠였고, 다른 두 개는 마을에서 멀리 떨어진 창고 시설의 열쇠였다.

그중 하나에는 내 물건이, 다른 하나에는 제인의 물건이 가득했다.

아빠는 나와 제인의 방에서 모든 물건을 옮겼다. 부모님은 인생에서 가장 어두운 때에도 제인을 찾을 수 있을 거라는 희망의 끈을 놓지 않았다. 제인과 나는 어떻게든 함께 나아갈 수 있을 거고, 결국 모든 게 괜찮아질 거라고 말이다.

창고 하나만 해도 수사관들이 의심할만한 정황은 충분했지만, 그보다 먼저 보험 증서가 있었다. 아빠는 화재 한 달 전에 두 개의 보험에 가입해 뒀다.

아빠 앞으로 든 생명보험과 집에 들어놓은 화재보험이었다.

그렇게 조사가 시작됐다. 난 이미 알고 있었던 사실을 확인하게 될 뿐이었다.

불이 났던 그 날 밤, 아빠와 엄마는 와인 한 병을 나눠 마셨다. 신장 기능 저하로 엄마에게 음주가 금지되어 있었는데도 그랬다.

첫 데이트 때 먹었던 피자도 시켜 먹었고 초콜릿 케이크 한 조각도 나눠 먹었다.

그리고 엄마가 가진 가장 독한 진통제도 한 병 나눠 먹었다.

방화 전문가들은 화재가 부모님 방 바로 앞의 복도에서 시작됐다고 결론 내렸다. 라이터의 기름과 신문 뭉치로 복도가 화르륵 타올랐다. 침실

문은 닫혀 있었다. 부모님이 발견되었던 침대까지 불이 옮겨붙는 데 시간이 걸렸다는 의미였다.

엄마의 사인은 약물 과다복용이었고 아빠는 연기로 인한 질식사였다.

"화를 내려고도 해 봤고 미워하고도 싶었지만, 그게 안 되더라고요. 그때도 알고 있었거든요. 두 분은 그렇게 하는 게 맞다고 생각하셨다는 걸."

그레타에게 말하지 않은 것도 있다. 난 행복한 기분이 들 때 불장난을 한다. 불에 그슬리는 게 어떤 느낌인지, 부모님이 뭘 겪었는지 이해해 보려고 한다.

나와, 내 미래와, 아직 돌아오지 않은 언니를 위해 부모님이 무슨 선택을 했는지를.

그레타가 내 손 위에 손을 겹친다. 그레타도 손을 불에 갖다 댄 것처럼 손바닥이 뜨겁다.

"유감이에요. 부모님이 보고 싶겠어요."

"너무 보고 싶어요. 제인도 보고 싶고."

"제인이요?"

"제 언니예요. 화재 2년 전에 사라졌어요. 그 이후로 어디 갔는지 흔적조차 없어요. 도망갔을 수도 있고, 어쩌면 살해당했을 수도 있고요. 이쯤 되니 영영 모를 것 같다는 생각이 들어요."

팔을 늘어뜨리고 몸에 힘을 다 푼 채로 풀썩 쓰러진다. 그레타가 갑작스럽게 잠드는 것과 같은 종류의 행동이다. 내 마음속에서는 늘 애통한 마음이 끓고 있다. 슬픔을 느낀다는 건 그걸 마주한다는 의미일 뿐이다. 워낙 오래전부터 안고 살던 아픔이기에 부모님과 제인에 대해 이야기한다고 해서 그 슬픔이 더 깊어지지도 덜어지지도 않는다. 그냥 그대로일 뿐이다.

"털어놔 줘서 고마워요."

"이제 좀 아시겠죠. 제가 왜 현실보다 판타지를 좋아하는지."

"할 말 없네요. 인그리드를 왜 그렇게 열심히 찾아다니는지도 이해 가요."

"열심히 한다지만 실마리 하나도 못 찾고 있죠."

"난 그 친구가 웬 청년과 도망간 거라는 데 걸죠. 아니면 여자일 수도 있고. 사랑에 관해서는 별로 편견이 없어서."

십 대에게 사랑받은 로맨스 소설 작가다운 말이다. 나도 인그리드가 어딘가에서 행복하게 살고 있을 거라 믿고 싶지만, 정보를 생각해보면 그럴 가능성은 적다.

"그냥. 인그리드에게 뭔가 문제가 생겼을 것 같다는 생각이 사라지지를 않아요. 저한테 분명 갈 곳이 없다고 그랬었는데."

"무슨 일 있는 것 같으면 경찰에 신고하는 건 어때요?"

"전화해 봤는데 잘 안 됐어요. 경찰이 움직이기엔 너무 정보가 부족하다던데요."

그레타가 안타깝다는 듯 한숨을 쉰다.

"아니면 주변 병원에 전화해 봐요. 사고가 생겨서 치료가 필요하다거나 할 수 있잖아요. 그것도 아니면 이 동네를 샅샅이 뒤져 보거나요. 갈 곳이 없으면 길거리로 나갔을 수도 있죠. 아는 사람이 노숙자가 됐다고 생각기가 쉽지 않지만. 보호소 같은 덴 가봤어요?"

"가봐야 할까요?"

"딱히 손해 볼 건 없죠." 그레타가 단호하게 고개를 끄덕인다. "인그리드 갤러거가 빤히 보이는 곳에 숨어 있을 수도 있으니까."

23

가장 가까운 여성 노숙자 보호소는 식당에서 남쪽으로 스무 블록, 서쪽으로 두 블록 떨어져 있다. 그레타에게 혼자서도 바솔로뮤에 돌아갈 수 있다는 확답을 받은 후 보호소로 향한다. 가능성은 적지만 어쩌면 그레타의 말대로 인그리드가 길거리로 나갔을 수도 있다.

보호소는 다 낡아가는 건물에 자리하고 있다. 갈색 벽돌에 창문은 선팅이 되어 있다. 원래 YMCA 건물로 사용되던 곳이었는지 입구 바로 오른쪽에 흐릿하게 YMCA 표시가 남아 있다. 입구 근처에서 한 무리의 여자들이 담배를 피우며 둥글게 둘러서 있다. 가까워질수록 나를 향해 의심의 눈길을 보낸다. 무슨 의미인지 알겠다.

바솔로뮤와 마찬가지로 내가 여기 있을 사람이 아니라는 의미다.

내가 있을 곳은 도대체 어디일까. 늘 이도 저도 아닌 존재로 사는 게 내 운명인 것만 같다. 어찌 됐든 일단 여자들에게 다가가 무섭지 않은 척 웃어본다. 사실 저 사람들을 보고 겁먹은 게 미안해진다. 바솔로뮤에 사는 사람들보다야 저 사람들이 나와 더 비슷할 텐데.

주머니에서 핸드폰을 꺼내 인그리드와 센트럴파크에서 찍은 사진을 보여주며 묻는다.

"혹시 최근에 이런 사람 본 적 있나요?"

사진을 봐주는 건 한 명뿐이다. 볼 안쪽을 베어 물고 매서운 눈초리로 사진을 쳐다본다. 인상처럼 메마른 목소리일 줄 알았는데, 의외로 나긋나긋하다.

"아뇨, 이 근처에서는 본 적 없어요."

아마 이 무리의 리더쯤 되는 모양이다. 여자가 사진을 보라며 다른 사람들을 쿡쿡 찌른다. 다른 이들이 고개를 젓고 뭐라 속삭이더니 시선을 돌린다.

"고마워요."

따라붙는 시선 속에 건물로 들어간다. 들어가자마자 텅 빈 대기실과 창구가 보인다. 강화유리에 흠집이 잔뜩 나 있다. 유리 건너편으로 체구가 큰 여자가 바깥의 무리와 마찬가지로 날 빤히 쳐다보고 있다.

"실례지만 뭐 하나 여쭤 봐도 될까요?"

"보호소에 들어오셔야 하는 상황인가요?"

"아뇨. 사람을 찾고 있어요. 친구요."

"보호소에 계시는 분이요?"

"모르겠어요."

"스물한 살 아래인가요? 그럼 다른 시설로 들어가셨을 거라서요."

"스물하나는 넘어요."

"아이가 있으시거나 임신한 상태라면 해당 보호소에 계실 거고, 가정 폭력 피해자도 별개의 시설이 있어요. 잠깐 거리로 나온 거라면 임시 보호 센터에서 찾으실 수 있을 거고요."

몸을 뒤로 젖힌다. 수많은 보호소의 종류보다도 그 많은 보호소가 필요하다는 사실에 말문이 막힌다. 한편으로는 바솔로뮤를 찾아낸 게 다행이면서도 바솔로뮤를 떠나면 어떻게 될지가 걱정된다.

"아이는 없고, 미혼이에요. 학대를 당한 것도 아니고."

적어도 내가 알기로는 그렇다.

깊은 깨달음이 밀려온다. 학대에 관해 이야기하지 않았다고 해서 그게 학대당한 적이 없다는 의미는 아니다. 다시 한번 인그리드의 행적을 떠올린다. 인그리드는 끝없이 거처를 옮겨왔고, 총까지 샀다. 더는 도망칠 수 없다고 생각했는지도 모른다.

"그럼 아마 여기로 왔을 거예요."

여자의 말을 듣고 핸드폰에서 아까 그 사진을 켜 유리창에 갖다 댄다. 사진을 바라보던 여자가 답한다.

"낯익은 얼굴은 아니네요. 근데 전 낮에만 있고, 여긴 원래 밤에 사람이 많거든요. 밤에 오는 분이라 제가 모르는 걸 수도 있어요."

"밤에 여기 계신 분이랑 이야기해 볼 수 있을까요? 어쩌면 알 수도 있으니까…."

여자가 창구 건너편의 문 두 개를 가리킨다.

"저 안에 아직 좀 계실 거예요. 확인해 보셔도 돼요."

문을 밀고 들어간다. 원래 체육관으로 쓰였을 공간이 200명은 족히 들어갈 만한 공간으로 바뀌어 있다. 이 정도면 거의 군부대 같은 느낌이다. 한 줄에 스무개씩 간이침대가 체육관 바닥에 어수선하게 놓여 있다.

침대 사이로 걸어가며 혹시 침대를 차지하고 있는 사람 중 인그리드가 있지는 않을까 살펴본다. 끝줄에 한 여자가 침대에서 등을 꼿꼿이 세우고 앉아 벽쪽에 있는 관중석 스탠드를 물끄러미 바라보고 있다. 스탠드에는 포스터가 붙어 있다. 산들바람에 흔들리는 라벤더밭 사진 아래 엘리너 루즈벨트의 명언이 적혀 있다.

새 하루는 새로운 힘, 새로운 생각과 함께 온다.

"매일 일하러 가기 전에 여기 앉아서 이 포스터를 봐요. 엘리너가 맞기를 바라면서. 근데 지금까지는 새 하루가 늘 똑같이 거지같은 일이랑 같이 오더라고요."

"그만하길 다행이죠."

생각하기도 전에 불쑥 내뱉는다.

"죽으면 새 하루 같은 건 오지도 않을 거니까."

"그 말이 포스터에 적혀 있으면 진짜 좋을 텐데."

여자가 찰싹 허벅지를 치며 체육관이 떠나가라 웃어댄다.

"못 보던 얼굴인데. 새로 왔어요?"

"잠시 들렀어요."

"운이 좋군요."

여자가 꽤 오래 시설에 있었다는 말로 들린다. 전혀 집이 없는 사람처럼은 보이지 않아 놀란다. 깔끔하고 단정한 차림이다. 카키색 바지에 하얀 셔츠, 파란 가디건을 걸치고 있다. 내가 입고 있는 옷보다도 상태가 좋다. 내 스웨터에는 소매에 구멍이 뚫려 있다. 오른손으로 핸드폰을 꺼내며 왼손으로는 구멍을 가린다.

"여기 있을지도 모르는 사람을 찾고 있어요. 이게 그 사람 최근 사진이고."

여자가 호기심 어린 눈으로 사진을 바라본다.

"아는 얼굴은 아닌 것 같네요. 주택 보조 기다리면서 여기 한 달은 있었는데. 그 사람들이 금방 해 준다고 그러더라고요. 살 집 이야기하는 게 아니라 무슨 택배 배달하는 것처럼."

"이 친구도 지난 며칠동안 여기 있었을지도 몰라요. 적어도 여기 있었다면 말이에요."

"이름이 뭐예요?"

"아, 그 친구는 인그리드예요."

"아니, 당신 이름이요."

"아, 저는 줄스예요."

여자가 사진에서 고개를 들고 씩 웃는다. 빠진 이가 보인다.

"예쁜 이름이네요. 난 바비예요. 별로 예쁜 이름은 아니지만, 가진 거 없는 와중에 그나마 내거니까요."

바비가 앉은 자리 옆을 툭툭 친다. 옆에 가 앉는다.

"만나서 반가워요, 바비."

"나도요. 줄스."

바비가 내 손에서 핸드폰을 가져가 사진을 다시 한번 살핀다.

"친구예요?"

"좀 아는 사람이에요."

"뭐 문제라도 생긴 거예요?"

한숨을 내쉰다.

"그걸 알아내는 중이에요. 그런 거라면 도와주고 싶어서."

바비가 나를 가늠하듯 바라본다. 약한 경계심이 서려 있다. 이해한다. 바비는 아마 도와주겠다며 접근해오는 사람을 꽤 많이 만나봤을 것이다. 결국, 그 뒤에 조건이 따라붙었던 사람들을. 그래도 내게서는 동질감을 느낀 모양이다.

"원한다면 나도 찾아봐 줄게요."

"정말 고마워요."

"그 사진, 나한테 보내 줄래요?"

"그럴게요."

바비에게 전화번호를 받아 사진을 전송한다.

"번호 저장해 둘게요. 혹시 그 친구를 만나면 알려줄 수 있게."

사실 바비와는 그보다 더 많은 이야기를 하고 싶다. 어떤 인생을 살아왔는지, 어떻게 여기 오게 됐는지 같은걸. 우리는 비슷한 점이 많다. 우리 둘 다 어떻게든 최선을 다해 살아가려 하는 사람들이다.

"여기 한 달 있었다고 그랬죠?"

"맞아요."

"그럼 그전에는요?"

바비가 다시 한번 의심스러운 눈빛을 보낸다.

"혹시 사회복지사라든가 뭐 그런 거예요?"

"그냥 바비 이야기가 궁금한 거예요. 말해 주고 싶다면 말이죠."

"딱히 말할 것도 없어요. 살다 보면 뭐 같은 일도 생기고 그러는 거죠. 알잖아요."

고개를 끄덕인다. 너무 잘 안다.

"있죠, 우리 가족은 가난했어요. 기초생활수급자였죠. 식량 배급도 받고. 사람들이 없어져야 한다고 주장하는 그 제도 안에서 살았어요."

바비가 짜증이 난 듯 씩씩거리며 말을 잇는다.

"사람들은 마치 우리가 식량 배급으로 하루하루 살아가는 걸 좋아한다고 생각하죠. 그놈의 치즈 조각 하나 던져 주면 우리가 엄청나게 행복해한다고 여겨요. 어렸을 때, 커서 꼭 이런 인생을 벗어나야겠다고 다짐했어요. 그리고 한동안은 정말로 벗어나기도 했고요. 그러다 생각지도 못한 일이 생겼어요. 그걸 해결하려고 빚을 졌죠. 작은 구멍이 생긴 거예요. 그리고 그걸 메우기 위해 좀 더 큰 구멍을 하나 더 팠어요. 정신을 차려보니 수많은 구멍에 빠져 헤어나올 수 없는 상태더라고요. 힘들었죠. 인생은 힘든 거예요. 돈도 많이 들고."

"요즘 오렌지 가격 봤어요?"

그 말에 바비가 또 웃음을 터트린다.

"저기요, 내가 마지막으로 신선한 과일을 먹었을 땐 오바마가 대통령이었거든요."

"사는 게 하루빨리 더 편해지길 바랄게요."

"고마워요."

바비가 밝게 대답한다.

"그리고 친구 분도 찾길 빌어요. 좋은 일을 하면 이 썩은 세상이 조금이나마 나아질 거예요."

24

바솔로뮤로 돌아오니 어느덧 오후 세 시다. 날 맞아주는 찰리의 눈에 걱정이 담겨 있다.

"누가 찾아왔어요. 젊은 남잔데, 한 시간 넘게 기다려서 일단 안에서 기다려도 된다고 해 놨어요."

찰리가 문을 열자마자 심장이 쿵 떨어진다.

로비에 서 있는 건 앤드류다.

예상도 못 했다. 전혀 반갑지 않은 만남에 화가 머리끝까지 난다. 아빠가 보여주시던 히치콕 영화처럼 시야가 붉게 물든다. *마니*라는 제목의 영화였는데, 그 주인공이 지금 나처럼 붉은빛을 보는 장면이 있었다. 인상을 구긴 채 성큼성큼 걸어간다.

"너 도대체 여기서 뭐 하는 거야?"

앤드류가 핸드폰에서 고개를 든다.

"전화도 문자도 안 받길래."

"그래서 그냥 찾아왔다고?"

짙은 분노 사이로 한 가지 생각이 퍼뜩 떠오른다.

"내가 여기 있는 건 어떻게 알았는데?"

"신문에서 사진 봤어. 너인 걸 알아보는 덴 시간이 좀 걸렸지만."

"더럽게 못 나온 사진이니까."

"내가 늘 말했잖아. 넌 실물이 가장 예쁘다고."

앤드류가 끼 부리듯 씩 웃는다. 처음 만났을 때 저 미소에 늘 녹아내리곤 했다. 사람 홀리는 미소다. 본인도 그걸 알고 있고. 바람필 때도 아마 저걸 잘 이용해 먹었을 것이다. 저 웃음 하나로 그 여자를 우리 집으로 데려와 소파에서 뒹군 거겠지.

그 웃음을 보니 화가 나서 몸이 덜덜 떨릴 지경이다. 지난 2주간 화를 어떻게든 꾹 눌러 참고 살았다. 걱정으로 정신이 팔린 상태였기도 했으니까. 그런데 지금 눈앞에 있는 앤드류를 보니 참아 왔던 화가 다시 끓어오른다.

"미친놈. 원하는 게 뭐야?"

"사과하고 싶어. 우리가 그렇게 끝났으면 안 되는 거였는데."

앤드류가 한 발짝 다가온다. 뒤로 몇 걸음 물러서서 최대한 거리를 벌린다. 이내 우편함에 도착해 열쇠를 꺼내 든다.

"우리가 아니라 네가 끝낸 거겠지."

우편함을 열어 비어 있는 걸 슬쩍 확인하며 말을 잇는다.

"나랑은 상관 없는 일이고."

"맞아. 내가 너한테 너무 잘못했지. 할 말 없어."

우편함을 쾅 닫고 돌아선다. 앤드류가 일 미터쯤 거리를 두고 날 따라온다. 주먹을 휘둘러도 닿지 않을 거리다.

"그걸 2주 전에 말했어야지. 안 그랬잖아. 그때도 사과할 수 있었고, 떠나지 말라고 빌 수도 있었어. 근데 넌 시도조차 안 했지."

"그랬으면 네가 마음을 바꿨을까?"

"아니."

눈물 때문인지 눈이 따가워진다. 분노가 치민다. 내가 원하는 것은 내가 얼마나 상처받았는지 앤드류에게 알려 주는 것이다.

"적어도 너가 시도라도 했다면 너랑 만났던 내가 좀 덜 등신 같았겠지."

적어도 날 여자친구라고 생각한 적은 있니.

입 밖으로 튀어 나가려던 말을 꾹 눌러 참는다. 내뱉는 순간 나 자신이 불쌍한 사람이 될 것 같다. 내가 가끔 날 불쌍하게 생각하는 것만큼이나.

"그 여자 말고도 더 있었어?"

아무 의미 없는 질문인 걸 안다. 분명 더 있었을 것이고, 그걸 안다고 달라지는 것도 없다.

"아냐."

"안 믿어."

"정말이야."

끝까지 잡아떼지만 거짓말을 하는 게 확실하다. 슬쩍 왼쪽으로 눈을 굴리는 건 앤드류가 거짓말할 때의 습관이다.

"얼마나 더 있었어?"

앤드류가 으쓱이며 뒤통수를 긁는다.

"두 명인가 세 명 정도…."

그보다 많다는 의미다.

"다 미안해. 너한테 상처 주려던 건 아니었어. 그건 알아줘. 그 사람들은 나한테 아무것도 아니었어. 너야말로 나한테 의미 있는 사람이었지. 정말 사랑했어. 이제는 영원히 널 잃게 됐지만."

앤드류가 다가와 머리카락을 귀 뒤로 넘겨 주려 손을 올린다. 이 역시 수작이다. 첫 키스 전에도 이랬다.

손을 쳐낸다.

"그런 생각은 일찍 했어야지."

"네 말이 맞아. 그랬어야 했는데… 네가 화나고 상처받을 만해. 그냥 다 후회한다고 말하고 싶었을 뿐이야. 미안하다고."

앤드류가 뭔가를 기다리듯 가만히 멈춰 서 있다. 내가 용서해 주기를 바라는 것 같지만 그럴 생각은 없다.

"그래. 사과했으니까 이제 가."

앤드류는 꼼짝 않는다.

"…. 또 있어."

앤드류가 갑자기 조용해진다.

팔짱을 낀 채로 성을 낸다.

"또 뭐가 남았는데?"

"나…."

앤드류가 주변을 둘러보곤 아무도 없는 걸 확인하고 말을 꺼낸다.

"나 돈이 필요해."

정신이 아득해진다. 분노로 다리가 덜덜 떨려 몇 걸음 물러난다.

"네가 드디어 미쳤구나."

"월세 때문에 그래."

앤드류가 간절하게 속삭인다.

"거기 월세가 얼마나 비싼지 모르잖아."

"아니, 알아."

그 말에 쏘아붙인다.

"일 년 동안 내가 그 월세 반을 냈으니까."

"이번 달에도 며칠 정도 살았잖아. 그러면 어느 정도는 월세를 줘야지."

"내가 돈이 어딨다고?"

"너 여기 살잖아."

앤드류가 두 팔을 벌려 번쩍거리는 로비를 가리킨다.

"네가 무슨 수로 그만한 돈을 구했는지는 모르겠지만. 어쨌든 좀 놀랐다고."

그때 닉이 로비로 들어온다. 회색 정장이 근사하게 어울린다. 앤드류가 고급스러운 분위기를 풍기는 닉을 기분 나쁜 듯 쳐다본다. 찌질하기 그지없다. 난 복수심이 타올라 닉에게 달려간다.

"이제 와? 기다렸잖아."

끌어안듯 닉을 당겨 귓속말로 간절히 부탁한다.

"제발, 잠깐만 좀 맞춰 줘요."

그리고 닉에게 입을 맞춘다. 쪽 하고 떨어지는 뽀뽀가 아니다. 앤드류에게서 질투가 뿜어져 나오는 게 느껴질 때까지 입을 맞댄다.

"누구야?"

앤드류가 묻는다.

고맙게도 닉이 이 연극에 장단을 맞춰 준다. 슬쩍 내 어깨 위로 손을 두르고 답한다.

"닉이에요. 줄스 친구인가 봐요?"

"앤드류입니다."

닉이 앤드류와 악수하기 위해 앞으로 나간다.

"앤드류, 만나서 반갑습니다. 조금 더 대화하면 좋겠지만, 줄스와 제가 긴히 할 일이 있어서."

"맞아. 아주 중요한 일이야. 그러니까 너도 빨리 나가는 게 좋을 것 같은데."

앤드류가 망설이며 닉과 나를 번갈아 바라본다. 모욕감과 상처가 뒤섞인 얼굴이다. 상처받은 모습을 보고 즐거워하는 사람이 되고 싶지 않지만, 어쨌든 지금의 난 그런 사람이 아니다.

"나가는 문은 저쪽이에요."

닉이 출구를 가리킨다.

"혹시 헷갈리실까 봐."

"잘 가. 앤드류."

손을 아주 살짝 흔든다.

"잘 살고."

마지막으로 후회하는 듯한 표정을 남긴 채 앤드류가 문을 빠져나간다. 이렇게 내 인생에서도 영영 나갔으면 좋겠다. 앤드류가 사라지고 닉에게서 황급히 멀어진다. 창피함에 얼굴이 달아오르는 것 같다.

"아, 정말 미안해요. 뭘 어떻게 해야 할지 몰라서 그랬어요. 빨리 보내버려야 하는데 더 좋은 생각이 안 나더라고요."

"통한 것 같은데요."

닉이 멍하니 입술을 만지며 말한다. 아까의 입맞춤으로 아직 그 온기가 남아 있을 것이다. 내 입술도 마찬가지다.

"앤드류는 전 남자친구이죠?"

닉과 함께 엘리베이터를 탄다. 서로의 어깨가 스치는 거리다. 닉의 향수 냄새가 코끝에 맴돈다. 우디향과 시트러스향이 섞여 있다.

"맞아요. 안타깝게도."

엘리베이터가 올라가기 시작한다.

"나쁘게 끝났어요?"

"나쁘게 끝난 정도가 아니었죠."

엘리베이터에 갇혀 있으니 내 목소리가 얼마나 신랄하게 들리는지 느껴진다. 닉이 이제 나와 멀어지고 싶다고 해도 할 말이 없다. 날 선 사람을 누가 좋아할까.

"미안해요, 원래 내가 이 정도는 아니에요. 이렇게까지…."

"상처받지 않는다고요?"

"음, 복수심이 강하지는 않다고요."

엘리베이터가 꼭대기 층에 도착한다. 닉이 문을 밀어 열고 나를 먼저 내보내 준다. 복도를 따라 걷는 중에 닉이 말을 건다. "우연히 마주치니까 좋네요. 로비에서 그렇게 맞이해 줘서만은 아니고."

"정말요?" 다시 얼굴이 빨개진다.

"인그리드한테 연락이 왔나 궁금했거든요."

"아뇨, 하나도 안 왔어요."

"아쉽다. 왔으면 했는데."

총에 대해서 닉에게 털어놓을 수도 있다. 아니면 무서워서 애써 무시하고 있는 그 메모에 대해 털어놓든가.

조심해요.

하지만 그런 말은 하지 않는다. 클로이에게 말하지 않은 것과 같은 이유다. 유난스럽게 걱정하는 것처럼 보이고 싶진 않다. 불안한 사람처럼 보이기도 싫다.

"노숙자 보호소에 없다는 건 알겠어요. 다녀왔으니까."

"현명하네요. 거기 가서 찾아 볼 생각을 하고."

"제가 아니라 그레타 아이디어였어요."

닉이 놀란 듯 눈썹을 들어 올린다.

"그레타요? 잘 몰랐는데 두 사람이 꽤 친해졌나 보네요."

"절 도와주고 싶었나 봐요."

우리는 각자의 집으로 갈라지기 전에 복도 끝에서 멈춰 선다.

"나도 도와주고 싶어요."

"인그리드를 잘 모르지 않아요?"

"잘은 모르죠. 근데 인그리드를 찾는 사람이 있다는 게 좋은 것 같아서요."

"제가 그 역할을 잘 하는 것 같지는 않아요."

"그럼 더더욱 도와주고 싶어요. 정말, 필요한 게 있으면 말해 줘요. 뭐든지요. 특히 앤드류가 돌아왔을 때요."

닉이 눈을 찡긋하고는 집으로 들어간다. 나도 마찬가지로 인사를 건네고 집으로 들어간다. 문이 닫히자마자 멍하니 현관에 멈춰 선다. 약간 어지러운 것 같다. 닉 때문만이 아니다. 꼬박 하루 동안 비현실적인 일이 너무 많이 일어났다. 인그리드가 사라졌고, 불이 났고, 그레타 만빌과 점심을 먹었다. 마치 그레타가 쓴 책에 나온 것처럼 비현실적인 일이다.

클로이 말이 맞았다. 난 정말 이상한 세계에 휘말렸다.

클로이의 다른 말까지 맞지는 않길 바랄 뿐이다.

너무 좋으면, 결국에는 정말 말도 안 되는 일이라던.

25

두 시간 동안 그레타의 또 다른 조언에 따라 맨해튼에 있는 모든 병원 원무과에 전화를 걸어본다. 인그리드 갤러거나 해당 인상착의에 맞는 신원 미상의 여성은 지난 24시간 동안의 입원 기록에서 찾아볼 수 없다는 답을 받았다.

맨해튼 교외의 병원에도 전화해 보려는데 현관에서 노크 소리가 들려온다. 찰리가 살면서 본 중 가장 큰 꽃바구니를 들고 복도에 서 있다. 꽃이 워낙 커서 그 뒤의 찰리가 다 가려진다. 꽃 위로 찰리의 모자만 빼꼼 보일 뿐이다.

"찰리, 부인분이 뭐라 생각하겠어요?"

"그러지 마요."

찰리가 멋쩍어하며 답한다.

"내가 주는 게 아니라 배달 온 거예요."

탁자에 바구니를 올려 두라고 손짓한다. 찰리가 꽃을 내려놓는 동안 꽃을 세어본다. 최소한 서른 송이 이상이다. 장미에 백합, 금어초까지 종류도 다양하다. 꽃들 사이로 카드가 끼워져 있다.

내 사랑 루푸스를 구해 줘서 정말 고마워요!

당신은 정말 천사예요!

- 마리안

"어젯밤에 꽤 활약했다고 들었는데요. 영웅이었다고."

"그냥, 좋은 이웃으로서 할 일을 했을 뿐이에요. 아, 그 얘기가 나와서 하는 말인데, 따님은 좀 어때요? 도어맨 중 한 명이 급한 일이 있었다고 하던데."

"별일 아니었어요. 지금은 괜찮아요. 물어봐 줘서 고마워요."

"딸이 몇 살이죠?"

"스물이요."

"대학생이에요?"

"가려고 준비 중이에요."

찰리가 목소리를 낮춰 덧붙인다.

"아직은 잘 안 풀린 것 같지만."

"잘 될 거예요."

꽃향기를 맡는다. 환상적이다.

"따님이 찰리 같은 아빠를 둬서 좋겠어요."

찰리가 멈칫거리다 말을 꺼낸다.

"떠난 아파트 시터에 대해서 물어 봤다고 들었어요."

"인그리드 갤러거요. 찾아다니는 중이에요."

"실종됐나요?"

"떠난 이후로 소식이 없어요. 그냥 괜찮은 건지 확인하고 싶을 뿐인데. 혹시 인그리드랑 대화해 본 적 있어요?"

"딱히요. 인그리드랑 대화한 걸 다 합한 것보다 지금 5분간 줄스랑 나눈 대화가 더 많을 걸요."

"레슬리 말로는 찰리가 인그리드가 떠나는 날 당직이었다던데, 나가는 건 못 봤다면서요."

"네, 못 봤어요. 지하 감시 카메라 고치느라 현관에 없었거든요. 로비 맞은편에 보안용 모니터로 가득 찬 방이 있어요. 건물을 살펴보는 눈이 많아서 편리하죠."

"영상은 저장됐어요?"

"아뇨."

내 생각을 읽은 듯 찰리가 답한다.

"그래서 지하에 모니터를 확인하러 가야 했던 거죠."

"뭐가 문제였어요?"

"연결이 끊겨 있었어요. 뒤에 선이 하나 헐렁해서. 카메라는 켜져 있었는데 모니터로는 빈 화면만 뜨더라고요."

"얼마 정도 자리를 비웠던 거예요?"

"5분 정도요. 간단하게 고칠 수 있는 거였거든요."

"전에도 카메라가 고장 났던 적이 있어요?"

"내가 일하는 동안에는 없었어요."

"문제가 있는 건 언제쯤 알았어요?"

"새벽 한 시 조금 지나서요."

순간 얼어붙는다. 내가 비명을 듣고 인그리드를 확인하러 갔을 때다. 그리고 5분 후에 인그리드는 사라졌다. 내가 12A로 돌아오자마자 바로 떠났다는 이야기가 된다.

우연이라기엔 너무 교묘한 타이밍이다. 카메라가 정확히 인그리드가 떠나던 그 시간에 고장 났었다는 사실에 정신이 팔린다.

이야기를 듣자마자 인그리드가 몰래 빠져나가려고 일부러 손본 게 아닐까 하는 생각이 들지만, 이건 너무 말이 안 된다. 아파트 시터들이 떠나면 안 된다는 법칙도 없는데 굳이 그럴 이유가 없다. 떠나는 걸 찰리가 막았을 리도 없다. 찰리였다면 아마 모자를 슬쩍 젖히고 행운을 빌어 줬겠지.

게다가 그게 맞다면 인그리드가 물건을 다 챙겨서 지하실로 갔다가, 카메라의 연결을 끊고 다시 11층으로 와 물건을 가지고 로비로 갔어야 한다. 그냥 나가면 되는데 굳이 그렇게 번거로운 일을 자처했을 리도 없고, 5분 안에 혼자 해내기에도 빠듯했을 것이다. 소지품이 많았다면 더 그렇고.

"인그리드가 이사 올 때도 당직이었어요?"

찰리가 고개를 끄덕인다.

"혹시 인그리드가 짐을 얼마나 가지고 들어왔는지 기억나요?"

"정확히 기억은 안 나는데, 아마 여행 가방 두 개에 상자 몇 개 정도였을 거예요."

"카메라가 고장 나기 전에 지하로 내려가는 사람은 못 봤어요?"

"못 봤어요. 다른 주민 맞이하느라 밖에 있었거든요."

"그 시간에요? 누구였는데요?"

찰리가 등을 곧게 편다. 불편한 눈치다.

"이런 대화를 에블린 씨가 알면 좋아하진 않을 것 같아서요. 도와주고는 싶지만…."

"알겠어요. 사생활 보호 중요하죠. 근데 인그리드는 찰리한테도 딸뻘이잖아요. 딸이 사라졌다면 찰리도 질문이 많아졌을 거예요."

"내 딸이 사라졌으면 찾아내기 전까지는 쉬지도 못했을 거예요."

우리 아빠도 한때 똑같이 말했었다. 그때는 아빠가 진심이었다는 걸 안다. 하지만 사람을 찾는다는 게 그렇다. 사람의 감정을 닳게 한다.

"인그리드도 누군가의 소중한 딸이잖아요. 이름까지는 바라지도 않으니까 그냥 힌트 하나만이라도 주세요."

찰리가 한숨을 쉬며 내 어깨너머로 탁자 위의 꽃에 시선을 준다. 꽃의 크기만큼이나 커다란 힌트다.

"한 시 좀 전에 그녀가 강아지를 데리고 나가길래 밖에서 계속 같이 있었어요. 아무래도 여자 혼자 길거리를 거닐 시간은 아니니까 혹시나 해서요. 루푸스가 볼일을 보고 나서는 다시 안으로 돌아왔죠. 마리안은 7층까지 엘리베이터를 타고 갔고, 전 감시 카메라를 확인했어요. 그때 지하의 감시카메라가 꺼진 걸 확인한 거예요."

인그리드가 집을 떠났을 즈음 마리안이 엘리베이터에 타고 있었다는 의미다.

"고마워요, 찰리."

장미꽃 하나를 꺾어 찰리의 옷깃 단춧구멍에 꽂아준다.

"정말 큰 도움이 됐어요."

"에블린 씨한테는 내가 말했다고 하지 마요."

찰리가 장미꽃 부토니에를 매만지며 부탁한다.

"안 할게요. 레슬리 반응을 보니 얘기하고 싶지 않은 주제 같던데요."

"인그리드가 어떻게 떠났는지 생각해 봐요. 에블린 씨는 애초에 인그리드를 여기 들인 걸 후회하고 있을 걸요."

모자를 살짝 젖히며 찰리가 문을 연다. 떠나는 찰리에게 마지막 질문을 던진다.

"마리안이 몇 호에 사는지 아세요?"

"왜요?"

천진하게 웃는다.

"감사 편지라도 쓰려고요."

찰리는 그다지 믿지 않는 눈치지만, 복도로 고개를 돌리고 툭 답을 던져 준다.

"7A요."

26

7층은 어젯밤처럼 분주하다. 소방관 대신 업자들이 그을린 복도에서 분주히 움직인다. 레너드 씨의 현관문은 군데군데 연기로 얼룩진 채 복도 벽에 세워져 있다. 그 옆에는 표면이 변색된 조리대 한쪽이 놓여 있다. 바닥 타일에 곰팡이처럼 그을음이 퍼져 있다.

집 안에서는 시끄러운 공사 소음이 흘러나오고 있다. 소음 사이로 인부 두 명이 문이 새까매진 찬장을 들고 나타나 조리대 옆에 내려놓는다. 한 인부가 집으로 다시 돌아가기 전에 날 보고 눈을 찡긋거린다.

눈을 홱 돌려 반대 방향으로 향한다. 7A에 도착해 문을 두 번 쿵쿵 두드린다.

마리안이 나타난다. 집 안에서 흘러나오는 향긋한 향기가 복도의 연기 냄새와 섞인다.

"자기!"

마리안이 반쯤 날 끌어안고 양 볼을 맞댄다.

"오늘 만나면 좋겠다고 생각했는데. 우리 루푸스를 구해줘서 정말 고마워요."

놀랍지도 않지만, 마리안은 루푸스를 팔에 안아 들고 있다. 신기한 건 둘 다 모자를 쓰고 있다는 점이다. 마리안은 검은 모자를 쓰고 있는데, 넓은 챙 때문에 얼굴 전체에 그림자가 진다. 루푸스는 고무줄로 작은 중

절모를 머리에 고정했다.

"꽃 선물 고맙다고 인사하고 싶어서 들렀어요."

"진짜 예쁘지 않아요? 빨리 마음에 든다고 해 줘요."

"정말 예뻐요. 근데 일부러 그렇게까지 해 주실 필요는 없었는데요."

"아뇨, 당연히 해야죠. 어제 정말 천사가 따로 없었다니까요. 이제 그렇게 부를 거예요. 세인트 바트의 천사라고요."

"루푸스는 좀 어때요? 어제 이후로 괜찮아진 거면 좋겠는데."

"괜찮아요. 좀 겁먹었을 뿐이에요. 그치, 루푸스?"

루푸스가 모자를 벗으려 마리안의 팔 안쪽에 코를 비비지만 헛수고로 돌아간다. 7C에서 갑자기 쾅 소리가 울려 퍼지자 루푸스가 우뚝 멈춘다.

"무서워서 그래?"

마리안이 소음에 대해 푸념을 늘어놓는다.

"아침 내내 이러네요. 레너드 씨한테 생긴 일은 참 유감이고 쾌유하셨으면 좋겠어요. 정말요. 그렇지만 우리한테 좀 불편한 일이긴 해요."

"며칠간 참 다사다난했죠. 화재도 그렇고, 아파트 시터가 갑자기 떠나간 것도 그렇고요."

인그리드를 언급한 게 너무 계산적으로 들리지 않았으면 좋겠다. 내가 듣기엔 너무 티 나는데.

"아파트 시터 누구요?"

모자 때문에 얼굴이 가려져 표정을 알아볼 수가 없다. 아빠가 보여주던 느와르 영화에 나오는 우아하고 속을 읽기 어려운 팜므파탈이 떠오른다.

"인그리드 갤러거요. 11A에 살던. 이틀 전에 말도 없이 갑자기 사라졌어요."

"그건 몰랐네요."

불친절한 반응은 아니다. 겉보기엔 딱히 어조가 바뀌지 않았지만 미묘하게 냉랭한 기운이 느껴진다. 마리안은 지금 경계하고 있다.

"둘이 만난 줄 알았거든요. 제가 오자마자 만난 사람이 마리안이었잖아요."

수줍은 듯 웃어 보인다.

"덕분에 굉장히 환영받는 기분이었죠."

마리안이 누가 없나 복도를 흘깃 훔쳐본다. 인부 한 명이 레너드 씨의 현관 앞에서 빨간 손수건에 코를 풀고 있을 뿐이다.

"그게, 나도 그 사람이 누군지 알거든요."

마리안이 목소리를 줄여 속삭이듯 말한다.

"그리고 떠난 것도 알고요. 하지만 정식으로 소개받은 적은 없어요."

"그럼 둘이 대화해 본 적이 없는 거예요?"

"없죠. 아침에 루푸스 산책시킬 때 몇 번 본 게 다예요."

"인그리드가 떠나던 밤에 마리안이랑 루푸스가 로비에 있었다고 들었어요."

역시 티 나는 주제 전환이긴 하지만, 마리안이 언제까지 이렇게 대답해 줄지 모르니 어쩔 수 없다.

"혹시 인그리드가 나가는 거 봤어요? 아니면 그 시간에 돌아다니던 다른 사람이라도요."

"난,"

마리안이 나오려던 말을 간신히 참아낸다. 태도가 바뀐다. "아뇨, 못 봤어요."

"확실해요?"

여기 서 있으니 기시감이 든다. 인그리드가 떠나던 밤 말과 행동이 달랐던 것처럼, 지금의 마리안도 딱 그런 느낌이다.

"네."

마리안이 머뭇거리며 대답한다. 마리안도 그게 어떻게 들리는지 눈치 챈 듯 다시 한번 힘있게 답한다.

"네. 아무것도 못 봤어요, 그날 밤에."

마리안이 한 손으로 문을 붙잡고 있다. 장갑 낀 손가락이 힘을 준 듯 구부러진다. 다른 한 손을 올려 모자 챙에 가져간다. 다시 한번 복도를 바라보더니 말한다.

"가봐야겠어요. 미안해요."

"마리안, 잠깐만,"

마리안이 문을 닫으려 하지만, 필사적으로 문 사이에 발을 밀어 넣는다. 문틈 사이로 마리안을 바라본다.

"마리안. 뭘 숨기고 있는 거예요?"

"제발."

마리안이 쉿 소리를 낸다. 얼굴은 아직도 그림자 사이로 숨긴 상태다.

"제발 그만 물어봐요. 아무도 대답해 주지 않을 거예요."

마리안이 문을 밀어 닫는다. 황급히 발을 빼낸다. 문이 쾅 닫히고 또다시 향수 냄새가 풍겨온다. 뒤로 비틀거리다 누군가 복도에 있다는 사실을 눈치챈다. 몸을 돌리자 몇 미터 거리에 레슬리 에블린이 서 있는 게 보인다. 요가 수업에서 금방 돌아온 듯 레깅스를 입고 요가 매트를 돌돌 말아 옆구리에 끼고 있다. 이마에서 땀방울이 흐르고 있다.

"뭐 문제 있나요?"

"아뇨."

분명 내 눈앞에서 문이 쾅 닫히는 걸 다 봤을 거다.

"아무 문제 없어요."

"정말인가요? 주민을 성가시게 하고 있는 것처럼 보이는데요. 그건 규칙에 어긋나는 일이고요."

"아, 그게…."

레슬리가 손을 들어 말을 막는다.

"규칙에는 예외가 없어요. 그 이야기는 이미 들어올 때 끝난 것 같은데요."

"그랬죠. 전 그냥…."

"규칙을 깬 거죠. 솔직히, 당신은 좀 다를 줄 알았어요, 줄스. 괜찮은 임시 거주자였으니까."

레슬리의 말이 과거형으로 끝나는 걸 듣고 심장이 멈춘다.

"저…, 저 쫓겨나는 건가요?"

레슬리가 아무 말도 없이 있다가 답한다.

"아뇨, 안 쫓아내요."

대답을 듣자마자 안도의 한숨을 내쉰다.

"보통이라면 그렇겠지만, 지금까지 해 온 걸 고려한 거예요. 어젯밤에 그레타와 루푸스를 데리고 나가는 걸 봤거든요. 신문에도 실렸고. 그렇게 좋은 일을 했는데 바로 쫓아내면 너무 잔인하죠. 그래도 난 엄격한 편이라, 마리안을 비롯한 다른 입주민들을 귀찮게 만드는 게 다시 눈에 띄면 그땐 정말 나가게 될 거예요. 규칙을 지키지 않는 아파트 시터에게 두 번째 기회는 웬만하면 오지 않아요. 세 번째 기회 같은 건 아예 없고."

"알겠어요. 그리고 죄송해요. 아직도 인그리드에게 연락이 없어서 무슨 일이 생겼을까 봐 걱정돼서 그랬어요."

"적어도 이 건물 안에서는 별일 없었어요. 제 발로 나간 거예요."

"그걸 어떻게 확신하세요?"

"내가 그 집에 가봤으니까요. 몸싸움의 흔적도 없었고, 따로 남긴 것도 없었어요."

이건 레슬리가 틀렸다. 인그리드는 지금 12A 싱크대 아래 있는 글록 권총을 남겨두고 갔다. 레슬리는 인그리드가 남긴 게 없다고 했지만, 어쩌면 다른 물건을 더 두고 갔을지도 모른다. 인그리드가 처음 여기 들어올 때 짐이 많지 않았다지만, 그래도 그게 혼자서 챙겨갈 만큼은 아니었다. 가진 거 없는 나조차도 짐을 다 빼려면 세 번 정도는 왔다 갔다 해야 한다.

레슬리에게 다시 한번 사과한 후 급히 서두른다. 인그리드의 물건이 11A에 아직 남아 있을 수도 있다는 생각이 든다. 옷장 뒤쪽이나 침대 아래처럼 레슬리가 바로 알아차리지 못했을 곳에 숨겨 뒀을 수도 있다. 그리고 그 사이에 인그리드가 도대체 어디로 갔는지, 누구에게서 도망치고 있는지를 말해 주는 단서가 있을 것이다.

내가 직접 찾아보지 않는 이상 확실히 알 수가 없다. 쉽지 않은 일이다. 안으로 들어갈 방법은 딱 하난데, 그조차도 누군가의 도움이 필요하다. 빠르고 조용하게 해내야 한다. 난이도가 더 올라간다.

신경 써야 할 게 하나 더 생겼다.

레슬리가 나를 예의주시하고 있다.

27

"아무래도 이건 좋은 방법이 아닌 것 같아요."

닉이 말한다.

"도와주고 싶다고 했잖아요."

우리 둘은 12A 주방에서 어깨를 맞대고 열린 음식용 승강기를 바라보고 있다. 닉이 잘 모르겠다는 듯 귀엽게 긁적인다.

"이런 건 생각도 못 했단 말이에요."

"그럼 인그리드 집으로 들어갈 좋은 수라도 있어요?"

"음, 미친 소리 같지만 그냥 레슬리한테 들여보내 달라고 할 수도 있죠. 레슬리한테 열쇠가 있을 거예요."

"나 지금 레슬리한테 미움받고 있거든요. 내가 마리안 던컨을 귀찮게 한다면서."

"그랬어요?"

지난 몇 시간을 가볍게 요약해 준다. 찰리의 꽃배달부터 마리안의 변덕, 그리고 11A에 인그리드에게 무슨 일이 있었는지 알려 주는 단서가 있을 수도 있다는 이야기도 한다.

"레슬리가 협조해 줄 가능성은 아주 낮아요. 이 방법밖에 없어요. 절 내려주고, 제가 둘러보고 오면 다시 절 끌어 올려주는 거예요."

닉이 영 미심쩍은 듯 승강기를 바라본다.

"이 계획은, 음, 잘못될 경우의 수가 너무 많은 것 같은데요."

"예를 들면요?"

"내가 줄스를 떨어뜨릴 수도 있어요."

"제가 그렇게 무겁지도 않고 닉이 그렇게 약하지도 않죠. 게다가 겨우 한 층 아래라고요."

"떨어지면 크게 다칠 수도 있어요. 날 믿어요, 줄스. 그 용기는 높이 사지만, 이건 가볍게 생각할 문제가 아니에요."

난 용감한 게 아니다. 마음이 급할 뿐이지. 제인이 사라지고 하염없이 기다리기만 했던 우리 가족을 꾸짖던 경관들을 기억한다. 일분일초가 중요하다고 그렇게 강조했었는데, 인그리드가 사라진 지 40시간이 지났다. 시간은 계속 흐르고 있다.

"닉, 당신을 믿어요. 그러니까 이걸 도와달라고 부탁한 거예요. 제발요. 빨리 보고 올게요. 내려갔다가 바로 돌아올게요."

"내려갔다가 바로 돌아오는 거예요." 닉이 승강기 로프를 시험하듯 한 번 당겨본다.

"얼마나 걸릴 것 같아요?"

"5분이요. 10분일 수도 있고."

"이렇게 하면 정말 인그리드를 찾을 수 있다고 생각하는 거죠?"

"다 해 봤어요. 병원에도 전화해 봤고, 노숙자 보호소에도 가봤고요. 물어볼 수 있는 만큼은 다 물어봤어요. 이제 이거 말고는 방법이 없어요."

"근데, 뭘 찾고 싶은 거예요?"

또 다른 총이나, 시 뒤에 쓰여 있는 경고문만 아니면 좋겠다. 그보다 덜 불길하고 유용한 단서가 가구들 사이에 숨어 있었으면 좋겠다.

"인그리드가 어디로 갔는지 알 수 있는 거라면 뭐든지요. 우편물이나 주소록 같은 거."

지푸라기라도 잡는 심정이다. 인그리드의 물건이 남아 있지 않을 가능성이 크지만 애써 무시해 본다. 하지만 정말 만에 하나 인그리드의 행적을 찾아낼 수 있는 단서를 찾아낸다면, 이 모든 질문과 걱정을 다 내려놓을 수 있을 것이다.

"도와준다고 했으니까, 할게요."

닉이 이 계획에 동의한 걸 믿을 수 없다는 듯 고개를 휙휙 젓는다.

"계획이 어떻게 돼요?"

간단하다. 내가 핸드폰 플래시를 켜고 승강기에 올라탄다. 닉이 11A로 날 내려준다. 그리고 레슬리에게 걸릴 때를 대비해 다시 승강기를 올린다.

그리고 닉이 11층과 12층 사이의 층계에서 망을 보고 있는 동안 내가 집을 살펴본다. 누군가 다가오는 것 같으면 닉이 문자로 경고해 준다. 집을 살펴본 후에는 바로 문으로 빠져나와 문이 잠긴 걸 확인한다.

승강기에 올라가자마자 첫 번째 장애물에 부딪힌다. 공간이 너무 협소해서 아기처럼 웅크릴 수밖에 없다. 내가 올라서자마자 승강기가 끼익끼익 소리를 낸다. 순간 내 무게 때문에 추락하는 건 아닐까 걱정되지만 다행히 떨어지지 않는다. 초조한 마음으로 닉에게 고개를 끄덕인다.

"우리 잘하고 있어요."

닉은 여전히 부정적인 태도다.

"이렇게까지 해서라도 알아보고 싶은 거…, 맞죠?"

다시 고개를 끄덕인다. 다른 선택지가 없다.

닉이 로프를 당겨 잠금장치를 푼다. 곧바로 승강기가 한 뼘 정도 떨어진다. 깜짝 놀라 저절로 비명소리가 나온다. 닉이 나를 안심시킨다.

"괜찮아요. 내가 잡고 있어요."

"알아요."

그렇게 말하면서도 승강기의 로프를 잡는다. 꽉 쥔 주먹 사이로 로프가 미끄러진다. 하나는 아래로 하나는 위로 움직인다. 바솔로뮤 엘리베이터의 전선들이 생각난다. 점점 더 아래로 내려간다. 찬장 바닥이 내 허벅지에서 가슴께를 지나 어깨, 눈높이까지 온다. 5cm 정도 되는 틈으로 볼 수 있는 건 나를 끌어내리는 닉의 셔츠가 청바지에서 빠져나온 모습뿐이다.

닉이 다시 한번 더 줄을 잡아당기자 바깥의 빛이 사라지고 완전한 어둠이 찾아온다.

닉과 12A와 단절되고서야 내 계획이 얼마나 바보 같았는지 깨닫는다. 닉이 맞았다. 이건 좋은 생각이 아니다. 난 말 그대로 바솔로뮤의 벽 안에 갇혔다. 잘못될 가능성이 무궁무진하다.

줄이 뚝 끊어져 쓰레기통에 떨어지는 쓰레기봉투처럼 떨어질 수도 있다.

갑자기 승강기 바닥이 툭 떨어져 버릴지도 모른다. 다시 불안하게 끼익 끼익 삐걱거리는 걸 보니 정말 그럴 수도 있겠다는 생각이 든다.

그중에서도 가장 끔찍한 건 내가 여기 갇히는 경우다. 층과 층 사이에 껴버릴 수도 있다. 그런 생각을 하니 폐소공포증이 밀려오는 것 같다. 분명 승강기가 작아지고 있는 거다. 조금씩 조금씩 작아져서 날 뭉개고 있는 느낌이다.

플래시를 켜 본다. 어리석은 생각이었다. 갑작스러운 빛으로 승강기 벽이 보인다. 관에 갇힌 것만 같다. 어둡고, 갇혀있고, 파묻혀 있다.

플래시를 끈다. 다시 한번 어둠 속에 잠긴다. 주변 소음이 갑자기 사라진다.

삐걱거리는 승강기 소리가 들리지 않는다.

다시 한번 로프를 잡는다. 움직이지 않는다.

승강기가 멈췄다.

처음으로 드는 생각은 그거였다. 난 갇혔어. 우려하던 일이 일어난 거야. 어깨로 벽을 밀친다. 확실하다. 아까보다 더 좁아졌다.

그때 핸드폰이 환하게 빛난다. 승강기 안이 푸른 빛으로 가득 찬다.

닉에게서 온 문자다.

다 내려갔어요.

벽을 팔꿈치로 밀쳐 본다. 벽이 아니다.

문이다.

정확히 말하면 찬장 문이다. 12A와 똑같이 위로 밀어 올려 여는 문이다.

문이 닫혀 있을 가능성을 생각해 보지 못했다는 것만 해도, 내가 얼마나 생각 없이 움직였는지가 확실해진다. 팔을 구부리고 왼손바닥을 이용해 겨우 틈을 만든다. 문이 떨어지는 걸 막기 위해 왼발을 아래에 끼워 넣는다. 후회할 게 뻔할 만큼 몸을 사정없이 비틀고서야 겨우 문을 완전히 올리는 데 성공한다. 승강기에서 미끄러져 나와 찬장 문으로 들어간다.

11A의 어둑어둑한 주방에서 잠시 스트레칭을 한다. 관절이 소리를 지른다. 그리고 닉에게 문자를 보낸다.

들어왔어요.

바로 승강기가 움직이기 시작한다. 승강기가 올라가는 걸 바라본다. 여길 내려올 생각을 한 게 맞는 일인지 아직도 판단이 안 된다. 다시 뛰어들고 싶다. 닉이 날 안전한 12A로 끌어올려 줬으면 좋겠다. 내가 진정 여기서 찾고 싶은 게 뭔지 자문해 본다. 정말 솔직히 말하면, 그런 건 없다. 여기 있는 것만으로도 난 큰 위험을 감수하고 있는 거다. 레슬리가 불쑥 들어오기라도 하면 그렇게 내 만 이천 달러와 간절했던 리셋 버튼이 사라지는 거다.

하지만 나와 달리 닉은 시간을 낭비하지 않는다. 승강기는 이미 시야 밖으로 사라졌다. 찬장 문을 닫고 플래시를 켜는 수밖에 없다.

돌아갈 수는 없다. 난 지금 11A에 들어와 있다. 이제 조사를 시작할 시간이다.

주방에서부터 조사를 시작한다. 모든 찬장과 서랍에 플래시를 들이댄다. 흔히 볼 수 있는 냄비나 그릇, 주방용품이 전부다. 특별할 것도 없다. 인그리드의 물건으로 추정되는 것도 없다.

손에 쥔 핸드폰이 빛난다. 역시 닉에게서 온 문자다.

층계참에 있어요. 문제없음.

조사를 이어간다. 복도, 거실, 서재까지 12A와 똑같은 구조다. 서재에는 책상과 책장이 있지만, 윗층과 마찬가지로 특별할 게 없다. 책상은 비어 있고 책장도 마찬가지다. 존 그리샴의 양장본 몇 권과 흡사 전화번호부만 한 두께의 알렉산더 해밀턴 전기가 전부다.

생각해 보니 왜 11A가 비어 있는지는 들은 적이 없다. 인그리드에게 전 주인이 죽었다거나, 현 거주자가 오랫동안 자리를 비웠다는 이야기를 들은 적은 없는 것 같다. 둘 다 가능성은 있지만, 그래도 여기가 왜 이렇게 사람이 살지 않는 집처럼 느껴지는지 설명은 안 된다. 레슬리에게 인그리드가 떠났다는 걸 들은 직후 슬쩍 봤던 때와 같은 느낌이다. 진짜 집이라기보단 집을 복제해 놓은 공간 같다. 춥고 조용하며 따분할 정도로 우아하다.

집의 다른 편으로 향한다. 12A와 다른 구조다. 12A는 바솔로뮤의 모서리에서 공간이 끝나지만, 11A는 북쪽으로 공간이 이어진다. 화장실이 플래시 빛으로 하얗게 반짝인다. 복도를 사이에 두고 작은 침실이 두 개 있다.

복도 끝으로는 큰 침실이 있다. 12A의 2층 침실만큼 거대하진 않지만, 그래도 인상적인 방이다. 킹사이즈 침대에 80인치 TV, 큰 욕실에는 옷방이 딸려 있다. 바로 옷방으로 향한다. 플래시를 비춰 아무것도 없는 카펫, 빈 선반, 텅 빈 나무 옷걸이를 차례로 확인한다.

다음은 화장실이다. 역시나 비어 있다. 싱크대 아래 캐비닛은 비어 있고, 벽장에는 깔끔하게 접힌 수건이 가지런히 늘어서 있다.

다시 큰 침실로 향하는 중에 핸드폰이 빛난다. 닉의 문자다.

시간이 좀 걸리네요. 괜찮은 거죠?

화면 위쪽의 시간을 확인한다. 내려온 지 15분이 지났다. 생각보다 훨씬 오래 걸렸다.

거의 다 끝나가요.

슬슬 떠나야 하는 걸 알지만 문자를 보내 둔다. 인그리드의 집에는 아무것도 남은 게 없다. 상자나 여행 가방, 하다못해 인그리드가 여기 있었던 흔적 같은 것도 찾질 못했다. 하지만 이 집을 하나하나 다 뒤져볼 때까진 나갈 수 없다. 여기 오기까지 들인 수고를 생각해 본다. 이건 마지막 기회다.

침대 아래를 확인해 본다. 카펫 위로 플래시를 왔다 갔다 움직인다.

아무것도 없다.

침대 왼쪽에 놓인 탁자를 확인해 본다.

아무것도 없다.

오른쪽 탁자도 살펴본다.

무언가 있다.

다른 칸은 다 비어 있는데 서랍 맨 밑 칸에 책이 한 권 놓여 있다.

닉에게서 문자가 도착한다.

엘리베이터에 누가 탔어요. 지금 움직이고 있어요.

내가 답장한다.

올라오는 거예요?

네.

서랍 속 책에 플래시를 비춘다. *꿈꾸는 이의 마음*이다. 너무 잘 아는 표지다. 책을 집어 든다. 빨간 술이 달린 책갈피가 꽂혀 있다.

이 책도, 책갈피도 이미 본 적이 있다. 인그리드가 인스타그램에 올린 사진 속에서 봤다. 그레타 만빌을 만났다며 자랑하던 그 게시물이다.

이건 인그리드의 책이다.

드디어 인그리드가 남긴 물건을 찾았다.

책갈피를 꺼내 살펴보지만 딱히 인그리드의 것이라는 표식은 없다. 고양이가 담요 위에 웅크리고 있는 그림이 그려진 평범한 책갈피다. 어느 서점을 들어가도 찾아볼 수 있을 디자인이다.

핸드폰이 번개 치듯 연속으로 세 번 빠르게 빛난다. 혹시 사이에 껴있는 종이나 여백에 쓴 메모 같은 게 없나 책을 뒤에서 앞으로 휘리릭 넘겨본다. 아무것도 나오지 않다가 속표지를 넘기자 커다란 필기체로 무언가 쓰여 있다.

인그리드에게,
만나서 반가웠어요! 당신의 젊음이 내게 생명을 주네요!

행복하길,

그레타 만빌

핸드폰에서 다시 한번 빛이 나 어쩔 수 없이 확인해 본다. 닉에게서 온 문자가 네 통이다. 끝으로 갈수록 무서운 내용을 담고 있다.

엘리베이터가 11층에 멈췄어요.

레슬리예요! 누군가와 같이 있어요.

11A로 가고 있어요!!

몇 초 전에 전송된 마지막 문자를 확인한다. 심장이 쿵 떨어진다.

숨어요.

책을 서랍에 도로 넣어두고 서랍을 확 닫는다. 때맞춰 복도로 달려 나간다. 열쇠가 돌아가는 소리, 문이 열리는 소리가 들린다. 이내 레슬리의 목소리가 집안을 울린다.

"11A에 어서 와요."

28

레슬리와 손님은 11A를 돌아다니며 낮은 목소리로 대화하고 있다. 아직까지는 내가 있는 곳의 반대편에서만 돌아다니는 중이다. 서재와 응접실을 지나 지금은 주방에 있다. 레슬리가 뭐라고 말하고 있지만 잘 들리지는 않는다.

나는 큰 침실에서 침대 아래에 몸을 구겨 넣은 상태다. 닉에게 문자가 올까 봐 불빛을 가리려 핸드폰을 깔고 엎드려 있다. 입을 꾹 다물고 코로만 숨을 쉰다. 이게 더 조용하다.

침실 바깥에서 레슬리의 목소리가 점점 커지고 또렷해진다. 이제 뭐라고 말하는 지가 들린다. 주방을 나와 이쪽으로 가까워지고 있는 것이다.

"여긴 바솔로뮤에서도 가장 좋은 집 중 하나죠. 물론 다 좋은 집이지만, 여기는 더 특별해요."

레슬리와 함께 있는 건 어리고 쾌활한 여자다. 아니면 쾌활하려고 노력 중이거나. 여자의 목소리가 긴장감에 떨린다. "정말 엄청난 집이네요."

"그렇죠. 그러니까 여기에 사는 게 막중한 임무인 거예요. 우리는 이 집을 정말 잘 보살펴 줄 사람이 필요해요."

인그리드의 후임을 찾기 위한 면접인 모양이다. 레슬리는 시간 낭비를 하지 않는다. 여자가 긴장한 것도 이제 이해가 된다. 어떻게든 좋은 인상을 남기기 위해 노력 중인 것이다.

"다시 질문으로 돌아가 볼까요. 직업이 뭔가요?"

"전 배우예요. 뜨기 전까지는 그저 식당 알바지만."

여자가 별거 아니라는 듯 쿡쿡 웃는다. 마치 그녀 자신도 그런 건 기대하고 있지 않은 것처럼. 나까지 슬퍼진다. 내가 이렇게 두려움에 떨면서 숨어 있지 않다면 더 슬펐을 거다. 복도 벽에 두 사람의 그림자가 비친다. 잠시 후 두 사람이 침실로 들어온다. 레슬리가 조명을 켠다. 나는 벌레처럼 침대 아래로 몸을 더 움츠린다.

"담배 피우세요?"

"피는 역할을 맡았을 때만요."

"술은요?"

"설마요. 아직 법적으로 술 마실 나이가 아니라."

"나이가 어떻게 돼요?"

"스물이요. 한 달 뒤에 스물한 살이 돼요."

두 사람이 방을 가로질러 침대로 다가온다.

이제 두 사람의 신발이 보일 정도로 가까운 거리다. 레슬리의 검은 구두와 여자의 낡은 스니커즈가 보인다. 작은 소리라도 내지 않기 위해 입과 코를 막고 숨을 참는다. 이렇게 애쓰는데도 심장이 너무 크게 뛰어서 두 사람이 대화를 멈추면 심장 소리가 들릴 것 같다. 다행히도 대화는 끊이지 않는다.

"누구 만나는 사람은 있어요?"

"음, 남자친구 있어요."

당황한 목소리다.

"그게 문제가 되나요?"

"그럴 수도 있어요. 임시 거주자들이 따라야 하는 규칙들이 있거든요. 그중 하나가 방문객 금지고."

레슬리가 큰 욕실을 향해 걸어간다. 내 시야에서 검은 구두가 사라져 간다. 여자의 스니커즈가 잠시 멈칫하다 마지못해 레슬리를 따라간다.

"아예 안 되나요?"

"아예 안 돼요."

레슬리가 욕실에서 대답한다. 욕실 타일에 목소리가 희미하게 울린다.

"또 다른 규칙은 밤에 이 집에만 있어야 한다는 거예요. 그러니 여기 살게 되면 아마 남자친구를 자주 못 보겠죠."

"그건 괜찮아요."

"다들 말은 그렇게 하죠."

레슬리가 다시 침대로 돌아온다. 검은 구두가 코앞으로 다가온다. 흠집 하나 없이 내 얼굴이 비칠 정도로 반짝거린다.

"가족은 어때요? 가까운 친척은 있나요?"

"부모님은 메릴랜드에 사세요. 제 여동생도 마찬가지고요. 걔도 배우가 되고 싶대요."

"부모님이 좋아하시겠어요."

레슬리가 잠시 말을 멈춘다.

"제 질문은 끝났어요. 다시 로비로 돌아갈까요?"

"음, 네. 근데 저 합격인 건가요?"

"며칠 안에 연락해 줄게요."

두 사람이 침실을 떠나가고 레슬리가 나가는 길에 불을 끈다. 현관문이 닫히고 열쇠로 문을 잠그는 소리가 들린다.

레슬리와 여자는 이미 떠났지만 조금 더 기다려 본다.

일 초, 이 초, 삼 초가 지나고 몸을 움직인다. 겨우 핸드폰을 꺼내 닉에게 문자가 왔나 확인한다.

30초가 지나자 문자가 온다.

다시 엘리베이터에 탔어요.

침대에서 기어 나와 발꿈치를 들고 복도로 나온다. 아직 무서워서 소리를 낼 수가 없다. 두 사람이 정말 갔는지 확인하기 위해 현관문을 열고 바깥을 슬쩍 훔쳐본다. 아무도 없는 걸 확인하고 문을 닫아 잠근 뒤 계단을 향해 전속력으로 달린다.

닉이 아직도 층계참에 서 있다. 뛰어 올라오는 나를 발견하자마자 걱정스러운 얼굴에 기쁨이 가득 떠오른다.

"너무 떨렸어요."

그가 말한다.

"내가 얼마나 떨었는지는 상상도 못 할걸요."

아직도 심장이 쿵쾅쿵쾅 뛰고 있다. 머리가 몽롱해진다. 걸리지도, 바솔로뮤에서 쫓겨나지도 않았다는 짜릿함으로 어지러운 걸 수도 있고, 닉이 12층으로 올라가며 내 손을 잡고 있어서 그런 걸 수도 있다. 닉의 손바닥이 뜨겁다.

우리는 뛰어 올라간다. 키득키득 웃음을 터트리고 쉿 소리를 내며 닉의 집으로 들어간다. 둘다 금지된 무언가에 몰래 성공했다는 기분에 취한 상태다. 집 안으로 들어가자 닉이 문에 기대서며 커다랗게 숨을 내쉰다.

"우리, 방금 해낸 거 맞죠?"

숨이 차 헐떡거리며 대답한다.

"해낸… 것… 같아요."

"와우, 우리가 해냈어요!"

닉이 붙잡고 있던 내 손을 당겨 나를 끌어안는다. 정신이 아찔해진다. 따뜻한 품이다. 심장이 나만큼 빨리 뛰고 있다. 전기가 통하는 것처럼 아드레날린이 닉에게서 내게로 흘러오는 것 같다. 방이 빙글빙글 돈다.

안정을 찾으려 닉의 눈을 바라보지만 안정은커녕 붕 뜬 기분이 든다. 이 기분이 싫지 않다. 오히려 너무 좋다. 밀려드는 희열에 사로잡혀 닉에게 가까이 다가간다.

그리고 닉에게 가볍게 키스한다.

충동적으로 키스해 버렸다. 부끄러운 마음에 바로 몸이 움츠러든다.

"미안해요."

닉이 상처받은 눈을 하고 날 바라본다.

"왜요?"

"저…, 저도 모르겠어요."

"하기 싫었던 거예요?"

"아니, 그게 아니라… 당신도 원하는 건지 확신이 없으니까요."

"그럼 다시 한번 해 봐요."

숨을 들이마시고 몸을 기울인다.

다시 한번 닉에게 천천히 키스한다. 앤드류 이후로 다른 누구와 키스한 적이 없어서 바보 같지만 어떻게 하는 건지 다 까먹은 건 아닐까 싶었지만, 그런 일은 일어나지 않았다. 내가 기억하는 대로 황홀한 느낌이다.

닉이 키스를 잘하는 것도 한 몫 한다. 닉의 입술에서 느껴지는 감촉에 정신없이 빨려 들어간다. 내 손바닥 아래로 닉의 심장이 쿵쿵 뛰고 있다. 닉이 한 손을 내 허리에 올리고 있다.

그 상태로 휘청거리며 복도를 지난다. 벽에 부딪힐 때마다 입술이 붙었다 떨어진다. 계단을 따라 침실로 올라간다. 닉의 하얗고 뜨거운 손이 내 손과 스친다.

계단 끝에서 잠시 머뭇거린다. 너무 빠른 게 아닌가 걱정이 된다. 잉그리드도 찾고 직장도 구하고, 내 인생도 제자리로 돌려놔야 하고. 걱정거리가 이렇게나 많은데.

그때 닉이 다시 입을 맞춰 온다.

내 입술에서 귓불, 그리고 목 뒤에 차례로 키스하며 내 옷을 벗기기 시작한다. 하나둘 옷가지가 떨어진다. 내 걱정도 함께 떨어져 나간다.

모든 걱정을 내려놓고 닉의 손길에 이끌려 침대로 향한다.

🕐 현재

바그너 박사가 기대하듯 날 바라보며 내 말을 기다리지만 미친 소리처럼 들릴까 봐 입을 닫는다.

난 절대로 말할 수 없다.

의사도 안 되고, 경찰도 믿을 수 없다. 날 불안정한 사람이라 여겨 내 말을 못 믿겠다고 할까 봐 말을 꺼내지 못하겠다.

사람들은, 내 말을 믿어야만 한다.

"바솔로뮤가 귀신 들린 곳이라고 했죠."

바그너 박사가 대화를 이어가려 계속 말을 건다.

"그런 소문들은 계속 들었거든요. 도시 괴담인가 뭔가 하는 거. 근데 또 그건 그냥 옛날 이야기라고들 하던데요."

"역사는 되풀이될 수 있어요."

박사가 왼쪽 눈썹을 들어 올리자 안경도 같이 올라간다.

"경험담이에요?"

"네. 바솔로뮤에 들어온 첫날 만난 여자가 있었어요. 그런데 그 후에 사라졌어요."

두려움에 떨고 있지만 목소리만은 침착하다. 맥박이 쿵쿵 뛰고 눈꺼풀이 파르르 떨린다. 목 보호대 안에 땀이 고인다.

하지만 목소리를 높이지도, 말을 서두르지도 않는다.

조금이라도 과민하게 반응하면, 이 대화는 끝날 것이다. 구급대원과 통화하고 나서 깨달은 사실이다.

"분명 평범하게 거기 살고 있었는데, 갑자기 사라졌어요. 마치 죽은 것처럼."

박사에게 내 말을 정리할 시간을 준다. 박사가 묻는다. "그건… 바솔로뮤에서 누군가 살해당했다는 이야기인가요?"

"맞아요."

쐐기를 박는다.

"여럿이죠."

TWO DAYS EARLIER

2일 전

29

눈을 뜨자마자 조지가 아닌 다른 가고일이 나를 맞아준다. 조지의 쌍둥이로 건물 남쪽 끝에 앉아 있는 친구다. 조지는 어디로 간 거냐고 눈짓으로 물어본다.

그러다 내가 혼자가 아니라는 걸 깨닫는다.

닉이 내 옆에서 베개에 얼굴을 묻고 곤히 자고 있다. 숨 쉴 때마다 넓은 등이 오르내린다.

그제야 왜 조지가 안 보이는지, 왜 내가 다른 침실에 있는지 이해가 된다.

어젯밤의 기억이 스쳐 간다. 11A에서 미친 듯이 달려와 아래층에서 키스하며 윗층으로 올라온 후, 그다음에 일어난 일들까지. 앤드류와 동거하며 섹스가 형식적인 일이 된 이후로는, 한 번도 한 적이 없었다.

어젯밤은 정말 대단했다. 나도 나 같지 않았고.

탁자 위의 시계를 보기 위해 바로 앉는다.

7시 10분이다.

12A가 아니라 이 집에서 밤을 보냈으니, 바솔로뮤의 규칙을 하나 더 어긴 셈이다.

벌거벗은 채로 침대에서 빠져 나온다. 아침 공기가 쌀쌀해 몸을 떨다 문득 부끄러워진다. 갑자기 정신이 확 든다. 어젯밤, 무단이탈을 했다. 조용히 옷을 줍는다. 옷을 다 입기 전까지는 닉이 깨지 않길 바란다.

물론 그런 행운은 따라 주지 않는다. 속옷 하나 제대로 걸치지 못했는데 침대에서 닉의 목소리가 들려온다.

"가는 거예요?"

"음, 네. 미안해요. 가야겠어요."

닉이 일어나 앉는다. "정말요? 팬케이크라도 만들어 주려고 했는데."

닉이 보고 있는 데서 속옷을 입는 대신 신발과 함께 걸쳐 들고 블라우스를 대충 걸친다.

"다음에요."

"왜 그렇게 서둘러요?"

시계를 가리킨다.

"어젯밤에 12A에 없었잖아요. 레슬리의 규칙을 어긴 거예요."

"그건 걱정 안 해도 될 것 같은데요."

"말은 쉽죠."

"진짜요. 걱정 마요. 어차피 그 규칙들은 이 일을 진지하게 받아들이라고 있을 뿐이에요."

침대에서 일어난 닉이 창가로 걸어가 스트레칭을 한다. 부끄러워하지도 않는다. 깎아낸 듯한 몸을 보고 다리에 힘이 풀린다.

지금 이 순간이 현실인지 꿈인지 분간이 안 된다. 바솔로뮤에 들어온 이후 간간이 이런 일이 생긴다.

"알아요. 그래서 제가 지금 이렇게 당황한 거예요."

닉이 속옷을 발끝으로 툭 건드리다, 안될 것 같은지 슥 끌어간다.

"혹시 걱정할까 봐 말하는 건데, 아무한테도 말 안 할게요."

"만 이천 달러를 잃게 될까 봐 걱정하는 거예요."

청바지를 황급히 걸쳐 입고 닉에게 가볍게 입을 맞춘다. 양치도 못 한 상태라 걱정돼서 입은 꾹 다물었다. 손에 신발과 속옷을 들고 잽싸게 계단을 내려간다.

"어제 정말 좋았어요."

닉이 나를 따라오며 말을 건다.

"저도요."

"또 하고 싶어요. 어제 한 거. 뭐든지요."

닉이 씩 웃어 보인다. 악마도 부러워할 미소다.

"매일도 좋고."

얼굴에 열이 오른다.

"저도 좋지만, 지금은 아니에요."

닉이 내 팔을 붙잡고 놔주질 않는다.

"아, 맞다. 11A에서는 뭐 좀 찾았어요? 어젯밤에 물어보려고 했는데…."

"말할 틈을 안 줬죠. 제가."

"좋아서 그럴 겨를도 없었으니까요."

"책을 찾았어요. *꿈꾸는 이의 마음.*"

"그거야 뭐, 이 건물에 널리고 널린 게 그 책인데요. 인그리드 책인 건 확실해요?"

"이름이 쓰여 있었어요. 그레타가 사인을 해 줬더라고요."

할 말이야 많다. 그레타는 인그리드에게 사인해 줬다는 이야기를 해 준 적이 없었다고. 그래서 놀랐다고. 그레타가 안고 있는 문제가 갑자기 잠드는 것뿐만은 아닌 것 같다고 털어놓고 싶다. 하지만 지금은 정말 12A로 빨리 돌아가고 싶은 마음이 더 크다. 레슬리가 혹시나 들을지도 모른다. 어젯밤 이후로 안 좋은 타이밍에 항상 레슬리가 나타난다는 확신이 생겼다.

"다음에 이야기해요. 약속."

마지막으로 굿바이키스를 남기고 복도로 뛰어간다. 누가 봐도 어제 뜨거운 밤을 보낸 사람의 행색이다. 클로이라면 그럴 때지 뭐 어떠냐고 하겠지만, 난 인생에 이런 경험은 없어도 된다고 생각하는 사람이었으니까. 그래도 바로 옆집으로 들어가는 짧은 거리긴 하다.

문을 열고 속옷과 신발을 현관 바닥에 툭 떨어뜨린 후 그릇 안에 열쇠를 던져 넣는다. 또 조준 실패다. 열쇠가 경쾌하게 바닥에 떨어져 미끄러지더니 환풍구로 툭 떨어진다.

미치겠네.

지친 몸을 이끌고 주방으로 향한다. 그 와중에 널브러져 있던 신발 한 짝에 걸려 넘어진다. 찰리가 썼던 자석이 없으니 드라이버라도 찾아야 한다. 서랍에서 드라이버 세 개와 펜라이트를 찾아 꺼내 든다.

환풍구 뚜껑의 나사를 풀면서 닉을 떠올린다. 닉은 나를 어떻게 생각할까. 내가 쉬워 보였을까? 너무 물불 안 가리는 사람 같았나? 돈과 관련해서는 얼추 맞는 말이지만 내가 애정에까지 절박하지는 않다. 어젯밤이 예외였던 거지. 아드레날린에 두려움과 욕구가 뒤섞여서 충동적으로 그랬던 거다.

닉과 내가 사랑에 빠져 결혼해서, 바솔로뮤 꼭대기 층에서 함께 살아가게 될 거라는 환상을 품고 있는 건 아니다. 그거야말로 그레타의 책에서나 나올 법한 동화 같은 이야기다. 난 지니도 아니고 신데렐라도 아니다. 적어도 세 달 안에는 마법이 풀려 현실로 돌아가게 될 것이다.

그렇다고 그 환상이 순전히 남의 이야기인 건 아니다. 어젯밤의 흔적을 그대로 남긴 채 바닥에 엎드려 있는 지금 이 순간이 현실이라는 점부터 그렇다.

찰리의 말이 맞았다. 환풍구 뚜껑 떼어내는 건 일도 아니다. 손쉽게 나사를 풀고 뚜껑을 뗀다. 펜라이트가 말썽이다. 깜빡거리는 펜라이트를 손바닥으로 몇 번 쳐 주자 잘 작동한다. 환풍구에 대고 비추자 바로 열쇠가 보인다. 그 주변으로 누군가 떨어트리고 잊어버렸을 물건들이 모습을 드러낸다. 단추 두 개, 고무줄 하나, 달랑거리는 귀걸이도 한 짝. 굳이 건져 내지 않은 걸 보니 비싼 건 아닌가 보다.

열쇠만 집어 들고 다른 물건은 놔 둔다. 뚜껑을 덮기 전에 혹시 더 값비싼 물건은 없을까 싶어 바닥을 쓸어 본다. 혹시 현금은 없을까. 꿈은 꿔 볼 수 있는 거니까.

딱히 값나가는 건 없어 보여서 펜라이트를 끄려던 찰나, 환풍구 끄트머리에 박혀 반짝이는 물체를 발견한다. 자세히 보기 위해 빛을 비춘 채 가까이 다가간다. 돈은 아니지만, 전혀 예상치 못한 물건이다.

핸드폰이다.

찰리가 그런 일도 있었다고 말하긴 했지만, 역시 환풍구 바닥에서 핸드폰을 찾은 건 좀 놀랍다. 값싼 귀걸이야 굳이 안 가져간 게 이해된다. 하지만 아무리 바솔로뮤에 살 만큼 돈이 많다고 해도 그렇지, 핸드폰을 이렇게 그냥 버리고 가는 사람이 있나?

핸드폰을 집어 들고 뒤집어 본다. 액정에 살짝 흠집이 있긴 하지만, 상태가 나름 괜찮다. 전원을 켜보지만, 반응이 없다. 배터리가 다 된 모양이다. 아마 몇 달은 바닥에서 뒹굴고 있었을 테니까.

내 핸드폰과 같은 회사 제품이다. 내 핸드폰이 좀 더 오래된 기종이긴 하지만 둘 다 같은 충전기를 쓴다. 계단을 올라와 핸드폰을 충전기에 꽂는다. 충전 후에는 핸드폰 주인을 알 수 있었으면 좋겠다. 그래야 돌려줄 수 있을 테니까.

핸드폰이 충전되는 동안 환풍구의 뚜껑을 덮고 샤워를 한다. 씻고 나와 옷을 입은 후, 이제 충전이 좀 됐나 싶어 핸드폰을 확인한다. 핸드폰이 빛을 내며 켜진다. 핸드폰 주인으로 추정되는 사람의 사진이 화면을 가득 채운다.

창백한 얼굴에 끝이 뾰족한 타원형 눈이다. 악성 곱슬 같은 갈색 머리를 하고 있다.

핸드폰을 터치해 밀어보지만 잠금이 설정되어 있다. 내 핸드폰과 똑같은 설정이다. 비밀번호를 모르면 누구 핸드폰인지 알 길이 없다. 그냥 버린 걸 보니 이미 새 핸드폰을 사 버렸을 수도 있다.

첫 화면으로 다시 돌아가 여자의 사진을 바라본다. 기억 저편에서 불현듯 어떤 깨달음이 밀려온다.

난 이 여자를 본 적이 있다.

직접 만난 건 아니지만 사진으로 며칠 전에 본 사람이다.

순식간에 12A 밖으로 나가 엘리베이터를 탄다. 엘리베이터가 느릿느릿한 속도로 로비에 도착한다. 바솔로뮤를 빠져나가며 찰리가 아닌 다른 도어맨을 지나친다. 오른쪽으로 꺾는다.

인도는 여느 때와 다름없이 조깅하는 사람, 개를 산책시키는 사람, 터덜터덜 직장으로 향하는 사람으로 가득하다. 그 사이를 지나쳐 거의 뛰듯이 바솔로뮤에서 두 블록 떨어진 인도에 도착한다. 그 끝에 우뚝 서 있는 가로등에, 테이프 한 조각에 의지해 붙어 있는 종이 한 장이 보인다.

그 한 가운데에 핸드폰 주인 사진이 붙어 있다. 똑같은 눈과 머리카락이다. 창백한 피부도 같다.

사진 위로 처음 봤을 때 나를 몸서리치게 했던 붉은 문구가 보인다.

사람을 찾습니다.

그 아래로 여자의 이름이 적혀 있다.

역시 익숙하다.

에리카 미첼.

내가 들어오기 전에 12A의 아파트 시터였던, 그 사람이다.

30

전단지를 주방 조리대에 탁 내려놓고 물끄러미 들여다본다. 심장이 쿵쿵 뛴다.

에리카와 인그리드는 둘 다 바솔로뮤에서 아파트 시터로 일했고, 지금은 둘 다 사라졌다.

우연일 수가 없다.

깊게 숨을 들이마신 후 전단지를 다시 한번 찬찬히 살핀다. 맨 위에 빨간색으로 요란하게 쓰여 있는 끔찍한 문구가 눈에 띈다.

사람을 찾습니다.

그 아래에는 에리카 미첼의 사진이 있다. 인그리드보다는 나와 비슷하게 생긴 것 같다. 친절해 보이지만 경계심이 가득하고, 예쁘지만 기억에 남는 인상은 아니다.

가장 중요한 사실은 우리 둘 다 12A에 살았다는 것이다.

사진 옆으로 여러 가지 개인정보가 쓰여 있다.

이름 : 에리카 미첼

나이 : 22

머리색 : 갈색

키 : 155

몸무게 : 50

마지막 목격 날짜 : 10월 4일

지금으로부터 12일 전이다. 인그리드가 바솔로뮤에 들어오고 며칠 안 됐을 때다.

맨 아래에는 에리카의 소재를 안다면 전화해 달라며 번호가 쓰여 있다. 이번에도 빨간 글씨다.

우리 부모님도 제인을 찾기 위해 똑같이 했다. 첫 몇 주간은 핸드폰이 꽤 많이 울렸다. 아무리 늦은 시간이라도 두 분 중 한 분이 꼭 전화를 받았다. 하지만 전화를 건 사람들은 그냥 이상한 사람이거나, 미친 듯이 외로운 사람이거나, 서로 등 떠밀려 장난전화를 건 아이 중 하나였다.

핸드폰을 들어 전화를 건다. 전단지를 붙인 게 누구든, 에리카의 핸드폰을 찾았다는 데 분명 관심이 있을 거다.

남자가 전화를 받는다. 너무 익숙한 목소리다.

"딜런입니다."

놀라서 잠시 말을 잃는다.

"바솔로뮤 아파트 시터인, 그 딜런이요?"

이번엔 딜런이 말을 잃는다. 의심스러운 목소리가 뒤따른다.

"맞는데, 누구시죠?"

"줄스예요. 12A 사는 줄스 라슨."

"알아요. 어떻게 내 번호를 안 거예요?"

"에리카 미첼의 전단지에서 봤어요."

다시 한번 침묵이 흐른다. 또 놀란 모양이다.

딜런이 전화를 끊는다.

다시 전화를 걸려던 찰나 핸드폰이 울린다. 딜런에게서 온 문자다.

에리카 이야기는 안 돼요. 여기선요.

답장을 보낸다.

왜요?

몇 초가 지났다. 문자 도착 표시가 뜬다.

딜런의 문자다.

누가 들을 수도 있어요.

난 혼자 있는데요.

확실해요?

답장을 쓰기 시작한다.

너무 피해망상 아니에요?

하지만 그 전에 딜런이 선수를 친다.

피해망상이 아니라, 조심스러운 거예요.

왜 에리카를 찾는 거예요?

문자를 보낸다.

당신은 왜 전화한 건데요?

에리카 핸드폰을 찾았어요.

핸드폰이 갑자기 울린다. 딜런이다. 꽤 충격을 받은 모양이다.
"어디서 찾았는데요?"
전화를 받자마자 딜런이 묻는다.
"바닥에 있는 난방기 환풍구에서요."
"좀 보고 싶은데, 여기선 안 돼요."
"그럼요?"
딜런이 잠시 생각하더니 답을 내놓는다.
"자연사박물관에서 봐요. 정오에 코끼리 앞에서 만나요. 혼자 와요. 아무한테도 말하지 말고."
전화를 끊는다. 불안함에 속이 울렁거린다. 긴장이 내 신경을 갉아먹는다. 무언가 안 좋은 일이 일어나고 있는 게 분명한데, 그 정체를 알 수가 없다.

하지만 딜런은 무슨 일이 일어나고 있는지 알고 있는 것 같다.

그리고 그게 딜런을 두려움에 떨게 하고 있다.

31

바솔로뮤를 나서는 길에 바솔로뮤로 돌아오는 레너드 씨와 마주친다. 병원에서 이렇게 빨리 나오다니 놀랍다. 아직도 병원에 있어야 할 것처럼 보이는데. 피부는 창백한 종잇장 같고, 당황스러울 정도로 느리게 움직인다. 지넷과 찰리가 택시에서 나오는 레너드 씨를 부축해 인도로 건너오도록 돕고 있다.

찰리 대신 내가 문을 잡아준다.

"고마워요, 줄스. 여기부턴 내가 할게요."

찰리가 인사를 건네고, 레너드 씨와 지넷이 바솔로뮤 첫날 그랬던 것처럼 아무 말도 없이 날 바라본다.

자연사박물관에 도착했지만, 입구 계단에 우르르 몰려든 학생들의 인파 속에서 시간을 좀 더 뺏긴다. 수백 명의 학생들이 교복 차림이다. 흰셔츠에 푸른 조끼를 걸치고, 체크무늬 치마나 카키색 바지를 입고 있다. 그 사이로 밀고 지나간다. 그 젊음도, 행복도, 시끌벅적한 활기도 다 부러울 뿐이다. 아직 진짜 인생은 겪어 보지 않았을 테니.

루즈벨트홀로 들어선다. 거대한 바로사우루스의 화석 밑을 지나 매표소로 향한다. 원래 입장료는 없는 곳이지만, 매표소 직원이 기부금을 낼의향이 있냐고 넌지시 물어온다. 오 달러를 건네자 직원이 나를 못마땅한 듯 쳐다본다.

약간 창피함을 느끼며 아프리카 포유류관으로 들어간다. 딜런이 말하던 그 코끼리가 있는 곳이다.

전시관 중앙의 박제된 코끼리들을 나무의자가 빙 둘러싸고 있다. 딜런은 이미 의자에 앉아 있다. 남들 눈에 안 띄는 차림새랍시고 입고 온 것 같은데 어쩐지 더 튀기만 한다. 검은 청바지와 검은 후드티에 선글라스까지 썼다. 보안 요원이 안 붙은 게 이상할 정도다.

"5분 늦었어요."

"당신은 스파이 같고요."

딜런이 선글라스를 벗고 사람들로 가득한 전시관을 둘러본다. 학생들이 전시관에 들어와 전시 모형 주변을 꽉 채운다. 유리 너머로 동물들의 뾰족한 귀와 구부러진 뿔, 생명력 없는 기린의 얼굴 정도만 겨우 보인다.

"위층으로 가죠."

딜런이 계단 위쪽을 가리킨다.

"저긴 좀 덜 붐비네요."

사실 큰 차이는 없지만 계단을 올라 인적 없는 모형 앞에 멈춰 선다. 타조 두 마리가 혹멧돼지 떼에게서 알을 지키고 있다. 고개를 숙인 수컷 타조가 날개를 부풀린 채 부리를 벌리고 있다.

"에리카 핸드폰은 가져왔어요?"

고개를 끄덕인다. 오른쪽 바지 주머니에 들어 있다. 내 핸드폰은 왼쪽 주머니에 있는데 핸드폰 두 개를 가지고 다니려니 몸이 묵직해 거추장스럽다.

"한번 볼게요."

"아직 안 돼요. 당신을 믿어도 되는지 아직 모르겠거든요."

딜런의 행동이 영 미심쩍다. 행동 하나하나 다 초조해 보인다. 주머니

속 열쇠를 계속 달그락거리고, 누가 보고 있는 것처럼 끊임없이 전시관을 두리번거린다. 모형으로 고개를 돌린 딜런이 바로 앞 정면에 있는 타조들이 아니라 포식자들을 바라본다. 죽어 박제된 지 몇십 년이 지난 동물을 굳이 노려보는 걸 보면, 혹시 날 저렇게 보고 있는 건 아닌가 하는 생각이 든다.

"나도 마찬가지예요."

쓴웃음을 짓는다.

"둘 다 똑같은 입장이긴 하네요. 그럼 에리카 미첼에 대해 아는 걸 다 말해 봐요."

"당신은 얼마나 아는데요?"

"제가 들어오기 전에 12A에서 한 달 살았고, 지금은 실종된 상태라는 거. 그리고 당신이 에리카를 찾으려고 전단지를 붙였다는 거? 그 외에 또 뭐가 있는지 알려줄 수 있어요?"

"우린…, 친구였어요."

멈칫거리는 걸 눈치챈다.

"진짜로요?"

다른 모형 앞으로 이동한다. 밀림 숲 사이에 표범 두 마리가 숨어 있다. 그중 한 마리가 멧돼지를 날카롭게 노려보고 있다. 금방이라도 덮칠 듯한 기세다.

"그래요. 친구 이상이었어요. 에리카가 바솔로뮤에 온 지 이틀째 되던 날 로비에서 우연히 마주쳤고, 그 이후로 썸을 타기 시작했어요. 어떻게 하다 보니 꾸준히 잠자리를 가지게 됐고요. 규칙에 어긋나는 건 아니라고 알고 있었지만, 혹시나 싶어 숨겼어요. 그러니까 정확한 관계가 뭐였냐고 물으면, 나도 뭐라고 해야 할지 모르겠어요. 나도 우리가 정확히 무슨 사이였는지 모르겠는걸요.”

닉과 보낸 어젯밤을 떠올리고 단번에 공감한다.

“얼마나 그렇게 지낸 거예요?”

“3주 정도요. 그리고 에리카가 사라졌죠. 말 한마디 없이요. 심지어 떠날 거라든지, 떠날 생각을 하고 있다든지 하는 어떤 말도 들은 적이 없었어요. 처음엔 무슨 일이 생긴 줄 알았어요. 급한 일이라도 생겼나 하고. 근데 전화 한 번을 안 받더라고요. 문자에도 답장이 없고. 그래서 불안해지기 시작했어요.”

“레슬리한테 물어봤어요?”

“에리카가 규칙 때문에 답답해서 나가버렸다고 하던데요. 근데 그거 알아요? 에리카는 그 규칙에 대해서 언급한 적이 없어요. 규칙이 신경 쓰인다고는 단 한 번도 말한 적이 없다고요.”

“뭔가 달라진 게 있었던 걸까요?”

“하룻밤 사이에 뭐가 바뀔 수 있는지 모르겠어요. 자정 좀 안 돼서 에리카 집에서 나왔는데, 아침이 되니 사라져 있었어요.

에리카와 인그리드 사이의 확실한 공통점이다.

“레슬리는 에리카랑 따로 이야기한 적 있다던가요?”

“에리카가 무슨 메모를 남긴 것 같아요. 레슬리는 사직서라 하던데. 열쇠랑 같이 사무실 문에 내팽개쳐져 있었다고.”

모형 속 표범을 보니 불안감이 엄습해 온다. 한 마리가 멧돼지를 향해 접근하는 동안 다른 한 마리는 유리 너머의 사람을 꿰뚫어보고 있다.

시선을 돌려 딜런을 바라본다.

“그때부터 에리카를 찾기 시작한 거예요?”

“그 전단지 말이에요? 그건 며칠 지난 후였어요. 이틀이 지나도 아무 연락이 없길래 걱정이 돼서요. 처음에는 경찰서에 가봤는데 소용없더라고요. 경찰이,"

"정보가 더 필요하다고 했겠죠. 저도 인그리드 때 똑같은 소릴 들었어요."

"근데 틀린 얘기는 아니에요. 난 에리카를 잘 몰라요. 생일도, 바솔로뮤에 오기 전에 어디 살았는지도 모르죠. 그 전단지에 나온 정보, 키나 몸무게 같은 것도 다 짐작해서 쓴 거예요. 그 사진을 보고 누구라도 에리카를 봤다고 전화해 줬으면 좋겠다고 생각해서요. 그냥 괜찮은 지인이라도 알고 싶어요."

또 다른 모형 앞으로 걸음을 옮긴다. 사바나에서 사냥 중인 들개 무리다. 먹잇감을 찾느라 촉각을 곤두세우고 있다.

"가족은, 찾아봤어요?"

"에리카는 가족이 없어요."

놀란 마음에 심장이 쿵 떨어진다.

"한 명도요?"

"외동딸인 데다가, 아주 어렸을 때 차 사고로 부모님을 잃었어요. 유일하게 남은 친척분 손에 길러졌다고 했는데, 그분도 2년 전 쯤에 돌아가셨고요."

"당신은요? 가족 관계가 어떻게 돼요?"

"없어요."

딜런이 들개를 보며 조용히 대답한다. 들개 모형 여섯 마리가 화목하게 모여 있다.

"엄마는 돌아가셨어요. 아빠는 아마 돌아가셨을 거고. 나도 몰라요. 개판이죠. 형제가 있긴 했는데 이라크에서 목숨을 잃었어요."

딜런도 가족이 없는 아파트 시터다. 에리카에 인그리드, 그리고 나까지. 뭔가 규칙이 있는 것 같다. 레슬리가 무슨 자선 사업하듯 고아들을 골랐거나, 아니면 더 절실한 사람이라고 생각했거나.

"아파트 시터로 일하면 얼마 받아요?"

"세 달에 만 이천 달러요."

"똑같네요."

"근데 좀 이상하지 않아요? 아니, 누가 이 고급 아파트에 사는 걸로 그만큼 돈을 줘요? 무급으로 하겠다는 사람이 줄을 설 텐데."

"그거 레슬리는,"

"보험 같은 거라고 했죠? 나도 그 말 들었어요. 근데 거기다 그 규칙도 그렇고…, 뭔가 낌새가 이상하잖아요."

"그럼 왜 여기 있는 거예요?"

"돈이 필요하니까요. 만 이천 달러까지 이제 4주 남았어요. 그 돈만 받으면 거기서 나갈 거예요. 갈 곳도 없지만. 에리카도 그랬죠."

"인그리드도 저도 마찬가지예요."

"에리카가 그랬어요. 바솔로뮤는 모든 게 엉망인 곳이라고. 바솔로뮤에서 생긴 일들, 들어본 적 있어요?"

심각한 표정으로 고개를 끄덕인다. 죽은 고용인들이 인도에 늘어져 있던 사진, 코넬리아 스완슨과 학살당한 하녀, 옥상에서 뛰어내린 토마스 바솔로뮤가 머릿속을 스친다.

"에리카가 과장하는 거라고 생각했거든요."

딜런이 고개를 젓더니 쓸쓸하게 픽 웃는다.

"너무 과한 걱정 아닌가 했는데, 지금 생각해 보니 그것도 부족했던 거예요."

"무슨 의미예요?"

"바솔로뮤에서 뭔가 이상한 일이 일어나고 있어요. 확실해요."

학생들이 위층으로 올라온다. 우리 근처로 밀려 들어와 재잘거리며 모형 앞유리에 손을 댄다. 덕지덕지 손자국이 남는다. 딜런이 반대 방향으로 사람들을 피해 걸음을 옮긴다. 또 다른 모형 앞으로 향한다.

기다란 잔디 사이로 몰래 움직이는 치타들이 보인다.

포식자가 더 늘었다.

"저기, 그냥 무슨 일인지 말해 주면 안 돼요?"

"에리카가 사라지고 며칠 후에 이걸 발견했어요."

딜런이 주머니에서 반지를 꺼내 내 손바닥에 떨어트린다. 요란한 디자인의 전형적인 졸업 기념 금반지다. 고등학생 때 친구들이 다 가지고 있던 반지와 같은 종류다. 난 굳이 사려고 하지 않았다. 그때도 돈낭비 같았기 때문이다. 보라색 원석 테두리를 둘러싼 각인을 보니, 그 주인이 댄빌 고등학교 2014년 졸업생인 모양이다. 테두리 안에는 이름이 새겨져 있다.

메건 풀라스키라는 이름이다.

"소파 쿠션 뒤에서 찾았어요. 전에 살던 사람이나 다른 아파트 시터 물건 같아서 레슬리한테 물어봤죠. 작년에 11B에 메건 풀라스키라는 이름의 아파트 시터가 살았다고 하더라고요. 여기까진 평범하죠?"

"그냥 평범한 이야기는 아닐 것 같은데요."

딜런이 고개를 끄덕인다.

"이름을 구글에 검색해 봤어요. 연락이 닿으면 반지를 돌려줄 수 있을까 싶어서. 그리고 찾았죠. 메건 풀라스키, 펜실베니아 댄빌 고등학교 2014년 졸업. 작년부터 실종 상태더라고요."

딜런에게 반지를 다시 돌려준다. 더는 만지고 싶지 않다.

"그 사람 친구를 찾았는데, 나처럼 전단지를 만들어서 온라인에 뿌리고 있더라고요. 메건은 고아였고 일 년 동안 연락도 없이 사라졌대요. 마지막으로 연락했을 때 맨해튼에 있는 아파트에 산다고 했고요. 이름은 끝까지 말 안 하고 그냥 가고일로 뒤덮여 있다고만 했대요."

"바솔로뮤겠죠."

"더 이상한 것도 있어요. 며칠 전 공원에서 조깅을 하고 돌아오는 길에 바솔로뮤 로비에서 인그리드를 봤어요. 어딜 오가는 게 아니라 그냥 우편함에 우뚝 서서 문쪽을 빤히 보고 있더라고요. 나를 기다리고 있는 것 같았어요."

"그러니까 저한테 서로 잘 모른다고 했던 게 거짓말이었던 거네요."

"그게 문제예요. 그거 거짓말 아니었거든요. 그 전에 겨우 몇 번 말해 본 게 전부고, 그중 하나는 에리카한테 연락 없었냐고 물어본 거였어요. 둘이 어울려 놀던 걸 알았으니까."

"그럼 그날 인그리드는 뭐라고 했어요?"

"에리카한테 무슨 일이 생긴 건지 알 것 같다고 했어요. 당장은 말 못 하고 듣는 사람 없는 데서 이야기해 주겠다고요. 그래서 그날 밤에 만나자고 했어요."

"그게 언제였어요?"

"3일 전이요."

속이 꽉 조여드는 것 같다. 인그리드가 사라진 바로 그 날 밤이다.

"원래는 언제, 어디서 만나기로 했는데요?"

"한 시 좀 전에, 지하에서 만나기로 했어요."

"그 감시 카메라. 당신이 연결을 끊었던 거군요."

딜런이 가볍게 고개를 끄덕인다.

"인그리드가 워낙 비밀을 지키고 싶어 하길래 좋은 아이디어라고 생각했어요. 결론적으로는 나타나지 않았으니 별로 상관없는 일이 돼버렸지만요. 다음날 당신에게 듣기 전까지도 인그리드가 사라진 걸 몰랐어요."

딜런이 왜 그때 그렇게 놀랐는지 이제야 이해가 간다. 나에게서 왜 그렇게 급히 도망쳤는지도. 나쁜 소식을 들고 오는 사람은 피하고 싶은 법이다.

"에리카에게 생긴 일을 알게 돼서 인그리드가 실종된 게 아닐까 싶어요. 그렇게밖에 생각이 안 돼요. 우연이라고 하기엔 시기도 방법도 에리카와 너무 비슷해요. 인그리드가 뭔가를 알고 있다는 걸 눈치채고, 누군가 입막음을 시킨 거예요."

"그럼 당신 생각엔 둘 다⋯."

사실이 될까 봐 입 밖으로 내뱉고 싶진 않다. 제인이 사라졌을 때도 마찬가지였다. 우리 가족 모두가 그랬다. 제인이 사라진 걸 돌려가며 완곡하게 표현했다. 제인은 아직 집에 안 왔어. 제인이 어딨는지 몰라. 결국 그 상황은 일주일 뒤 아빠가 내린 선언으로 깨졌다.

'제인은 사라졌어.'

"죽었을 것 같냐고요? 맞아요."

다리가 덜덜 떨린다. 또 다른 모형 앞으로 이동한다. 가장 잔인한 모습이다. 죽은 얼룩말을 독수리가 둘러싸고 있다. 멀리서 먹이를 낚아채 가려고 날아오는 것까지 합하면 열 마리가 넘는 독수리다. 근처에서 하이에나 한 마리와 자칼 두 마리가 한몫을 챙기기 위해 몰래 숨어들어 있다.

광기 어린 폭력의 현장에 뱃속이 뒤틀린다. 아니면 딜런의 말 때문일 수도 있다. 바솔로뮤의 누군가가 아파트 시터로 일하는 젊은 여성을 살해하고 있다.

메건에 에리카, 인그리드까지.

유리창에 가장 가까운 두 독수리를 바라본다. 전투 현장이다. 한 마리는 넘어진 채로 발톱을 뻗고 있고, 다른 한 마리는 날개를 펴고 위협적으로 다가가고 있다.

"그 말이 맞다고 쳐요. 바솔로뮤에 정말 연쇄 살인범이 살 거라고 생각해요?"

"미친 소리인 건 아는데, 나한텐 그렇게 느껴진다는 거죠. 세 사람 다 아파트 시터였고, 셋 다 똑같은 방식으로 사라졌어요."

아빠는 가끔 말씀하셨다. 한 번은 예외고 두 번은 우연이지만, 세 번째는 증명이라고.

하지만 도대체 뭘 증명한다는 건가? 바솔로뮤의 누군가가 아파트 시터를 사냥하고 있다고? 내 머리로 받아들이기엔 아직도 너무 터무니없는 소리다. 하지만 우연의 일치로 여길 수도 없다. 가족이 없는 세 여성이 전부 바솔로뮤에서 행방불명이 됐다.

"하지만 그런 걸 누가 할 수 있죠? 바솔로뮤에 사는 다른 사람들은 어떻게 한 명도 그걸 알아차리지 못한단 말이에요?"

"아무도 알아차리지 못했다고 누가 그래요?"

"아파트 시터를 누가 죽이고 다닌다고 생각했으면 다른 사람들도 관심을 가졌겠죠."

"그 사람들은 다 돈이 많죠. 전부 다요. 그리고 돈 많은 사람은 고용된 사람들에게 눈꼽만큼도 관심이 없어요. 그 사람들은 독수리니까요."

"그럼 우리는 뭔데요?"

딜런이 경멸하듯 모형을 바라본다.

"저 얼룩말이죠."

"이건 좀 말도 안 되는…."

전시관 반대편에서 여학생 중 한 명이 꺅 소리를 지른다. 공포에 질린 비명이라기 보단 주변에 있는 남학생들의 관심을 끌기 위한 목소리다. 하지만 그 소리만으로도 충분히 놀라 평정심을 되찾는 데 시간이 걸린다.

"좀 미친 소리 같지 않아요? 납치든 살인이든 건물에 사는 사람들 전부가 다 못 본 체 한다는 게."

"그래도, 어쨌든 뭔가 이상한 일이 벌어지고 있다는 데는 동의하는 거죠? 그게 아니면 여기까지 듣고 있지도 않았겠죠. 애초에 바솔로뮤에서 나오지도 않았을 거고."

눈 하나 깜빡이지 않고 모형을 바라본다. 시야가 일렁일렁거린다. 마치 유리 너머 생물들이 생명력을 되찾는 것 같다. 털이 파르르 떨리고 번쩍거리는 눈동자가 움직인다. 얼룩말이 숨을 쉰다.

"전 에리카의 핸드폰 때문에 나온 거예요."

"핸드폰에 뭐가 있는지는 봤어요? 에리카가 범인과 연락하고 있었을지도 몰라요."

핸드폰을 딜런에게 건네준다.

"잠겼어요. 비밀번호 알아요?"

"우리가 비밀번호를 공유하는 사이까진 아니었어요. 이거 잠금 해제하는 방법 또 없어요?"

에리카의 핸드폰을 다시 건네받고 생각하기 시작한다. 내가 핸드폰 해킹 방법은 잘 모르지만, 그걸 할 수 있는 사람은 아는 것 같다. 내 핸드폰을 쥐고 찾는 번호가 나올 때까지 통화 기록을 뒤진다. 전화를 걸자 느긋한 목소리가 전화를 받는다.

"여보세요, 지크입니다."

"지크, 줄스예요. 인그리드 친구."

"아, 아직도 인그리드한테는 연락 없어요?"

"아직은요. 뭐 하나 물어볼 게 있는데, 혹시 핸드폰 해킹할 수 있는 사람 알아요?"

지크가 신중하게 생각하는 듯 말을 멈춘다. 주변을 둘러싼 소란스러운 학생들의 소리가 침묵을 채운다. 결국 지크가 대답한다.

"네. 근데 좀 비쌀 거예요."

"얼만데요?"

"천 달러요. 나한테 들어오는 중개비 이백오십 달러 포함해서요. 나머지는 내 동업자한테 가요."

예상을 훌쩍 뛰어넘는 액수에 얼음처럼 굳는다. 나 혼자 감당하기엔 너무 많다. 가격을 듣고 전화를 끊으려 화면에 손가락을 가져간다. 다시 걸려오더라도 받지 말아야겠다고 생각한다.

하지만 문득 바솔로뮤에 연쇄 살인마가 산다는 딜런의 가설이 떠오른다. 메건, 에리카, 인그리드처럼 갑자기 사라진 아파트 시터들이 어떻게 그 살인마의 피해자가 되었을지 상상해 본다.

딜런과 내가 그다음 차례일 수도 있다.

인그리드도 그걸 알고 있었을 것 같다. 그러니 딜런과 이야기하려고 한 거고, 내게 총과 메모를 남겼던 거다. 다른 이들처럼 우리도 갑자기 사라질 수 있다는 걸 깨달아서.

그런 운명을 피하기 위해, 떠나버리는 것도 좋은 방법이다.

지금 당장.

밤중에 달아나버리면 된다. 인그리드도 그렇게 달아난 거라면 좋겠지만, 그런 것이 아니었을 것 같다는 생각이 든다.

아니면 천 달러를 내고 에리카의 핸드폰 잠금을 푼 다음, 에리카를 비롯한 이들에게 무슨 일이 생겼는지에 대한 답을 얻을 수도 있다.

"여보세요? 듣고 있어요?"

"아, 듣고 있어요."

"어떻게 할 거예요?"

"할게요."

내 대답에 내가 놀란다.

"한 시간 후에 봐요."

통화를 끊고 동물들을 쳐다본다. 독수리와 자칼, 하이에나를 보며 연민이 솟아난다. 참 잔인한 사후세계다. 죽은 지 몇십 년이 됐는데 아직도 물고 뜯다니.

영원히 피가 마를 일이 없는 이들이다.

32

이제 내 앞으로 남은 돈은 이십칠 달러가 전부다.

우리는 지크가 부르는 값을 반씩 부담하기로 했다. 딜런이 오백 달러, 내가 오백 달러다.

딜런과 나는 주머니에 현금 다발을 채운 채 센트럴파크에 앉아 있다. 지크와 십 분 후 만나기로 한 레이디스 파빌리온이다. 크림색 울타리에 화려한 외부 장식으로 고풍스럽게 꾸며져 있는 정자다. 로맨틱한 분위기가 물씬 풍긴다. 하지만 그 안에 앉아 있는 딜런과 나는 이 장소와 안 어울린다. 누가 보면 당황할 것 같다. 우리는 정자 양 끝에서 팔짱을 낀 채 서로를 노려보고 있다. 서로 너무 안 맞는 사람을 만나 망해 버린 소개팅 같은 분위기다.

"그래서 이 사람을 어떻게 알았다고 했죠?"

"전 잘 몰라요. 인그리드가 아는 사람이지."

"그럼 전에 만나본 적도 없고요?"

"전화해 본 게 다예요."

딜런이 얼굴을 찌푸린다. 모르는 사람에게 현금 다발을 갖다 바치게 생겼으니, 예상 못 했던 바도 아니다.

"근데 그 사람은 에리카의 핸드폰을 해킹할 사람을 아는 거고요?"

"그러길 바라야죠."

아니면 우린 망한 거다. 특히 나는 지금 가진 게 아무것도 없다. 지갑에는 한 푼도 없고, 쓸 수 있는 신용카드도 없다. 이틀 후 첫 봉급을 받을 때까지, 난 그냥 빈털터리다. 그 생각만으로도 벌써 막막하다.

충격을 가라앉히기 위해 하늘을 올려다본다. 흐린 오후다. 먹구름이 짙게 깔려 있다. 지금 내 마음과 비슷한 날씨는 아니다. 내 반대편에서 딜런이 호수 쪽으로 튀어나온 바위를 뛰어다니는 아이들을 바라본다. 딜런의 후드와 성난 황소 같은 체격 때문에 딜런은 조금 무서운 사람처럼 보이기도 하지만, 그 눈은 전혀 다른 느낌을 준다. 두 눈에 슬픔이 담겨 있다.

"에리카에 대해 뭐라도 말해 줘요. 좋아하는 이야기나 즐거운 추억 같은 거."

"왜요?"

"그래야 뭘 잃었는지, 뭘 되찾아야 하는지가 떠오를 테니까요."

제인의 사건을 맡았던 형사 중 한 명이 그렇게 말했다. 그때는 제인이 사라진 지 2주쯤 되었을 때였고, 희망마저 흐릿해져 가고 있었을 때였다.

나는 형사에게 7학년 때 생긴 일을 이야기해 줬다. 그때 나는 날 괴롭

히던 데이비 터커라는 자식 때문에 스쿨버스 타는 게 지옥 같았다. 내가 버스에 탈 때마다 그 자식은 통로로 다리를 내밀어 날 넘어뜨렸고, 다른 애들은 그걸 보고 막 웃어댔다. 그런 일이 몇 주 동안 계속됐다. 그러던 어느 날 결국 얼굴부터 넘어져 코피가 났고 내 얼굴에서 흐르는 피를 본 제인이 폭발했다. 좌석 두 개를 훌쩍 뛰어넘어 데이비 터커의 머리끄덩이를 잡은 후, 통로에 처박고 똑같이 코피를 냈다. 그 날부터 제인은 내게 영웅이었다.

"에리카가 해 준 이야기예요."

딜런이 슬쩍 웃으며 말을 꺼낸다.

"어렸을 때, 주방에 쥐 한 마리가 있어서 친척이 쥐덫을 여기저기 놨었 대요. 구석에도 놓고 싱크대 아래에도 놓고. 무조건 죽일 작정이었던 거죠. 근데 에리카는 그 쥐가 죽지 않았으면 했대요. 귀엽다고. 그래서 매일 밤 주방으로 들어가 막대기로 쥐덫을 다 내려버렸다고 하더라고요. 별로 놀랍지도 않아요. 에리카는 동물을 엄청나게 좋아했거든요."

"좋아했던 게 아니라 좋아하는 거죠. 옛날 얘기하듯 하지 마요. 아직은."

딜런의 웃음이 사라진다. "줄스, 그 사람들한테 무슨 일이 있었는지 못 알아내면 어떡하죠?"

"알아낼 거예요." 차마 다른 경우의 수는 입에 담고 싶지 않다. 그렇게 되면, 그 사람의 행방을 알지 못한 채 살아가는 방법을 배워야 한다. 매일, 매 순간순간 사라진 사람을 생각하지 않으려 애쓰면서, 피부에 스며든 무지를 불치병처럼 안고 살아가야만 한다.

커다란 키에 덥수룩한 수염을 가진 남자가 휘적휘적 걸어온다.

지크다. 인스타그램에서 본 사진이 떠올라 알아본다.

그 옆에서 걸어오고 있는 건 분홍색 머리의 작은 소녀다. 십 대 초반이라고 해도 믿을 정도로 앳된 얼굴이다. 프릴이 잔뜩 달린 흰 원피스와 헬로 키티 지갑을 보니 더 그렇다. 거기다 지크에게 이끌려 파빌리온으로 들어오면서도 핸드폰에서 눈 한 번 떼지 않는다.

"아, 이쪽이 줄스군요."

지크가 입을 뗀다. 고개를 끄덕여 답한다.

"여긴 딜런이에요."

지크가 딜런을 경계하듯 바라본다.

"반갑습니다."

딜런이 가볍게 고개를 끄덕이고 묻는다.

"그래서, 우리를 도와줄 수 있다고요?"

"난 못하죠. 그러니까 유미를 데려온 거지."

소녀가 한 걸음 앞으로 나오더니 손바닥을 펼쳐 보인다.

"선불."

지크에게 돈을 넘긴다. 내 손을 떠나는 돈을 보니 마음이 혼란스럽다. 지크가 돈을 건네주자 유미가 순식간에 돈을 세더니 지크에게 몫을 넘겨준다. 나머지는 헬로 키티 지갑으로 고이 들어간다.

"이제 핸드폰."

에리카의 핸드폰을 넘겨 준다. 유미가 다이아몬드를 살피는 감정사처럼 핸드폰을 하나하나 뜯어보더니 말한다.

"5분만 나 혼자 있을게요."

나머지 사람들은 파빌리온에서 나와 바위로 향한다. 아까 뛰어놀던 아이들은 사라지고 거친 바위 골짜기에 달랑 지크와 딜런, 나 셋만 덩그러니 서 있다.

"그거 인그리드 핸드폰이에요?"

"알면 다쳐요."

"됐어요."

어깨너머로 파빌리온을 바라본다. 유미가 내가 자리를 비켜준 의자에 앉아 있다. 핸드폰 화면 위로 손가락이 빠르게 움직인다. 잘 되어 가는 거면 좋겠다.

"인그리드한테 연락 없었죠?"

"네. 당신은요?"

"없었죠."

"무슨 일인 것 같아요?"

지크가 묻는다.

딜런을 바라본다. 아주 작게 고개를 내젓는다. 작은 움직임이지만 더없이 확실한 표현이다. 이건 우리 둘 사이의 일로 남겨야 한다.

"그것도 알면 다쳐요. 그래도 혹시 인그리드한테 연락이 오면 나한테 연락하라고 해줘요. 내 번호도 주소도 다 아니까. 그냥 괜찮은지만 확인하고 싶어요."

지크의 뒤로 유미가 파빌리온에서 걸어 나와 에리카의 핸드폰을 내게 들이민다.

"다 됐어요."

화면을 밀어 넘기자 에리카의 핸드폰에 깔린 애플리케이션이 등장한다. 카메라, 갤러리, 통화 기록도 멀쩡히 남아 있다.

"잠금을 아예 꺼 버렸어요. 혹시 다시 잠기면, 1234로 풀어요. 비밀번호 바꿔 놨으니까."

그러더니 다른 말 없이 떠나 버린다. 지크가 내게 악수를 하고 딜런에게는 이상한 경례를 한다.

"좋은 거래였습니다."

지크가 말을 마치고 유미를 뒤쫓아 걸음을 재촉한다.

에리카의 핸드폰을 손에 들고 두 사람이 떠나가는 걸 지켜본다. 안에 뭐가 있든 간에 제발 값어치를 했으면 좋겠다.

딜런과 레이디스 파빌리온으로 돌아와 한 의자에 앉아 몸을 숙여 핸드폰을 들여다본다.

에리카에게 생긴 일의 증거가 이 핸드폰 속 어딘가에 숨어 있을 것이다. 그럼 인그리드에게 생긴 일도 알아낼 수 있다.

"사실 한 편으론 무슨 일이 생겼는지 알고 싶지 않기도 해요. 나쁜 일이라면요."

딜런이 핸드폰을 손바닥에 받쳐들고 말을 꺼낸다.

"그냥 도망가서 어딘가에서 잘살고 있을 거라고 생각하는 게 더 좋을지도 모르죠."

나도 그렇게 생각했었다. 제인이 그냥 지루한 펜실베니아 마을을 탈출한 거라고 믿고 싶었다. 어디 먼 데서 푸른 바다와 야자수를 벗삼아, 조약돌이 깔린 광장에서 밤마다 축제를 즐기고 있을 거라고. 차라리 그렇게 생각하는 편이 나았다. 검은 폭스바겐에 올라타고 몇 시간 후 살해당했을 거라고 생각하는 것보단.

지금 난 제인이 어디 있는지 알 수 있다면 뭐든 할 거다. 무덤이든 휴양지 별장이든 상관없다. 난 이제 진실을 알고 싶을 뿐이다.

"그 생각도 변할 거예요. 지금은 안 그럴 것 같지만. 그렇게 돼요."

딜런이 내 손에 대고 핸드폰을 꾹 누른다.

"그래요. 진실은 원래 쓰디쓴 법이니까. 해 봅시다."

"어디부터 볼까요?

"통화 기록이요."

통화 기록으로 들어가 발신 기록을 먼저 살핀다. 첫 번째 기록에는 맨해튼 지역 번호로 시작하는 번호가 찍혀 있다. 심장이 조여드는 것 같다.

에리카가 마지막으로 전화한 곳이다.

통화 시간과 날짜를 확인한다. 10월 4일 오후 9시다.

"사라지기 한 시간 전이에요."

"어디 번호인지 알겠어요?"

"아뇨."

전화를 걸어본다. 신호가 울리자 심장이 밖으로 튀어나올 듯 쿵쾅거린다. 스피커 버튼을 눌러서 두 번째 신호부터는 둘 다 충분히 들릴 크기인데도 딜런이 어깨를 맞대고 몸을 밀어붙이고 있다.

신호가 세 번 울리자 누군가 전화를 받는다.

"후난궁입니다. 포장이세요, 배달이세요?"

듣자마자 전화를 끊는다.

희망이 꺾인 딜런이 내게서 몸을 뗀다.

"그날 밤에 에리카가 중국 음식을 시켰어요. 잊고 있었는데….."

포기하지 않고 한 달간의 발신기록을 살펴본다. 딱히 눈에 띄는 게 없다. 딜런에게서 몇 통, 캐시라는 여자와 마커스라는 남자에게 몇 통. 그로부터 일주일 전에 또 한 번 후난궁에 전화한 기록이 있고, 그 며칠 전에는 캐시에게 또 한 번 전화했다.

빠르게 뛰던 심장이 실망감에 속도를 늦춘다. 뭘 기대한 건지 모르겠다. 긴급전화가 몇 통씩 찍혀 있길 바란 것인지, 딜런에게 건 마지막 통화 같은 걸 기대한 건지.

수신 기록으로 넘어간다. 가장 최신 기록은 딜런에게서 온 전화다.

어제 오후 3시다. 음성메시지는 남기지 않았다.

이틀 전 자정에 건 전화에는 메시지를 남겼다.

메시지를 재생한다. 딜런의 슬픈 목소리가 웅웅거리며 핸드폰에서 흘러나온다. 딜런이 이를 악물고 있다.

"또 나예요. 이 번호 안 쓰는 게 확실한데 왜 전화하게 되는지 모르겠어요. 날 피하는 게 아니었으면 좋겠어요. 걱정돼요, 에리카."

지난 2주간 딜런이 보낸 메시지들을 재생한다. 딜런은 아무 말이 없다. 메시지 속 딜런의 목소리가 걱정과 좌절 사이를 오간다.

다른 사람들에게서 온 메시지도 마찬가지다. 캐시와 마커스, 이름을 밝히지는 않았지만 어렴풋이 영국 억양이 느껴지는 여자까지 다들 목소리에 긴장감이 서린 게 느껴진다. 어떻게든 희망의 끈을 놓지 않으려 하지만 그 속에 있는 걱정이 감춰지지를 않는다.

그 메시지들 사이로 선의가 섞여 있지 않은 메시지가 끼어 있다. 비자카드에서 60일간 지불이 안 됐다고 전화가 온 것이다. 디스커버 카드도 같은 이유로 전화가 왔다. 키스라는 이름의 남자가 빌려 간 돈 내놓으라며 전화한 기록도 있다.

"24시간 안에 전화 안 하면 경찰 부를 거야."

그게 11일 전이다. 협박한대로 실천했으면 참 좋았을 텐데.

이번에는 문자를 뒤져 본다. 역시 이번에도 딜런에게서 온 연락이 잔뜩이다. 몇십 개를 보내 놨다. 지난 일주일간의 문자를 다 넘기려니 검지 손가락에 쥐가 날 것 같다.

가장 최근에 온 문자는 이틀 전이다. 자정 직후에 보낸 문자다.

제발 어디 있는 건지 알려 줘요.

그리고 몇 분 뒤 다른 문자를 보냈다.

보고 싶어요.

음성메시지를 보냈던 사람 중 두 명도 문자를 보냈다.

캐시 : 요즘 통 연락이 없네. 괜찮아?
마커스 : 어디 갔었어?
캐시 : 너 진짜 괜찮아? 이거 보면 바로 문자 줘.
캐시 : 제발!!

심지어 인그리드에게서도 문자가 두 개 와 있다. 에리카가 사라진 다음
날이다.

어디예요?

근처예요? 걱정돼요.

다시 화면을 쓸어 홈 화면으로 나간다. 에리카가 가장 많이 쓴 앱이 뭐
였는지 조사해 본다. 유력한 후보들이 대거 탈락한다. 페이스북도 트위터
도, 인스타그램도 아니다.

"에리카는 SNS 같은 건 안 좋아했…."

또 옛날 이야기 하듯 꺼낸 말을 딜런이 정정한다.

"안 좋아해요. 시간 낭비라고 그랬어요."

갤러리로 들어가 바솔로뮤 안에서 찍은 사진을 찾아본다. 가장 최근에 찍힌 건 욕조에 쌓인 비누 거품 사이로 삐져나온 발끝을 찍은 사진이다.

12A의 큰 욕실에 있는 그 욕조다. 바솔로뮤 첫날밤에 그 욕조를 써서 안다. 입욕제도 같은 걸 썼을 수도 있다. 에리카도 싱크대 아래에서 찾아낸 건지, 아니면 처음에 에리카가 직접 가져온 건지 궁금해진다. 후자였으면 좋겠다. 에리카의 행동을 똑같이 반복하고 있다고 생각하면 어쩐지 꺼림칙해져 소름이 돋는다.

다른 사진들을 마저 둘러본다. 제법 인상적인 사진들이 나온다. 나선형 계단, 식당에서 찍은 공원의 풍경, 새벽 어스름에 빛나는 조지의 오른쪽 날개까지. 12A 내부를 범상치 않은 구도로 찍어놨다.

셀카 찍는 것도 좋아했던 모양이다. 주방에서, 서재에서, 침실 창가에서 찍은 에리카의 셀카를 발견한다.

그 사진들 사이로 에리카가 찍은 영상이 두 개 등장한다. 그중 먼저 찍힌 영상을 재생한다. 활짝 웃는 에리카가 화면을 가득 채운다.

"여기 좀 봐요, 진짜."

화면이 휙 돌아가며 침실 창에서부터 침실 구석구석을 비춘다. 에리카가 집을 보고 느꼈을 울렁거림이 전해지는 어지러운 화면 전환이다. 나도 그랬었다. 놀랍기도 하고, 이런 행운이 또 있을까 싶은 마음도 들었다.

빙글빙글 방을 두 번 돌고는 에리카가 다시 등장해 렌즈를 바라보며 말한다.

"꿈이라면 깨기 싫어요. 절대 떠나기 싫어요."

몇 초 뒤에 영상이 끝난다. 에리카의 얼굴이 화면을 반쯤 채운 채 멈춘다. 나머지 반은 비스듬히 비춰진 창이 채우고 있다. 조지의 날개 너머로 도시의 하늘이 펼쳐져 있다.

딜런에게로 몸을 돌린다. 멍하니 핸드폰을 바라보고 있다. 제인이 사라진 후 아빠의 얼굴에서 똑같은 표정을 본 적 있다. 잊을 수가 없다.

"괜찮아요?"

"네."

딜런이 고개를 젓는다.

"아니, 안 괜찮은 것 같아요."

두 번째 영상으로 넘긴다. 10월 10일에 찍힌 영상이다.

에리카가 사라진 그 날 밤이다.

심호흡하고 마음을 굳게 먹은 후 재생 버튼을 누른다.

영상은 깜깜한 화면으로 시작된다. 핸드폰이 움직이며 바스락거리는 소리가 들린다. 언뜻 어두운 벽이 보인다.

응접실이다.

벽지의 얼굴들이 익숙하다.

핸드폰이 갑자기 에리카의 얼굴을 비친다. 창문으로 들어온 달빛에 어슴푸레 얼굴이 보인다. 그 들뜬 미소는 온데간데없고 두려움만이 가득하다.

무언가 안 좋은 일이 생길 거라는 걸 이미 알고 있는 것처럼 보인다. 핸드폰이 흔들리면서 화면이 흐릿해진다.

에리카가 손을 떨고 있다.

카메라에 대고 속삭인다.

"자정이 막 지났고, 이상한 소리를 들었어요. 아마…, 누군가 이 집 안에 있는 것 같아요."

숨이 턱 막힌다. 나도 그 이상한 소리라는 게 무슨 말인지 알 것 같다. 나도 들었으니까. 옷감이 스치는 것 같은 그 가벼운 소리를 말하는 거다.

화면 안에서 에리카가 어깨너머를 바라본다. 내 시선도 따라간다. 누군가 거기서 지켜보고 있을 거라 생각하며 그림자를 찾는다. 에리카가 핸드폰을 다시 바라본다. 화면 속의 자기 자신에게만 시선을 고정하고 있다. 무얼 본 건지 불안해 보인다.

"이 건물에서 무슨 일이 일어나고 있는 건지 모르겠어요. 뭔가 잘못됐어요. 이유는 모르겠지만, 우린 감시당하고 있어요…."

에리카가 숨을 내뱉는다.

"무서워요. 무서워 죽을 것 같아."

뒤에서 소음이 들려온다.

곧이어 문에 노크 소리가 한 번 울린다.

에리카가 그 소리에 펄쩍 뛴다. 눈이 더 커질 수 없을 만큼 커진다. 그 안에 공포심이 흘러넘치고 있다.

"미친."

에리카가 속삭인다.

"그 남자예요."

화면이 갑자기 어두워진다.

퍽 하는 충돌과 함께 갑자기 영상이 끝난다. 흡사 얼굴을 내리치는 소리 같다. 다시 현실로 돌아온다. 영상이 시작하고부터 계속 숨을 참고 있었다는 걸 깨닫는다. 다시 느릿하게 숨을 내뱉는다. 내 옆에서 딜런이 앞으로 몸을 숙이고 있다. 곧 토할 것처럼 완전히 몸을 굽히고 있다. 급하게 얕은 숨을 몇 번 쉰다.

"저게 무슨 말인지 알아요?"

딜런이 침을 꿀꺽 삼킨다.

"몰라요. 누군가에게 위협당하고 있던 건지…. 나한테는 말 안 했어요."

위협당한다는 말에 인그리드가 생각난다. 인그리드도 그랬다. 내 주방 싱크대 밑에 숨겨진 총만 봐도 확실하다. 그 위협을 스스로 느낀 건지, 아니면 에리카가 경고해 준 건지 궁금해진다. 만약 그렇다면 인그리드가 왜 그렇게 바솔로뮤를 무서워했는지 이해가 간다. 영상 때문에 마음 깊은 곳이 흔들린다. 에리카가 한 말 때문만이 아니다. 뭐라 설명하기도 어려울 만큼 겁먹은 에리카의 표정 때문이다.

"딜런. 아무래도 우리 진짜 위험한 거 같아요. 우리 말대로 인그리드가 에리카에게 생긴 일을 알아서 사라진 거라면, 정말로요."

딜런은 깊은 수심에 잠겨 아무 말도 없다. 얼핏 반응 없는 것처럼 보이는 얼굴이다. 결국, 딜런이 입을 뗀다. "당신, 그 사람들 찾는 거 그만 둬야 할 것 같아요."

"저요? 당신은요?"

"난 내 한 몸은 지킬 수 있거든요."

그건 맞는 말이다. 딜런은 흡사 경호원 같은 체구를 가졌다. 누가 공격하려다가도 멈칫할 체구다.

"그래도 무슨 일이 벌어진 건지는 알아야 해요."

우리는 너무 많은 공통점을 가지고 있다. 나와 인그리드, 에리카, 메건까지. 모두 부모도 친척도 없이 혼자 표류하는 영혼들이고, 여기서 어떻게든 길을 찾아보려고 하는 사람들이다. 그리고 지금은 그중 세 명이 사라졌다.

그들에게 무슨 일이 일어난 건지 알아내지 않으면, 그다음은 나일지도 모른다.

"이건 진짜 심각한 문제예요. 에리카가 영상에서 한 말 들었잖아요. 그 건물에서 이상한 일이 일어나고 있다고. 그냥 경찰에게 도움을 요청해야 할지도 몰라요."

"경찰이 우리를 도와줄 것 같아요? 그냥 애매한 의심밖에 없잖아요. 메건과 에리카, 인그리드에게 뭔가 나쁜 일이 생긴 것 같다는 게 전부잖아요."

"애매한 의심 정도가 아닌 것 같은데요."

"맞아요. 하지만 그래도 정확히 무슨 일이 벌어지는지 알기 전까지 경찰은 움직이지 않을 거예요."

"그럼 우리가 직접 알아내는 수밖에 없겠네요."

딜런이 막막한 듯 한숨을 푹 내쉰다.

"그래도 조심해야 돼요. 빈틈없이, 조용히 움직여야 해요. 인그리드에게 생긴 일이 우리 둘 중 누구에게도 생기면 안 되니까.

딜런이 파빌리온에서 자리를 뜬다. 그리고 바솔로뮤 쪽으로 몸을 돌려 나무 꼭대기 너머로 보이는 바솔로뮤를 올려다본다. 나 역시 옆에 서서 바솔로뮤를, 그중에서도 내 방을 바라본다. 조지가 옥상 모서리에 앉아 감시하듯 내려다보고 있다. 12A의 창으로 우중충한 회색 하늘이 비친다. 벽지에 그려진 무늬가 생각난다.

한 번 깜빡이지도 않고, 커다랗게 우리를 똑바로 바라보고 있던 눈처럼 생긴 무늬.

33

"자정이 막 지났고, 이상한 소리를 들었어요."

에리카의 핸드폰을 양손으로 잡고 멍하니 동영상을 바라본다. 달빛을 받아 희미하게 보이는 얼굴과 두려움이 가득한 눈동자, 떨리는 목소리에 집중한다.

"아마···, 누군가 이 집 안에 있는 것 같아요."

딜런과 나는 바솔로뮤에 같이 돌아가지 않는 게 좋겠다고 결론을 내렸다. 누구보다 조심스럽게, 조용히, 또 현명하게 움직여야 할 때다. 우리는 15분 간격을 두고 돌아가기로 했다. 딜런이 먼저 후드를 푹 눌러쓰고 출발했다.

난 공원에 남아 호숫가 산책길을 걷기 시작했다. 수면 위의 불그스름한 나뭇잎을 바라보다가, 잔물결을 헤치고 유유히 지나가는 오리들과 보우 브릿지를 건너는 사람들을 구경하기도 했다. 하지만 전부 소용없었다. 바솔로뮤에 불길한 일이 일어나고 있다는 생각이 머릿속을 떠나지 않았다.

지금은 12A로 돌아와 에리카의 동영상을 계속해서 돌려 보고 있다. 이제 여섯 번째다. 다음 장면에 뭐가 나올지도 꿰고 있다.

에리가가 어깨너머로 무언가를 휙 쳐다보고는 핸드폰으로 시선을 옮긴다. 화면 속 자기 자신을 바라본다. 두 눈에는 공포심이 가득 서려 있다.

"이 건물에서 무슨 일이 일어나고 있는 건지 모르겠어요. 뭔가 잘못됐어요."

동영상을 그냥 반복 재생하는 정도가 아니라 이제는 영상을 따라 하는 지경에 이르렀다. 지금 내가 있는 이 응접실에서 영상이 촬영됐다. 나는 응접실 중앙의 붉은 소파에 앉아 있다. 정확히 에리카가 앉아 있던 그 자리다.

내 뒤에 널찍하게 펼쳐져 있는 빨간 벽지가 내 어깨너머로 시선을 던진다.

"이유는 모르겠지만 우린 감시당하고 있어요."

에리카가 숨을 내뱉는다. 나도 마찬가지로 숨을 내뱉는다.

"무서워요. 무서워 죽을 것 같아."

나 역시 무섭긴 마찬가지다. 그래서 동영상을 계속 돌려 보며 에리카의 상황을 파악하려고 애쓴다. 에리카에게 정확히 무슨 일이 생긴 건지는 모르겠지만, 에리카와 똑같은 결말만은 피하고 싶다.

핸드폰에서 커다란 소음이 튀어나온다.

노크 소리다.

에리카가 그 소리에 펄쩍 뛴다. 몇 번을 보았는데도 여전히 무서운 소리다. 에리카의 반응은 더 하다. 커다랗게 뜬 눈에 공포가 서려 있다.

"미친. 그 남자예요."

영상이 검은 화면으로 바뀐다. 계속 화면을 들여다본다. 에리카의 얼굴은 사라지고 화면에 내 얼굴이 비친다. 에리카와 비교하자면 무섭다기보단 심각한 표정에 가깝다. 동영상이 끝날 때 에리카가 말했던 그 사람이 누군지 궁금해진다. 에리카를 감시하는 것 같다던 그 사람과 동일 인물일까. 만약 그렇다면 그 감시자의 목표는 에리카였을까, 아파트 시터 전체였을까.

보안 모니터를 생각해 보면, 목표는 그들 전체였을 것이다.

아니, 우리 전부다. 나도 포함이니까.

내가 여기서 도대체 무슨 역할인지 모르겠다. 나도 에리카처럼 사냥감

인지, 아니면 추측이긴 하지만 인그리드같은 방해꾼인지.

어쩌면 둘 다일 가능성도 있다. 너무 이것저것 파헤치고 다녀서 나도 모르게 뭔가에 발을 들이고 있는 건 아닌가 싶다. 그게 정확히 뭔지는 아직 알 수 없지만 말이다.

하지만 나와 달리 인그리드는 전말을 알고 있었다. 무슨 일이 일어나고 있는 건지 어떻게든 알아냈고, 딜런에게 경고해 주려고 했다. 돌이켜보면 나와 만났던 날에도 내게 경고해 주려고 했던 것 같다. 몸을 잔뜩 웅크린 채 어린아이처럼 바솔로뮤에 대해 이야기하던 모습이 선명하다.

바솔로뮤가 무서운 곳이라던 그 말을 믿었어야 했다.

에리카의 영상을 일곱 번째로 보기 시작한다.

"자정이 막 지났고, 이상한 소리를 들었어요."

그 순간, 내게도 이상한 소리가 들려온다.

현관문에서 노크 소리가 두 번 들려온다. 흡사 총성처럼 들릴 정도로 크고 빠르다.

화들짝 놀라 온몸이 떨린다. 영상 속의 에리카와 똑같은 반응이었을 거다.

응접실에서 현관으로 느리게 다가간다. 한 발 한 발 조심스럽다. 심장이 두 배쯤 빨리 뛴다. 저 문 너머에, 영상 속에서 노크했던 그 사람이 서 있을 수도 있다. 에리카를 사라지게 했던 바로 그 사람이.

'그 남자예요.'

하지만 구멍으로 슬쩍 바라본 바깥에 있는 건 남자가 아니라 여자다.

그레타 만빌이 가디건에 가방까지 걸치고 문앞에 서 있다.

"왠지 오늘 찾아올 것 같았는데 안 오길래."

문을 열자 그레타가 말을 건넨다.

"대신 내가 찾아가 줘야겠다 생각했어요."

"너무 감사한 말씀이네요."

문을 활짝 열어놨는데도 그레타는 문 바깥에서 초대의 말을 기다리듯 미동 없이 서 있다.

"들어오시겠어요?"

정답이었는지 그레타가 안으로 들어온다. "오래 안 있을 거예요. 붙잡지 마요. 충고 한마디 하자면, 젊은 사람들은 늙은이들의 말을 그대로 받아들일 줄도 알아야 하는데."

"명심할게요."

그레타를 응접실로 안내한다.

"뭐 마실 것 좀 드릴까요? 커피도 있고, 차도 있고… 음, 지금은 그게 다네요."

"차가 좋겠네요. 조금만 부탁해요."

주방으로 향해 주전자에 물을 올린다. 응접실로 다시 돌아오니 그레타가 주변을 서성거리고 있다.

"오지랖은 아니고, 그냥 많이 바뀌었다고 감탄 중인 거예요. 지금은 좀 어수선한 게 덜하네요."

"전에 여기 와보셨어요?"

"줄스, 나 여기에서 살았었어요."

그 말에 놀라 그레타를 바라본다. "*꿈꾸는 이의 마음* 쓰셨을 때요?"

"맞아요."

어쩐지. 우연치고는 너무 비슷한 점이 많다 했다. 진짜로 침실 창가에서 몇 시간씩 바깥을 바라본 적 있으니 그렇게 정확하게 묘사할 수 있었던 거다.

"그럼 여기가 진짜 지니의 집이었던 거네요?"

"아뇨, 당신 집이죠. 소설과 현실을 착각하면 안 돼요."

그레타가 계속해서 걸음을 옮긴다. 망원경이 있는 창가 쪽까지 다다른다.

"그건 그렇고. 책을 집필한 자리는 여기였어요. 바로 이 자리에 금방이라도 부서질 듯한 탁자가 있었죠. 몇 시간씩 타자기를 두드렸어요. 그 소리가 어찌나 시끄럽던지, 부모님이 끊임없이 짜증을 내셨죠."

"부모님은 여기 얼마나 사셨는데요?"

"몇십 년을 사셨죠. 근데 우리 집안 소유였던 건 더 오래전부터였어요. 엄마가 할머니한테 물려받았으니까. 난 결혼 전까지 여기 살다가 이혼 후에 다시 돌아왔어요. 그리고 당신이 그렇게나 좋아하는 그 책을 쓰기 시작했죠."

그레타를 따라간다. 검지손가락으로 벽을 쓸어가며 서재를 살피고 다시 복도로 나온다. 찻주전자의 물 끓는 소리가 들리자, 둘 다 주방으로 향한다. 그레타가 테이블에 자리를 잡는다. 차를 두 잔 따르고 나도 한 자리 차지한다. 그레타의 존재가 감사해진다. 이젠 10분 전처럼 조마조마하지 않다.

"여기 살았을 때랑 비교해 보면 얼마나 바뀌었어요?"

"많이 바뀐 데도 있고, 아예 안 바뀐 데도 있고 그래요. 가구는 당연히 다르고. 원래는 계단 아래쪽에 가정부가 쓰던 방이 있었어요. 근데 벽지는 그대로네요. 어때요? 솔직히요. 감상에 젖어 있는데 분위기 깨면 어쩌나 걱정하지 말고요."

"저는 싫어요."

"그럴 줄 알았어요."

그레타가 반대편에서 나를 찬찬히 바라본다.

"이 세상에는 두 종류의 사람이 있죠. 저 벽지에서 꽃만 보이는 사람과 얼굴만 보이는 사람."

"이상을 보느냐 현실을 보느냐 군요."

그레타가 고개를 끄덕인다.

"바로 그거예요. 처음엔 당신이 꽃을 보는 사람인 줄 알았어요. 공상에 잠겨서 현실에 눈 돌린 사람인 줄 알았죠. 근데 이제 좀 알겠어요. 얼굴을 보는 쪽이죠?"

재빨리 고개를 끄덕인다.

"그럼 당신은 현실주의자라는 뜻이에요."

"작가님은요?"

"둘 다 보고, 어디에 초점을 맞춰야 하는지 고르는 편이에요. 실용적인 거겠죠. 근데 오늘은 꽃에 집중할 거예요. 내가 오늘 찾아온 진짜 이유죠. 이걸 주고 싶었어요."

그레타가 가방을 뒤져 *꿈꾸는 이의 마음*의 양장 초판본을 꺼낸다.

"사인본이에요."

그레타가 책을 건네준다.

"처음에 로비에서 덤벼들면서 부탁했던 대로요."

"덤벼든 거 아니거든요."

짐짓 짜증 난 것처럼 말하지만, 마음속에서는 뭐라 말로 표현할 수 없을 만큼 감동하고 있다.

책을 펼쳐 그레타가 속표지에 써둔 글을 본다.

친밀함과 고마움이 순식간에 사라진다. 오싹해진다.

"별로 마음에 안 들어요?"

글씨를 뚫어져라 쳐다보며 몇 번씩 읽어 내려간다. 혹시 잘못 본 건 아닌지 확실히 확인하고 싶다.

Lock Every Door

잘못 본 게 아니다.

"너무 좋아요."

내 목소리에서 의심이 느껴지지 않게, 괜히 더 목소리를 높여 대답해 보지만, 잘 숨겨지지는 않는다.

그레타에게도 그게 보이는 모양이다.

"그럼 왜 쓰러지기 직전의 나 같은 얼굴을 하는 거예요?"

내 기분이 딱 그렇기 때문이다. 낭떠러지 끝에 아슬아슬하게 서 있는 기분이다.

"몸이 좀 안 좋을 뿐이에요. 저 때문에 애써 이러실 필요 없었는데."

"하기 싫었으면 아예 안 했을 거예요."

"그래도, 처음 만났을 때 제가 짜증나게 했던 건 맞잖아요. 매번 사인할 때마다 귀찮으셨을 텐데. 특히 아파트 시터들한테는 더요."

"그건 틀렸어요. 바솔로뮤에서는 누구에게도 책에 사인해 준 적 없거든요. 줄스는 특별한 사람이니까. 내 방식대로 그걸 알려주고 싶었어요."

우쭐해진 것처럼 보이려 책을 품에 끌어안고 신난 척한다. 그레타가 한 이틀쯤 전에만 이렇게 했어도 진심이었을 텐데. 지금은 그저 이 책에서 도망가고만 싶다.

"영광이에요. 정말, 진심으로."

그레타가 아직도 걱정스러운 눈으로 날 쳐다본다.

"정말 괜찮은 거 맞아요?"

"사실, 상태가 좀 안 좋기는 해요."

기뻐하는 연기가 안 통하니 진실에 좀 더 가까운 핑계를 꾸며내 본다.

"감기 기운이 좀 있는 것 같아요. 환절기 때마다 꼭 이런다니까요. 차 좀 마시면 괜찮아질 것 같았는데 지금은 그냥 누워서 쉬는 게 좋을 것 같아요."

내가 그레타를 내보내려 하는 걸 눈치 챘는지, 그레타는 별말 없이 찻잔을 비우고 가방을 짊어진다. 느릿하게 주방을 나가며, 현관에서 그레타가 말한다.

"좀 쉬어요. 내일 보러 올게요."

미소를 쥐어짜낸다.

"제가 먼저 찾아갈 거예요."

"오, 이제 경쟁이군요. 도전을 받아들이죠."

그 말과 함께 그레타가 문으로 빠져나간다. 엘리베이터로 향하며 작게 손을 흔들어 보인다. 그레타가 사라지자마자 문을 닫고 복도를 달려 서재 책꽂이로 향한다. 첫날 여기서 발견한 *꿈꾸는 이의 마음*을 찾아들고 첫 장을 넘긴다.

가슴속이 시끄럽다. 심장이 터져버릴 것 같다.

그레타에게 진실을 말할 기회를 줬지만, 그레타는 그 기회를 걷어찼다. 이유는 모르겠다. 그게 무슨 의미인지도 모르겠고.

내가 아는 건 하나다. 이 책의 첫 장에는 그레타의 사인뿐 아니라, 다른 두 권의 책에 쓰인 것과 정확히 똑같은 글이 쓰여 있다. 유일한 차이점은 거기 쓰여 있는 이름이다.

하나는 내 이름이고, 다른 하나는 인그리드였다. 그리고 이 책에는….

에리카에게,
만나서 반가웠어요! 당신의 젊음이 내게 생명을 주네요!
행복하길,

그레타 만빌

34

아무것도 아닐 거다.

그냥 그레타가 사인할 때마다 쓰는 글일 뿐이겠지.

저 밖에만 가도 똑같은 말이 쓰인 책을 든 여자들이 수두룩할 거다.

에리카나 인그리드도 나처럼 친하게 지내고 그러진 않았을 것이다. 초대해 주지도 않고, 점심을 먹으러 가지도 않고, 과거 이야기를 해 주지도 않고, 그리고⋯. 죽이지도 않고? 납치하지도 않고?

당연히 아니다. 그레타는 그럴 수가 없다. 정신의 문제가 아니다. 그럴 수 있는 육체가 아니다.

그레타 만빌은, 그 나이와 질병을 두고 생각했을 때 누군가를 해칠 수 있는 사람이 아니다.

그럼 왜 거짓말을 하는 걸까. 책에 사인하는 걸 의심스러워할 게 뭐가 있단 말인가. 그레타는 작가니 사인 정도는 일상일 텐데. 그레타가 인그리드와 에리카에게도 책에 사인을 해 줬다고 인정했다면, 난 그냥 그렇구나 하고 말았을 거다. 둘 다 실종된 상태인 걸 알아도. 지금 날 겁먹게 하는 건 그 거짓말이다.

그냥, 그레타가 보호의 개념을 잘못 이해하고 있는 것이길 바란다. 그레타는 내가 어떤 삶을 살아왔는지 안다. 내 슬픈 과거사를 다 들려줬으니까. 나를 연민해서, 다른 사람들에게도 사인해 줬다는 걸 알면 내가 나 자신을 특별하다고 여기지 않을까 봐 그랬을지도 모른다. 마치 내가 그레타에게 특별한 존재라는 사실이 내 어두운 과거에 조금은 보상이 되어 줄 거라 믿어서.

그게 아니면, 그레타가 내게 말했던 것보다 인그리드와 에리카를 잘 알았을지도 모른다. 둘 모두와 친하게 지냈지만, 두 사람이 사라지자 그 둘과 엮이면 괜히 수색에 휘말리게 될 거라 생각했던 거다. 그게 그레타가 두 사람의 실종에 개입했다는 의미는 아니다. 찾든 말든 신경도 안 쓴다는 의미도 아니다. 그냥 그들을 나만큼 찾아다니기엔 시간이며 에너지, 체력 같은 게 부족했을 뿐이다.

그것도 아니라면 가장 유력한 세 번째 가설. 그레타는, 무언가를 숨기고 있다.

그레타는 인그리드가 바솔로뮤의 소름끼치는 과거사를 물어보러 왔다고 했다. 그런데 만약 이것도 거짓이라면? 인그리드가 그레타에게 에리카에 대해 물으려고 찾아간 거였다면?

그렇게 이상한 이야기는 아니다. 나도 인그리드에 대해 물어보려고 결국 그레타에게 찾아갔으니, 인그리드도 똑같이 하지 않았으리란 법은 없다. 나처럼 인그리드도, 그레타와 에리카가 친할 거라고 생각했을 것이다.

어쩌면 인그리드가 그레타에게 바솔로뮤에 대해 물어봤다는 건 사실일 수도 있다. 바솔로뮤의 과거를 조사하고 다녔을 거라 생각한 인그리드가 에리카와 같은 과정을 거친 것이다. 애매하지만 가능성은 있다. 그 논리가 통하려면 에리카도 바솔로뮤의 과거를 조사하고 다녔단 증거가 필요하다.

에리카의 핸드폰을 가지고 소파로 돌아간다. 인터넷을 켜서 즐겨찾기해 놓은 사이트나 검색 기록 같은 걸 둘러본다. 그냥 맨해튼의 흔한 20대 여성이 설정할 법한 즐겨찾기다. 대중교통 운행 일정, 날씨, 포장 음식들 정도다. 검색 기록은 텅 비어 있다. 에리카가 삭제한 거다. 당연하다. 바솔로뮤의 어두운 과거 같은 걸 찾은 검색 기록 같은 게 남아 있을 거라 생각한 내가 멍청했다.

인터넷 창을 닫고, 사실 방 어디에 핸드폰을 대충 던져두고도 싶지만 대신 구글 검색을 시작한다. 인터넷 방문 기록 같은 건 남아있지 않지만, 자동완성기능을 사용했을 가능성도 있다. 검색창에 자주 쳤던 주제를 자동으로 띄우는 기능이다.

바솔로뮤부터 검색해 본다. T를 치자마자 토마스 바솔로뮤가 나온다. 이 건물을 짓고 반년 뒤 옥상에서 뛰어내린 사람이다. 에리카가 그 사람에 대해 찾아본 건 확실하다.

결과를 누르자, 화면이 바솔로뮤 박사에 관한 불운한 기사로 가득 찬다. 첫 번째 링크는 며칠 전에도 읽었던 뉴욕타임즈의 기사다.

〈바솔로뮤를 강타한 비극〉

검색창으로 돌아가 화면을 한참 내리다 바솔로뮤 박사의 죽음이 아닌 다른 내용을 다루는 링크를 발견한다. 들어가 보니 다른 군더더기 없이 맨해튼 부동산 목록에 바솔로뮤가 올라와 있는 사이트다. 그냥 이름이나 주소같이 자잘한 정보만 나와 있는 게 아니다.

준공년도 : 1919
세대수 : 44
건물주 : 해당 건물은 바솔로뮤 일가가 개인적으로 소유, 운영하고 있음.
건물가치 및 연간소득, 세대당 수익이나 추정가격에 대한 공식 기록은 존재하지 않음.

인터넷 창을 닫고 이번엔 에리카의 옛날 문자들을 살펴본다. 딱히 특별할 게 없다. 극히 일상적인 친구들과의 대화나 딜런과 밤에 만날 약속을 정하는 내용뿐이다. 통화 기록과 큰 차이가 없다. 에리카는 사라진 날에 딱 후난궁과 딜런에게만 전화를 걸었다.

그런데 10월 3일에 인그리드에게 전화가 왔던 기록이 있다.

에리카가 사라지기 바로 전날이다.

에리카의 음성사서함으로 들어가 공원에서 들었던 딜런의 메시지를 넘긴다. 미처 발견하지 못했던 메시지가 등장한다.

메시지를 재생하니 인그리드의 걱정스러운 목소리가 조용하게 들려온다.

어제 말해 준 게 계속 생각나서 나도 좀 알아봤는데, 그 말이 맞는 것 같아요. 여기서 진짜 무시무시한 일이 일어나고 있어요. 아직 그게 정확히 뭔지 모르는데도 미칠 것 같아요. 전화 줘요.

에리카는 다시 전화를 걸지 않았다. 둘 중 하나다. 인그리드에게 직접 말했거나, 아니면 굳이 걸 필요가 없다고 느꼈거나. 아마 전자였을 것이다. 무시하기엔 인그리드의 불안이 너무 잘 느껴지는 문자다. 에리카가 그 전날 말해 줬다는 게 뭔지, 그리고 인그리드가 그 후에 알아낸 게 뭔지, 전부 궁금해진다. 안타깝게도 지금 그 질문에 답해 줄 사람은 아무도 없지만.

에리카의 핸드폰을 내려놓고 이번엔 내 핸드폰을 집어 들어 인그리드에게 문자를 보낸다. 자포자기다. 어차피 답이 안 올 거라고 생각은 하지만, 지난 며칠간 보낸 수십 개의 문자를 다 무시하고 이 문자에는 답을 해 줄 수도 있겠지.

**인그리드, 거기 있어요? 이 문자 보면 제발 답장해 줘요. 할 얘기가 있어요.
바솔로뮤랑 에리카, 그리고 인그리드가 그 둘에 대해 알고 있는 거 전부 다
요. 중요한 거예요.**

탁자 위에 핸드폰을 엎어 놓고, 소파에 기대어 벽을 바라본다. 난 그
레타처럼 저 벽지에서 내가 보고 싶은 것만 골라볼 수가 없다. 좋든 싫든
나한테 저 벽지는 그냥 얼굴이다.

이번에는 좀 순순히 날 보고 있는 것처럼 느껴진다. 입을 딱 벌리고 있
는 게, 말하거나 웃거나 노래하거나 셋 중 하나같다. 벽지 속 눈들의 시선
을 피해 부산스럽게 몸을 움직이다 눈을 감아버린다. 바보 같다. 내가 눈
을 감는다고 쟤네가 날 못 보는 것도 아닌데.

탁자 위의 핸드폰이 웅웅 울린다. 눈을 번쩍 뜬다.

문자가 왔다.

핸드폰을 집어 든다. 발신자를 확인하고 충격에 온몸이 차게 얼어 붙
는다.

인그리드다.

줄스, 걱정 마요. 난 괜찮아요.

갑자기 손발 끝에서부터 안도감이 밀려와 햇빛이 내리쬐듯 온몸으로
따뜻하게 퍼진다. 너무 기쁘다.

내가 틀렸다. 처음부터 끝까지 다. 인그리드는 죽지도 않았고, 납치된

것도 아니다. 인그리드가 사라진 데 뭔가 타당한 이유가 있다면, 에리카나 메건도 마찬가지일 수 있다.

이제 난 그 설명을 듣고 싶다.

답장으로 문자를 세 통 보낸다. 아직도 온기가 맴도는 손가락이 화면 위에서 빠르게 움직인다.

어디예요?

괜찮아요?

무슨 일이예요?

일 분이 지난다. 답장이 없다. 이 분이 더 지나도 여전히 답장은 없다. 응접실을 왔다 갔다 돌아다니기 시작한다. 어떻게든 다른 생각을 해 보려 내 발걸음을 센다. 67까지 세자 화면에 푸른 점 세 개가 등장해 물결 치듯 움직인다. 인그리드가 답장을 쓰고 있다.

펜실베니아예요. 친구가 소개시켜 줘서 식당에서 종업원으로 일하고 있어요.

걱정했잖아요. 왜 연락 안했어요?

이번에는 바로 답장이 온다.

핸드폰을 버스에 두고 내렸는데, 찾는데 며칠 걸렸어요.

좀 더 기다려본다. 인그리드의 평소 말투를 생각해 보면 온갖 이야기가 마구 쏟아져 나올 거다. 하지만 인그리드의 답장은 따분할 정도로 침착하다.

혼란을 줘서 미안해요.

왜 저한테 말도 없이 떠났어요?

시간이 없었어요. 갑작스럽게 연락 받은 거라서.

좀 이상하다. 떠나기 바로 몇 분 전에도 문앞에서 인그리드를 만났지만, 인그리드는 공원에서 만날 약속을 확실히 못 박아주기만 했다.

그 순간 깨닫는다. 이건 인그리드가 아니다.

조금 전 느꼈던 안도감은 온데간데없고, 온몸에 소름이 돋는다. 살갗으로 공포가 스민다.

나는 지금 인그리드를 사라지게 한 사람과 대화 중이다.

경찰을 불러서 도움을 받아 볼까 생각해 보지만, 딜런도 나도 경찰에게선 이미 실망스러운 답변만 받았다. 경찰이 이 사건을 맡게 하려면 이 사람이 인그리드가 아닌 것 같다는 감 하나만으로는 안 된다.

증거가 필요하다. 문자를 보낸다.

전화해 줘요.

바로 답장이 온다.

안 돼요.

왜요?

여기 너무 시끄러워요.

조심해야 한다. 내 의심이 조금씩 들기 시작한다. 답장을 보내는 대신 엄지손가락을 들고 준비 태세를 취한다. 상대가 자신이 인그리드가 아니라는 걸 드러내게 할 방법을 찾아야 한다. 그것도 자신이 모르는 사이에.

내 애칭이 뭐예요?

화면 위에서 파란 점이 나타났다, 사라졌다, 다시 나타난다.

인그리드의 탈을 쓴 누군가가 답을 고민하고 있다. 그 점이 나타났다 사라졌다 하는 걸 보며 일말의 희망을 갖고 정답이 나타나길 기다려 본다.

인그리드가 그 날 공원에서 내게 붙여준 애칭은, 주주였다.

딜런과 대화한 이후 내 머릿속에서는 끔찍하지만 그럴듯한 시나리오가 펼쳐졌다. 제발 그 시나리오 대신 저 핸드폰 너머에 인그리드가 있는 거였으면 좋겠다.

진동과 함께 답장이 도착한다.

함정이죠? 애칭 없잖아요. 줄스가 진짜 이름이니까.

비명을 지르며 정신없이 핸드폰을 휙 집어던진다. 마치 폭탄을 던지는 것 같다. 핸드폰이 바닥으로 곤두박질친 후 홱 뒤집힌다. 난 소파로 쓰러진다. 심장이 뜨거운 촛농처럼 뱃속으로 뚝뚝 떨어지는 느낌이다.

저 사실을 알고 있는 건 한 사람뿐이다. 인그리드는 분명히 아니다.

바로 닉이다.

35

핸드폰이 다시 울린다. 카펫 때문에 소리가 묻힌다.

옴짝달싹 못 하고 그 자세 그대로 멈춰 있다. 문자를 더 볼 필요도 없다.

기억해 낸다. 나는 닉의 주방에 앉아 있다. 닉이 내 상처를 깨끗이 소독하며 내게 말을 건다. 줄스가 별명이냐면서.

'보통 원래 이름이 줄리안이나 줄리아고 줄스는 별명일 거라 생각하는데, 진짜 원래 이름이 줄스거든요.'

클로이와 앤드류를 제외하면 최근에 내 이름에 얽힌 이야기를 들은 건 닉뿐이다. 바보같이 관심 받는다고 좋아하고, 눈 마주칠 때 멋지다고 감탄이나 했는데.

핸드폰이 다시 한번 울린다.

이번에는 핸드폰으로 조심스레 다가가 본다. 핸드폰이 물기라도 하는 것처럼 조심스럽게 움직인다. 집어 드는 대신 핸드폰을 휙 뒤집어 화면에 뜬 문자를 확인한다.

줄스?

거기 있어요?

글자를 쳐다보고 있는데 누군가 현관을 두드린다. 쿵, 소리에 놀라 핸드폰에서 고개를 든다. 숨이 턱 막힌다.

또다시 쿵 소리가 난다. 첫 번째 노크만큼이나 신경줄을 곤두서게 하는 소리다.

닉의 목소리가 들려온다.

"줄스? 집에 있어요?"

'그 남자예요.'

바로 문 건너편이다.

마치 내 의심을 읽고 찾아온 것 같다.

대답하지 않는다. 못 한다.

아무 말도 할 수가 없다. 작은 실수라도 했다간 내가 전부 알고 있다는 걸 들킬 거다.

돌아서서 현관문을 마주 본다. 응접실 아치에 둘러싸여 마치 문안에 문이 들어 있는 듯한 모양새다.

체인이 문틈에 대롱대롱 매달려 있다.

그 아래 달린 잠금장치가 열려 있는 상태다.

문손잡이 한가운데의 자물쇠가 가로로 누워 있다.

현관문의 잠금이 완벽하게 해제된 상태다.

벌떡 일어나 현관으로 최대한 조용히 걸어 나간다. 아무 대답도 없으면 닉이 갈지도 모른다.

닉이 다시 한번 문을 두드린다. 현관에서 문으로 가까이 다가가던 중이라 소리가 더 크고 가깝게 들린다. 놀라서 헉 숨을 들이마신다.

등을 문에 붙이고 선다. 닉이 내 존재를 눈치채지 못하길 바란다. 닉의 존재감은 뚜렷이 느껴진다. 코앞에서 숨이 가로막힐 정도로 문에 바짝 붙는다.

닉이 지금 당장 밀고 들어올 수도 있다. 문손잡이 한 번만 돌리면 된다. 다행히도 닉은 서서 말을 걸 뿐이다.

"줄스, 거기서 듣고 있는 거라면, 그냥 오늘 아침 일을 사과하고 싶어요. 줄스가 걱정하던 걸 대수롭지 않게 여기면 안 됐는데. 내가 너무 무신경했죠."

문손잡이를 향해 왼손을 뻗는다. 손가락이 한가운데의 자물쇠에 닿는다.

"어쨌든, 어젯밤에 정말 좋았다고도 말하고 싶어요. 정말 다 좋았어요."

엄지와 검지로 자물쇠를 꽉 잡는다. 숨을 흡 참으며 자물쇠를 돌린다. 왼팔이 이상한 각도로 비틀린다. 손가락 관절부터 손목이며 팔꿈치까지 통증이 밀려 온다.

자물쇠를 계속해서 아주 조금씩 돌린다.

"그리고 내가 원래 그렇게 진도를 빨리 나가는 편은 아니에요. 난…"

그 순간 자물쇠가 딸깍 소리를 내며 잠긴다.

닉이 그 소리를 듣고 말을 멈춘다. 내가 다른 소리를 내길 기다리는 듯이.

손잡이가 돌아간다.

닉이 문이 잠긴 걸 확인하려 손잡이를 계속 돌려보고 있다.

숨막히는 몇 초가 지나가고 닉이 말을 이어간다.

"너무 심취해 있었어요. 우리 둘 다 그랬을 거라고 생각해요. 후회하는 건 아니에요. 그냥 내가 그런 사람은 아니라고 말하고 싶어요."

닉이 떠난다. 발소리가 멀어진다. 하지만 나는 닉이 갑자기 돌아올까 봐 두려워서 아직도 문가에 미동도 없이 서 있다.

닉의 말을 떠올린다.

그런 사람이 아니라고.

그 말이 맞다.

내가 아는 닉은, 이제 없다.

36

응접실 창가에서 왔다 갔다 서성거린다. 밖에서는 센트럴파크에 어둑한 밤이 조용히 스며드는 중이다. 보우 브릿지가 검은 호수 위의 흰 선 하나로 보인다. 다리 위에 사람이 한 명 걸어가고 있다. 내가 지켜보고 있는 것도 모르는 채로.

하루나 이틀쯤 전에 내가 그랬던 것처럼 말이다.

아무것도 모르는 것이 부럽다. 나도 아무것도 모르던 때로 돌아가고 싶다.

하지만 이제는 돌아갈 수가 없다.

계속해서 벽을 따라 걸음을 옮긴다. 어딜 가든 벽지의 얼굴들을 맞닥뜨린다.

저 얼굴들은 닉의 정체를 알고 있을 거다. 내내 알고 있었겠지.

그가 연쇄살인마라는 사실을.

내가 생각해도 믿을 수가 없는 말이다. 떠올리는 것만으로 무서워질 정도다.

하지만, 분명히 규칙이 있다. 이곳에 들어오는 여자들은 모두 절박하고 빈털터리인 데다 고아다. 그리고 말 한마디 없이 사라진다. 적어도 세 번은 반복된 일이다.

경찰에 전화하는 게 맞다는 생각이 든다.

하지만 전화한다고 해도 뭐라고 말해야 할지 모르겠다.

닉이 인그리드나 에리카, 메건에게 무슨 일을 저질렀다는 증거가 없다. 닉이 인그리드의 핸드폰을 갖고 있다는 건 확실한데도, 그 사실만으로 경찰이 닉을 유죄라 생각하진 않을 거다. 게다가 날 도와 경찰을 설득해 줄 사람도 없다. 공원에서 인그리드와 내가 나눈 대화를 아는 사람도 없고, 인그리드가 내게 붙여준 애칭에 대해서도 겨우 나와 인그리드만 알고 있을 뿐이다.

하지만 이대로 가만히 있으면 돌이킬 수 없는 일이 생기고 말 거다. 나의 최후의 순간이 다가오는 것이다. 우리 엄마가 그 알약을 마지막으로 삼키고, 아빠가 침실 밖에서 성냥에 불을 붙이며, 제인이 폭스바겐 비틀로 뛰어드는 바로 그 순간이다.

여길 떠나 클로이에게 가야겠다. 클로이의 안락한 소파로. 내게 안전한 곳으로.

핸드폰을 쥐고 클로이에게 문자를 보낸다.

여기서 나가야겠어.

잠시 멈춰 숨을 들이쉬고 마저 입력한다.

나 지금 위험해진 것 같아.

핸드폰을 내려놓고 계속 서성거리며 돌아다니다 5분이 지나 다시 핸드폰을 들여다본다. 클로이는 아직 내 문자를 읽지 않았다. 전화해 보지만 음성메시지를 남겨달라는 목소리만 들릴 뿐이다. 클로이의 인사말을 듣고 있다 문득 클로이가 지금 도심을 떠나 있다는 사실을 떠올린다. 클로이는 지금 폴과 버몬트로 휴가를 떠났다. 난 클로이네 집 열쇠도 없다. 바솔로뮤에 들어오는 날 돌려줬었다.

그럼 클로이는 안 된다.

그럼 아무도 없다.

내가 의지할 사람이, 정말 단 한 명도 없다.

외로움이 장막처럼 짙게 드리워진다. 내가 얼마나 고립된 사람인지 깨닫고 충격을 받는다. 가족도 없고, 앤드류도 없고, 여차하면 구해 줄 동료도 없다.

아니다, 틀렸다.

딜런이 있다.

딜런에게 전화를 걸어보지만 역시 음성메시지를 남겨달라는 말만 들려온다. 문자를 남겨볼까 고민하다 포기한다. 너무 미친 사람 같겠지. 아무리 숨기려 해도 티가 날 거다. 정신 나간 것처럼 보이느니 차라리 그냥 조용히 있는 게 낫다.

가만히 있으면 자연스럽게 다시 전화가 올 것이다.

괜히 역효과를 내고 싶지 않다.

이제 내가 할 수 있는 건, 짐을 챙겨 주말 동안 호텔에서 클로이를 기다리는 것뿐이다.

괜찮은 생각이다. 현명하다. 하지만 통장 잔고를 확인하는 순간 다 무용지물이 된다. 에리카의 핸드폰 잠금을 풀기 위해 오백 달러를 썼다는 게 기억난다.

이십칠 달러로 갈 수 있는 숙박업소는 없다. 저지시티로 가 제일 싼 모텔을 찾아낸다고 쳐도 내 신용카드는 정지됐고, 현금을 구할 방법도 없다. 밥값도 비상금도 아무것도 없다.

아파트 시터 주급을 받기 전까진 할 수 있는 게 없다. 이틀 뒤에 찰리가 천 달러를 직접 전해 주기로 했지.

그거 말고는 방법이 없다.

떠나기 위해 여기에 남아야 한다.

복도에서 현관문까지를 쭉 바라본다. 닉이 떠난 이후로 체인과 자물쇠를 확실히 잠가 놨다. 계속 저 상태일 것이다.

주방으로 들어가 무릎을 꿇고 엎드려 싱크대 밑 찬장을 연다. 주방 세제와 쓰레기봉투 사이에 인그리드가 남긴 신발 상자가 자연스럽게 섞여 있다. 박스를 응접실로 가지고 와 탁자에 올려둔다. 뚜껑을 열어 글록 권총과 탄창을 확인한다. 넣어둔 그대로다. 생각보다 탄창을 끼워 넣는 게 쉬워 놀란다. 딸깍 소리와 함께 탄창이 총에 들어간다. 강해진 기분까지는 아니라도 뭔가 준비된 느낌이다.

뭘 준비하는 건지는 모르겠다.

기다리는 것 말고는 딱히 할 일도 없어서 무릎 위에 총을 올려두고 소파에 앉아 벽지를 바라본다.

벽지 속 얼굴도 날 바라본다.

눈과 코, 쩍 벌린 입이 수백 개다.

며칠 전에는 저 입이 말하는 중이거나 웃고 노래하는 중인 줄 알았는데, 이제는 알 것 같다.

저 벽은, 지금 소리를 지르는 중이다.

⏰ **현재**

바그너 박사가 충격받은 듯, 믿기지 않는 듯한 눈길을 보낸다.

"그것 참…, 무서운 폭로네요."

"거짓말이라고 생각하세요?"

"음, 당신은 살인이 일어났다고 믿는 것 같지만, 그렇다고 해서 그 말만으로 증명이 되는 건 아니니까요."

"지어내는 거 아니에요. 제가 왜, 그런 이야기를 지어내겠어요?"

내 목소리가 점점 과열된다. 안 그러려고 노력해 봤지만, 신경이 곤두서고 있다.

"제 말 믿으셔야 돼요. 거기서 적어도 세 명은 살해당했어요."

"신문에서는 본 적 없는 것 같은데요. 바솔로뮤에서 살인사건이 일어났던 건 굉장히 오래전이잖아요."

"그렇게 알고 계셨겠죠. 살인사건처럼 보이지 않았으니까요."

바그너 박사가 사자 갈기 같은 머리카락을 한 손으로 쓸어 넘긴다.

"의사로서의 소견을 말하자면, 살인을 숨기는 건 몹시 어려운 일이에요."

"그 남자가 보통 머리 좋은 사람이 아니거든요."

아까 그 친절한 간호사 버나드가 문틈으로 고개를 쏙 들이민다.

"방해해서 죄송한데, 줄스가 이걸 가지고 있어야 할 것 같아서요."

버나드가 빨간 액자를 건넨다. 액자 유리에 금이 가 있다. 한 조각이 빠진 것처럼 떨어져 나가 있다. 금 간 유리 뒤에는 세 사람의 사진이 들어 있다.

우리 아빠와 엄마, 제인이다.

바솔로뮤에서 도망쳐 나올 때 챙겼던 사진이다. 내가 가진 것 중, 유일하게 지켜야 한다고 생각했던 물건이다.

"어디서 찾았어요?"

"옷이랑 같이 있었어요. 의사 중 한 명이 현장에서 주워왔어요."

액자만 가지고 나온 게 아니었다. 하나 더 있었다.

"내 핸드폰은 어딨어요?"

"핸드폰은 없었어요. 옷가지랑 그 사진이 전부였어요."

"주머니에 넣어 놨었는데요."

"미안해요. 그럼 아무도 못 봤나 봐요."

불안한 생각이 고개를 들고 눈덩이처럼 불어나 머릿속을 꽉 채운다.

닉이 내 핸드폰을 가지고 있다.

그 안에 있는 모든 증거를 찾아 지울 수 있다. 그뿐 아니다. 문자를 보고 내가 누구와 연락했는지, 뭐라고 했는지 다 알아낼 수도 있다.

내가 모든 걸 알게 됐다는 사실을 알고 있는 사람이 더 있다.

갈비뼈가 떨릴 정도로 숨을 헉 들이마신다. 클로이도 그중 하나다.

클로이에게 보낸 문자들을 떠올린다. 내가 클로이를 위험한 상황으로 밀어 넣었다.

여기서 나가야겠어. 나 지금 위험해진 것 같아.

이제 상황은 정반대다. 지금 위험에 빠진 사람은 클로이다. 날 놓친 닉이 클로이를 찾아낼 것이다. 나에게 인그리드인 척 연락했던 것처럼, 나인 척 클로이에게 접근할 수도 있다. 클로이를 꾀어낼 거다. 그다음에 어떻게 될지는 아무도 모른다.

"클로이, 클로이한테 경고해줘야 해요."

침대에서 미끄러져 나가려고 발버둥 친다. 온몸에 고통이 극심하게 밀려와 몸을 굽히고 숨을 헐떡인다. 망할 목 보호대 때문에 숨을 들이쉬기가 어렵다. 보호대를 뜯어내 바닥에 내던진다.

"침대로 돌아가셔야 해요. 아직 돌아다닐 몸 상태가 아니에요."

버나드가 말을 건넨다.

"안 돼!"

내 목소리가 하얀 방안에 울려 퍼진다. 내가 듣기에도 확실히 제정신이 아니다. 침착한 척은 집어치웠다. 나는 지금 공황 상태 그 자체다.

"클로이한테 말해야 해! 그 남자가 클로이를 찾고 있다고!"

"침대로 돌아가요. 이렇게는 못 가요."

버나드가 내게 달려들어 어깨를 붙잡고 침대로 밀어 넣는다. 팔을 흔들고 발로 차며 버나드의 손을 뿌리치려고 발버둥 친다. 손등에 꽂힌 링거때문에 쏘인 듯 따갑다. 다시 한번 팔을 휘적이자 링거줄이 팽팽해진다. 침대 옆에 있던 링거대가 기울어 쓰러지더니 바닥에 쨍그랑 소리를 내며 넘어진다.

버나드의 눈이 어둡게 가라앉는다. 두 눈에는 냉정한 눈빛이 서려있다.

"진정해요."

"클로이가 위험하다고!"

계속해서 발로 차며 온몸을 비튼다. 버나드가 나를 꼼짝 못 하게 침대에 잡아둔다. 그 무게에 눌린 채 계속 허우적거린다.

"내 말을 믿어야 된다고! 제발!"

왼쪽 팔뚝에 찌르는 듯한 아픔이 느껴진다. 순식간에 따끔거리는 느낌이 사라진다. 침대 반대편에서 바그너 박사가 내 팔에 주삿바늘을 꽂아 넣고 있는 게 보인다.

"이거면 이제 좀 쉴 수 있을 거예요."

이제 확실해졌다. 버나드는 나를 믿지 않는다. 그 정도가 아니라, 내가 미쳤다고 생각하고 있다. 나는 또다시 혼자다.

"클로이를 도와줘요."

목소리가 조용히 줄어든다. 진정제 효과가 바로 나타나는 모양이다. 머리를 지탱할 힘이 없어 베개에 축 늘어진다. 버나드가 내게서 물러난다. 더는 손 하나 까딱할 수 없는 상태다.

진정제에 완전히 빠져들기 전에 마지막으로 애원하듯 속삭인다.

"제발."

따뜻한 물속으로 풍덩 빠지듯 가라앉기 시작한다. 점점 더 깊이 침몰한다. 다시 떠오를 수 있을까 궁금해질 만큼.

ONE DAY EARLIER

1일 전

37

우리 가족이 춤을 추듯 덩실덩실 보우 브릿지를 건너가고 있다. 난 늘 그렇듯 조지 옆에 앉아 그 모습을 바라본다. 나도 가족들 옆에서 같이 몸을 흔들며 걷고 싶다. 여기서 최대한 멀어지고 싶다.

조용한 공원에 우리 가족의 신발 소리만 울려 퍼진다. 아빠, 엄마, 제인 순서로 한 줄로 늘어서 빙글빙글 돌고 있다.

가족들의 머리에서 작은 불빛이 반짝거린다. 마치 할로윈의 호박 조명 같다. 불로 된 혀가 입가에서 날름대다 눈높이까지 피어오른다. 그래도 아직 내가 보이긴 하는지, 가끔 불타는 눈으로 날 올려다보며 손을 흔든다. 나도 마주 손을 흔들어주고 싶지만 내 손 안에 뭔가 있다. 우리 가족과 불꽃을 바라보는데 정신이 팔려서 지금까지 눈치를 못 챘지만, 이젠 내 손에 있는 물건이 저 아래서 펼쳐지는 축제보다 먼저다.

무겁고, 살짝 축축하다. 내가 가끔 손바닥에 대보던 성냥불처럼 뜨겁다. 내 손을 내려다본다.

움켜쥔 손에 잡혀있는 건, 사람의 심장이다.

피로 번들거리는 심장이 아직도 펄떡펄떡 뛰고 있다.

비명을 지르며 깨어난다. 뱃속에서 터져 나온 소리가 벽이 떠나가라 울린다. 또 소리를 지를까 봐 입안에 주먹을 밀어 넣었다가, 꿈을 떠올리고 헉 소리를 내며 손을 휙 빼 버린다. 피와 함께 물컹거리는 덩어리가 없나 살펴본다. 진짜 있을 리 없는데.

고개를 돌려 내 주변을 둘러본다. 응접실 소파에 아무렇게나 널브러져 있는 상태다. 벽지의 얼굴들은 아직도 날 바라보며 소리를 지르고 있다. 괘종시계가 아침 9시를 향해 움직이고 있다. 적막한 방 안에 째깍거리는 시계 소리만 울려 퍼진다.

일어나 앉으니 내 무릎에서 뭔가가 바닥으로 툭 떨어진다.

총이다.

밤새 총을 올려두고 잔 거다. 지금 내 인생이 이렇다. 옷 하나 걸치고 천 달러쯤 되는 소파에서 장전된 총을 껴안고 잠드는 삶이다. 아마 이런 내가 섬뜩하게 느껴져야 하는 거겠지만, 지금은 그보다 당장 눈앞에 닥친 두려움이 먼저다.

신발 상자에 총을 도로 넣어 놓고, 상자를 다시 싱크대 아래 공간에 넣어 둔다. 간밤에 계속 가지고 있었더니 이젠 더 쳐다보기가 싫다.

응접실로 돌아온다. 밤 사이 클로이든 딜런이든 제발 누구한테라도 연락이 와 있었으면 하고 빌면서 핸드폰을 잡는다. 와 있는 연락은 없다. 내가 클로이에게 보낸 문자만 화면에 떠 있다.

여기서 나가야겠어.

나 지금 위험해진 것 같아.

닉이 인그리드의 핸드폰을 가지고 있다는 사실로 내릴 수 있는 결론은 하나다. 닉이 인그리드를 죽인 거다. 무서운 생각이다. 두려움과 함께 내장을 쥐어짜는 듯한 슬픔이 몰려온다. 바닥에 드러누운 채 영원히 일어나지 않을 수 있었으면 좋겠다.

하지만 그럴 수는 없다. 나도 인그리드와 똑같은 상황이기 때문이다.

너무 많은 걸 알고 있어 위험에 처한 상태다. 이제 인그리드가 닉에 대해 얼마나 알고 있었는지가 유일한 의문점이다.

에리카가 인그리드에게 무언가를 알려 줬다는 건 확실하다. 바솔로뮤에서 뭔가 잘못됐다며 에리카가 자신의 의혹을 공유했고, 인그리드가 그걸 파헤치기 시작했다. 인그리드가 남긴 음성메시지가 증거다.

밤새 탁자에 놓여 있던 에리카의 핸드폰을 집어 들고 음성메시지를 다시 확인해 본다.

어제 말해 준 게 계속 생각나서 나도 좀 알아봤는데, 그 말이 맞는 것 같아요. 여기서 진짜 무시무시한 일이 일어나고 있어요. 아직 그게 정확히 뭔지 모르는데도 미칠 것 같아요. 전화 줘요.

눈을 감고 차근차근 순서대로 정리해 본다. 에리카는 10월 4일 밤 사라졌다. 인그리드가 그 전날 음성메시지를 남겼다. 음성메시지에서 인그리드가 말한 게 맞다면, 그 전날 에리카가 바솔로뮤에 대한 불안을 토로했다. 그게 10월 2일이다.

혹시 같은 날 인그리드에게 보낸 문자를 내가 놓친 건 아닌지 에리카의 문자 목록을 재빠르게 훑어본다. 그 날 에리카가 인그리드에게 보낸 문자는 없다. 통화목록으로 돌아가 발신 기록도 다시 확인해 본다.

그러다 에리카가 받지 못한, 인그리드에게서 걸려온 통화 기록을 발견한다.

10월 2일 정오 무렵이다.

심지어 인그리드가 남긴 음성메시지도 있다.

안녕, 인그리드예요. 승강기로 보내 준 메모 잘 받았어요. 근데 이거, 장난 아니네요. 뭔가 진짜 옛날식 이메일 같아요. 그런데 보내 준 거 읽어봤는데, 좀 당황스러워서요. 그럼 마조리 밀턴이 누군지 알아야 되는 거예요?

메시지를 멈추고 다시 한번 귀 기울여 들어 본다.

그럼 마조리 밀턴이 누군지 알아야 되는 거예요?

연속해서 세 번을 들어 본다. 인그리드의 목소리를 듣다가 번뜩 무언가를 기억해 낸다. 아는 이름이다. 들었다기보다는 본 적이 있는 이름이라고 하는 게 맞겠다. 바로 이 집 안에서 그 이름이 인쇄된 걸 본 적 있다.

서재로 건너가 책상 서랍을 힘껏 연다. 그 안에 든 건 내가 첫날 발견했던 잡지 꾸러미다. 그 모든 뉴요커 잡지에 주소와 이름이 적혀 있다.

마조리 밀턴. 12A의 전 주인이다.

왜 에리카가 그 사람에 대해 인그리드에게 말해 줘야겠다고 생각했는지는 모르겠다. 마조리 밀턴은 죽었다. 인그리드도 에리카도 그 사람을 만나본 적 없을 게 분명하다. 둘 다 그 사람이 죽은 지 한참 뒤에 왔을 테니까.

계단을 올라 침실 창가로 향한다. 조지와 내 노트북이 창가에 놓여 있다. 노트북을 획 열어젖히고 마조리의 이름을 검색해 본다. 몇십 개의 검색 결과가 등장한다.

가장 최근 기사를 눌러본다. 일주일 전 기사다.

〈구겐하임 자선 갈라에 의장이 돌아오다〉

내용은 그냥 별 내용 없는 사회면 기사다. 저번 주 모 박물관에서 자선 행사가 열렸고, 행사에서 여러 사업가와 그들의 아내들은 접시 하나에 웬만한 직장인 연봉보다 더 많은 돈을 썼다. 그나마 주목할 만한 점은, 이 행사를 오랫동안 맡아온 담당자가 심각한 건강상의 문제로 작년의 행사는 건너뛴 후, 이번에 다시 돌아왔다는 거였다.

기사에는 사진도 있다. 70대쯤 되어 보이는 여자가 검은 옷을 차려입고 자랑스러운 듯 우아한 미소를 띠고 있다. 사진 아래 여자의 이름이 적혀 있다.

마조리 밀턴이다.

정말 지난주 기사가 맞는지 확실히 하기 위해 다시 한번 기사가 작성된 날짜를 확인해 본다.

맞다.

그게 의미하는 바는 하나다.

죽은 뒤 바솔로뮤에서 적어도 두 명의 아파트 시터에게 살 공간을 제공해 주었던 그 마조리 밀턴은, 살아 있다.

38

시간을 확인하고 한숨을 내쉰다.

2시 7분이다.

센트럴파크 바깥 벤치에 앉아 있은 지 세 시간 째다. 배고프고, 피곤하고, 화장실도 가고 싶다. 그래도 바솔로뮤로 돌아가는 것보다는 여기 앉아 있는 게 더 낫다. 이 시점에서 뭔들 그보다 안 낫겠나 싶긴 하지만.

나는 공원을 등지고 앉아 있다. 내 앞으로 길 건너편에 마조리 밀턴이 사는 아파트가 있다.

인터넷에서 마조리 밀턴에 대한 많은 정보를 얻었다. 주소 역시 마찬가지다. 맨해튼에서는 돈이 엄청나게 많은 부자라도 인터넷에서는 정보 찾기가 쉽다.

또 알아낸 게 있다. 친구들이 부르는 애칭은 마지다. 석유 회사 간부의 딸이고, 벤처투자자였던 남편을 여읜 상태다. 아들이 두 명 있다. 한 명은 석유 회사 간부, 한 명은 벤처투자자가 되었다. 전형적이다. 다이애나 공주라는 이름의 요크셔테리어도 키운다. 값비싼 박물관 자선 행사의 의장직을 맡고 있을 뿐 아니라, 소아 병동과 동물 복지 단체, 뉴욕 역사 협회에도 아낌없는 자선을 베풀고 있다.

하지만 그중에서도 가장 중요한 건, 마조리 밀턴이 1943년 태어나 지금도 몸 건강히 살아 있다는 사실이다.

어디 사는지 같은 정보는 바솔로뮤에서 나오기 전에 찾아냈지만, 대부분은 의자에 앉아서 알아낸 것들이다. 핸드폰으로 검색하면서 시간을 보냈다.

지금 나는 마조리가 다이애나 공주를 산책시키러 나오지 않을까 싶어 여기 앉아 있다. 3년 전 나온 베니티 페어 잡지에서 본 바로는 그게 가장 좋아하는 일 중 하나라고 했다.

일단 나오기만 하면, 왜 열 블록 거리밖에 안 되는 바솔로뮤를 떠났는지 뿐만 아니라 왜 바솔로뮤 사람들이 마조리를 죽은 사람이라고 말하고 다니는지 그 이유를 물어볼 수 있을 것이다.

기다리는 동안 혹시 클로이와 딜런에게서 연락이 오지 않을까 계속해서 핸드폰을 확인해 본다. 아직은 한 통도 없다. 두 시 반이 되자, 갈색 슬랙스와 청록색 재킷을 입은 여자가 목줄을 맨 요크셔테리어 한 마리를 데리고 나온다.

마조리다.

바로 알아볼 만큼, 사진이라면 이미 여한 없이 봤다.

의자에서 훌쩍 일어나 서둘러 길을 건넌다. 다이애나 공주가 걸음을 멈춘다. 옆 건물 앞 예쁘게 다듬어진 나무에 영역표시를 하려는 모양이다. 밀턴 씨에게 다가가 몇 걸음 뒤에서 말을 건다.

"실례합니다."

마조리가 내 쪽을 돌아보며 대답한다.

"네?"

"마조리 밀턴, 맞으시죠?"

"네."

다이애나 공주가 다른 나무에도 표시를 남기고 싶은지 줄을 잡아당긴다.

"아는 사이인가요, 우리?"

"아뇨. 근데 전 바솔로뮤에 살아요."

마조리가 나를 위아래로 훑어본다. 진짜 주민이 아니라 아파트 시터라는 걸 바로 알아차린 눈치다. 어제부터 갈아입은 적 없는 내 옷차림에서 티가 난다. 씻지도 않았고, 화장도 안 했다. 건물 앞에서 죽치고 기다리려 집을 나서기 전에, 딱 최소한의 단장만 했다. 머리를 빗고 이를 닦는 게 전부였다.

"그게 나랑 무슨 상관인지 모르겠는데요."

"당신이 거기 살았으니까요. 적어도 제가 들은 바로는요."

"잘못 알고 있는 거겠죠."

마조리가 뒤돌아 걸어가기 시작한다. 재킷에서 둘둘 말린 뉴요커 한

부를 꺼내 주소가 적힌 부분을 톡톡 두드린다.

"그 말을 믿게 하고 싶었으면, 나올 때 잡지도 같이 가져가셨어야죠."

마조리 밀턴이 나를 노려본다.

"당신은 누구죠? 뭘 원하는 거예요?"

"당신 소유였던 집에 지금 사는 사람이에요. 당신이 죽었다고 들어서, 왜 죽었다고 하는 건지 그 이유를 알고 싶었을 뿐이에요."

"나는 몰라요. 하지만 그 아파트를 소유한 적은 없어요. 잠깐 머물렀을 뿐이에요."

마조리가 계속 걸어간다. 다이애나 공주가 몇 걸음 앞에서 종종 걸어간다. 그 뒤를 쫓아간다. 이걸론 아직 부족하다.

"거기서 얼마나 사셨어요?"

"당신이 신경 쓸 일은 아니죠."

"아파트 시터들이 사라지고 있어요. 당신이 거길 떠난 후, 내 직전에 12A에 살았던 사람도 사라졌고요. 뭔가 알고 있는 게 있으면 지금 당장 말해 줬으면 좋겠어요."

마조리 밀턴이 제자리에 우뚝 멈춰 선다. 몇 걸음 앞에서 갑자기 팽팽해진 줄에 목이 졸린 다이애나 공주가 깜짝 놀란다. 마조리가 내 쪽으로 빙글 돌아서고 다이애나가 몇 걸음 뒤로 끌려온다.

"당장 날 가만히 놔두지 않으면, 레슬리 에블린에게 전화할 거예요. 그건 당신에게도 절대 좋은 일이 아닐 거고요. 당신이 이미 알고 있는 것처럼 난 거기 살았어요. 하지만 다른 건 말할 수 없어요."

"사람들이 사라지고 있다고 해도요?"

마조리가 양심에 찔리는 듯 시선을 돌리고 조용히 내뱉는다.

"당신한테만 규칙이 있는 게 아니라고요."

다시 한번 멀어진다. 다이애나 공주가 앞에서 마조리를 끌어당겨 다시 한 번 거리가 멀어진다.

"잠깐, 규칙이요?"

뭐 하나라도 더 들어보려고 마조리의 재킷 소매를 잡고 멈춰 세우려 한다. 마조리가 나를 뿌리친다. 내 손에는 여전히 소매가 쥐어진 상태다. 팔이 쑥 빠져나오고 재킷이 휙 벌어진다. 안에 입은 하얀 블라우스가 드러난다. 작은 브로치가 달려 있다.

8자 모양의 금 브로치다.

재킷을 놓는다. 마지막으로 브로치를 바라본다. 마조리가 다시 팔을 꿰어 넣고 당겨 여민다. 브로치는 8자 모양이 아니다.

우로보로스다.

39

두 시간이 지났다. 나는 뉴욕 공립 도서관 본관에 앉아 있다. 로즈 주 열람실을 가득 채운 사람들 사이 섞여있다. 밝고 통풍이 잘되는 도서관에 늦은 오후의 햇살이 아치형 창문으로 비스듬히 쏟아지고 있다. 천장 벽화에는 분홍빛 구름이 뭉게뭉게 피어 있다. 천장에서 늘어진 샹들리에가 깔끔하게 늘어선 긴 책상에 둥근 빛을 비춘다.

앞에 쌓인 책들을 바라보며 불안에 사로잡힌다. 마음속에 어두운 그림자가 드리운다. 그냥 책 때문에 이러는 거였으면 싶다. 먼지 쌓인 고서는 모두 상징과 그 의미에 대해 다루는 내용이다. 하지만 이 불안감은 아까 마조리 밀턴의 브로치를 얼핏 본 이후부터 죽 이어져 왔다.

제 꼬리를 삼키고 있는 뱀.

닉의 집에 있는 그림과 완벽하게 똑같은 모양이었다.

브로치를 보고 마조리에게는 아무 말도 하지 않았다. 머릿속에 떠오른 가능성 때문에 놀라 말을 잃어 버렸다. 그저 뒷걸음질 치며 마조리에게서 멀어진 후, 한 발짝 한 발짝 계속 걸음을 옮겼다. 걷다 보면 어떻게든 다 이해할 수 있게 될 거라는 듯이.

실종 사건과 닉, 바솔로뮤에 잠깐 머물렀던 마조리는 모두 연관성이 있다. 확실하다. 그리고 가장 불길한 게 그 핵심이 되는 우로보로스다.

그러니 그걸 찾아보려고 도서관에 와서, 사서에게 곧장 걸어가 상징에 관한 책은 있는 대로 다 찾아달라고 말한 것이다.

지금 내 앞에는 10권이 넘는 책이 쌓여 있다. 그중 하나 정도는 우로보로스의 숨겨진 의미를 다루고 있길 바란다. 그걸 알면 바솔로뮤에서 무슨 일이 일어나고 있는지 파악할 수 있게 될지도 모른다.

맨 위에 쌓여 있는 책을 집어 들고 목차를 펼친다. 우로보로스 항목이 있나 찾아본다. 계속 찾다 보니 어느새 열두 권의 책들이 책상에 펼쳐져 있다. 책마다 우로보로스의 형상이 다양하게 그려져 있다. 어떤 책에서는 단순히 선으로만 그려져 있고, 어떤 책에서는 왕관이며 날개며 뱀의 원안에 온갖 장식이 그려진 정교한 그림이 나와 있다. 정삼각형 두 개가 엇갈리게 포개진 육각 별 모양도 있고, 그리스 문자도 있다. 어느 나라 글자인지 모를 문자로도 쓰여 있다. 그 양과 종류에 숨이 턱 막힌다.

아무 책이나 집어 든다. 낡은 상징학 교과서다. 우로보로스 항목을 읽어 본다.

우로보로스는 제 꼬리를 먹어 원이나 숫자 8을 그리는 뱀이나 용을 묘사하는 고대 상징이다. 고대 그리스에서 기원을 찾아볼 수 있으며, 페니키아인들이 이 상징을 사용한 후 그리스인들에게 전파되어 지금의 이름을 얻었다. 우로보로스는 대략 '꼬리를 먹는 자'라는 뜻이다. 이 자기 파괴적인 행위로 뱀은 본질적으로 그 자신의 운명을 지배한다. 그 자신을 먹음으로써 죽음에 이르고, 동시에 자신을 먹어 살아갈 수 있다. 이 굴레가 영원히 반복되는 것이다.

원점회귀의 상징적 묘사로서 우로보로스는 다양한 신앙과 결부되었는데, 그중 대부분이 연금술에 대한 신앙이다. 제 자신을 먹어치우는 뱀의 그림은 부활과 우주의 순환적 본질을 상징한다. 파괴에서 피어오르는 창조, 죽음에서 떠오르는 삶이다.

책을 뚫어지게 쳐다본다. 수많은 단어 사이에서 핵심 단어들이 마치 빨간 글씨로 굵게, 밑줄이라도 친 것처럼 툭 튀어나온다.

파괴에서 피어오르는 창조
죽음에서 떠오르는 삶

그렇게 계속해서 영원히 깨지지 않는 순환이다.
다른 책을 휙 낚아채 페이지를 대충 넘겨본다. 타로 그림이 나온다.
마법사 카드다.
흰 옷을 입고 붉은 망토를 두른 남자가 제단에 서 있다. 오른손으로는 하늘을 향해 지팡이를 치켜들고 왼손으로는 땅을 가리키고 있다. 머리 위로 두 개의 후광 같은 모습의 숫자 8이 떠 있다.
우로보로스다.
마법사의 허리도 마찬가지로 뱀이 제 꼬리를 물어 자리를 잡고 있다.

제단에는 네 개의 물체가 놓여 있다. 지팡이와 검, 별이 그려져 있는 방패, 금으로 된 잔이다.

몸을 기울여 방패와 잔을 살펴본다.

자세히 보니, 방패의 별은 그냥 아무렇게나 그려 놓은 별이 아니다. 다섯 개의 점을 기준으로 선들이 연결되어 있고, 그 점들이 방패의 둥근 테두리로 둘러싸여 있다.

오각별이다.

금으로 된 잔은, 그냥 잔이라기보다는 의식에 사용되는 물건 같다.

성배다.

오각별 옆에 놓인 잔을 보니 기억 깊은 곳에서 무언가 번뜩 떠오른다. 널브러져 있는 책을 버려두고 책상에서 벌떡 일어나 데스크로 향한다. 아까도 날 도와준, 짜증이 나 있는 사서에게 도움을 요청한다. 사서가 나를 보고 뒤로 물러난다.

"악마 숭배에 관한 책은 얼마나 있죠?"

사서가 움찔거리며 당황한다.

"정확히 모르겠는데요. 많을 걸요?"

"다 주세요."

5시 반쯤, 전부는 아니라도 제법 괜찮은 책 몇 권을 받아든다. 이제 내 앞에 책이 16권이나 쌓여 있다. 아까 그 상징 관련 책은 한쪽에 밀어 놨다. 책들을 집어들고 목차를 넘겨 내가 찾는 이름이 있나 찾아본다.

「현대 악마론 : 신세계의 악마 숭배」라는 제목을 가진 학술 문헌에서 그 이름을 찾아낸다.

마리 다미아노프다.

바솔로뮤의 비극적인 과거사에 대해 찾아볼 때 기사에서 본 기억이 있는 이름이다. 죽은 고용인들과 귀신 소문, 그리고 불쌍한 하녀를 살해했다는 혐의가 있는 코넬리아 스완슨을 다룬 기사였다. 코넬리아가 유죄로 의심됐던 이유 중 하나는 종교 집단의 지도자로 활동하던 다미아노프와 교제했던 적이 있었기 때문이었다.

르 칼리스 도르. 다미아노프의 추종자들은 그런 이름으로 불렸다. 황금의 성배라는 의미다.

100페이지 정도를 넘겨 마리 다미아노프를 다루고 있는 페이지를 찾아낸다.

혼란의 시기에 많은 이들이 종교로 위안을 찾았지만, 어떤 이들은 악마를 구세주로 삼고 기도를 올렸다. 거대한 전쟁이 일어나거나 전염병이 돌 때는 특히 그랬다. 다미아노프는 천지창조 이후 신이 자신의 피조물들을 버렸고, 혼돈이 세상을 지배하도록 두었다고 믿었다. 다미아노프는 추종자들에게 이 혼돈을 견디려면 더 강력한 신인 루시퍼를 섬겨야 한다고 말했다. 그리고 루시퍼를 불러내기 위해서는 기도가 아니라 피가 필요하다고 주장했다. 그렇게 의식이 시작됐다. 젊은 여성의 몸을 베어 그 피를 황금 성배에 담고, 솟아오르는 불 속에 쏟아냈다.

몇 년 후, 다미아노프에게 환멸을 느낀 몇몇 추종자들이 친구들에게 보낸 편지에서 더 끔찍한 관행도 존재했음이 드러났다. 그중 한 편지에 따르면, 다미아노프가 블루문이 뜨는 날에 젊은 여성을 제물로 바치면 루시퍼를 불러낼 수 있고, 그때 루시퍼가 건강과 막강한 부를 안겨줄 것이라 주장했다는 사실이 드러났다. 편지의 작성자는 자신은 그런 행위를 목격한 적이 없으며, 아마 다미아노프의 명성에 흠집을 내기 위해 만들어진 이야기일 것이라고 주장했다.

1930년 말, 다미아노프가 성추행 혐의로 체포된 후, 집단은 해체됐고 다미아노프도 사람들의 눈에서 사라졌다. 1931년 1월 이후 그녀의 행방은 알려져 있지 않다.

다시 한번 읽어 내려간다. 불안감이 증폭된다. 코넬리아 스완슨 사건에 대해 떠올려 본다. 루비라는 이름의 하녀. 기억난다. 루비 레드 살인사건이라는 이름이었다. 신체가 절개되고 장기가 사라진 상태였다. 잊기 어려운 사실이다. 할로윈데이 밤이었다는 사실도 마찬가지다. 심지어 몇 년도였는지도 기억난다. 1944년이었다.

핸드폰을 들어 음력 달력을 찾아볼 수 있는 사이트로 들어간다. 1944년 할로윈데이 밤에, 그 달의 두 번째 보름달이 하늘을 환하게 밝혔다고 한다.

블루문이다.

손이 떨려 핸드폰을 쥐고 있기가 어렵다. 이번에는 인터넷에 코넬리아 스완슨을 검색해 본다.

수많은 기사가 쏟아져 나온다. 그중 대부분이 살인과 관련된 기사다. 그중 하나를 눌러 들어가자 악명 높은 스완슨의 사진이 날 반긴다.

사진을 빤히 바라보다 충격을 받아 시야가 흔들린다. 도서관 전체가 갑자기 기울어진 것만 같다. 책상 끄트머리를 붙잡아 버린다.

화면 속 이 사진이 전에도 본 적 있는 사진이기 때문이다. 날카로운 인상의 미인이 새틴 가운을 입고 실크로 된 장갑을 끼고 있다. 피부에는 흠결 하나 없고, 머리카락은 달도 없는 밤처럼 새까맣다.

닉의 집에서, 앨범을 구경하다 본 적 있는 사진이다. 그러고 보니 닉이 이 여자를 소개해 주면서도 이름은 입에 올린 적이 없다.

하지만 이제는 안다.

이 여자는 코넬리아 스완슨이다.

그리고 그녀의 손녀는 그레타 만빌이다.

40

도서관에서 딜런에게 문자를 보낸다.

빨리 전화해요! 찾아낸 게 있어요!

딜런에게서 답장이 오지 않은 채로 5분이 지난다. 전화하기로 한다. 새로운 가설이 세워지고 있다. 미쳤다는 소릴 들을지라도, 누군가에게든 말해 줘야 한다.

하지만 중요한 건 내가 미치지 않았다는 거다.

차라리 지금은 미치는 편이 더 마음 편할 것 같다.

도서관 밖으로 나와 사자상 받침돌에 기대서서 딜런의 번호를 누른다. 또 음성사서함으로 넘어간다. 핸드폰을 들고 다급하게 속삭이며 메시지를 남긴다.

"딜런, 어디 있는 거예요? 바솔로뮤 사람들 몇을 조사하다가 그 사람들이 숨기던 비밀을 알아냈어요. 무슨 일인지 이제…, 알 것 같아요. 너무 무서운 일이에요. 제발, 제발 이거 듣자마자 전화해 줘요."

전화를 끊고 하늘을 올려다본다. 벌써 달이 떠 있다. 크라이슬러 빌딩이 낮게 뜬 보름달을 반쯤 가르고 있다. 눈부신 빛의 커다란 보름달이다.

어렸을 때 제인과 나는 보름달을 좋아했다. 달빛이 침실 창으로 흘러들어오는 게 좋았다. 부모님이 잠들 때까지 기다렸다가 쏟아지는 흰 달빛에 몸을 담그듯 가만히 서 있기도 했다.

황금의 성배에서 보름달이 떴을 때 한 짓을 읽고 나니, 그 기억이 더럽혀졌다. 바솔로뮤와 마찬가지로 제인과 함께한 과거에 또다시 흠집이 났다.

뒤돌아 도서관으로 돌아가려던 찰나, 꽉 쥐고 있던 핸드폰이 울린다. 마침내 딜런이 전화를 한 것이다.

하지만 전화를 받자 익숙지 않은 목소리가 들려온다. 자신 없는 목소리의 여자다.

"줄스 전화 맞나요?"

"네."

잠시 침묵이 흐른다.

"줄스, 바비예요."

"누구요?"

"보호소에서 만난 바비요."

기억난다. 바비. 이틀 전 대화했던, 친절하고 재밌는 여자였다.

"어떻게 지내요?"

"그냥 버티고 있죠. 새 하루에 새로운 생각인가 뭔가, 그 루즈벨트가 한 말처럼요. 근데 내가 떠드는 걸 좋아하긴 하지만, 지금 수다 떨자고 전화한 건 아니에요."

조금 진정되어 있던 맥박이 다시 속도를 올린다. 들뜬 것처럼 온몸에 피가 돌기 시작한다.

"인그리드를 찾은 거예요?"

"그런 것 같아요. 여자가 한 명 들어왔는데, 저번에 보내 준 사진 속 여자랑 엄청나게 닮았어요. 근데 아닐 수도 있어요. 사진보다 더 너덜너덜해 보여서. 솔직히 무슨 고양이가 질질 끌고 온 죽은 동물처럼 보이거든요."

"자기가 인그리드라고 하던가요?

"말을 잘 안 해요. 친한 척 해 보려고 했는데, 딱히 달갑지 않은 것 같더라고요. 꺼지라고 딱 한마디 하던데요."

그건 인그리드 답지 않지만, 인그리드가 지난 며칠 사이 무슨 일을 겪었는지 알 수 없으니 아직 모르는 일이다.

"머리는 무슨 색이에요?"

"검은색이요. 염색한 것 같은데, 완전 엉망이에요. 뒤쪽은 거의 되지도 않았고."

핸드폰을 꽉 고쳐 잡는다.

"지금 보여요?"

"네. 누구랑 말도 안 하고 침대에 웅크리고 앉아 있어요."

"뒤에 염색 안 됐다는 거, 혹시 무슨 색인지 보여요?"

"잠시만요."

바비의 목소리가 작아진다. 좀 더 잘 보려 핸드폰을 멀리한 모양이다.

"아, 보여요."

"무슨 색이에요?"

숨을 참으며 진작에 실망할 준비를 해 둔다. 내 인생이 늘 그런 식이었으니 익숙하다.

"음, 파란색이 살짝 보이는 것 같은데요."

숨을 내뱉는다.

인그리드다.

"바비. 부탁 하나만 할게요."

"해 볼게요."

"그 여자, 붙잡고 있어 줘요. 제가 도착할 때까지만요. 잡아두기 위해서라면 뭐든 해요. 필요하면 제압해서라도요. 최대한 빨리 갈게요."

전화를 끊고 도서관 계단을 달려 42번가로 나간다. 보호소는 북쪽으로 열 블록, 서쪽으로 긴 블록 몇 개를 건너가면 나온다. 뛰다가 빨리 걷다가, 신호까지 무시해 가면서 20분 안에 도착한다.

바비가 바깥에서 날 기다리고 있다. 카키 바지와 가디건은 그대로다. 이틀 전에 여자들이 둥글게 둘러서서 담배를 피우고 있던 곳에 바비 혼자 서 있다.

"걱정 마요. 아직 안에 있어요."

"인그리드가 뭐라고 말은 좀 했어요?"

바비가 고개를 내젓는다.

"아뇨. 계속 입을 꾹 닫고 있어요. 근데 좀 겁먹은 것 같아 보이긴 해요."

건물 안으로 들어간다. 바비가 있어서 그런지 아무런 제지 없이 데스크의 여자를 지나친다. 오늘 밤은 체육관이 처음 왔던 오후보다 훨씬 붐비는 모습이다. 침대가 거의 다 차 있다. 사람이 없는 침대도 가방이나 쓰레기 봉지, 지저분한 베개 같은 것들로 자리가 맡아져 있다.

"저기 있네요."

바비가 저 멀리의 구석 자리를 가리킨다. 거기 웅크려 앉아 있는 건, 인그리드다.

지난 사흘 동안 바뀐 건 머리색뿐만이 아니다. 전체적으로 더 어둡고 지저분해졌다. 전에 봤던 인그리드의 그림자라고 해도 믿을 모습이다.

검게 덮은 머리 사이로 파란색 머리의 흔적이 보인다. 기름진 머리끈으로 묶은 모양이다. 마지막 봤을 때와 똑같은 옷차림이지만 며칠 사이 군데군데 얼룩이 묻어 있다. 그나마 얼굴은 깔끔한 편이지만, 너무 오래 밖에 있었는지 피부가 군데군데 벗겨지고 그을려 있다.

인그리드가 내 쪽을 바라본다. 충혈된 눈이 단번에 날 알아본다.

"주주?"

인그리드가 침대에서 뛰어내려 내게 달려온다. 무서운 듯 나를 꽉 끌어안는다.

"여기서 뭐 하는 거예요?"

인그리드는 날 놔 줄 생각이 없어 보인다.

"인그리드를 찾고 있었어요."

"바솔로뮤는 나온 거죠?"

"아뇨."

인그리드가 팔을 풀고 확 뒷걸음질 친다. 두 눈에 의심을 잔뜩 안고 날 바라본다.

"그 사람들이 접근한 거 아니죠? 그 사람들이랑 한통속인 거, 아니죠?"

"그런 거 아니에요. 도와주려고 온 거예요."

"안 돼요. 더 이상은요."

인그리드가 옆에 있는 침대로 풀썩 쓰러져 얼굴을 양손에 푹 파묻는다. 왼손이 덜덜 떨리고 있다. 오른손으로 떨리는 손을 붙잡아 보지만 멈추질 않는다. 더러워진 손가락이 꿈틀거린다.

"주주, 거기서 나와야 해요."

"그럴 거예요."

"아뇨, 지금 당장이요. 최대한 빨리 도망쳐요. 그 사람들이 어떤 사람인지 모르잖아요."

아니, 안다.

알고 있었지만 완전한 실마리가 잡히지 않았던 것뿐이다.

하지만 이제 며칠간 모은 정보의 앞뒤가 맞기 시작한다. 현상액에서 꺼내 든 사진처럼, 비어 있던 필름이 점차 형태를 갖추며 무시무시한 사진이 드러난다.

이제 나는 그들의 정체를 안다.

황금의 성배가 부활했다.

41

인그리드의 고집을 못 이겨 한적한 곳으로 옮겨 이야기를 이어가기로 한다.

"아무도 들으면 안 돼요."

인그리드의 주장이다.

보호소에서는 그나마 남자 탈의실이 그 역할에 맞다. 문밖에서 바비가 지켜 서서 누구도 들어오지 못하게 막아주고 있다. 그 안에서 인그리드 와 내가 빈 락커와 몇 년간은 쓰이지 않았을 샤워실을 돌아다닌다.

"3일 동안 샤워도 못 했어요."

인그리드가 씻고 싶은 듯 간절히 샤워실을 바라본다.

"그나마 포트 오소리티 터미널에서 젖은 타월로 대충 닦긴 했는데, 그 것도 어제 아침이고."

"지금까지 거기 있었던 거예요?"

인그리드가 샤워실 맞은편 의자에 털썩 앉는다.

"어디든 갔죠. 포트 오소리티 터미널, 그랜드 센트럴 역, 펜 역, 그냥 어 디든 사람 많은 데는 다 갔어요. 주주, 그 사람들이 날 찾고 있으니까 그 런 거예요. 날 찾아다니고 있어요."

"당신을 찾고 있는 게 아니에요."

"그거야 모르죠."

"아니에요. 왜냐하면…"

말을 끝맺기 전에 입을 다문다.

왜냐하면, 당신을 찾아다니고 있는 건 나 하나거든요.

내가 하려던 말은 그거였지만, 순간 깨닫는다. 나뿐만이 아니다. 그들도 인그리드를 찾고 있었다.

나를 통해서.

직접 찾아다니는 대신 그들은 내가 인그리드를 찾아다니게 했다. 그래서 그레타 만빌이 내게 살펴볼 곳을 알려준 것이다. 닉이 11A를 찾아보도록 승강기를 내려 준 이유도 뭔가 쓸만한 걸 찾아내길 바라서 그런 거였다. 나랑 잔 이유도 마찬가지다. 닉에게 홀린 나에게서 정보를 캐내려는 속셈이었다.

닉이 인그리드인 척 문자를 보냈던 건, 내가 눈치채고 있다는 걸 알고 있었기 때문이다. 그 시점에서 그들은 인그리드에게서 손을 뗄 준비를 하고 있었다.

"잡힐 게 두려웠으면, 왜 이 도시를 벗어나려고 하지 않은 거예요?"

"돈이 없으면 그것도 어렵죠. 난 가진 게 거의 없었어요. 쓰레기통에서 먹을 걸 건져 먹었고, 이 이상한 염색도 약을 훔쳐서 한 거예요. 길에서 구걸하고 분수에서 동전을 훔쳤더니 전 재산이 겨우 십이 달러가 되더라고요. 이런 식으로는 한 십 년 뒤에나 뉴욕을 뜰 수 있겠죠. 어쨌든 그렇게라도 해야 해요. 그 사람들이 절대 우릴 찾지 못할 곳으로 도망가야 해요. 그들에게서 달아날 유일한 방법이에요."

"아니면 경찰에게 가볼 수도 있죠."

"뭐라고 할 건데요? 바솔로뮤에 사는 부자들이 다 악마숭배자라고?

이 웃기는 소리를 퍽이나 믿겠네요."

큰 소리로 듣자니 말도 안 되는 소리처럼 들리긴 한다. 내 예상이 그 말 그대로인데도 그렇다. 그들은 신문과 인터넷에 비밀스럽게 광고를 내고 돈과 살 장소를 약속하며 사람들을 끌어들였다. 인그리드나 나, 딜런 같은 사람들 말이다.

우리는 다 기꺼이 바솔로뮤에 들어왔다. 하지만 일단 들어온 후에는 규칙에 발목이 묶였다.

"어떻게 다 알게 된 거예요?"

"처음 시작은 에리카였어요. 우리 둘이 그랬던 것처럼 에리카와 공원에 갔었는데 에리카가 그러더라고요. 12A에 살던 사람이 죽었다고 들었는데, 아직 살아있다고. 그 사실에 에리카가 좀 당황했고, 그 후에 내가 바솔로뮤에 대해 알아보다 거기서 일어난 기이한 일들을 알게 됐어요. 에리카도 엄청 무서워했고요. 그래서 에리카가 떠났을 때, 여기 더 있기엔 너무 무서워서 나갔겠거니 했어요. 근데 딜런이 에리카에게 연락 없었냐고 물어보길래 무슨 일이 일어나고 있구나 그때 깨달은 거죠."

내 이야기와 거의 같다. 새 친구가 사라졌고, 뭔가 이상한 일이 일어나고 있다고 생각해 파헤쳐보기로 했다. 유일한 차이점은, 인그리드가 그레타 만빌과 코넬리아 스완슨의 관계를 나보다 훨씬 일찍 알아차렸다는 점이다.

"로비에서 레슬리와 인터뷰하는 중에 그레타를 만났어요. 작가와 같은 건물에 있다는 게 엄청 멋지다고 생각했거든요. 뭔지 알죠? 처음엔 친절하다고 생각했어요. 심지어 책에 사인까지 해 주더라고요. 근데 코넬리아 스완슨에 관련된 기사를 읽고 나서 둘이 닮았다는 걸 깨달았죠. 감이 좀 잡히더라고요."

"그레타에게 물어봤다면서요. 들었어요."

"아마 다시 한번 더 말 걸면 바솔로뮤에서 쫓아낼거라고 협박한 건 쏙 빼먹고 말했겠죠."

그 부분은 들은 바 없다. 그레타가 바솔로뮤에서의 지난 삶까지 이야기해 줬는데도 말이다. 내 집이 원래 그레타의 집이었으니, 한 때는 코넬리아 스완슨의 집이기도 했을 것이다.

코넬리아 스완슨이 하녀를 죽인 바로 그 집이다.

단순히 살인이 아니라, 제물이었다. 우로보로스의 약속을 이행하는.

파괴에서 피어오르는 창조, 죽음에서 떠오르는 삶이라던가.

루비가 처음일 수 있지만, 어쩌면 에리카가 그 마지막 제물이었을 수 있다고 생각하니 가슴이 아파온다. 그때부터 지금까지 얼마나 많은 제물이 있었을지는 상상하기 싫다. 그걸 생각할 시간은 나중에라도 충분히 있을 거다. 지금 신경 써야 할 건 딱 하나다. 최대한 의심 가지 않게 바솔로뮤를 빠져나오는 것이다.

"그레타와 대화한 후에는 어떻게 됐어요?"

"일단 내가 거기 계속 살고 싶지 않은 것만은 확실했어요."

인그리드가 일어서더니, 벽에 줄지어 있는 세면대를 향해 다가가 물을 틀어 얼굴에 끼얹기 시작한다.

"그때, 아파트 시터 봉급으로 이천 달러가 있었어요. 거기서 멀어지기엔 충분한 돈이었죠. 하지만 거기서 더 머무르면 더 많은 돈을 받을 수 있다는 것도 알았어요."

주말마다 눈앞에서 우리를 유혹하던 현금. 바솔로뮤가 우리의 발목을 묶은 또 하나의 방법이다. 확실히 나도 그 돈 때문에 더 머무른 거니까.

"거기서 더 살기로 했죠. 얼마나 더 살지는 몰랐어요. 일주일일 수도 있고, 이주일일 수도 있고. 그래도 안심하고 싶어서,"

"총을 샀죠."

인그리드가 세면대 거울을 통해 날 바라보며 눈썹을 올린다.

"찾았구나. 잘했어요."

"애초에 그걸 왜 거기 둔 거예요?"

"뭔가 일이 생겼거든요."

목소리가 줄어든다.

"그리고 이걸 말하면, 줄스는 아마 날 영원히 싫어하게 될 거예요."

나 역시 세면대로 다가간다.

"안 그래요. 약속할게요."

"아닐걸요."

인그리드가 젖은 휴지로 목 뒤를 닦는다.

"그리고 난 미움 받아도 싸요."

"인그리드, 그냥 말해요."

"난 그 총을 사는 데 가진 돈을 다 썼어요. 모아뒀던 이천 달러가 짠, 사라졌죠."

인그리드가 손가락을 튕긴다. 파랗게 칠한 손톱이 군데군데 깨져 있다.

"그래서 레슬리한테 혹시 돈을 좀 미리 받을 수 없겠냐고 물었죠. 많게도 아니고 딱 일주일치만. 근데 안 된다고 하더라고요. 그러더니 오천 달러를 받을 방법이 있대요. 무슨 대출도 아니고 주급을 가불 받는 것도 아니고, 딱 뭐 하나만 해 주면 아무 조건 없이 준다고 그랬죠."

"그게 뭐였는데요?"

인그리드가 거울을 보고 머리를 정리하며 시간을 끈다. 거울 속 인그리드의 눈에는 혐오감이 서려 있다. 자신의 모든 것을 싫어하는 것 같은 표정이다.

"당신에게 상처를 입히는 거요. 로비에서 부딪혔던 거, 그거 사고 아니었어요. 레슬리가 돈 주고 시킨 일이었죠."

그 순간이 마치 눈앞에서 영상이 재생되듯 생생히 떠오른다. 봉투 두 개를 들고 가던 내가 핸드폰을 보며 계단을 뛰어 내려오던 인그리드와 부딪힌다. 부딪힌 몸이 튕겨 나가며 식재료가 떨어지고, 내가 갑자기 피를 흘리기 시작한다. 그 혼란스러운 상황의 여파로 미처 내 팔이 베였다는 데 관심을 둘 시간이 없었다.

이제야 그 진실을 알았다.

"작은 칼을 가지고 있었어요."

인그리드가 차마 내게 시선을 두지 못하고 말을 이어간다.

"칼날만 꺼내서 핸드폰에 딱 붙이고 있다가 부딪혔을 때 팔을 그었어요. 레슬리가 큰 상처일 필요는 없댔거든요. 피를 낼 정도면 된다고 했어요."

인그리드에게서 한 발짝씩 뒷걸음질 친다.

"왜…, 왜 당신에게 그런 걸 시킨 거예요?"

"나도 모르겠어요. 물어보질 않았거든요. 난 그때 이미 그 사람들의 정체를 나름대로 의심하고 있었어요. 아마 시험해 본 게 아닐까 싶어요. 날 그 사람들의 종교로 끌어들이려고 한 거죠. 그 사람들 편에 붙으라고 꾀어낸 거예요. 하지만 그땐 뭘 물어보기엔 너무 절박했고, 거기서 벗어나기 위해서 그 오천 달러가 얼마나 필요한지를 생각하는 것만으로도 벅찼어요."

인그리드에게서 계속 뒷걸음질 쳐 물러나다 열린 화장실 칸에서 변기에 털썩 주저앉는다. 인그리드가 내게 다가와 무릎을 꿇는다.

"정말 미안해요, 주주. 진짜 말로 다 할 수 없을 만큼요."

가슴속에서 뜨거운 분노가 부글부글 끓어오른다. 인그리드를 향한 화는 아니다. 인그리드의 행동을 비난할 수는 없다. 가진 게 없었고 간절한 상황에서, 많은 돈을 얻을 쉬운 길을 알게 됐을 뿐이다. 아마 나라도 그렇게 했을 거다.

내 화는 레슬리를 비롯한 바솔로뮤의 사람들에게 향하고 있다. 그 간절함을 이용하고 무기로 쓰다니.

"용서할게요. 살기 위해 해야 할 일을 했을 뿐이잖아요."

인그리드가 고개를 젓고 눈길을 돌린다.

"아뇨, 난 쓰레기 같은 인간이에요. 아주 끔찍해요. 그 일이 있고 나서 바로 떠나려고 했어요. 오천 달러면 충분했으니까요. 더는 거기서 내가 더 추락하는 꼴을 보고 싶진 않았어요."

"왜 공원에선 이 이야기를 안 한 거예요?"

"그때 내가 이야기했다면 줄스가 믿었을까요?"

아마 믿지 않았을 것이다. 거짓말이라고 생각하거나, 더 나아가 정신적으로 문제가 있는 사람이라고 생각했을 수도 있다. 제정신이라면 바솔로뮤 같은 건물에 악마를 숭배하는 사람들이 살고 있을 거라고는 생각하지 않으니까. 그들이 지금까지 들키지 않을 수 있었던 이유가 바로 그거다. 애초에 존재 자체가 너무 말이 안 되기 때문에, 어떤 의심도 피해갈 수 있는 거다.

"그리고 아마 줄스를 그렇게 다치게 한 것에 대해 날 용서해 주지 않았을 거예요. 마음속으로는 당신에게 바솔로뮤에서 무슨 일이 일어나고 있는지 넌지시 알려 주면서 주의하라고 말해 주고 싶었죠. 당신이 무서워서 떠나갈 정도로 겁을 먹었으면 좋겠다고 생각했어요. 아니면 적어도 거기 사는 걸 한 번 더 생각해 보게 하거나요."

"결론적으로는 그렇게 됐죠. 근데, 그럼 당신은 정말 도망쳤던 거예요?"

"네. 하지만 내 의지는 아니었어요."

인그리드의 말이 알아듣기 힘들 정도로 점점 빨라지고 있다.

"그날 밤, 짐을 다 챙기고 떠날 준비를 하고 있었어요. 당신이 바솔로뮤를 떠날 수 있게 그 메모를 승강기에 넣었죠. 총도 마찬가지였고요. 그런 일은 없었으면 했지만, 혹시나 필요한 경우에 쓸 수 있게요. 바로 떠나간 건 아니었어요. 레슬리가 밤에 약속된 오천 달러를 주러 들르겠다고 했거든요. 그리고 딜런에게도 내가 아는 걸 다 말해 주기로 했고요. 에리카에게 무슨 일이 있었는지 알아낼 수 있게요. 원래 내 계획은 레슬리에게 돈을 받고, 지하에서 딜런을 만난 후 물건을 챙겨서, 나가는 길에 찰리에게 열쇠를 주는 거였어요. 물론 계획대로 되지는 않았죠."

"뭐가 문제였어요?"

"그들이 찾아왔어요. 아니, 그 남자가요."

에리카의 동영상을 떠올린다.

'그 남자예요.'

"…. 닉이군요."

인그리드가 그 이름을 듣고 몸서리친다.

"정말 갑자기, 그 남자가 거기 있었어요."

"문 앞에요?"

"아뇨, 집 안에요. 도대체 어떻게 들어온 건지 모르겠어요. 문은 분명 잠겨 있었는데도 들어와 있었어요. 아마 몇 시간 동안 숨어서 기다리고 있었던 게 아닐까 싶어요. 하지만 그 남자를 보는 순간, 내가 위험에 빠졌다는 걸 알게 됐어요. 그 남자는… 악마 같았어요. 정말, 정말 무서웠어요."

"뭐라고 하던가요?"

"괜히 애쓸 필요 없다고요."

인그리드가 멈칫한다. 아마 아까 전의 나처럼 인그리드의 눈앞으로 그 기억이 스쳐 지나가는 모양이다. 인그리드가 몸을 떨기 시작한다. 손뿐만 아니라 몸 전체가 와들와들 떨린다. 인그리드가 애절하게 흐느낀다. 눈물이 흐른다.

"그렇게 하는 편이 편할 거라고 했어요."

눈물이 터져 나와 인그리드의 양 뺨으로 흘러내린다.

"그리고…, 그 남자는 날 죽일 생각이었어요. 무기를 가지고 있었어요. 전기충격기요. 그걸 보고 소리를 질렀죠."

그게 내가 주방에서 들은 비명의 정체였다. 그건 바로 아래층의 그레타를 비롯한 다른 사람들에게도 그 비명이 모두 들렸을 거라는 의미가 된다. 아마 다들 무슨 일이 일어나고 있는지 알고 있어서 아무 말도 없었던 거겠지.

인그리드가 사냥 당할 거라는 걸.

"어떻게 도망친 거예요?"

"줄스가 나를 구했어요."

인그리드가 눈물을 닦고 따뜻한 미소로 고마움을 표한다.

"문 앞으로 찾아와 줬을 때요."

"닉이 거기 있었어요?"

"내 등 뒤에 있었어요. 그는 문을 열고 싶어 하지 않았지만, 줄스의 목소리라는 걸 듣더니 문을 열지 않으면 줄스가 의심할 거라고 하더라고요. 닉은 전기충격기를 내 등에 대고 계속 내 뒤에 서 있었어요. 내가 당신에게 경고라도 할까 봐요. 나뿐만 아니라 줄스까지도 쓰러트릴 수 있다고 했어요."

그럼 전부 설명이 된다. 왜 인그리드가 문을 여는 데 20초씩이나 걸렸는지, 왜 문이 아주 살짝만 열렸는지, 왜 누가 봐도 부자연스러운 웃음을 짓고선 괜찮다고 말했는지도.

"뭔가 잘못됐다고 생각했어요."

인그리드가 울음을 그치니 이번엔 내가 눈물을 터트린다. 내 눈물에 나조차 놀란다.

"도와주고 싶었어요."

"줄스, 당신은 날 도왔어요. 내 주머니에 호신용 페퍼 스프레이가 있었거든요. 내 열쇠고리에 달려 있었어요. 그걸 잡을 새도 없이 순식간에 닉이 나타났는데, 당신과 문 앞에서 대화하면서 주머니에서 그걸 잡을 시간을 번 거죠."

확실히 기억난다. 인그리드는 뭔가를 찾는 것처럼 오른손을 청바지 주머니에 깊이 찔러놓고 있었다.

"줄스가 돌아간 후 난 그자에게 당신을 해치지 말아 달라고 빌었어요. 그리곤 스프레이로 기습했죠. 그다음에는 계속 도망쳤어요. 챙긴 것도 없었어요. 그럴 시간이 없었으니까. 그냥 다 남겨두고 떠날 수밖에 없었어요. 핸드폰, 옷, 돈, 전부 다요. 내가 가지고 있는 건 딱 하나 열쇠밖에 없었고, 다시 돌아올 수 없을 테니 로비 바닥에 버려두고 나온 거죠."

탈의실 문이 열리고 바비가 고개를 쑥 내민다.

"아가씨들, 이젠 슬슬 정리해야겠는데요. 밤새 이러고 있을 수는 없거든요. 여기가 워낙 사람이 많아서, 이제 슬슬 돌아가지 않으면 내 자리를 뺏길 거예요."

인그리드와 나는 탈의실을 나와 보호소로 돌아간다. 바비의 말이 맞았다. 아까보다 더 붐비는 상태다. 침대가 다 차 있다. 침대를 차지한 사람들은 잠들어 있거나, 무언가 읽고 있거나 가만히 어딘가를 바라보고 있다. 몇몇 사람들만이 무리 지어 웃고 떠드는 중이다. 시끄럽고 북적거리는 모습이다. 왜 인그리드가 버스 터미널이나 기차역을 전전했는지 이해가 간다. 여러 사람과 함께 있는 편이 더 안전하다.

우리 둘은 그렇다.

하지만 바솔로뮤에는 아직 한 명의 아파트 시터가 남아 있다. 그것도 혼자.

그걸 깨닫는 순간 어떤 생각이 퍼뜩 머리를 스친다. 너무 소름 끼쳐서 심장이 둥둥 울려댄다.

핸드폰을 꺼내 검색 기록을 살펴본다. 아까 찾아봤던 음력 달력 사이트로 들어간다.

이번 달, 그리고 올해를 적어 넣는다.

결과를 보자마자 헉하고 크게 숨을 들이마신다. 그 소리에 보호소 사람들이 전부 멈춰서 날 쳐다본다. 인그리드와 바비가 걱정하듯 내 주변으로 모여든다.

"무슨 일이에요?"

"가야겠어요."

두 사람에게서 떨어져 출구로 향한다.

"바비랑 같이 있어요. 누구도 믿지 말고."

인그리드가 뒤에서 나를 부른다.

"어디 가요?"

"바솔로뮤요. 딜런에게 조심하라고 전해 줘야 돼요."

순식간에 보호소를 벗어나 길거리로 나온다. 둥근 달이 밝게 빛나고 있다.

이달의 두 번째 보름달.

블루문이다.

42

돈은 없지만 일단 택시를 타고 바솔로뮤로 돌아간다.

지갑은 텅 비어 있다. 통장도 마찬가지다.

하지만 지금은 속도가 생명이다. 내가 바솔로뮤에 있기로 정한 시간은 딱 20분이다. 내 물건을 챙기고, 딜런을 만나 빨리 바솔로뮤를 빠져나오는 거다. 어떤 설명도, 인사도 필요 없다. 딱 들어갔다가 바로 나오는 거고, 나오는 길에 열쇠는 로비에 던져 둘 예정이다.

예상 시간보다 벌써 늦어지고 있다. 8번가에서 북쪽으로 향하는 도로에 차가 꽉 막혔다. 기어가는 속도다. 5분이 지났는데 겨우 두 블록 지나왔다. 뒷자리에서 불안함과 초조함으로 온몸을 부산스럽게 떤다. 핸드폰을 들고 딜런에게 전화를 거는 손도 파르르 떨리고 있다.

신호가 한 번 간다.

빨간불에 멈춰 있던 택시가 파란불로 바뀌는 순간 앞으로 붕 나아간다.

신호가 두 번 간다.

빠른 속도로 한 블록을 더 지난다.

신호가 세 번 간다.

한 블록 더. 이제 열여섯 블록 남았다.

신호가 네 번 간다.

한 블록을 더 지난 후, 택시가 끼익 하며 빨간불에 급정거한다. 몸이 앞으로 혹 쏠리면서 앞좌석과 뒷좌석 사이 놓인 유리판에 부딪힌다. 떨리는 손에서 핸드폰이 떨어진다.

신호는 계속 울리고 있다. 택시 바닥에 떨어져 신호가 작게 들린다. 신호가 멈추고, 딜런의 음성사서함으로 연결된다.

"딜런입니다. 알아서 남겨 주세요."

바닥에서 핸드폰을 휙 낚아채 거의 소리 지르듯 말한다.

"딜런, 인그리드를 찾았어요. 무사해요. 에리카가 어디 있는지는 모른대요. 근데 당신 거기서 나와야 해요. 당장요."

앞좌석에서 택시기사가 고개를 들고 이상하다는 듯 백미러를 흘긋 쳐다본다. 눈썹이 솟고 이마에 주름이 잡혀 있다. 날 태운 걸 이미 후회 중인 것 같다. 아마 곧 더 후회하게 될 거다.

시선을 돌려 계속해서 핸드폰에 소리를 지르며 계속 말을 쏟아 낸다.

"지금 거기로 가고 있어요. 괜찮으면, 밖에서 만나요. 나머지는 나와서 다 설명할게요."

전화를 끊는다. 신호가 바뀌고 택시가 또다시 속도를 내며 앞으로 달려 나간다. 콜롬버스 서클에서 속도를 낸다. 눈앞이 핑핑 돌 정도로 빠르다. 우측으로 건물이 휙휙 지나가고 센트럴파크의 나무가 등장한다.

앞으로 열세 블록 남았다.

딜런에게 문자를 보낸다.

전화해요.

곧바로 더 다급하게 한 통을 더 보낸다.

당신 지금 위험하다고.

한 블록 더 쌩하고 지난다. 아직도 열두 블록이 남았다.

침착해. 집중하자.

당황하지 말자.

생각하자.

이 난장판에서 날 구해 줄 수 있는 건 그거 하나다. 허둥대지 않는 것. 당황은 또 다른 당황을 낳을 뿐이다.

그러니 침착하게, 이성적으로 생각하면 뭐든 이뤄 낼 수 있다. 하지만 시간을 확인하고 나니 도저히 이성적인 생각 같은 건 불가능하다. 이 택시 안에서만 10분이 지났지만 난 아직 반도 못 갔다.

뛰자.

바로 다음 신호에 택시가 멈추자, 차 문을 열고 뛰어내린다. 기사가 날 보며 소리를 지르지만, 다른 차들을 지나 인도로 달려가느라 아무 말도 알아들을 수가 없다. 내 뒤로 택시기사가 경적을 울려 댄다. 화난 듯 빠르게 두 번, 길게 한 번 빵 울린다. 길게 울리는 경적 소리가 다음 블록으로 달려가는 나를 따라온다.

길을 건너면서도 그 소리가 들린다.

이제 열한 블록.

계속 달려간다. 점점 속도가 붙는다. 있는 힘껏 뛰어 간다. 사람들이 날 보고 길을 피한다. 차마 피하지 못한 사람들을 다 치며 지나간다.

부딪힌 사람들이 나를 째려보며 화를 내지만 다 무시한다. 지금 내 머릿속에는 오직 한 가지 목표밖에 없다. 최대한 빨리 바솔로뮤에 도착한 후, 최대한 빨리 거기서 떠나는 것이다.

침착해.

집중하자.

들어갔다가, 바로 나오는 거야.

거리를 달려가면서 12A에 돌아가면 가지고 나올 물건들을 생각해 본다. 가족사진이 제일 중요하다. 열다섯의 내가 제인과 우리 부모님을 찍은 사진. 침대 옆 액자에 끼워져 있는 그 사진만은 무엇으로도 바꿀 수 없다.

거기에 핸드폰 충전기, 노트북, 옷 몇 벌 정도. 상자 하나에 다른 건 더 안 들어갈 것 같다. 왔다 갔다 할 시간은 없다. 죽어라 뛰고 있는데도 시간은 계속 흐르고 바솔로뮤까지 남은 거리는 줄어드는 것 같지가 않다.

이제 다섯 블록 남았다.

네 블록.

세 블록.

한 블록을 더 지나 길을 건넌다. 달려오는 레인지로버를 아슬아슬하게 스쳐 지난다.

계속 달려간다. 폐가 불타는 것만 같다. 다리도 마찬가지다. 무릎이 비명을 지르고 있다. 심장이 너무 세게 뛰어 갈비뼈를 뚫고 나올까 봐 걱정될 정도다.

바솔로뮤에 가까워지자 나도 모르게 속도를 늦춘다. 건물에 다가가며 딜런이 앞에 나와 있나 살펴본다.

딜런이 없다.

좋지 않은 징조다.

보이는 사람이라곤 찰리뿐이다. 현관문을 열어 두고 내가 들어오기를 기다리고 있다.

"좋은 저녁이에요, 줄스."

찰리가 풍성한 수염 아래로 사람 좋아 보이는 미소를 띤다.

"바빴나 봐요. 종일 밖에 있네요."

가만히 찰리를 바라본다. 찰리는 얼마나 알고 있을까?

전부?

아니면 아무것도 모르는 걸까?

입을 열어 도와달라 말하고 싶다. 당신도 빨리 도망치라고 경고해 주고 싶다.

하지만 아직은 안 된다.

"구직 활동이죠. 뭐."

억지로 입꼬리를 올린다.

궁금한 듯 찰리가 고개를 갸웃거린다.

"결과는 좀 어땠어요?"

"성공했어요."

말을 멈추고 우뚝 멈춰 선다. 완벽한 핑계다.

"퀸즈에서 직장을 구했어요. 근데 여기서 출퇴근하기엔 너무 먼 것 같아서 나가려고요. 집을 구할 때까지는 친구랑 같이 살 계획이에요."

"여길 떠난다고요?"

고개를 끄덕인다.

"지금 당장이요."

찰리가 얼굴을 찌푸린다. 찰리의 찌푸린 얼굴이 진심인지 아니면 지금 내 미소처럼 꾸며낸 표정인지 모르겠다.

"음, 전 좀 아쉽네요. 줄스를 알게 돼서 좋았는데."

이 말조차도 진심인지 알 방법이 없다.

찰리가 계속 문을 잡고 내가 들어오기를 기다린다. 머뭇거리며 현관 위의 가고일을 흘긋 쳐다본다.

한때는 마음에 들었지만, 이제 이 건물의 모든 게 섬뜩하게 느껴진다.

바솔로뮤 안으로 들어선다. 적막이 감돌고 있다. 여기에도 딜런은 없다. 개미 한 마리 없이 로비가 텅 비어 있다.

엘리베이터로 달려간다. 내 몸이 내 몸 같지가 않다. 나는 지금 순전히 의지 하나만으로 움직이는 중이다. 뇌에서 내리는 명령에 따라 겨우겨우 엘리베이터에 들어가 문을 닫고 버튼을 누르는 과정을 완수해낸다.

엘리베이터가 올라간다. 위층으로 올라갈수록 으스스할 정도로 조용하다. 11층에서 엘리베이터를 나와 딜런의 집으로 빠르게 달려간다.

똑똑, 문을 급하게 두드린다.

"딜런?"

이번에는 문이 흔들릴 정도로 쿵쿵 두드린다.

"딜런, 안에 있어요? 우리,"

문이 열린다. 문을 두드리고 있던 주먹을 허공에 헛손질한다. 그리고 레슬리 에블린이 현관에 등장한다. 갑옷을 갖춰 입듯 검은 샤넬 정장을 입고 있다. 가식적인 웃음을 띤다.

천둥 치듯 거세게 뛰고 있던 심장이 갑자기 멈춘다.

"줄스."

속이 거북해질 정도로 다정한 목소리가 독을 탄 꿀처럼 느껴진다.

"여기서 보니 반갑네요."

순간 몸이 기우는 듯 중심을 잃고 충격으로 비틀거린다. 표류하듯 붕 떠 있는 기분이다. 레슬리가 딜런의 집에 있는 이유는 오직 하나 뿐이다.

내가 너무 늦었다.

딜런은 이미 잡혀갔다.

메건과 에리카, 그 외 무수히 많은 사람처럼.

"뭐 도와줄까요?"

레슬리가 짐짓 걱정하는 척 물어온다. 눈꺼풀이 파르르 떨린다.

입이 떡하고 벌어지지만, 아무 말도 나오질 않는다. 두려움과 충격으로 목소리를 잃었다. 인그리드의 목소리가 머릿속에서 사이렌처럼 울려 퍼진다.

'최대한 빨리 도망쳐요.'

도망친다.

레슬리에게서 도망쳐 복도를 내달려 계단으로 향한다.

아래로 내려가는 대신, 위층으로 올라간다. 올라가야 한다. 로비에서 누가 기다리고 있을지 모른다.

유일한 선택지는 12A뿐이다. 일단 도착하면 문을 잠그고 경찰을 불러 여기서 날 건물 밖으로 호위해 달라고 할 것이다. 그게 안 되면 인그리드의 총도 있고.

무릎이 욱신거리고 손은 덜덜 떨리는 데다 충격으로 힘이 다 빠졌지만 거의 기어가듯이 계단을 오른다.

열 걸음, 층계참, 다시 열 걸음.

12층에 도착해 복도를 달려간다. 숨이 턱 끝까지 차고 온몸이 다 아프다. 12A에 도착한다. 안도감에 눈물을 쏟을 것만 같다.

문을 쾅 닫고 문단속을 한다.

문손잡이를 걸어 잠그고, 자물쇠를 걸고, 체인을 건다.

현관에 스르륵 주저앉아 숨을 고른다. 복도를 지나 또 계단을 오른다.

이번에는 아까보다 느린 속도다.

침실에 도착해 탁자에 놓인 가족사진을 집어 든다. 다른 건 다 필요 없다. 이것만 있으면 된다.

옆구리에 액자를 끼워 넣고 마지막으로 계단을 내려간다. 이제 주방으로 가서 경찰을 부르고, 총을 꺼내서, 경찰이 도착할 때까지 무릎에 올려두고 있으면 된다.

계단을 다 내려와 복도로 향하다 덜컥 멈춰 선다.

닉이 있다.

집안으로 들어온 닉이 탈출구를 봉쇄한 채 꼿꼿이 서 있다. 등 뒤로 숨긴 손에 뭔가를 쥐고 있다.

무표정한 얼굴이다. 텅 빈 눈에 내 얼굴에 가득한 두려움이 비친다.

"안녕, 이웃 주민."

43

"어떻게 들어온 거예요?"

쓸데없는 질문이다. 이미 답은 알고 있다. 닉 뒤편으로 서재 책장 일부가 벽에서 떨어져 있다. 그 뒤에 사각형으로 된 어두컴컴한 공간이 있다. 집과 집을 연결하는 통로다. 분명 저 안에 11A와 11B로 이어지는 계단이 있을 거다.

닉은 원한다면 언제든 12A에 들어올 수 있었다. 그리고 실제로 들어오기도 했다. 아침에 들었던 그 소음의 정체다. 카펫 위 양말이나 책상다리를 스치는 옷 소리처럼 옅게 들리던 휙 소리.

그게 닉이었다.

그렇게 유령처럼 여길 드나들고 있었다.

"딜런은 어딨죠?"

겁에 질려 말이 다른 사람 목소리처럼 낯설게 나온다. 높고 떨리는 목소리다.

"딜런한테 무슨 짓을 한 거예요?"

"레슬리가 말 안 해 줬어요? 딜런은 나갔어요."

닉이 씩 웃는다. 입꼬리가 무섭게 슬쩍 올라간다. 그 미소를 보는 순간 확신한다. 딜런은 죽었다. 구역질이 치밀어 올라 배를 움켜잡는다. 배에 뭐라도 들어 있었다면 다 게워냈을 게 분명하다. 겨우 입을 막을 뿐이다.

"제발, 나가게 해줘요."

침을 꿀꺽 삼키며 헐떡인다.

"여기서 무슨 일이 일어나고 있는지, 아무한테도 말 안 할게요."

"무슨 일이 일어나고 있는 것 같은데요?"

"아무 일도 없어요."

이러면 닉이 날 보내 줄 거라고 믿는 것처럼, 새빨간 거짓말을 늘어놓는다.

닉이 애석하다는 듯 고개를 젓는다.

"알잖아요. 아닌 거."

닉이 한 걸음 다가온다. 나는 두 걸음 뒤로 물러난다.

"거래를 하나 하죠. 인그리드가 어딨는지 말해 주면, 어쩌면 인그리드만 데려가고 당신을 살려줄지도 몰라요. 어때요?"

내 말 만큼이나 새빨간 거짓말이다.

"싫은가 보네요."

아무 대답도 없자 닉이 말을 이어간다.

"유감이네."

한 발자국 더 다가온다. 등 뒤에 들고 있었던 걸 꺼내 든다.

전기충격기다. 그 끝에서 푸른 스파크가 튄다.

복도를 달려가 오른쪽으로 꺾어 주방으로 향한다. 무릎을 꿇고 바닥을 기어가 싱크대 아래의 찬장으로 향한다. 문을 확 열어젖히고 신발 상자를 꽉 잡아 옆으로 쓰러트린다. 뚜껑이 삐뚜름하게 열린다.

상자는 비어 있다.

순간 어떤 기억이 뇌리를 스친다. 인그리드에게 총에 대해 문자로 이야기했었다. 이제야 깨닫는다. 인그리드는 그 문자를 본 적이 없다.

나 말고 그 문자에 대해 알고 있는 건 닉뿐이다. 복도에서 닉의 목소리가 들려온다.

"줄스, 당신의 생존 본능은 높이 사요. 하지만 아파트에서 총을 가지고 있는 건 너무 위험하죠. 내가 챙겨서 안전한 곳에 놔 뒀어요."

닉이 모퉁이를 돌아 주방으로 들어온다. 여유로운 태도다. 서두를 필요가 없다. 난 이렇게 혼자, 무방비하게 갇혀 있으니까. 가진 거라곤 겨우 가족사진뿐이다. 액자를 마치 방패처럼 앞에 꺼내 든다.

"폭력적으로 끝낼 필요 없잖아요. 조용히 같이 갑시다. 그게 더 편할 거예요."

주방을 찾아 뭐라도 무기가 있나 살펴본다. 나무로 된 칼꽂이는 닉과 너무 가깝다. 서랍은 너무 멀다. 둘 중 어디로 향하더라도 닉이 먼저 한걸음에 나에게 다가올 것이다.

하지만 뭐라도 해야 한다. 닉이 뭐라고 말하든 가만히 앉아서 당하고만 있을 수는 없다.

내 오른쪽으로 오븐과 싱크대 사이에 찬장이 있다. 닫힌 찬장을 열어 젖히자 그 뒤의 승강기가 나타난다. 그 안으로 기어들어가자마자 닉이 움직인다. 그 안으로 몸이 반 정도 들어갔을 때쯤 닉이 내게 거의 닿을 만큼 가까워져 온다. 전기충격기에서 스파크가 튄다. 닉을 사납게 발로 찬다. 미친 듯이. 내 발이 닉의 가슴에 닿는다. 비명을 지른다.

두려움에 반쯤 감긴 눈 사이로 또다시 파란 스파크가 튀어오른다. 이번에는 더 높이, 얼굴을 향해 발을 뻗는다. 닉의 안경에서 우드득 소리가 난다.

닉이 비명을 지르며 비틀비틀 뒷걸음질친다.

전기충격기가 깜빡거리며 바닥으로 덜그럭 떨어진다.

승강기 안으로 다리를 당겨 넣는다. 다리까지 들어오니 승강기 안이 너무 비좁다. 양손을 써서 로프를 당긴다. 잠시 후 승강기가 곤두박질친다. 어둠 속으로 빠진다.

승강기가 떨어지는 동안 로프를 계속 붙잡고 있으려 하지만, 로프가 너무 빨리 움직여 내 손바닥을 스쳐 지나기만 한다. 손을 빼고 이번에는 무릎으로 로프를 고정해 속도를 줄이려 해본다.

성공한 건지는 모르겠다. 너무 어두운 데다 내 무게 때문에 승강기가 너무 시끄럽게 삐걱거리고 있다. 무릎에서 열기가 느껴진다. 마찰열로 청바지가 불타는 듯하다. 무릎을 들고 비명을 지르지만 내 목소리는 승강기가 아래층에 쾅 부딪히는 소리에 묻힌다.

온몸에 충격이 전해진다. 뒤로 머리를 쾅 박는다. 척추가 고통으로 찌르르 울린다. 팔다리가 승강기 옆면에 세게 부딪힌다.

어둠 속에서 가만히 기다린다. 욱신거리는 데다 무섭기도 하고, 움직일 수 있을까 걱정될 정도로 심한 부상이다. 목에 타들어 가는 고통이 느껴진다. 움직일 수가 없다.

그래도 문을 열어서 기어나가는 것까지는 가능하다. 여기저기 얻어맞은 몸을 부딪치지 않으려 조심조심 움직인다. 11A의 주방으로 미끄러져 떨어진 후, 내가 느리게라도 걸을 수 있다는 사실에 놀란다. 걸음걸음마다 아파서 절뚝거리긴 하지만 말이다.

이를 악물고 끝내 주방을 나와 현관으로 향한다. 문을 휙 열어젖힌다.

11A를 나오고 나니 점점 고통이 옅어진다. 아마 두려움 때문인 듯하다. 아드레날린 때문일 수도 있고. 뭐든 상관없지만 덕분에 복도를 좀 더 빨리 걸어다닐 수 있게 됐다.

엘리베이터로 다가간다. 기적 중의 기적이다. 아직 11층에 멈춰 있다. 나를 기다리고 있는 것처럼 문이 열려 있다. 뛰어들어가는 찰나, 왼쪽에서 무언가 움직이고 있다는 걸 발견한다.

닉이다.

12층에서 계단을 내려오고 있다. 전기충격기에서 스파크가 튄다. 한쪽 귀에 안경이 달랑달랑 매달려 있다. 안경테가 기울어지고 오른쪽 렌즈는 산산조각이 났다. 오른쪽 눈 밑으로 베인 상처에서 붉은 눈물이 흐르는 것처럼 피가 흘러내리고 있다.

엘리베이터에 몸을 던지고 로비로 향하는 버튼을 세게 친다.

바깥 문이 닫히고 닉이 엘리베이터 바로 앞에 다가와 창살 사이로 팔을 밀어 넣는다. 전기충격기에서 방전 현상처럼 스파크가 일어난다.

안쪽 문에 손을 뻗어 꼼짝 못하도록 그 팔에 쾅 밀어 닿는다.

문을 당기고 다시 한번 아까보다 더 세게 쾅 닫는다.

그 충격에 놀라 닉이 팔을 휙 빼내고 전기충격기가 닉의 손에서 떨어진다.

문을 닫는다. 엘리베이터가 내려가기 시작한다. 11층에서 아래층으로 내려가는 중에 닉이 계단으로 내려가는 게 보인다.

10층.

닉이 날듯이 계단을 내려간다. 아직은 안 보이지만 신발이 대리석 바닥에 탁탁 부딪히는 소리가 울려 퍼지고 있다.

9층.

점점 가까워진다. 한층 더 내려가는 중에 닉의 발이 보인다.

8층.

도와달라는 소리가 금방이라도 터져 나올 것 같지만 꾹 참아낸다. 인그리드 때도 그랬듯, 어차피 다들 무시할 거다.

7층.

층계참에 서서 바라보고 있는 마리안이 보인다. 화장기 없는 얼굴에 선글라스도 안 쓴 상태다. 피부가 누렇게 떠 있다.

6층.

마리안을 지나친 닉이 더 속도를 높인다. 이제 전신이 다 보인다. 흔들리는 흐릿한 형체가 층계참에서 질주하고 있다. 엘리베이터와 거의 같은 속도다.

5층.

허리를 굽혀 전기충격기를 주워든다. 생각보다 더 묵직하게 손에 들어온다.

4층.

시험 삼아 전기충격기 한쪽에 있는 버튼을 눌러본다. 끝 부분에서 치직거리며 스파크가 파직 튀어 깜짝 놀란다.

3층.

닉은 나와 속도를 맞추고 있다. 엘리베이터 안에서 몸을 돌려 닉이 지나가는 모습을 지켜본다. 열 계단, 층계참, 또다시 열 계단을 내려간다.

2층.

문 앞에 서서 손을 엘리베이터 문 바로 앞에 갖다 댄다. 엘리베이터가 멈추자마자 문을 열어젖힐 생각이다.

로비다.

엘리베이터에서 뛰쳐나간다. 닉이 마지막 열 계단을 남겨두고 달려 내려오고 있다. 거의 열 걸음 정도 거리다. 어쩌면 그보다 더 가까울 수도 있다. 미친 듯이 로비를 달려간다. 뒤돌아볼 엄두도 안 난다. 심장이 쿵쿵대고 머리가 빙빙 돈다. 온몸이 너무 아파서 손에 든 전기충격기도, 옆구리에 낀 가족사진도 느껴지지 않는다. 시야가 좁아진다. 보이는 건 열 걸음 앞의 현관문뿐이다.

다섯 걸음, 한 걸음.

저 문 바로 너머로 나가면, 난 안전하다.

경찰이든 지나가는 행인들이든 날 도와줄 사람들이 저 밖에 있다.

다가가 문을 밀어젖힌다.

누군가 나를 옆으로 밀친다. 거대한 존재감이다. 시야가 넓어진다. 모자와 유니폼, 수염이 눈에 들어온다.

찰리다.

"줄스, 보내 줄 수 없어요. 미안해요. 그들이 약속했거든요. 내 딸을…."

반사적으로 전기충격기를 켜 찰리의 배에 찔러넣는다. 전기충격기 끝이 웅웅거리며 스파크가 튄다. 찰리가 괴로워하며 몸을 숙여 끙끙 앓기 시작한다.

전기충격기를 떨어뜨리고 문을 밀어낸다. 다급하게 길거리를 달려 차도로 향한다.

찰리가 뒤에서 외친다.

"줄스! 조심해요!"

계속 달리며 흘긋 뒤를 돌아본다. 찰리가 아직도 몸을 숙이고 있다. 그 옆에 닉이 서 있다.

갑자기 불협화음 같은 소음이 들려온다. 경적 소리다. 타이어가 끼익하며 미끄러지는 소리가 들린다. 누군가, 어디선가 비명을 지른다. 마치 사이렌 같다.

그리고 무언가가 날 세게 쾅 박는다. 그 충격에 몸이 붕 떠오른다. 무의식으로 빠져든다.

⏰ 현재

잠에서 번쩍 깨어난다. 눈꺼풀이 파르르 떨리며 서서히 열리는 것도 아니고, 나른하고 바짝바짝 마른다. 어둠 속에서 순식간에 빛으로 빠져나왔다. 잠들기 전과 똑같은 기분이다.

공포가 밀려온다.

이 상황이 또렷하게 이해되기 시작한다. 클로이가 위험에 빠졌다. 그들에게 들켰다면 인그리드도 마찬가지다. 내가 구해야 한다.

지금 당장.

열린 문을 바라본다. 방은 어두컴컴하고, 복도는 고요하다. 속삭이는 소리도, 발소리도 들리지 않는다.

"저기요?" 갈증으로 목소리가 꼴사납게 쩍쩍 갈라진다.

락 에브리 도어

"저…."

경찰을 불러야 돼요.

라고 말하고 싶지만, 목이 말을 듣지 않아 말이 뚝 끊긴다. 기침을 내뱉어 본다. 목소리를 가다듬으려는 것보단 간호사의 주의를 끌기 위해서다.

이번엔 좀 더 크게 소리를 내 본다.

"저기요?"

아무도 대답이 없다.

복도가 비어 있는 것 같다.

침대 옆에 있는 탁자에 핸드폰이 있나 살펴본다. 없다. 간호사를 부를 수 있는 호출벨도 없다.

침대에서 빠져나온다. 불편하긴 하지만 그래도 걸을 수는 있다는 사실에 안도한다.

다리가 힘없이 떨린다. 어디 하나 성한 곳이 없다. 방 밖으로 나와 복도로 향한다. 복도가 생각보다 더 짧다. 다른 병실이 두 개 뿐인 어두컴컴한 복도다. 작은 간호사실이 지금은 비어 있다.

역시 핸드폰은 없다.

"저기요?"

소리친다.

"도움이 필요한데요."

복도 끝에 또 다른 문 하나가 꽉 닫혀 있다.

하얗고, 창이 없는 문이다.

비집어 열어본다. 무겁다. 한 번 더 힘을 주자 온몸이 아파 앓는 소리가 저절로 나온다. 그제야 문이 약간 움직인다.

문을 빠져나간다. 다른 복도다.

전에 본 적이 있는 것 같다. 내 최근 기억이 다 그렇듯, 어렴풋이 떠오를 뿐이다. 고통과 불안, 진정제로 반쪽이 된 흐릿한 기억이다.

복도가 꺾어진다. 복도를 따라 돈다. 또 다른 복도로 이어진다.

내 오른쪽으로 주방이 보인다. 따뜻한 색으로 꾸며져 있다. 싱크대 위에 그림이 하나 걸려 있다. 완벽하게 8을 그리고 있는 뱀이 제 꼬리를 먹어치우고 있다.

주방을 지나 식당으로 향한다. 그 뒤로 창문이 있다. 창밖으로 석양빛에 주황색으로 물든 센트럴파크가 보인다. 마치 공원이 불타고 있는 것처럼 보인다.

그걸 보니 서늘한 공포가 솟구치기 시작한다.

난 아직도 바솔로뮤에 있다.

계속, 바솔로뮤에 있었다.

그 사실을 깨닫고 나니 비명을 지르고 싶어지지만 두려움과 갈증으로 목이 턱 막혀 비명이 나오지 않는다.

초조한 걸음으로 움직이기 시작한다. 맨발이 급히 바닥에 부딪힌다. 몇 걸음도 못 가, 뒤에서 목소리가 들려온다.

갈증과 두려움에도 불구하고 깊은 곳에서 비명이 터져 나오지만, 이내 누군가 입을 손으로 막는다. 다른 손이 나를 빙글 돌린다. 낯선 이의 정체를 확인한다.

닉이다.

입을 굳게 다물고 화난 눈을 하고 있다.

그 오른쪽에는 레슬리 에블린이 서 있다. 그 왼쪽으로는 바그너 박사가 바늘과 주사기를 들고 있다. 바늘 끝으로 한 방울 흘러나온 액체가 파르르 떨린다. 박사가 바늘을 내 팔뚝으로 찔러 넣는다.

한순간에 모든 게 흐릿해진다. 닉, 레슬리, 바그너 박사의 얼굴이 전부 고장 난 TV처럼 흐릿하게 흔들린다.

헉하고 숨을 들이쉰다.

또다시 커다랗게 비명을 터트린다.

비참하고, 공포에 질려 불안에 떠는 목소리다.

복도에 울려 퍼진다. 벽에 닿아 메아리치는 비명이 모든 게 사라져 가는 순간에도 들려온다.

ONE DAY LATER

1일 후

44

꿈을 꾼다. 센트럴파크에 있는 우리 가족이다. 보우브릿지에 서 있다. 이번에는 나도 함께다.

조지도 마찬가지다.

다리 위엔 우리 다섯뿐이다. 달빛 아래 물에 비친 우리의 모습을 바라보고 있다. 살랑이는 바람이 불어와 잔물결을 남긴다. 우리 얼굴이 휘어진 거울에 비춘 것처럼 이상하게 보인다.

물에 비친 나를 바라본다. 내 얼굴이 흔들흔들 떨리는 모습을 신기한 듯 바라본다. 눈을 돌려 다른 이들이 물에 비친 모습을 구경하다 무언가 이상한 점을 발견한다.

모두가 칼을 들고 있다.

나만 빼고.

물에서 몸을 돌려 내 가족과 내 가고일을 마주 보고 선다.

모두가 칼을 들어 올린다.

"넌 여기 있을 사람이 아니야."

아빠가 말한다.

"뛰어."

엄마가 뒤이어 말한다.

"최대한 빨리 도망쳐."

제인이 마지막으로 말한다.

조지는 아무 말도 없다. 그저 우리 가족이 휘청이며 다가와 날 찌르기 시작하는 모습을 무심한 눈으로 바라볼 뿐이다.

TWO DAYS
LATER

2일 후

45

천천히 일어난다. 내 의식이 꿈속에서 올라올 줄 모르는 것처럼, 정신 차려야겠다는 나의 의지를 밀어낸다. 의식을 찾은 후에도 졸음이 계속된다. 안개가 낀 듯 머리가 뿌옇다. 나른하고 탁하다.

눈은 아직도 감겨 있다. 몸이 무겁다. 너무 무겁다.

복부에 통증이 있지만, 건너편에 불이 난 것처럼 멀게만 느껴진다. 고통이 존재한다는 것만 인지할 수 있는 정도다.

눈을 깜빡인다. 눈꺼풀이 파르르 떨린다. 눈을 떠 병실을 둘러본다.

전과 같은 방이다.

창문은 없고, 구석에는 의자가 하나 놓여 있다. 흰 벽에 모네 그림이 걸려 있다.

머릿속이 뿌옇게 흐린 상태지만 내가 어디 있는지는 정확히 안다.

하지만 내가 지금 모르는 건 앞으로 내게 무슨 일이 일어날지, 지금까지 무슨 일이 있었는지이다.

애써 움직이려 해 보지만, 몸이 움직이기를 거부한다. 머리가 몽롱하다. 다리가 제 역할을 하지 못한다. 팔도 마찬가지다. 오른손을 겨우 움직여 옆에 털썩 내려놓는다.

있는 힘을 다 끌어모아 고개를 겨우 돌린다. 왼쪽으로 천천히 고개를 돌린다. 침대맡에 링거가 보인다. 얇은 플라스틱 관이 내 손으로 구불구불 이어져 있다.

내 머리에 감겨 있던 붕대가 사라졌다. 머리를 반대로 돌리니 머리카락이 베개에서 스르륵 움직인다. 가족사진이 놓여 있다. 금 간 액자에 내 창백한 얼굴이 비친다.

그 파리한 얼굴이 조각조각 난 모습을 보고 있으니 오른손이 꿈틀 움직인다. 놀랍게도 손이 들어 올려진다. 간신히 배에 손을 올려놓는다.

환자복 위로 손을 움직인다. 얇은 천 아래로 울퉁불퉁한 거즈가 느껴진다. 가슴 살짝 아래 왼쪽 윗배다. 살짝 만져 보니 고통이 번쩍 온몸을 스친다. 갑자기 정신이 번쩍 든다. 벼락을 맞은 것 같다.

아픔과 함께 공포가 밀려온다. 혼란과 두려움이 뒤섞인다. 뭔가 잘못된 것 같지만 그게 뭔지는 모르겠다.

계속해서 손을 천천히 옆으로 움직인다. 손이 부들부들 떨린다. 배꼽 왼쪽에서 또 끔찍한 고통이 올라온다. 또 다른 거즈다.

더 아프다. 무섭다.

배 위로 손을 슬슬 문지른다. 손가락으로 또 다른 거즈를 찾아본다.

아랫배 근처에서 거즈를 찾아낸다. 다른 거즈들보다 길쭉하다. 손으로 눌러보니 고통이 확 올라온다. 절로 헉 소리가 날 정도다.

나한테 무슨 짓을 한 거야?

머릿속에서 목소리가 크게 울린다. 입으로는 목이 갈라져 이 적막 속에서나 겨우 들릴 듯 말 듯한 소리가 나올 뿐이지만, 머릿속에서는 나는 목놓아 절규하고 있다.

복부의 고통이 점점 더 강해진다. 더는 건너편의 불같은 게 아니다. 불꽃이 내 뱃속에서 활활 타오르고 있다. 한 손으로 움켜잡는다. 머릿속에서는 다시 비명이 울린다. 입으로는 겨우 끙끙거리는 신음이 나올 뿐이다.

방 바깥에서 누군가 내 목소리를 듣고 달려온다.

버나드다. 다정한 눈은 온데간데없다. 내 쪽을 바라보지만, 시선은 나를 지나쳐간다. 다시 한번 꿍 소리를 낸다. 버나드가 나간다.

잠시 후, 닉이 방으로 들어온다.

또다시 머릿속으로 울부짖는다.

저리 가! 만지지 마!

그중 입 밖으로 나가는 건 겨우 한 글자뿐이다. 꺼칠한 쉰 소리가 나온다.

"저,"

닉이 내 손을 배에서 떼어내 조심스럽게 옆에 내려놓는다. 이마에 손을 올리고 뺨을 어루만진다.

"수술은 성공적이었어요."

머릿속으로 의문이 떠오른다.

수술? 무슨 수술?

물어보고 싶지만, 한 글자도 채 내뱉기 전에 또다시 의식이 뿌옇게 흐려진다. 탈진해서 그런 것인지 아니면 또 뭔가 내 몸에 주입된 건지 모르겠다. 아마 후자가 아닐까 싶다. 수마가 나를 잡아먹으려 한다. 다시 한번 물속으로 빠져든다. 이번엔 어둡고 탁한 심해다.

완전히 가라앉기 전에 닉이 내 귓가에 속삭인다.

"괜찮아요. 다 괜찮아요. 아직은 신장 하나일 뿐이니까."

THREE DAYS LATER

3일 후

46

몇 시간이 흐른다. 어쩌면 며칠일지도 모른다.

가늠할 수가 없다. 잠들거나 깨거나. 내 상태는 둘 중 하나다.

지금은 깨어 있는 상태다. 머릿속이 또 안개 낀 듯 뿌옇게 흐려 확실히는 모르겠지만. 모든 게 꿈꾸는 것처럼 느껴질 정도다.

그냥 꿈이 아니다.

악몽이다.

이 악몽 같은 상태로 문밖에서 남자와 여자의 목소리를 듣는다.

"지금은 안정을 취하셔야 해요."

남자가 말한다.

억양으로 보아 바그너 박사다.

"지금 보러 가야 돼요."

여자가 답한다.

"좋은 생각은 아닌 것 같은데요."

"상관없으니까 어서 밀기나 해요."

웅웅거리는 소리가 들린다. 바닥에 고무로 된 바퀴가 굴러가는 소리다. 누군가 움직이고 있다.

여전히 머리가 뿌옇게 흐리다. 거칠거칠한 가죽 같은 피부의 손이 내 손을 잡는다. 움찔할 기력도 없다. 눈꺼풀을 겨우 들어 올린다. 그레타 만빌이다. 노쇠하고 작은 몸을 휠체어에 싣고 있다. 살가죽이 뼈에 붙어 있다. 창백한 피부 위로 핏줄이 구불거린다. 유령 같은 모습이다.

"당신이 아니길 바랐어요. 그건 알아줘요."

말없이 눈을 감는다. 말할 힘도 없다.

그레타가 내 상태를 눈치채고, 적막을 깨며 입을 연다.

"원래는 인그리드였어요. 그 사람들이 그렇게 말했다고요. 면접 때 진료 기록을 받아봤거든요. 충분히 가능성 있는 후보였죠. 그런데 그때 인그리드가 사라지고 당신이 나타난 거예요. 어쩔 수 없었어요. 당신이 아니면 난 죽을 게 뻔했거든요. 당신 덕분에 난 목숨을 구했어요. 당신이 날 살렸어요, 줄스. 항상 고마운 마음으로 살게요."

다시 한번 눈을 뜬다. 그저 빤히 그레타를 바라본다. 나와 비슷한 하늘색 환자복을 입고 있다. 12A의 침실 벽지와 같은 색이다. 옷깃에 마조리 밀턴이 달고 있던 그 금색 브로치가 걸려 있다.

우로보로스다.

그레타의 손에서 내 손을 떼고 비명을 지른다. 또다시 잠에 빠져든다.

47

깨어난다.

잠든다.

다시 깨어난다.

머릿속의 탁한 안개가 걷힌 기분이다. 팔을 움직이고 발가락을 꼼지락 댄다. 내 몸에 꽂힌 링거와 주사가 따갑다. 방에 누군가 있다. 타인의 존재감이 살갗을 찌르는 가시처럼 꽂힌다.

"클로이?"

헛된 희망이다. 이 모든 게 꿈이길 빈다. 눈을 뜨면 다시 클로이의 소파에서 일어나길. 앤드류에게 상처받고 새 직장을 찾아야 한다며 걱정하던 그때이길.

그 정도의 걱정은 충분히 감당할 수 있다.

만족하는 것도 모자라 떠안고 살 수도 있을 텐데.

간절히 바라며 다시 이름을 부른다. 계속 부르면 이뤄질지도 모른다.

"클로이?"

"아뇨, 줄스. 나예요."

남자의 목소리가 들린다. 익숙하지만 전혀 반갑지 않은 목소리다.

눈을 뜬다. 내 몸에 뭘 넣은 건지 눈이 흐리다. 물기 어린 희뿌연 시야로 침대 옆 의자에 누군가 앉아 있는 게 보인다. 시야가 서서히 또렷해진다.

닉이다.

새 안경을 쓰고 있다. 평범한 검은색 안경이다. 안경테 아래로 오른쪽 눈에 심하게 멍이 들어 있다. 내가 발로 찼던 곳이다. 할 수만 있다면 반대편 눈에도 똑같이 한 대 차주고 싶다. 하지만 내가 지금 할 수 있는 건 저 남자의 시야에서 벗어나지도 못하는 상태로 여기 누워 있는 것뿐이다.

"좀 어때요?"

입을 다물고 천장을 바라본다.

닉이 침대 옆 쟁반에 물병과 작은 종이컵을 올려놓는다. 물컵 안에는 하얀 알약이 두 개 들어 있다. 소아용 아스피린 정도의 크기다.

"고통을 줄여 줄 약을 좀 가져왔어요. 당신이 편하게 지내길 바라니까요. 고생할 필요 없어요."

고통이 조여오지만 입은 열지 않는다. 배가 불에 타는 것 같다. 강렬한 통증으로 욱신거린다. 기꺼이 받아들인다. 그 아픔 덕분에 두려움과 분노, 증오 따위를 잊을 수 있다. 아픔이 사라진다면 벗어날 수도 없는 어두운 수렁으로 깊이 빠져들고 말 것이다.

고통은 명확한 사고를 부르고 명확한 사고는 생존을 가능하게 한다. 그래서 침묵을 깨고 질문을 내뱉는다. 어제는 입 한 번 열 힘도 없어 묻지 못했다.

"나한테 무슨 짓을 한 거죠?"

"바그너 박사와 내가 당신의 왼쪽 신장을 떼어냈고, 꼭 필요한 사람에게 이식했어요."

닉은 내가 모를 거라고 생각하는 듯, 그레타의 이름을 입에 올리지 않는다.

"흔한 수술이죠. 합병증도 없어요. 받는 사람 몸에도 장기가 잘 맞았죠. 정말 잘 됐어요. 환자가 고령일수록 이식된 장기를 받아들이지 못할 가능성이 크거든요."

힘을 끌어모아 또 다른 질문을 꺼낸다.

"왜 그랬어요?"

닉이 의아한 듯한 눈으로 나를 바라본다. 지금까지는 아무도 물어본 적이 없었다는 듯한 태도다. 이 질문조차 한 번 하지 못한 사람이 얼마나 될까 궁금해진다.

"평범한 상황에서는 기증자가 최소한의 정보만 알고 있는 편을 선호해요. 그게 더 낫거든요. 하지만 평범한 상황이 아니니 당신의 '오해'를 몇 가지 바로잡아 주는 것도 좋겠군요."

마치 오해라는 말을 내뱉는 게 내 잘못인 양, 닉이 그 말이 불쾌한듯 낮게 속삭인다.

"1918년, 스페인 독감이 갑자기 창궐해 전 세계 인구 오천 만명을 죽음으로 몰고 갔어요. 좀 더 이해하기 쉽게 비교해 보자면, 그때 발발한 제 1차 세계대전에서는 천칠백 만 명이 죽었죠. 특히 스페인 독감으로 바로 여기 미국에서 오십만 명이 넘는 사람이 죽었어요. 의사로서 토마스 바솔로뮤는 바로 그 전쟁의 최전선에 서 있었죠. 그 병은 친구와 동료, 심지어 가족들의 목숨까지 앗아갔죠. 병은 사람을 가리지 않았어요. 돈이 많든 적든 가차 없었죠."

기사에서 봤던 사진이 기억난다. 죽은 고용인들이 길거리에 늘어져 있던 사진. 시체 위에 덮여 있던 담요와 더러워진 발바닥이.

"토마스 바솔로뮤가 이해할 수 없었던 건, 어떻게 백만장자들이 독감으로 쓰레기 같은 빈민들과 똑같이 쉽게 무너질 수 있는가였어요, 부유한 이들은 그 우수한 유전자 때문에라도 더 강해야죠. 아무것도 가진 거없이 태어나 아무것도 없이, 아무것도 아닌 삶을 사는 사람들보다는요. 그래서 그런 중요한 사람들이 편하게 영화를 누리며 살 수 있는 시설을 만들겠다고 다짐한 거예요. 서민 계층을 괴롭히는 질병으로부터 그들을 보호하면서요. 그렇게 바솔로뮤가 탄생했죠. 이 건물은 제 증조부에 의해 실현된 결과물이에요."

고통과 약으로 흐릿한 정신을 비집고 어떤 기억이 떠오른다. 닉과 내가 그의 식당에서 피자와 맥주를 먹으며 이야기하고 있다.

'제 증조부 때부터 대대로 의사셨거든요.'

또 다른 기억이 흘러들어온다. 주방에 앉아 닉이 내 혈압을 확인하고 가벼운 담소를 나눴을 때다. 내 이름에 얽힌 비화를 이야기했을 때, 닉은 자신의 이름이 니콜라스를 줄인 거라 했다. 그때도, 지금까지도 닉은 자신의 성을 말한 적이 없었다.

이제는 안다.

닉의 성은 바솔로뮤다.

"증조부의 꿈은 그리 오래가지 않았죠."

닉이 말한다.

"그의 첫 번째 임무는 스페인 독감이 다시 유행할 경우를 대비해서 주민들을 보호할 방법을 찾는 거였어요. 하지만 일이 너무 빨리, 많이 틀어졌죠. 증조부가 지키려던 사람들이 병에 걸렸어요. 심지어 몇 명은 죽었고."

닉은 죽은 고용인에 대해 언급하지 않는다. 그럴 필요도 없는 거다. 그 사람들은 실험대상이었으니까.

미친 박사의 실험에 강제로 희생된 것뿐이다. 확실히 빈민을 감염시켜 부자를 고치는 그 계획은 예상대로 흘러가지 않았다.

"경찰이 개입하려 하자, 증조부는 어쩔 수 없이 수사가 시작되기도 전에 상황을 종료시키기로 했어요. 목숨을 바쳤죠. 하지만 우로보로스는 죽지 않아요. 다시 태어날 뿐이지. 그래서 할아버지는 의대를 졸업할 즈음 아버지의 일을 물려받기로 했죠. 당연히 더 신중하게 움직였어요. 조심스럽게. 바이러스가 아니라 생명 연장에 중점을 뒀죠. 부에는 권력이 따르고, 권력을 얻은 사람은 더 중요해져요. 더 중요한 사람들이 그보다 못한 사람들에 비해 오래 사는 건 당연한 거고. 또 다른 전염병이 퍼지면서 특히 더 맞는 말이 됐죠."

닉이 점점 더 열정적으로 이야기를 쏟아내기 시작한다. 이마에 땀방울이 송골송골 맺히고, 안경 너머로 안광이 번뜩이고 있다. 어느새 일어서서 모네 그림과 열린 문을 지나 다시 돌아온다.

"지금 이 순간에도 수많은 사람이 장기 이식을 기다리고 있어요. 그중 몇 명은 아주 중요한 사람들이죠. 그런데도 병원에서는 순서대로 차례를 기다려야 한다는 소리나 들어요. 기다릴 수가 없는 사람들도 있어요. 일

년에 팔천 명이 그렇게 장기를 기다리다가 목숨을 잃어요. 생각해 봐요, 줄스. 팔천 명이라고요. 미국에서만. 내가 하는 일, 우리 가족이 해 온 일은 남들처럼 마냥 기다리기엔 아주 중요한 사람들에게 선택지를 제공하는 거예요. 대가만 지불하면 줄 서서 기다릴 필요가 없는 거죠."

닉의 말에 빠진 부분이 있다. 소위 중요한 사람들을 앞줄에 세우기 위해서는, 그 머릿수만큼 중요하지 않은 사람들이 희생되어야 한다.

딜런이나 에리카, 메건, 그리고 나처럼.

우리를 여기 끌고 오는 데 필요한 건, 넉넉한 보수를 약속하는 손바닥만 한 아파트 시터 광고 하나였다. 레슬리 에블린의 번호가 걸려 있던.

그렇게 우리는 사라졌다.

우리의 파괴에서 피어오르는 창조, 우리의 죽음에서 떠오르는 삶이다.

우로보로스의 의미는 바로 그런 거였다.

그러나 그것은 창조도 아니며 영원한 삶도 아니다. 불멸 같은 게 아니라 어떻게든 늦게 죽고 싶은 발악이었을 뿐이다.

"코넬리아 스완슨, 그 사람은 뭐였어요?"

"우리 환자였죠. 첫 번째 이식 시도였지만…. 잘 안 됐어요."

인그리드와 내 추측은 전부 틀렸다. 마리 다미아노프니 황금 성배니 악마 숭배니, 그런 문제가 아니다. 마녀들의 제사 같은 건 없었다. 비용이 얼마가 되든 더 살아보려고 혈안이 되어 있는 죽어가는 부자들의 모임일 뿐이다. 그걸 가능하게 하는 게 닉이고.

옆으로 돌아눕는다. 온몸이 소리를 지르는 것처럼 아프다. 이렇게라도 닉을 안 볼 수 있으니 됐다. 하지만 아직도 물어볼 게 더 남았다. 확실히 해 두기 위해서다.

"이제 또 뭘 가져갈 생각이죠?"

"간이요."

지독하게도 별거 아니라는 듯한 대답이다. 이미 날 인간으로 취급하지도 않는 것처럼.

궁금해진다. 그 날 밤 닉의 침실에서 내가 닉과 키스하고 옷을 벗기는 손길에 몸을 맡겼을 때, 닉은 머릿속으로 무슨 생각을 하고 있었을까. 그 순간에도 내 몸에서 뭘 가져갈지 뜯어보며 내가 얼마를 벌어 줄지 셈하고 있었을까?

"그게 누구한테 가는데요?"

"마리안 던컨이요. 지금 간 상태가 심각하거든요."

"그리고 또요?"

"심장이요."

닉이 선심을 베풀듯 입을 다문다.

"그건 찰리의 딸에게 갈 거예요. 찰리는 받을 만하죠."

찰리 같은 사람이 자발적으로 바솔로뮤에서 일하는 이유가 있을 거라고 생각했었다. 이제야 알겠다. 뻔하다. 상류층에게 오랫동안 이용당하고 얻는 보상이다. 나약한 서민들은 그들이 기피하는 일을 대신 해 주고 대가를 받는다.

"그리고 레슬리는? 바그너 박사는?"

"레슬리 에블린은 바솔로뮤의 사명을 깊이 새기고 사는 사람이에요. 고인이 된 그녀의 남편이 제 아버지의 심장 수술 수혜자였죠. 남편이 죽을 때 레슬리가 이 일이 더 원만하게 돌아갈 수 있게 돕겠다고 했어요. 참고로 그 남편은 예상 수명보다 몇 년은 더 살고 갔죠. 제 도움이 필요하다면, 레슬리는 당연히 최우선 순번일 거예요. 바그너 박사는 그냥 의사죠. 실력이 말도 안 되게 좋아요. 20년 전 만취 상태로 수술에 나타나 면허를 잃었을 뿐이지. 아버지께서는 점점 높아지는 수요 때문에 거들 일손이 필요하셨고, 박사가 거절하지 못할 제안을 했어요."

"당신을 동정해. 증오해. 하지만 확실한 건, 당신이 내가 그런 것보다 당신 자신을 더 증오한다는 거야. 그런 인생을 살아가려면 그럴 수밖에 없거든."

닉이 내 다리를 토닥인다.

"시도는 좋았지만, 죄책감 건드리는 건 안 통해요. 이제 약 먹어요."

종이컵을 들어 나에게 건넨다. 컵을 툭 쳐 바닥에 떨어트린다. 알약이 구석으로 튄다.

"줄스, 제발."

닉이 한숨을 내쉰다.

"문제 있는 환자는 되지 말죠. 여기 있는 동안 편하게 지낼 수도, 괴로움에 몸부림칠지는 다 당신 행동에 달렸어요."

말을 마친 닉이 쌩하니 방을 떠난다. 약은 그대로 바닥에 떨어져 있다. 잠시 후, 지넷이 보라색 수술복에 회색 가디건을 걸치고 방으로 들어온다. 지하에서 만났을 때와 똑같은 그 옷이다. 뒷정리는 지넷의 몫이다.

쟁반에 새로 약을 올려놓는다. 바닥에 떨어진 알약을 집으려 지넷이 몸을 숙이자, 주머니에서 라이터가 스르륵 떨어진다. 지넷이 욕을 내뱉고는 바닥에 떨어진 물건들을 주워 담는다.

"약 안 먹으면 그땐 또 주사예요."

지넷이 라이터를 주머니에 쑤셔 넣는다.

"당신이 골라요."

선택지가 없는 거나 마찬가지다. 둘 다 단순히 내 고통을 줄여 주려는 게 아니다. 진정제로 계속 날 옴짝달싹 못 하게 만들 셈이다.

다음 수술에 들어갈 때, 저항 없이 조용히 가게 하기 위해서다.

알약을 빤히 바라본다. 종이 위의 알약이 둥지에 놓인 알처럼 보인다. 부모님을 떠올린다. 부모님에게도 선택권은 있었다. 승산 없는 싸움을 계속할 것이냐, 아니면 지독한 공허에 몸을 맡길 것이냐.

지금 내 눈앞의 선택지도 마찬가지다. 맞서 싸우면 질 수밖에 없다. 그럼 닉 말처럼 남은 시간을 괴로움에 몸부림치며 보내게 될 것이다. 아니면 우리 부모님과 같은 선택을 할 수도 있다.

포기하고 굴복하는 거다.

더 이상의 고통도 문제도 없다. 걱정도 없고, 고민할 일도 없다. 제인이 어떻게 됐는지 계속 궁금해 할 필요도 없다. 그냥 고통 없이 깊은 잠에 빠져들면 된다. 우리 가족이 기다리고 있을 곳으로.

머리맡의 가족사진으로 몸을 돌린다. 금 간 유리 때문에 가족들의 얼굴이 어긋나 있다.

산산조각난 액자, 산산조각난 가족이다.

그 모습을 바라본다. 어떤 결정을 내릴지는 이미 정해졌다.

종이컵을 들어 단숨에 약을 털어 넣는다.

FOUR DAYS LATER

4일 후

48

문이 계속 닫혀 있다. 밖에서 잠근 모양이다. 일어나 있을 때가 얼마 안 된다. 철컥 잠금을 푸는 소리가 들리고 누군가 들어온다. 사람들이 계속 왔다 갔다 하는 건 흔한 일이다. 약에 취해 잠들어 있는 동안 무슨 행진이라도 하는 것처럼 사람들의 쿵쿵거리는 발소리가 울린다.

바그너 박사가 들어온다. 바이탈을 확인하고 약과 아침으로 먹을 스무디를 가져다준다. 의무적으로 입안에 약을 털어 넣는다. 스무디에는 손도 안 댄다.

그다음은 지넷과 버나드다. 둘이 떠드는 소리에 깬다. 두 사람이 붕대를 갈고 주사와 링거를 교체한다. 말하는 걸 들어보니 규모가 제법 작은 사업이다. 이 두 사람에 닉과 바그너 박사, 그리고 내가 몰래 빠져나갔을 때 곤란해졌다는 야간 근무 간호사 한 명이 전부다.

병실은 총 세 개인데 지금은 다 꽉 차 있는 것 같다. 지넷이 드문 일이라고 말하는 걸 들었다. 내가 하나, 그레타가 또 하나. 세 번째 방은 며칠 전 새 심장을 받은 레너드 씨가 차지하고 있다.

둘이 딜런의 이름을 언급하지는 않았지만, 그 심장의 출처는 말하지 않아도 알 것 같다. 그 심장이 노쇠한 레너드 씨의 꿰맨 가슴 아래서 뛰고 있다는 걸 생각만 해도 끔찍하다. 주먹을 꽉 물고 비명을 참아 낸다.

결국, 눈가에 눈물이 맺힌 채로 다시 잠에 든다.

몇 시간이 지났을까, 눈물 방울을 그대로 달고 깜짝 놀라 잠에서 깨어난다. 문이 열린다. 그레타 만빌이 휠체어 없이 부축을 받고 움직이고 있다. 저번에 봤을 때보다 더 건강해 보인다. 혈색도 그렇고 좀 더 기운찬 모습이다.

"좀 어떤지 보고 싶어서요."

약 때문에 반쯤 혼수상태지만 끓어오르는 울화를 내뱉을 기력은 있다.

"꺼져요."

"나도 내가 부끄러워요. 할머니 때부터 우리 가족이 해온 일 전부 다. 당신도 다 알고 있죠. 똑똑하니까. 지금쯤 다 알아냈으리라 생각해요. 그리고 우리 부모님은… 신장병이었어요. 가족력이었죠. 두 분 다 이식이 필요했고, 나 역시 이식이 필요해졌을 때쯤 여기로 돌아왔어요. 여기가 어떤 곳인지 다 알면서. 내 잘못이에요. 내가 꼴보기 싫겠죠. 그럴 만도 해요. 당신이 날 죽이고 싶을 만큼 혐오하는 것도 알아요."

머릿속의 안개가 걷힌다. 들끓는 분노와 혐오감으로 정신이 드물게 맑아진다. 그레타를 혐오한다는 말은 맞는 부분이다.

"아뇨, 당신은 최대한 오래 살아야죠. 아주 오랫동안. 살아 있는 매일 매일 당신이 무슨 짓을 했는지 되새기면서. 곧 몸의 다른 부분이 망가지기 시작해도 당신의 몸에 있는 내 장기가 당신을 조금이라도 오래 살게 했으면 좋겠어요. 죽음도 당신에겐 과분하니까."

힘이 쭉 빠진다. 모래구덩이에 빠지듯 침대로 푹 가라앉는다. 그레타는 아직도 침대 옆에 서 있다.

"저리 꺼져."

앓는 소리를 낸다.

"아직이에요. 여기 온 이유가 있어요. 난 내일이면 집으로 돌아가요. 닉이 집에 있으면 회복이 더 빨라질 거라고 하더군요. 당신이 알고 싶어 할 것 같아서요."

"왜요?"

그레타가 발을 끌며 문가로 향하더니 문이 닫히기 전 마지막으로 날 바라본다.

"그 답은, 이미 알고 있을 것 같은데요."

의식이 반 정도 희미하게 돌아온 상태지만 답은 이미 알고 있다. 그레타가 떠난다는 건, 곧 다른 누군가가 들어온다는 의미다.

마리안 던컨이거나, 찰리의 딸이거나.

그 말은 곧, 내일 이맘때쯤엔 내가 여기 없을 거라는 소리다.

49

잠에서 깨어난다.

버나드가 점심 식사와 약을 들고 들어온다. 밝은색 수술복을 입고 있다. 다정한 눈은 온데간데없다. 몽롱해서 뭘 먹을 수가 없는 상태다. 버나드가 베개로 인형처럼 날 받쳐 세우고 숟가락으로 수프와 라이스 푸딩, 시금치 크림 같은 뭔가를 먹인다.

나는 약 기운 때문인지 수다쟁이가 된다.

"어디서 왔어요?"

취한 사람처럼 웅얼웅얼 내뱉는다.

"알 필요 없어요."

"필요가 아니거든요. 그냥 알고 싶은 건데요."

"아무 말도 안 할 거예요."

"그럼 누구를 위해 이 일을 하는지 만이라도 알려 줘요."

"말 좀 그만해요."

버나드가 푸딩을 내 입에 퍼 넣는다. 입을 닫으라는 뜻인가 보다. 꿀꺽 삼켜 버린다.

"당신도 누군가를 위해 이 일을 하는 거잖아요. 그러니까 무슨 병원도 아닌 이런 곳에 있지. 여기서 일하면 뭐 사랑하는 사람을 구할 수 있게 해 주겠대요? 찰리처럼?"

또다시 입안 가득 푸딩이 들어온다. 삼키는 대신 말을 계속 이어간다. 입에서 푸딩이 뚝뚝 떨어진다.

"말해 봐요. 뭐라고 안 할게요. 우리 엄마가 죽어갈 때였으면 나도 뭐든 했을 거예요. 뭐든지요."

버나드가 머뭇머뭇하더니 조용히 중얼거린다.

"아빠요."

"뭐가 필요한데요?"

"간이요."

"남은 시간은 어느 정도인데요?"

"많진 않아요."

"그거 안타깝네요."

웅얼웅얼거려서 마치 그건 안타깝네요, 하는 한 단어처럼 들린다.

"아버지도 당신이 무슨 일 하는지 알아요?"

버나드가 나를 노려본다.

"당연히 아니죠."

"왜요?"

"더 이상은 대답 안 할 거예요."

"헛된 희망을 주고 싶어 하지 않는 당신을 비난하진 않겠어요. 당신도 언젠가 나처럼 될 수도 있으니까. 그 돈 많고 중요한 사람들이 장기가 필요할 때, 나 같은 선택지가 없으면 차선책으로 누굴 택할 것 같아요? 당신일 거에요."

손을 들고 물결치듯 흔들며 버나드를 힘없이 가리킨다. 이내 손이 툭 침대에 떨어진다. 계속 들고 있을 기력이 없다.

버나드가 숟가락을 쟁반에 떨어트리고 한쪽에 밀어 놓는다.

"이쯤 하죠."

"화내지 마요. 그냥 하는 말인데. 그 사람들이 약속한 거, 그게 끝까지 갈 것 같아요?"

버나드가 손을 떨며 종이컵을 들이민다.

"닥치고 약이나 먹어요."

한입에 털어 넣는다.

50

몇 시간이 흐른다. 지넷이 문을 따고 음식과 약을 또 들고 들어온다. 깊은 잠에서 깨어난다.

나른하고 멍한 상태로 지넷을 바라본다.

"버나드는 어디 갔어요?"

"집에요."

"내가 한 말 때문이에요?"

"네."

지넷이 쟁반을 내 앞에 내민다.

"당신은 말이 너무 많아요."

저녁도 점심과 똑같은 메뉴다. 수프, 시금치 크림, 푸딩. 약 때문에 성질이 더러워져 비협조적으로 굴게 된다. 지넷은 내 입에 수프 한 입 떠먹이는데도 애를 먹는다. 시금치를 먹으려 해서 대놓고 입을 꾹 다물어 버린다.

약 때문에 혼미해진 몸이 원하는 건 라이스 푸딩이다. 지넷이 라이스 푸딩에 숟가락을 푹 담그자 입을 크게 벌려 준다. 하지만 내 입으로 가져오는 동안 마음이 바뀐다. 입을 꾹 다물고 삐죽거리며 고개를 휙 돌린다.

숟가락이 볼에 부딪히고, 푸딩이 목 어깨 할 거 없이 사방팔방 튄다.

"아주 엉망이네."

지넷이 휴지를 집어 들며 투덜거린다.

"이런 말 하면 안 되지만, 당신 가는 걸 보면 속이 다 시원할 것 같네요."

그대로 미동도 없이 누워 있는데 지넷이 흘린 푸딩을 닦으려고 몸을 기울인다. 다시 한번 졸음이 밀려온다. 거의 정신을 잃어갈 즈음 지넷이 어깨를 쿡쿡 찌른다.

"약 먹어야죠."

입을 벌리자 지넷이 그 안으로 한꺼번에 약을 떨어트린다. 잠들 시간이다. 주먹을 꽉 쥔 채 밀려오는 약 기운에 몸을 맡긴다. 공허하지만 행복하고 평화로운 세계로.

문이 철컥 잠기는 소리가 들린다. 숨을 죽이고 기다린다. 초를 센다. 1분이 지나고 입안에 손가락을 넣어 약을 건져 낸다. 침에 녹아 작고 끈적끈적해진 상태다.

일어나 앉으려다 아파서 움찔거리고 베개를 들어 올린다. 베개 안에 어제 닉과 이야기한 뒤 만들어 놓은 작은 구멍이 있다. 뱉어낸 약을 그 안에 쑤셔 넣는다. 미끈미끈한 약이 다른 약과 섞여 들어간다. 총 여덟 알. 하루 치 약이다.

베개를 내려놓고 다시 눕는다. 주먹을 펴 쥐고 있던 라이터를 살펴본다. 지넷이 푸딩을 닦아낼 때 가디건 주머니에서 떨어지던 걸 낚아챈 것이다.

어디서든 일 달러면 살 수 있는 싸구려 플라스틱 라이터다. 아마 지넷은 이런 라이터를 두어 개쯤 더 가지고 있겠지.

이 라이터는, 지넷에게 돌아가지 않을 거다.

51

담요를 치워 두고 다리를 침대 옆으로 끌고 온다. 복부의 수술 부위 세 곳이 당겨서 움직일 때마다 아프다. 숨쉬기도 힘들다.

바닥에 발을 내딛기 전 잠시 주저한다.

일어나는 게 과연 좋은 생각인지, 내가 지금 일어날 수는 있는 상태인지 확실한 게 하나도 없다. 지금 내 상태는, 말하자면 난장판이다. 하도 안 써서 다리는 쿡쿡 쑤시고, 링거를 빼낸 뒤로 손등에서는 피가 난다. 주사를 빼내는 건 더 심각했다. 복부에서는 통증이 끓어오르고 속이 쓰리다.

그래도 일어나려고 해 본다. 마음을 독하게 먹고 숨을 힘껏 빨아들인다. 침대를 누르면서 일어난다. 어떻게든 바들거리는 다리로 일어나는 데에 성공한다.

한 걸음 뗀다. 두 걸음, 세 걸음.

휘청거리며 방안을 걸어 다닌다. 풍랑을 만난 배처럼 바닥이 앞뒤로 사정없이 흔들리는 느낌이다. 좌우로 왔다 갔다 흔들리면서 어떻게든 똑

바로 서 보려고 한다. 바닥이 계속 움직인다. 벽을 지지대 삼는다.

그래도 계속 걸어간다. 갓 태어나 껍데기를 벗은 병아리처럼 관절에서는 뚝뚝 소리가 난다. 걸을 때마다 계속 소리가 난다. 문이 잠겨 있는 게 맞는지 손잡이를 살펴본다.

다시 침대로 걸어가 머리맡의 가족사진을 집어 든다. 한손으로 액자를 가슴에 대고 지그시 누른 채, 다른 한 손으로는 지넷의 라이터를 움켜쥔다.

엄지로 라이터를 탁 누른다. 타오르는 불꽃을 침대 커버에 갖다 댄다. 순식간에 불이 붙는다. 원을 그리며 화르륵 타오르는 불이 그 위의 시트까지 집어삼킨다. 마찬가지로 점점 크기를 키우는 불이 베개까지 퍼져나간다. 불꽃이 튀어 오른다.

피어오르는 연기에 눈을 찡그리고 가만히 바라본다. 불길이 침대를 완전히 에워싼다.

그리고 내가 원하던 대로, 화재경보기가 시끄럽게 울려대기 시작한다.

52

가장 먼저 방에 들어온 건 바그너 박사다. 사이렌 소리에 이끌려 온 것이다. 지넷이 그 뒤에서 따라온다. 문을 딴 두 사람이 안으로 박차고 들어온다. 지넷이 불길을 보고 비명을 지른다. 침대를 삼킨 불은 이제 벽과 천장을 집어삼킬 정도로 높이 타오르고 있다.

불에만 정신이 팔려 두 사람 모두 열린 문가에 숨어 있는 나를 눈치채지 못한다.

내가 순식간에 방에서 빠져나가는 것도.

두 사람이 뒤돌아 날 쳐다보지만, 이미 때는 늦었다.

문을 닫고 손잡이를 비틀어 두 사람을 가둔다.

53

최대한 빨리 걸어보지만 어떻게 해도 속도가 안 난다. 찌르는 듯한 고통에 제대로 걸을 수가 없다. 숨이 턱 막힌다. 그래도 이렇게나마 걸을 수 있는 게 어딘가 싶다.

내 뒤로 바그너 박사와 지넷이 쿵쿵거리며 문을 두드리고 있다. 정신없이 두드리는 노크 소리 사이로 바그너 박사의 기침 소리와 지넷의 비명이 들려온다.

내 왼쪽으로는 어두운 출입구가 있다. 옆방에서 들려오는 소음에도 불구하고 레너드 씨가 그 안에서 세상 모르게 잠들어 있다. 그 옆으로 온갖 종류의 모니터 장비가 늘어서 있다. 크리스마스 조명처럼 요란한 빛이다.

간호사실을 지나며 잠시 숨을 고른다. 그 너머로 병실 하나와 처음 빠져나갔을 때 봤던 짧은 복도가 있다. 복도 끝에는 닉의 집으로 이어지는 문이 있다. 그곳에서부터 12층 복도, 엘리베이터까지의 여정을 성공해내야 한다. 지금 내 상태로 계단은 어림없다.

간호사실을 지나 복도로 계속 걸어가는데, 눈앞의 문이 서서히 열리기 시작한다. 왼쪽에 있는 방으로 휙 숨어든다. 날 눈치채지 않았길 빌며 열린 문 옆 벽에 몸을 붙인다.

문밖에서 다급한 구두 굽 소리가 들린다.

레슬리 에블린이다.

레슬리가 지나가길 기다리며 어두운 방 안을 살펴본다.

그레타를 발견한다.

침대에 앉아 놀란 표정으로 날 바라보고 있다. 겁에 질린 눈이다.

금방이라도 비명을 지를 듯 입이 딱 벌어진다.

그레타가 조금이라도 소리를 내면 난 들킬 거다. 눈을 크게 뜨고 조용히 애원한다.

입 모양으로 한 마디를 건넨다.

제발.

레슬리가 서둘러 문을 지나간다. 그레타가 계속 입을 벌리고 있다가 이내 쉰 목소리로 속삭인다.

"가요. 빨리."

54

레슬리가 불이 난 방의 문을 열 때까지 기다렸다 움직인다. 방에서 연기가 쏟아져 나온다. 짙은 회색빛 연기가 간호사실을 뒤덮는다. 연기에 몸을 숨겨 복도를 지나간다. 걸음을 내디딜 때마다 고통이 사그라지는 것 같다. 정말 고통이 사라지는 건지 익숙해지는 건지는 모르겠다. 상관없다. 그냥 계속 움직여야 할 뿐이다.

복도의 끝에 닿는다.

레슬리가 열어놓고 간 문을 지나, 닉의 집으로 들어간다.

문을 닫으며 새삼 문의 무게를 다시 실감한다. 어깨를 써서 밀어 넣는다. 문을 완전히 닫고 그 중앙에 있는 자물쇠를 발견한다.

옆으로 돌려 잠근다.

마음속에서 안도감이 부풀어 오른다. 레슬리를 비롯해 다른 사람들이 갇혔다고 생각하는 건 아니다. 분명 다른 탈출구가 있을 거다. 하지만 이걸로 조금이라도 시간을 벌 수 있을지 모른다.

절뚝거리며 앞으로 걸어간다. 피로와 고통, 아드레날린이 뒤섞여 날뛴다. 그 자극에 머리가 어지러워진다.

닉의 주방으로 들어선다. 세상이 돌고 있는 것 같다. 캐비닛, 나무 칼꽂이가 놓인 조리대, 식당으로 향하는 입구, 창밖으로 보이는 어둑한 공원 전부가 빙글빙글 돈다.

우로보로스 그림만이 홀로 물결치고 있다.

마치 우로보로스가 캔버스에서 스르르 빠져나가려는 것처럼 보인다.

뱀의 눈에서 불꽃이 튄다. 나를 바라보고 있다. 발을 질질 끌며 조리대의 칼꽂이로 다가가 가장 큰 칼을 집어 든다.

손에 칼을 쥐고 나니 방향감각이 조금 돌아온다. 온몸에 감돌고 있는 고통과 마찬가지다. 아직도 어지럽긴 하지만 참을 정도는 된다. 여기서 탈출해야 한다. 우리 가족을 봐서라도.

가슴에 품고 있는 사진을 바라본다. 약을 먹어야 할지 선택의 기로에 섰을 때, 가족들의 얼굴을 보고 내가 내려야 할 선택이 뭔지 깨달았다.

맞서 싸우는 것. 살아내는 것.

우리 가족 중 사라지지 않는 단 한 명의 일원이 되는 것.

주방에서 복도로 나간다. 옅은 연기가 나타나기 시작했다. 거리는 좀 있는 것 같지만, 어쨌든 화재경보가 들리기는 한다. 이쪽 건물과는 경보가 분리되어 있는 모양이다.

고개를 숙이고 복도를 걸어간다. 소리가 점점 작아진다. 복도 한쪽 끝에 닉의 서재가 있다. 아직도 책장 끝의 벽이 열려 있다. 그 너머는 12A다. 서재, 복도, 그리고 출구가 보인다.

문 안에 문, 그 안에 또 문이다.

비틀거리며 걸어간다. 연기도, 고통도, 피로도, 현기증도 전부 느껴지지 않는다. 지금 내 눈에 보이는 건 서재의 책장뿐이다. 저기로 들어가 빠져나갈 생각뿐이다. 하지만 열린 책장에 다가가는 순간, 내 뒤에서 갑작스러운 열기가 느껴진다.

뒤로 돌아 서재 구석에 서 있는 닉을 발견한다.

인그리드의 총을 쥐고 있다.

총을 들어 올리고 날 향해 조준하더니 방아쇠를 당긴다.

눈을 감고 움츠린다. 이생의 마지막 마지막 순간이라고 생각하니 가족들의 얼굴이 주마등처럼 스친다. 너무 그립다. 죽어서라도 볼 수 있다면 좋겠다. 그런 생각을 하며 두려움에 눈을 질끈 감고 있는데, 금속이 철컥거리는 소리가 들려온다.

철컥, 철컥.

눈을 뜬다. 닉이 장전되지 않은 총의 방아쇠를 계속 당기고 있다. 장난감 총을 가지고 노는 어린아이 같은 모습이다.

도망칠 생각은 없다. 지금 내 상태로는 멀리 못 간다. 책장에 기대서서 마음에 든다는 듯 웃는 닉을 빤히 바라본다. 이것 말고는 할 수 있는 게 없다.

"걱정 마요, 줄스. 안 쏘니까. 얼마나 귀중한 몸인데."

닉이 나를 향해 걸어온다. 총은 이미 내린 채다.

"오랫동안 우리 가족은 당신 같은 사람들 덕에 많은 돈을 벌었어요. 참 아이러니하죠. 당신같이 밖에서는 하등 쓸모없는 사람이 여기서는 귀중

한 존재가 된다는 거. 그리고 밖에서는 뭐든지 할 수 있는 사람들이 정작 그 몸속에는 쓸모없어 교체해야 하는 것들을 달고 산다니. 당신은 우리가 하는 일이 살인이라고 생각하겠죠."

닉을 노려본다.

"살인이니까요."

"아니죠. 난 세상에 도움이 되는 일을 하는 거예요."

우리 사이에 열 걸음 정도의 거리가 남았다. 칼 손잡이를 세게 고쳐 쥔다.

"여기 오는 사람들을 떠올려 봐요. 작가에 예술가, 과학자, 한 산업의 대가라는 사람들이죠. 그 사람들이 세상에 주는 이득을 생각해 봐요. 당신은 어떻죠, 줄스? 당신은 세상에 뭘 줄 수 있어요? 아무것도 없잖아요."

두 걸음 더 다가온다. 이제 우리 사이 거리는 더 줄어든다.

나도 모르게 칼을 들어 내 목에 갖다 댄다. 칼날이 내 턱 아래 살에 주름을 만든다. 혈관이 박동하며 쇠붙이를 쿵쿵 두드린다.

"그을 거예요."

닉에게 경고한다.

"그럼 당신에게 남는 건 없어요."

닉이 할 테면 해 보라는 듯, 태평스레 어깨를 으쓱인다.

"해 봐요. 당신을 대신할 사람이야 있겠죠. 당신만 간절한 건 아니에요, 줄스. 쉴 곳과 돈, 희망. 그런 게 필요한 사람은 수도 없이 많아요. 내일 당장에라도 찾을 수 있을 걸요. 어디 그어 봐요. 그래 봤자 우리를 막을 수 없을 테니까."

닉이 느리게 한 걸음 다가오더니 나를 향해 갑작스레 획 뛰어오른다.

닉의 배에 칼을 찔러넣는다.

정적이 흐른다. 저항을 뚫고 칼날이 속도를 높이더니 살가죽을 파고들고, 근육과 내장을 찌르며 복부 깊이 박힌다. 내 손가락 끝이 닉의 셔츠에 닿을 정도로 칼이 깊숙이 박혀 들어간다.

헉하고 숨을 들이삼킨다.

닉도 마찬가지다.

숨소리가 동시에 터져 나온다. 충격에 떨리는 들숨이 온 방 안에 울린다.

칼을 쑥 잡아빼며 다시 한번 헉 소리를 낸다.

닉은 앓는 소리를 겨우 뱉어낼 뿐이다. 흘러나온 피가 셔츠를 적신다. 하얀 셔츠가 삽시간에 붉게 물든다. 한순간에 스르륵 무너진 닉이 바닥에 쿵 쓰러진다.

뒷걸음질친다. 흘러나온 피가 금세 흥건하게 바닥을 적신다. 발을 끌며 뒤로 물러나며 책장 통로를 통해 12A의 서재로 향한다. 어깨로 책장을 밀어 닫는다. 마지막으로 닉의 집을 흘깃 바라본다. 문이 느릿느릿 닫힌다. 닉이 바닥에서 아직도 피를 흘리고 있다. 아직 살아있지만, 그리 오래가진 않을 거다.

다시 돌아보지 않는다. 책장이 닫힌다.

이제 곧 자유다.

12A 안에서 내 흔적은 이미 사라졌다. 처음 발을 들였던 그때 그 모습이다. 아무도 살지 않는 것처럼 온기라곤 느껴지지 않는다.

이제는 안다. 여기는 함정이다.

그때 알았어야 했는데.

완벽한 아파트, 더없이 완벽한 전망을 가진 이 완벽한 집. 전부 나처럼 가난 속에 파묻혀 사는 사람들을 현혹하기 위한 계획이었다. 심지어 어제 오늘 일도 아니다. 처음부터 바솔로뮤의 목적은 그거 하나였으니까. 애초에 부자에게 이바지하고 가난한 이들에게 덫을 놓기 위해 지어진 건물이다.

장작처럼 쭉 깔려있던 고용인들과 코넬리아 스완슨의 하녀. 그리고 딜런과 에리카, 메건을 비롯해 혈혈단신으로 살아온 애석한 삶에 리셋 버튼 하나 눌러보겠다며 이끌려 왔을 수많은 사람까지.

여긴 문을 닫아야 한다.

그냥 닫는 것도 안 된다. 복수가 필요하다.

답은 하나다.

이 악몽같은 건물을 싹 다 불태워 버려야 한다.

55

서재부터 시작한다. 책장에서 책을 마구잡이로 꺼내 바닥 한가운데에 쌓는다. 그리고 그레타가 에리카에게 사인해 준 *꿈꾸는 이의 마음*을 집어 들고 라이터를 책 커버에 갖다 댄다.

불꽃에 잡아먹힌 책을 책더미에 던져 넣고 돌아선다.

응접실로 향해 소파에서 쿠션을 빼낸다. 하나를 탁자 밑에 밀어 넣고 불을 붙인다.

식당에서도 마찬가지다. 터무니없이 긴 탁자 아래 쿠션을 내려놓고 불을 붙인 후 떠난다.

주방으로 들어가 오븐 안에 쿠션을 쑤셔 넣고 온도를 올린다.

주방 한편의 식사 공간에는 또 다른 *꿈꾸는 이의 마음*이 올려져 있다. 페이지를 넘겨 그레타가 내게 남겨준 사인을 펼친다. 엄지손가락으로 라이터를 켜 불을 붙인다. 불이 피어오르는 걸 잠시 기다린 후 음식 승강기 통로에 떨어트린다.

그다음은 침실이다. 나선형 계단을 올라간다. 욱신거리는 몸을 이끌고 분주하게 올라가 본다. 협탁에 마지막 *꿈꾸는 이의 마음*이 놓여 있다. 제인과 함께 읽던 진짜 내 책이다.

책을 집어 들고 아래층으로 내려온다.

현관에 나오니 이미 온 집안이 연기로 자욱하다. 불이 걷잡을 수 없을 정도로 퍼졌다. 복도를 바라본다. 서재 바닥에도 불길이 번지고 있다. 응접실 탁자 밑면이 불타고 탁자 표면에서는 연기가 뿜어나온다. 식당에서 타닥거리는 소리가 들려오는 걸로 보아 저쪽도 상황은 별반 다르지 않은 것 같다.

만족스럽다. 문을 열고 마지막으로 12A를 떠난다.

복도로 나가며 문을 열어둔다. 내 뒤로 연기가 피어나온다. 엘리베이터에 도착해 내려가는 버튼을 누른다. 엘리베이터를 기다리는 동안 쓰레기 운반 장치로 다가간다. 마지막으로 남은 *꿈꾸는 이의 마음*을 들고 한 손으로 라이터에 불을 켠다.

손이 움직이지 않는다. 더는 불꽃을 가까이할 수가 없다.

이건 내 책이면서, 제인의 책이기도 하니까.

하지만 제인이라면 내가 해내길 바랄 거다. 이건 제인이 꿈꾸던 바솔로뮤가 아니다. 우리가 생각했던 판타지는 온데간데없고 썩을 대로 썩어 더럽기 짝이 없다. 바솔로뮤의 진실을 알았다면 제인도 나만큼 여길 경멸했을 게 분명하다.

더는 망설이지 않고 라이터에 책을 갖다 댄다. 표지부터 타오르기 시작하는 책을 장치에 떨어트린다. 책이 지글거리는 소리와 함께 지하의 쓰레기통에 처박힌다.

엘리베이터가 12층에 도착하자마자 바솔로뮤 건물 전체에 화재경보기가 울리기 시작한다. 사이렌 소리가 요란히 울리고 비상등에 빛이 들어온다. 12A에서 연기가 구불구불 퍼져 나오고 있다. 경보를 전부 무시하고 엘리베이터에 발을 들인다.

엘리베이터가 내려가기 시작한다. 가만히 엘리베이터 바닥을 내려다본다. 환자복에서 피가 뚝뚝 떨어지고 있다. 수술 부위가 벌어진 모양이다. 상처 중 한 부분에서 뜨뜻한 액체가 흘러내리고 환자복 앞판에 붉은 무늬를 만들어 낸다.

엘리베이터를 타고 내려가면서 주민들이 대피하는 모습을 바라본다. 수많은 사람들이 계단으로 서둘러 내려가고 있다. 침몰하는 배에서 도망쳐다니는 쥐새끼들 같다. 6층과 7층 사이 층계참에 주저앉아 있는 마리안 던컨이 보인다. 지나가는 사람들에게 이리저리 떠밀리며 눈물을 주룩주룩 흘리고 있다.

"루푸스?"

마리안이 울부짖는다.

"돌아와!"

순간 마리안과 나의 시선이 얽힌다. 마리안의 눈은 황달로 누렇고 내 눈은 복수심에 이글이글 타오르고 있다. 아래층으로 향하며 가운뎃손가락을 들어 올린다.

도망치는 주민 중 그 누구도 엘리베이터를 막아 세우지 않는다. 버튼 하나만 누르면 되는 건데도 내 눈빛과 피로 얼룩진 칼을 보고 다들 본능적으로 물러난다.

당신네들은 나랑 상종하기도 싫겠지.

엘리베이터가 로비에서 멈춰서는 동안 계단을 내려오는 작고 검은 형체를 발견한다. 루푸스도 나름대로 대피 중인 모양이다. 문을 확 당겨 열고 엘리베이터를 빠져나간다. 아픈 몸을 낮춰 루푸스를 안아 든다. 내 품에 안긴 루푸스가 오들오들 떨며 짖어 댄다. 이 소리가 저 위에 있는 마리안에게도 닿길 바란다.

루푸스와 함께 현관으로 다가간다. 찰리가 바솔로뮤의 노쇠한 주민들을 대피시키다 나를 보고 놀라 얼어붙어 팔을 뚝 떨어트린다. 이번엔 날 멈추려 하지 않는다. 모두 끝났다는 걸 아는 거다.

"딸이 필요한 치료를 받았으면 좋겠네요."

찰리를 지나치며 툭 내뱉는다.

"지금이라도 옳은 선택을 하세요. 그럼 언젠가 딸도 당신을 용서해 줄지도 모르니까."

절뚝거리며 바솔로뮤 밖으로 걸어 나간다. 경찰과 소방차가 속속 도착하고 소방관 한 명이 나를 발견한다. 지나치기 어려운 행색이긴 하다. 환자복 차림에 맨발로 피를 뚝뚝 떨어트리고 있는 데다, 잔뜩 겁먹은 강아지를 안고 깨진 가족사진과 피로 번들거리는 칼을 들고 있다.

순식간에 경찰이 몰려와 손에 쥐고 있던 칼을 뺏어 간다.

루푸스와 가족사진에도 손을 대지만 뺏기지 않으려 몸부림친다.

경찰이 더는 건드리지 않고 담요를 덮어 준 후 경찰차로 안내한다. 이내 구급차가 도착하고 들것에 실려 옮겨진다.

"안에 누구 다친 사람 있어요?"

경찰이 묻는다.

힘없이 고개를 끄덕인다.

"12층에 남자 한 명 있어요. 12B에."

그리곤 발부터 구급차 안에 실린다. 구급대원 두 명이 동승한다.

열린 뒷문으로 바솔로뮤가 기울어져 보인다. 북쪽 꼭대기에 조지가 앉아 있다. 날개 바로 뒤에서 불꽃이 활활 타오르고 있는데도 언제나처럼 냉정한 모습이다. 조지에게 작별인사를 속삭여 주려던 순간 옥상 건너편에서 무언가 움직이는 게 보인다.

자욱한 연기와 함께 나타난 어두운 인영이 휘청거리며 옥상 끝으로 다가간다.

너무 높이 있는 데다 불꽃의 열기로 아지랑이가 일렁거려 잘 보이지 않지만 누군지 알 것 같다. 닉이다. 복부에 수건을 누르고 있다. 연기가 가득한 바람이 불어온다. 수건이 펄럭이며 언뜻 붉은 빛을 내보인다.

옥상에 두 사람이 더 등장한다. 경찰이다. 총을 겨누고 있지만 쏠 생각은 없어 보인다. 닉에게는 도망갈 곳이 없다.

하지만 닉은 계속 비틀거리며 걸어간다. 12A에서 흘러나오는 연기가 더 어둡고 짙어진다. 때맞춰 불어온 연기가 이따금 닉을 가린다.

연기가 걷힌다. 닉이 옥상 끝에 서 있다. 경찰이 따라오고 있는 걸 알텐데도 그저 눈앞의 공원과 그 너머로 펼쳐진 도시를 바라본다.

그리고 그의 증조부처럼, 니콜라스 바솔로뮤가 뛰어내린다.

SIX MONTHS LATER

6개월 후

"볶음면 먹을래, 볶음밥 먹을래?"

클로이가 똑같이 생긴 중국 음식 상자 두 개를 집어 들고 묻는다.

어깨를 으쓱인다.

"네가 골라. 난 둘 다 괜찮아."

우리 둘은 지금 클로이 집에 있다. 당분간은 내 집이기도 하다. 병원에서 퇴원한 후 클로이가 열쇠를 넘겨 주었고, 그녀는 폴의 집에 들어갔다. 그때 내가 물었었다.

"월세는 어떡해?"

"일단 내가 낼게. 네가 줄 수 있을 때 줘. 네가 겪은 일을 생각해 보면 소파에서는 못 재우겠다."

지금 당장은 소파가 내 자리긴 하다. 클로이 옆에서 포장해 온 음식을 벗긴다. 저녁보다는 점심에 가까운 시간이다. 오늘의 초대 손님은 퇴근 후 달려온 인그리드다. 인그리드는 이제 막 번화가 세포라에서 일을 시작했다. 검은 옷을 입고 있지만 손톱만큼은 강렬한 보라색이다. 형편없던 염색도 다 옛날 일이다. 비교적 얌전한 붉은빛이 도는 금발에 얼굴 주변만 분홍빛 브릿지가 섞여 있다.

"나, 나 제발 볶음밥 할래. 아니, 볶음면이 더 맛있긴 한데, 식감이 뭔가 기분 나빠. 약간 벌레 같다고 해야 하나."

클로이가 이를 꽉 물고 박스를 건넨다. 노벨 인내상 같은 게 있다면 분명 클로이가 유력 후보다. 클로이는 내가 깨끗하게 나아 퇴원하자 성인군자가 되었다. 불평 소리 한 번 들어본 적이 없다.

집 밖에서 기자들이 일주일 내내 진을 치고 기다려도, 악몽 때문에 겁먹은 내가 꼭두새벽부터 전화해도, 클로이가 집에 돌아올 때마다 루푸스가 사정없이 컹컹 짖어대도 마찬가지다. 심지어 퀸즈에서 바비와 함께 사는 인그리드가 제집 드나들 듯 찾아오는데도 다 참아 넘기고 있다.

클로이는 인그리드와 내가 함께 겪은 일로 끈끈하게 묶였다는 걸 안다. 우린 서로의 든든한 아군이고 클로이는 우리 둘 모두를 지켜주고 있다.

둘은 내가 바솔로뮤에 갇혀 있을 때 처음 만났다. 보호소로 돌아오지 않는 나를 인그리드가 경찰에 신고했지만 경찰은 내가 바솔로뮤에서 일어나는 피의 제사에 끌려갔다는 인그리드의 주장을 믿지 않았다.

뒤늦게 내 문자를 받아 본 클로이가 버몬트에서 급히 돌아와 경찰에 신고하자 경찰은 그제야 뭔가 문제가 생겼다는 걸 깨달았다. 어느 친절한 경찰의 도움으로 둘은 연락이 닿았다. 레슬리 에블린은 바솔로뮤로 향한 클로이에게 내가 한밤중에 도망쳐 나갔다고 했고, 경찰은 수색영장을 발부받았다. 내가 12A에 불을 지르고 있을 때 경찰도 바솔로뮤를 향해 출동해 오고 있었다.

화재는 내 의도보다 훨씬 미미한 피해를 남겼다. 12A는 되돌릴 수 없을 정도로 완전히 불타버렸지만 쓰레기통 때문에 지하의 불길은 더 퍼지지 않았다. 그래도 여전히 형사 고발을 걱정할 정도의 피해이기는 했다. 사건을 맡은 형사는 아마 고발은 없을 거라는 입장이다. 그때 난 충격을 받은 상태였고, 생명의 위협을 느낀 데다 제정신도 아니었다고.

사실 충격 받은 것도 생명의 위협을 느꼈던 것도 맞지만, 제정신이 아니었다는 말에는 동의하기 어렵다. 난 내가 뭘 하고 있는지 잘 알고 있었으니까.

"당신이 기소되더라도 어차피 판사가 기각해 버릴 거예요. 거기서 무슨 일이 일어나고 있었는지 듣고 나니 저도 확 불 질러버리고 싶었거든요."

듣자하니 그게 여론의 흐름인 모양이다.

바솔로뮤에서 일어난 일이 참으로 은밀하고 교활했기 때문이다.

목숨을 위협받을 만큼 장기이식이 필요했던 사람들은 전에 바솔로뮤에 살았던 이들에게 정보를 얻고 유령회사를 만들어 집을 구매했다. 그들은 최대 십억까지 돈을 지불했다. 아파트의 시세를 웃도는 가격이었다.

그리고 그들이 원하는 게 무엇이든 몇 달, 혹은 몇 년에 걸쳐 적합한 기증자가 될 아파트 시터를 기다렸다. 수술이 끝난 뒤에는 바솔로뮤에서 몇 주간 회복 기간을 가졌다. 그동안 아파트 시터의 몸은 건물 뒤 화물운반 엘리베이터로 조용히 이송되어 마피아와 연관되어 있는 뉴저지의 화장터로 향했다.

레슬리 에블린의 사무실에서 발견된 자료에 따르면, 40년이 넘는 기간 동안 200명이 넘는 주민이 126명의 무고한 희생자에게서 장기를 이식받았다. 그중 몇 명은 도망자였고, 몇 명은 노숙자였다. 실종 신고가 된 이도 있었고, 사라진 걸 알아차릴 사람조차 없는 경우도 있었다.

하지만 이제는 모두가 그들의 이름을 안다. 뉴욕시 경찰청에서 피해자의 목록을 온라인에 공개했다. 지금까지 총 39명의 실종자들의 행방을 그 가족들이 드디어 알게 되었다. 좋은 소식은 아니지만 그걸로 상황이 종결되는 거다. 가끔은 제인의 이름이 거기 있었으면 좋겠다고 생각한다. 무리도 아니다.

무소식보다 차라리 나쁜 소식이라도 있는 게 낫다.

사건에 연루된 대부분의 사람이 재판에 회부되었다. 찰리 덕분이다. 찰리는 내 조언을 받아들이고 옳은 선택을 했다. 어떻게 바솔로뮤가 운영되었는지부터 거기서 일한 사람, 거주한 사람, 죽은 사람이 누구인지까지 귀중한 정보를 경찰에게 제공했다.

그 날 화재에서 탈출하려던 사람들이 한 명 한 명 검거되기 시작했다. 마리안 던컨과 또 다른 도어맨, 그리고 버나드까지 모두가 각자의 역할을 시인하고 그에 따라 형을 선고받았다. 마리안은 10년형을 선고받아 어제부터 형을 살기 시작했다. 그녀는 아직도 새 간을 기다리고 있다.

수사망은 전 고용인과 주민들에게까지 확대되었다. 거기엔 오스카 수상자, 연방법원 판사, 외교관의 아내도 있었다. 마조리 밀턴은 맨해튼 최고의 변호사를 선임했지만, 그 변호사도 역시 바솔로뮤의 서비스를 이용한 전적이 있는 것으로 밝혀졌다. 결국, 둘 다 유죄판결을 받았다. 신문에서 신나서 떠들어댔다.

레너드씨가 이 사건에 연루되었다는 소식은 사람들에게 더 큰 충격을 주었다. 인디아나주의 상원의원 호레이스 레너드로 알려졌던 그는 화재 당시 대피할 상태가 아니었기 때문에 그 자리에 남아 있었다. 내 병실 옆방에서 기어 다니고 있는 그를 경찰이 발견했다. 가슴 안에서 뛰고 있던 딜런의 심장이 아니었다면 아마 목숨을 잃었을 것이다.

형 선고 결과는 다음 달에나 나오지만 그의 변호사조차도 종신형을 예상하고 있다. 딜런의 심장 덕분에 교도소에서 아주 많은 시간을 보내게 될 거다.

한편 언제든 자살할 수도 있다. 바그너 박사가 그랬다. 레슬리는 박사와 지넷을 불타는 방에서 구했고 바솔로뮤 뒷문으로 탈출한 셋은 뿔뿔이 흩어졌다. 박사는 퀸즈 플러싱에 있는 쉐라톤 호텔에서 이틀을 묵은 후, 제 관자놀이에 방아쇠를 당겼다.

지넷은 반대편 길로 집에 돌아가 경찰이 도착하기 전까지 남편과 앉아 있었다.

레슬리 에블린은 뉴어크 리버티 국제공항에서 체포되었다. 막 브라질로 향하는 비행기에 오르려던 차였다. 유일하게 살아남은 주요 인물이었기 때문에 검찰은 레슬리에게 인신매매 및 세금 사기 방조죄를 부과했다.

레슬리가 몇 개의 종신형을 선고받은 후 나는 레슬리에게 교도소에서 지켜야 할 규칙 목록을 보내 주었다. 첫 줄은 이거였다. 밤에는 감방을 떠나지 말 것.

이름은 안 썼지만 누가 보낸 편지인지 아주 잘 알고 있을 것이다.

내가 바솔로뮤에서 만난 사람 중 죽지도 감옥에 가지도 않은 사람은 단 한 명이다.

그레타 만빌이다.

경찰이 바솔로뮤를 급습했을 때 그 어디에도 그레타는 없었다. 경찰은 그레타의 집과 지하 창고를 조사했다. 대부분이 원래 그대로였지만 '쓸모 있는 것'이라 쓰인 상자가 수상쩍게 비어 있었다.

그 안에 든 게 뭐였든 분명 진짜 쓸모 있는 것이었을 것이다. 그레타가 전부 가지고 도망쳤으니까. 아무도 그레타의 소식을 아는 사람이 없다. 그 일로 마음이 무척 혼란스러웠다. 그레타 역시 법의 심판을 받길 바라지만 그녀의 도움 없이는 그곳에서 탈출하지 못했을 거란 사실도 알고 있다.

사실, 그레타는 어딜 가든 내 몸의 일부를 가지고 다니게 될 거다. 그레타가 오래오래 살길 바란다는 건 거짓말이 아니었다. 그렇지 않으면 전부 허사가 될 테니까.

나의 경우, 유명한 피해자로 사는 생활에 아직도 적응 중이다. 유명한 피해자라니. 같이 쓰이면 안 되는 단어 조합인데 내가 몇 주간 언론의 사랑을 받으며 얻은 호칭이 그거다. 다들 평범하고 조용한 데다 직업도 가족도 없는 소녀가 사악한 범죄자 무리를 소탕했다고 난리다. 클로이는 내게 쏟아지는 인터뷰 요청 처리를 돕기 위해 2주간 휴가를 냈다. 정말 최소한만 했다. 통화 인터뷰 몇 개가 전부다. 면대면 인터뷰는 한 적 없고, 카메라 앞에 나간 적은 더더욱 없다.

기자들에게는 딱 일어난 일만 그대로 말했다. 진실은 더 꾸며낼 필요도 없이 그 자체로 괴이했다. 인터뷰마다 마지막에는 제인의 이야기를 했다. 손톱만큼이라도 제인의 소식을 아는 사람은 제발 연락 달라고, 익명이라도 좋다고.

지금까지는 성과가 없다.

있을 때까지 계속 말하고 다닐 거다. 최고를 기대하되, 최악을 대비하면서.

하지만 사람들은 다른 식으로 너그러웠다. 내 전 직장 사장은 돌아오고 싶다면 자리를 마련해 주겠노라고 연락했다. 난 정중히 거절했다. 병원에서 퇴원하던 날 앤드류가 꽃을 들고 나타났다. 오래 있지도, 많은 말을 하지도 않았다. 그저 미안하다고 했다. 그건 진심일 거다.

내 병원비를 돕기 위해 클로이가 기부 펀딩 페이지를 열었다. 기부를 받는 게 썩 달갑지는 않았지만 딱히 선택의 여지가 없었다. 가진 거라곤 부서진 액자 하나가 전부이니, 낯선 사람의 친절에라도 기대야지 어쩌겠나 싶었다.

그리고 사람들은 정말 친절했다. 너무 많은 옷을 받아 바비와 노숙자 보호소에 나눠주기도 했다. 신발이며 핸드폰, 노트북도 마찬가지였다. 내가 잃은 것의 세 배는 돼서 돌아왔다.

심지어 돈도 그랬다. 다섯 달 동안 육천 달러가 넘는 돈이 모였다. 너무 많은 양이라 클로이에게 제발 계좌를 닫아달라고 사정사정했다. 직장도 새로 구했으니 충분한 양 그 이상이다. 새 직장은 월요일이 첫 출근이다. 사랑하는 이들이 실종된 사람들을 위해, 실종자들의 위치를 찾는 것을 도와주는 비영리 단체다. 제인을 생각하며 펀딩받은 돈 일부를 기부했더니 같이 일해 보지 않겠느냐는 제안을 받았고 승낙했다. 작은 회사다. 월급은 더 적고. 하지만 그걸로도 살아갈 수 있다.

루푸스에게 돼지 갈비 바비큐를 주다 시간을 확인한다. 한 시 십오 분이다.

"우리 이제 가야 될 것 같은데."

인그리드에게 말한다.

인그리드가 무릎의 밥알을 털어내고 벌떡 일어난다.

"이건 늦으면 안 되지."

"줄스, 네가 원하는 게 진짜 이거 맞지?"

클로이가 묻는다.

"우리가 원하든 원치 않든 이렇게 해야 할 것 같아."

"너가 돌아올 때까지 여기 있을게. 와인 준비해서."

패스역으로 가는 길에 지나가는 사람들이 나를 보고 묘한 눈을 한다. 그다지 즐겁지 않은 일 때문이지만 날 알아보기 시작한 것이다. 열차 안에서 *꿈꾸는 이의 마음*을 읽는 여자를 발견한다. 처음 보는 것도 아니다. 그레타가 바솔로뮤의 뒷일에 연루되어 있다는 게 알려진 후 책이 다시 유행하고 있다. 몇 십 년 만에 다시 베스트셀러 반열에 이름을 올렸다.

여자가 책을 바라보고 있는 날 발견하더니 날 알아보고는 눈길을 준다.

"미안해요."

"아니에요. 좋은 책이죠."

인그리드와 나는 2시가 되기 직전에 바솔로뮤에 도착한다. 한 블록이 차량 통제 중이다. 크레인과 건물 해체용 쇠공이 이미 센트럴파크 웨스트에 도착해 있다. 마치 금속으로 된 거대한 괴물 같다. 그 주변으로 임시

펜스가 쳐져 있다. 아마 구경꾼을 막으려고 둘러놓은 것 같다.

소용 없는 일이었다. 공원 쪽 거리가 사람으로 가득 찼다. 대부분 언론사에서 나온 사람들이다. 길 건너 건물을 향해 카메라를 치켜들고 있다. 그 외는 다 호기심이 가득한 사람들이다. 아마 그 유명한 바솔로뮤가 철거될 때 나도 있었다고 자랑하고 싶은 사람들이겠지. 거기에 피켓을 들고 있는 시위자들도 있다. 의도는 좋지만 옳은 판단은 아니다. 피켓에는 '바솔로뮤를 구하라', 라고 쓰여 있다.

그 오래된 명성과 악명에도 불구하고 바솔로뮤는 시로부터 역사적 지위를 부여받은 적이 없다. 바솔로뮤가에서 그걸 원하지 않았다. 역사적 지위는 곧 많은 관리 감독을 받아야 하는 걸 의미하므로 그건 피하려고 했다.

닉이 죽음을 맞이한 후 역사적 지위가 없는 바솔로뮤는 맨해튼의 다른 빌딩들처럼 매매가 가능해졌고, 새 주인의 결정에 따라 철거될 수도 있는 위치에 놓였다. 그리고 바솔로뮤를 매입한 부동산 대기업이 실제로 그렇게 하기로 결정을 내렸다. 시위자들과 달리 그들은 제정신인 사람이라면 아무도 장기이식 암시장으로 사용된 건물을 사지 않을 거라는 걸 충분히 잘 알고 있었다.

이제 바솔로뮤는 최후의 순간을 맞이한다. 도시의 절반이 바솔로뮤의 죽음을 보러 나와 있다.

인그리드와 함께 사람들을 밀고 나간다. 열차에서 나온 후 뒤집어 쓴 각종 장신구 덕에 아무도 우리를 알아보지 못하고 있다. 니트 모자와 선글라스를 쓰고 겉옷 깃을 한껏 목까지 당겨 올렸다.

펜스 너머로 바솔로뮤를 들여다본다. 묘지처럼 엄숙하고 고요하게 서 있다. 여섯 달 만에 처음으로 보는 모습이다. 바라보는 것만으로도 끔찍해 소름이 돋는다. 겉옷을 여며도 끔찍함이 뼛속까지 뚫고 들어온다.

옥상 북쪽 꼭대기에 있던 조지는 자취를 감췄다. 내 요청에 따라 조지는 뉴욕 역사 협회에서 맡아 보호하기로 했다. 공무원들이 기꺼이 도와주었다. 이곳에서 목숨을 잃은 사람들을 위한 건축물로 세울 계획이다. 이루어졌으면 좋겠다. 조지를 만나러 올 수 있다면 기쁠 것 같다.

인부가 크레인의 운전석으로 들어간다. 인파가 고요 속에 잠긴다. 인부가 자리를 잡자 시끄러운 경보음이 가슴을 둥둥 울린다.

갑자기 눈물이 터져 나온다. 멈추질 않는다. 바솔로뮤를 떠나지 못한 사람들을 위해 흘리는 눈물이다. 특히 딜런을 비롯해 에리카, 메건, 루비 등 수많은 사람을 떠올린다.

그리고 우리 가족을 떠올린다.

어딘가 살아 있을 수도, 아닐 수도 있는 제인을 위해서.

삶에 무너져 결국은 모든 것을 포기해 버렸던 우리 부모님을 위해서.

그리고 나를 위해서 눈물을 흘린다. 더 어리고 희망찼던 나, 책 표지에서 바솔로뮤를 보고 바솔로뮤가 보여준 약속을 믿었던 어린 나. 그 소녀는 이제 사라졌다. 지금의 나는 더 현명하고 단단하다. 하지만 희망만은 여전히 남아 있다.

인그리드가 내 선글라스 아래로 흐르는 눈물을 보고 묻는다.

"괜찮아?"

"아니."

인그리드에게 대답한다.

"그래도, 괜찮아질 거야."

그리고 눈물을 닦아낸 후 인그리드의 손을 잡고 쇠공이 훅 올라가는 모습을 바라본다.

감사의 말

저에게는 책 집필 중 가장 어려운 부분이 바로 이 페이지였습니다. 고마운 사람들에게 마음을 전하는 건 꽤 어려운 일입니다.

우선 미국 편집자 마야 지프, 그리고 더튼, 펭귄 랜덤 하우스의 모든 분이 저 대신 많이 수고해 주셨습니다. 작가가 원하는 것 그 이상을 보여 주셨어요. 우리 드림팀이 아니었다면 전 이 책을 끝까지 해낼 수 없었을 거예요.

그리고 영국 출판사 에버리의 모든 분들도 대서양 건너편에서 순조롭게 진행해 주셨어요. 영국 편집자 질리언 그린에게 더 크게 감사 인사를 드리고 싶어요. 이 책을 '단연 히치콕스러운' 책이라고 해 주셨거든요. 받아 본 중 가장 근사한 칭찬이었습니다.

제 에이전트인 미셸 브라우어와 에비타스 크리에이티브 매니지먼트 모든 분들. 덕분에 항상 든든했습니다. 우리 매니지먼트 작가들 사이 이름을 올릴 수 있다는 게 자랑스럽습니다. 물심양면 지원해 주셔서 감사드립니다.

항상 제 곁에서 힘을 주는 친구들, 가족들. 특히 사라 더튼에게 고마움을 표하고 싶군요. 고마워요, 오랜 친구.

지난 3년간 제 책을 즐겨 주신 독자 여러분, 그리고 아낌없는 찬사와 멋진 서평을 남겨 주신 블로거 분들, 인스타그래머 분들도 감사합니다.

매일매일 믿을 수 없는 인내와 이해심을 보여 주고 있는 마이크 리비오에게 감사 인사를 전합니다. 당신이 없었다면 아무것도 할 수 없었을 겁니다.

마지막으로 책의 마지막까지 함께 해 준 여러분께 진심으로 감사드립니다.

작가 소개

　『락 에브리 도어(Lock Every Door)』는 라일리 세이거의 세 번째 스릴러 작품이다. 라일리 세이거는 뉴저지 프린스톤에 살고 있는 작가의 필명이다. 라일리의 첫 소설 『파이널 걸스(Final Girls)』는 24개국이 넘는 국가에서 출판되어 전 세계적으로 인기를 끈 베스트셀러였으며, ITW 스릴러 어워드에서 베스트 하드커버 노벨상을 수상, 유니버설 픽쳐스에 의해 장편 영화로 제작 중이다. 두 번째 소설인 『더 라스트 타임 아이 라이드(The Last Time I Lied)』는 뉴욕타임즈 베스트셀러에 이름을 올렸다.